Isabella Maldonado

Schreie in der Dunkelheit

EDITION M

Das Buch

»Nach jahrelanger Suche hatte ich die Hoffnung beinahe aufgegeben. Aber heute hat sich alles geändert. Für mich wird sie immer die Einzige sein, die entkommen konnte.«

In letzter Sekunde entkommt die sechzehnjährige Nina Esperanza einem Killer. Unter neuem Namen – Nina Guerrera, Kriegermädchen – taucht sie unter. Elf Jahre später ist für die FBI-Agentin ihre Vergangenheit nur noch ein dunkler Schatten. Bis ein Video viral geht, wie sie einen Angreifer im Park überwältigt.

Denn der Killer hat sie nie vergessen. Und jetzt weiß er, wo sie ist. Ein mörderisches Spiel beginnt, bei dem der Täter das FBI und die Öffentlichkeit mit komplexen Rätseln herausfordert. Versagt das FBI bei der Lösung, stirbt jedes Mal qualvoll ein Mädchen. Dabei will der Psychopath doch vor den Augen der Welt nur das beenden, was ihm damals misslang: Nina zerstören.

Die Autorin

Die preisgekrönte Autorin Isabella Maldonado hielt selbst verschiedene Positionen bei der Polizei und dem FBI inne und erlangte als erste Latina ihrer Abteilung den Rang einer Hauptkommissarin, bevor sie begann, Krimis zu schreiben. Sie ist Mitglied mehrerer Polizei- und Autorenverbände. Isabella Maldonado lebt mit ihrer Familie in der Nähe von Phoenix, Arizona.

ISABELLA MALDONADO

SCHREIE IN DER DUNKELHEIT

EIN NINA-GUERRERA-THRILLER

Aus dem Amerikanischen von
Anja Mehrmann

EDITION M

Die amerikanische Ausgabe erschien 2020 unter dem Titel »The Cipher« bei
Thomas & Mercer, Seattle.

Deutsche Erstveröffentlichung bei
Edition M, Amazon Media EU S.à r.l.
38, avenue John F. Kennedy, L-1855 Luxembourg
Januar 2021

Die Übersetzung dieses Buches wurde durch Amazon Crossing ermöglicht.

Umschlaggestaltung: bürosüd⁰ München, www.buerosued.de
Umschlagmotiv: © Stephen Carroll / ArcAngel
Lektorat und Korrektorat: VLG Verlag & Agentur, Haar bei München,
www.vlg.de
Gedruckt durch:
Amazon Distribution GmbH, Amazonstraße 1, 04347 Leipzig /
Canon Deutschland Business Services GmbH, Ferdinand-Jühlke-Str. 7,
99095 Erfurt /
CPI books GmbH, Birkstraße 10, 25917 Leck

ISBN 978-2-49670-571-3

www.edition-m-verlag.de

Für Mike, die andere Hälfte
meiner Seele. Ich liebe dich.

Kapitel 1

Zehn Jahre zuvor
Bezirksgericht Fairfax County, Virginia, Abteilung für Jugend- und Familienrecht

Nina Esperanza blickte den Mann an, der ihr Schicksal in Händen hielt. Richter Albert McIntyre überprüfte schweigend die eingereichten Dokumente. Sie zwang sich, das Wippen ihres Fußes unter dem langen Eichentisch zu unterdrücken, und setzte einen Gesichtsausdruck auf, der hoffentlich als freundliche Miene durchgehen würde. Die Schriftsätze waren eingereicht worden, die Anhörung war beendet – nur die Entscheidung stand noch aus.

Der Richter hörte auf zu lesen und blickte sie prüfend an. »Ich bin bereit, über Ihren Antrag zu entscheiden«, sagte er schließlich, »aber zuvor möchte ich sichergehen, dass Sie sich über die Konsequenzen der Entscheidung im Klaren sind. Eine solche Regelung kann nicht rückgängig gemacht werden. Von jetzt an tragen Sie selbst die volle Verantwortung für all Ihre Handlungen und jede Vereinbarung, die Sie treffen.«

Cal Withers nestelte mit einem Finger an seinem Hemdkragen. »Sie akzeptiert die Bedingungen, Euer Ehren.«

Withers war der Rechtsbeistand, der Nina vom Gericht zur Wahrung ihrer Interessen zugewiesen worden war. Mit ihren siebzehn Jahren war es ihr nicht gestattet, selbst einen Antrag bei Gericht zu stellen. Withers' silbergraues Haar, die tiefen Falten und sein ruhiges Auftreten sprachen für langjährige Erfahrung; sein besorgter Gesichtsausdruck zeugte von Jahren der Auseinandersetzung mit einem unberechenbaren Jugendgerichtssystem, dessen Urteile gerecht oder auch ungerecht ausfallen konnten.

Der Richter warf einen Blick auf Withers, dann wandte er sich an das Mädchen, dessen Leben er sehr bald unwiderruflich verändern würde: »Angesichts Ihrer Situation verstehe ich sehr gut, dass Sie vor diesem Gericht einen Antrag auf vorzeitige Mündigkeit stellen.«

Die wenigen Zuschauer, die zu der nicht öffentlichen Verhandlung zugelassen waren, rutschten unruhig auf ihren Stühlen herum, aber Nina straffte die Schultern und blieb aufrecht sitzen. Nach allem, was passiert war, würde sie nie wieder in das staatliche Fürsorgesystem zurückkehren, das hatte sie sich geschworen. Sollte der Richter nicht zu ihren Gunsten entscheiden, würde sie erneut ausreißen, und diesmal würde sie nicht zulassen, dass man sie vor ihrem achtzehnten Geburtstag fand.

»Sie haben bewiesen, dass Sie für sich selbst aufkommen können«, sagte Richter McIntyre. »Aber was haben Sie für Pläne? Wie soll es weitergehen? Haben Sie ein Ziel für die Zukunft?«

Ehe sie antworten konnte, ergriff Withers das Wort: »Euer Ehren, unter den Papieren, die wir eingereicht haben, befindet sich eine vorzeitige Annahmeerklärung der George Mason University. Darüber hinaus wurden meiner Mandantin ein Stipendium und ein Zuschuss zu den Studiengebühren gewährt. Sie hat einen Teilzeitjob und wird in einem Zimmer auf dem Campus wohnen, wo sie …«

Der Richter hob eine Hand. Sie war voller Altersflecken. »Ich würde die junge Dame gern selbst für sich sprechen lassen.«

Withers hatte zu intervenieren versucht, um ihr genau das zu ersparen. Er und ihre Betreuerin hatten ihr vor der Anhörung geraten, eine rührende Geschichte zu erzählen, falls der Richter sie zu ihren beruflichen Plänen befragen sollte. Dass sie vorhabe, Krankenschwester oder Erzieherin zu werden oder dem Friedenskorps beizutreten. Was im Grunde nicht gelogen war, denn sie hatte über diese Optionen nachgedacht – ungefähr eine Nanosekunde. Und dann war ihr klar geworden, was sie tatsächlich mit ihrem weiteren Leben anfangen wollte. Aber würde der Richter ihre Wahl gutheißen?

Unter dem Tisch stieß Withers sie mit dem Fuß an. Sie wusste, was sie nach seinem Dafürhalten sagen sollte, hatte aber andererseits noch nie etwas nur deshalb getan, weil es ihr jemand geraten hatte. Wahrscheinlich war dies der Grund, warum sie von einer Pflegefamilie zur anderen weitergereicht worden war.

Ihre Entscheidung war gefallen. Sie straffte erneut die Schultern und beschloss, auf die Wahrheit zu setzen: »Ich werde Strafrecht an der GMU belegen. Nach dem Examen werde ich zur Polizei gehen, mich zur Kriminalbeamtin hocharbeiten und den Rest meines Lebens damit verbringen, Monster, die sich an Kindern vergehen, hinter Gitter zu bringen.«

Withers fuhr sich mit der Hand übers Gesicht. Die Sozialarbeiterin des Bezirks schüttelte den Kopf.

Nina schenkte ihren Reaktionen keine Beachtung und konzentrierte sich auf den Richter. »Ist das weit genug in die Zukunft gedacht, Sir?«

Richter McIntyres Augen wurden schmal. »Werden Sie Ihre Therapie weiterführen?«

»Ja, Sir.«

»Aufgrund Ihrer Lebensverhältnisse mussten Sie sehr früh sehr unabhängig werden, Miss Esperanza«, sagte der Richter.

»Dennoch müssen Sie sich von anderen Menschen helfen lassen, wenn es nötig ist. Denken Sie daran.«

Im Saal wurde es still. Alle Blicke ruhten auf dem Richter.

Ninas Nerven waren zum Zerreißen gespannt. Hatte sie gerade Zweifel daran geweckt, dass sie mit dem, was ihr passiert war, fertigwerden konnte? Ihr stockte der Atem.

Nach einer gefühlten Ewigkeit beendete die tiefe Stimme des Richters das Schweigen: »Ich gebe dem Antrag statt.«

Nina seufzte und atmete tief durch.

»Und jetzt zu der noch verbleibenden Angelegenheit.« Das Lächeln auf ihren Lippen erstarb, als McIntyre in sachlichem Tonfall fortfuhr: »Dem Antrag auf Namensänderung.« Er hielt ein beglaubigtes Dokument hoch. »Sie beantragen, Ihren Namen von Nina Esperanza zu Nina Guerrera zu ändern. In der Begründung steht, dass Sie sich lieber selbst einen Namen aussuchen möchten, als weiterhin den zu benutzen, der Ihnen gegeben wurde. Sie könnten den Antrag problemlos nächstes Jahr stellen, wenn Sie achtzehn sind. Warum also die Eile?«

Inzwischen hatte Withers seine Stimme wiedergefunden: »Euer Ehren, meiner Mandantin wurde ihr derzeitiger Name von ihrer damaligen Betreuerin gegeben, als sich herausstellte, dass eine Adoption« – er warf ihr einen entschuldigenden Blick zu – »wenig wahrscheinlich war.«

Nina blickte auf ihre gefalteten Hände. Sie war nie eines dieser kleinen Mädchen mit wippenden blonden Locken und leuchtend blauen Augen gewesen, hatte weder porzellanweiße Haut noch rosige Wangen. Ihre Betreuer hatten sie nie als süß oder schüchtern bezeichnet. Stattdessen schnappte sie Gesprächsfetzen auf, in denen Worte wie eigensinnig und stur vorkamen. Sie mochte die Bedeutung der Worte nicht ganz verstanden haben, aber sie wusste, dass sie diese Beschreibung ebenso wie ihr dunkles Haar, die braunen Augen und die gebräunte Haut von den anderen Mädchen unterschied – von denen, die adoptiert wurden.

Withers beeilte sich, die peinliche Stille zu beenden, und sagte: »Miss Esperanza hatte auf die Namensgebung damals keinen Einfluss, und sie betrachtet ihre Entlassung aus der Vormundschaft des Staates Virginia als passenden Zeitpunkt, um einen Namen zu wählen, der ihre neue Lebenseinstellung widerspiegelt.«

Der Richter zog eine buschige Augenbraue hoch. »Ihre neue Lebenseinstellung?«

Nina hob den Kopf und begegnete seinem Blick. »Sprechen Sie Spanisch, Sir?«

»Nein.«

Sie atmete durch. Absolute Ehrlichkeit war ihre beste Option. »Ich habe die Frau ausfindig gemacht, die für mich zuständig war, als ich vor siebzehn Jahren ins Pflegesystem aufgenommen wurde, meine erste Betreuerin.«

Der Gesichtsausdruck des Richters verfinsterte sich. »Ich bin mir dieses … Sachverhalts durchaus bewusst.«

Sachverhalt. Ein nüchterner, unpersönlicher Begriff, der Ninas Gefühle schützen sollte. Der Richter wollte wahrscheinlich freundlich sein, aber es gab absolut nichts zu beschönigen.

Man hatte sie zum Sterben in einem Müllcontainer ausgesetzt, als sie einen Monat alt war.

Nina schluckte den Kloß in ihrem Hals hinunter und fuhr fort: »Ihr Name ist Myrna Gonzales. Sie hat mir erzählt, dass man mich ursprünglich, wie bei nicht identifizierten Mädchen üblich, Baby Jane Doe genannt hatte. Sie wollte aber, dass ich einen ethnisch passenden Namen bekomme, deshalb nannte sie mich Nina, die englische Version von *niña,* was wiederum auf Spanisch Mädchen bedeutet. Sie hoffte, ich würde eines der Kinder mit Happy End sein und von einer liebevollen Familie adoptiert werden. Deshalb gab sie mir den Nachnamen

Esperanza, was so viel bedeutet wie Hoffnung.« Der Kloß in ihrem Hals wurde dicker, sodass sie die letzten Worte nur mit Mühe herausbrachte: »Aber für mich gab es kein Happy End.«

»Ja«, sagte Richter McIntyre. »Das stimmt.«

Sie wusste es zu schätzen, dass er keine Anstalten machte, sie zu bevormunden.

»Aber warum Guerrera?«, wollte er wissen.

»Guerrero bedeutet auf Spanisch Krieger, und Guerrera ist die weibliche Version davon.«

Der Richter brauchte einen Moment, um ihre Worte zu verarbeiten, dann signalisierte sein Blick Verständnis. »Kriegermädchen also.«

Sie nickte und sagte leise: »Ich habe aufgehört zu hoffen.« Dann reckte sie das Kinn. »Von jetzt an werde ich kämpfen.«

Kapitel 2

Gegenwart
Lake Accotink Park, Springfield, Virginia

Ryan Schaeffer versuchte, seine Erregung zu unterdrücken. Er musste bei diesem Spiel einen klaren Kopf behalten. Bis zu diesem Augenblick hatte es langer, sorgfältiger Vorbereitungen bedurft. Die Strahlen der Nachmittagssonne fielen durch das dichte Blätterdach der Bäume und sprenkelten die Laufstrecke darunter. Eine warme Frühlingsbrise ließ die Hecke leise rauschen, und der Duft von Azaleen überdeckte für einen Moment den stechenden Schweißgeruch, der von seinem besten Freund ausging.

Zippo streckte den Kopf aus dem Gebüsch, um nach der Joggerin zu sehen. »Da kommt sie.« Er hob ein Fernglas an die Augen und konzentrierte sich auf den gewundenen Pfad am Ufer des Lake Accotink. »Ich erkenne ihr neonpinkes Tanktop.«

»Lass mal sehen.« Ryan nahm Zippo das Fernglas aus der Hand, was ihm einem Schwall Schimpfwörter einbrachte. »O ja.« Als er das Bild schärfer stellte, beschleunigte sich sein Puls noch mehr. »Die ist heiß.«

Das kurz geschnittene dunkle Haar der Joggerin war schweißnass und sexy, genauso wie die Hose aus Lycra, die sich an ihren straffen Körper schmiegte. Er betrachtete den gleichmäßigen Rhythmus ihrer Schritte, die sie immer näher zu seinem Versteck brachten. Sein Blut begann zu kochen.

»Und sie ist klein«, sagte Zippo. »Sie kann nicht mehr als fünfzig Kilo wiegen. Was soll sie da schon ausrichten?« Er stieß Ryan mit dem Ellbogen in die Rippen. »Leichtes Spiel für dich, Alter.«

Als Zwölftklässler an der East Springfield High war Ryan bereits größer als sein Vater. Vier Jahre auf dem Footballfeld hatten ihn gelehrt, wie man einen Läufer angreift. Zippo hatte recht – die Frau konnte er sich problemlos schnappen. In den Frühlingsferien waren sie täglich zum Jagen in den Park gekommen. Heute hatten sie endlich die perfekte *Beute* gefunden – so hatte Zippo sie genannt. Sie waren die Jäger, und die Frau war ihre Beute.

Er blickte zu seinem Kumpel hinüber. »Du kneifst doch nicht, oder?«

Zippo fasste sich in den Schritt. »Alter, ich bin so was von dabei!«

Ryan nickte. »Kriegst du das hin?«

Zippo hielt das Prepaidhandy hoch, das er in der Woche zuvor gekauft hatte. »Na klar.«

Ryan würde als Erster zum Zug kommen, während Zippo von der ganzen Sache einen Livestream machte. Er hatte ihm geschworen, dass die Bullen nichts zu ihnen zurückverfolgen können würden. Ryan hatte ihnen Skimasken besorgt, damit sie die Plätze tauschen konnten, wenn er mit ihr fertig war.

Ryan hob den Daumen. Das würde großartig werden. Er spähte wieder durch das Fernglas. »In knapp dreißig Sekunden ist sie da. Los geht's.«

Sie zogen sich die Masken über den Kopf. Zippo hockte sich hin und streckte sein Handy durch ein Loch in der Hecke.

Ryan Schaeffer ging an der dichtesten Stelle des Blattwerks in Drei-Punkt-Position. Sie würde ihn erst sehen, wenn es zu spät war. Er beobachtete, wie sie näher kam. Sie hatten sich einen Platz am Ende der Strecke ausgesucht, weil sie annahmen, dass sie müde sein würde, wenn sie durch den ganzen Park gelaufen war, aber im Grunde spielte das ohnehin keine Rolle. Sie war winzig. Aus der Nähe wirkten die braunen Augen in ihrem kleinen Gesicht riesig. Er würde dafür sorgen, dass sie noch größer wurden.

Sein Körper vibrierte vor Erregung, während er sich konzentrierte und weiter abwartete. In dem Augenblick, in dem sie an ihm vorbeilief, sprang er auf und rammte ihr heftig eine Schulter in den Rücken.

Mit dem Gesicht nach unten fiel sie vornüber neben der Laufstrecke ins Gras. Für einen Moment blieb ihr die Luft weg, aber in wenigen Sekunden würde sie sich vermutlich so weit erholt haben, dass sie schreien konnte.

Das durfte er nicht zulassen.

Sie drehte sich gerade um, da stürzte er erneut auf sie zu und warf sich mit seinem ganzen Gewicht auf sie, um sie unter sich zu begraben. Er hörte, wie die Luft mit einem grunzenden Geräusch aus ihrer Lunge entwich, und er wusste, dass er sich noch einige Sekunden Stille verschafft hatte.

Ehe er sich darauf vorbereiten konnte, begann sie sich zu wehren. Ihre Handfläche fuhr hoch und traf seine Nase. Er heulte auf, schlug ihre Hand zur Seite. Als er ihren Arm zu packen versuchte, rammte sie ihm das Knie in den Unterleib. Er biss die Zähne zusammen und schaffte es, weder von ihr herunterzurollen noch sich zu krümmen.

Eines wurde ihm nun klar: Wenn er nicht schnell wieder die Kontrolle übernahm, würde diese verrückte Braut ihn fertigmachen. Mit den Schenkeln drückte er ihre Beine auf den Boden und griff nach ihren Handgelenken. Sie waren so schmal, dass er problemlos beide mit einer Hand festhalten konnte. Er bekam eines zu packen und tastete bereits nach dem anderen, als er plötzlich einen stechenden Schmerz an der weichen Stelle hinter dem Kieferknochen und direkt unter dem Ohrläppchen verspürte.

Er zog den Kopf zurück, löste sich ein wenig von ihr und erhaschte einen Blick auf etwas Schwarzes, das sie in der freien Hand hielt. Hatte sie ihn niedergestochen? Aber da war kein Blut. Er hielt ihr Handgelenk noch immer umklammert und hob den anderen Arm, um ihr ins Gesicht zu schlagen, da zuckte der Schmerz erneut durch jeden Nerv oberhalb seiner Schulter. Sie hatte ihm das schwarze Ding noch einmal an den Hals gedrückt.

Der schlimmste Schmerz, den er je empfunden hatte, legte seinen Verstand komplett lahm. Das Gefühl war überwältigend; es lähmte ihn, drohte ihn zu vernichten.

Wo war Zippo? Der winzige Teil seines Verstandes, der noch funktionierte, sagte ihm, dass er Hilfe brauchte, um eine Frau zu überwältigen, die nur halb so groß war wie er. Wo zur Hölle hatte er sich da nur hineingeritten? Er warf einen Blick nach links und sah die flatternde Rückseite von Zippos grauem T-Shirt, der einfach wegrannte. Er würde diese hinterhältige Ratte bei nächster Gelegenheit umbringen. Das Pochen an seinem Hals ließ ein wenig nach, und plötzlich hörte er, dass die Frau unter ihm zu reden begonnen hatte.

Ihre riesigen braunen Augen waren zu Schlitzen verengt. »Wie heißen Sie?«

Der intensive Schmerz hatte sein Denken auf das Grundlegende reduziert. Seine Synapsen reagierten nur noch auf eines: »Sie tun mir weh.«

»Ach ja?« Sie drückte fester zu, und die Welt begann vor seinen Augen zu verschwimmen. »Das bricht mir das Herz. Ich hätte da einen Vorschlag: Überfallen Sie einfach keine Frauen im Park mehr.«

»Ich … ich habe nicht … es war nur ein Spaß. Nicht ernst gemeint«, protestierte er schwach.

»Sparen Sie sich den Atem«, sagte sie und verzog den Mund. »Sie sind verhaftet.«

Während ihre Worte seine einst in hellen Farben leuchtende Zukunft in tiefe Finsternis stürzten, brach alles über ihm zusammen. Kaum fünf Minuten zuvor war er noch auf dem Weg zum College und einem kompletten Football-Stipendium gewesen. Nun würde er höchstens im Gefängnishof auf Körbe werfen.

Seine tränenden Augen begegneten ihrem festen Blick. »P… Polizei?«

»Special Agent Nina Guerrera.« Sie senkte die Stimme zu einem Flüstern. »FBI.«

Kapitel 3

Nächster Tag
FBI Außenstelle Washington, DC

Nina saß im Wartebereich vor dem Büro von Tom Ingersoll, leitender Special Agent der Außenstelle Washington, auf der Kante eines harten Vinylstuhls. Seit einer halben Stunde hatte er dort drin eine Unterredung mit Supervisory Special Agent Alex Conner, ihrem direkten Vorgesetzten.

Conner hatte am Empfang eine Nachricht für sie hinterlassen. Wenn sie an diesem Morgen an ihrem Arbeitsplatz eintraf, sollte sie sofort zum Büro des Leiters kommen. In den zwei Jahren bei der Außenstelle Washington – ihrer ersten Dienststelle nach dem Eintritt ins FBI – war sie noch nie zu Ingersoll zitiert worden. Das hatte garantiert etwas mit ihrem außerdienstlichen Lauf im Park am Tag zuvor zu tun. Zum hundertsten Mal rief sie sich die Abläufe ins Gedächtnis, ohne herauszufinden, was sie – wenn überhaupt – falsch gemacht haben könnte.

Vorsichtig griff sie sich in die Seite und zuckte zusammen. Hatte der Dummkopf ihr eine Rippe gebrochen, als er auf ihr gelandet war? Jeder Muskel ihres zierlichen Körpers schmerzte noch vom Aufprall seines Gewichts. Die örtliche Polizei hatte einen Rettungswagen gerufen, aber sie hatte nur abgewinkt, als die Sanitäter sich ihr näherten. Daraufhin überzeugten sie sich davon, dass der Angreifer keine bleibenden Schäden davongetragen hatte. Sie hatte es abgelehnt, ins Krankenhaus gebracht zu werden, und den Rest des Abends damit verbracht, ihren ehemaligen Kollegen gegenüber ihre Aussage zu machen. Nun fragte sie sich allerdings, ob es nicht doch schlauer gewesen wäre, sich in der Notaufnahme röntgen zu lassen.

Conner öffnete die Tür und unterbrach ihre Überlegungen. »Sie können jetzt reinkommen.«

Sie erhob sich, setzte eine selbstbewusste Miene auf und schlenderte in das Büro. Sie nickte Ingersoll zur Begrüßung zu und ließ sich auf einem der beiden Stühle vor seinem Schreibtisch nieder.

»Ich habe mir Sorgen gemacht, als ich gehört habe, was gestern im Park passiert ist«, setzte Ingersoll an. »Freut mich, dass Sie in Ordnung sind.«

»Es geht mir gut, Sir. Vielen Dank.«

Conner setzte sich neben sie. »Dem Polizeibericht nach haben Sie Ihrem Angreifer gegenüber einen taktischen Stift eingesetzt.«

Die Agents durften außerhalb des Dienstes zwar Waffen tragen und wurden sogar dazu angehalten, aber beim Joggen stellte das eine Herausforderung dar. Sie konnte nicht mit einer Waffe in der Hand durch den Park rennen, ohne dass jemand die Polizei rief, und in ihrem Laufdress konnte sie sie nicht unterbringen. Bei derart beschränkten Möglichkeiten war ein kleineres Gerät die beste Option.

Nina holte den Stift aus der Innentasche ihrer Jacke und hielt ihn hoch. »Wenn ich laufen gehe, habe ich immer etwas zur Selbstverteidigung dabei.«

Conner nahm das dargebotene Instrument und drehte daran, um die Mine auszufahren. »Ich finde auch, dass eine einzelne … Person in einem dicht bewaldeten Park entsprechende Vorkehrungen treffen sollte.«

Sie war sich sicher, dass Conner beinahe *einzelne Frau* gesagt hätte, sich aber gerade noch rechtzeitig hatte bremsen können.

Ingersoll nahm Conner den Stift aus der Hand und inspizierte ihn. »Das hier gehört aber nicht zur Standardausrüstung.«

»Ich hatte so was als Streifenpolizistin immer dabei, bevor ich zum Bureau kam. Mit der Karbonspitze am anderen Ende habe ich einmal eine Autoscheibe eingeschlagen«, erklärte Nina schulterzuckend. »Ein praktisches kleines Teil.«

Die schwarze Hülle aus einer Aluminium-Legierung, nur unwesentlich dicker als ein normaler Kugelschreiber, sah recht ungefährlich aus. In geübten Händen konnte das Gerät jedoch tödlich sein.

»Im Polizeibericht steht, dass Sie die Mandibular-Druck-Technik angewendet haben«, sagte Ingersoll und gab ihr den Stift zurück.

Diese Technik erzeugte einen lähmenden Schmerz ohne unnötige Gewalteinwirkung. Sie hatte die Spitze des Stifts auf einen bestimmten Punkt an der Seite des Halses gedrückt. Die Berührung verursachte einen unerträglichen Schmerz, der sich wie ein Stromschlag über den unteren Alveolarnerv des Angreifers ausgebreitet hatte. Danach hatte sie ihre Befehle kurz und einfach gehalten. Komplexere Anordnungen hätte sein mit Schmerzinformationen überlastetes Gehirn nicht mehr verarbeiten können. Als er gehorchte, hatte sie einen Kontrollgriff angewendet, um ihn zu fixieren, während ein vorbeikommender Spaziergänger die Polizei rief. Ihr Handy war bei dem Angriff zerstört worden.

Ingersoll griff nach einer Akte auf seinem Schreibtisch und wechselte abrupt das Thema. »Das hier ist eine Kopie des Vorfallsberichts der Fairfax County Police.« Er öffnete die Akte. »Haben Sie die Sache online oder in den Nachrichten verfolgt?«

Nina blickte von Ingersoll zu Conner und wieder zurück. »Mein Handy ist kaputt, und ich habe heute Morgen nicht ferngesehen. Was ist passiert?«

Ingersoll schaute auf die Papiere in seiner Hand. »Ryan Schaeffer war nicht allein, als er Sie angegriffen hat.«

»Die örtliche Polizei hat mir mitgeteilt, dass er einen Komplizen hatte«, erwiderte sie. »Sie haben ihn ausfindig gemacht, nachdem Schaeffer ihn verraten hatte.«

Ingersoll schlug eine andere Seite der Akte auf. »Ist Ihnen bekannt, dass der Komplize einen Livestream des Vorfalls erstellt hat, ehe er geflohen ist?«

Sie spürte, dass ihr der Mund offen stehen blieb. »Nein.«

Ingersoll bedachte sie mit einem schiefen Lächeln, das seine Augen nicht erreichte. »Im Augenblick sind Sie ziemlich angesagt, wie meine Tochter es ausdrücken würde.«

Nina fühlte sich, als wäre sie erst nach der Pause ins Theater gekommen und versuchte nun herauszufinden, worum es überhaupt ging. »Moment mal, *was?*«

»Jemand hat das Video bearbeitet und den Soundtrack von *Wonder Woman* darübergelegt«, sagte Conner. Kopfschüttelnd fuhr er fort: »Und dann ging es viral.«

»Haben Sie es nicht gesehen?« Ingersoll wirkte überrascht.

»Sie haben mich heute Morgen direkt hierherbeordert«, antwortete Nina und hob beide Hände, die Handflächen nach oben. »Ich hatte noch keine Gelegenheit, mein Handy zu ersetzen oder in meinem Büro online zu gehen.«

»Der Typ mit dem Soundtrack hat einen Wettbewerb ausgerufen, wer die Frau in dem Video als Erster identifiziert«, sagte Ingersoll. »Heute früh lag schließlich jemand richtig. Public Affairs bekommt ständig Anfragen von Reportern, die den Direktor um eine Stellungnahme bitten.«

In Ninas Kopf drehte sich alles. Der Direktor des FBI, ein Mann, der mehr als achtunddreißigtausend Bundesangestellte unter sich hatte, wurde von Reportern wegen einer Stellungnahme zu ihrer Person belästigt. »Um Gottes w…«

»Aber deswegen haben wir Sie nicht hergebeten«, fuhr Ingersoll fort.

Sie sah ihn ungläubig an und fragte sich, was noch passiert sein konnte.

»Ein Mörder hat gestern Nacht eine Nachricht an einem Tatort in einer Gasse hinter der M-Street hinterlassen. Wir haben Grund zu der Annahme, dass die Nachricht sich auf Sie bezieht.«

Ein Schauer überlief sie. »Was für ein Tatort?«

Mit erhobener Hand unterband Ingersoll jede weitere Frage. »Zuerst würde ich gern ein paar Dinge klären.« Er runzelte die Stirn. »Haben Sie Ihren Namen vor zehn Jahren rechtskräftig von Nina Esperanza zu Nina Guerrera geändert?«

Der Strudel in ihrem Gehirn drehte sich in eine andere Richtung. »Das war ein Teil meines Emanzipationsprozesses. Ich war damals siebzehn.«

Ingersoll und Conner wechselten einen vielsagenden Blick. Anscheinend hatte sie gerade etwas bestätigt. Äußerst frustriert blickte sie von einem Mann zum anderen. Ihre hochgezogenen Brauen waren eine wortlose Forderung nach Antworten.

»Mir ist bewusst, dass dies sehr persönlich ist«, sagte Ingersoll. »Aber es hat unmittelbaren Einfluss auf das, was wir zu bereden haben.«

»Die Akten des Jugendgerichts sind geschlossen«, fügte Conner hinzu. »Wir sind dabei, uns Akteneinsicht zu verschaffen, aber wir würden die Geschichte lieber zuerst von Ihnen hören. Haben Sie vor Gericht einen Antrag auf vorzeitige Mündigkeit gestellt, nachdem Sie aus Ihrer Pflegefamilie fortgelaufen waren?«

»Ja.« Sie leckte sich über die trockenen Lippen.

»Wurden Sie … entführt?« Ingersoll vermied es, ihr in die Augen zu sehen.

Was bedeutete, dass er Bescheid wusste. Ihre Hände verkrampften sich in ihrem Schoß. Sie wussten beide, was ihr zugestoßen war.

»Ich war sechzehn.« Sie hielt ihre Stimme sachlich und emotionslos, während sie sich an die grauenhaftesten Ereignisse ihres Lebens erinnerte. »Ich war aus einer Wohngruppe abgehauen und lebte auf der Straße. Mitten in der Nacht fuhr ein Mann vorbei. Er hielt an und … packte mich. Er fesselte mich und legte mich in den Laderaum seines Vans.«

Sie verschwieg, was als Nächstes passiert war. Die unausgesprochenen Details der Stunden, die sie mit ihrem Entführer verbracht hatte, hingen zwischen ihnen in der Luft.

»Am Morgen konnte ich entkommen«, beendete sie abrupt ihren Bericht und fragte dann, an Ingersoll gewandt: »Warum ist das auf einmal so wichtig?«

»Gestern Nacht ist in Georgetown ein sechzehnjähriges Mädchen ermordet worden«, antwortete Ingersoll mit leiser Stimme. »Sie war aus ihrer Pflegefamilie weggelaufen.« Seine letzten Worte waren kaum noch hörbar. »Ihr Körper wurde in einen Müllcontainer geworfen.«

»Die Metropolitan Police ist an dem Fall dran«, fügte Conner hinzu. »Die Forensiker haben einen Zettel gefunden, den man ihr in den Mund gestopft hatte. In einem Plastiktütchen.«

Sie stellte sich die Szene vor, und der lange begrabene Schmerz kam wieder an die Oberfläche. Ein junges Leben, ausgelöscht. Ein Monster, das auf der Suche nach seinem nächsten Opfer durch die Straßen streifte.

Ingersoll holte ein Blatt Papier aus einer Mappe. »Der Zettel ist aus normalem Druckerpapier und enthält eine Nachricht.« Er holte eine Lesebrille aus seiner Hemdtasche und setzte sie auf, blickte auf das Papier und räusperte sich.

Mit klopfendem Herzen hörte Nina, wie er die Nachricht des Mörders vorlas.

»Nach jahrelanger Suche hatte ich die Hoffnung beinahe aufgegeben. Aber heute hat sich alles geändert. Sie nennt sich jetzt Kriegermädchen. Aber für mich wird sie immer … die Einzige sein, die entkommen konnte.«

Ingersoll blickte auf und ihr endlich in die Augen. »Danach kommen drei Absätze und dann noch zwei Worte in Großbuchstaben.«

Sie wartete darauf, dass Ingersoll den Rest der Botschaft vorlas.

»BIS JETZT.«

Kapitel 4

Wie betäubt nahm Nina das Papier, das Ingersoll ihr hinhielt. Das Blatt zitterte etwas, als sie die Nachricht las, von der sie wusste, dass sie ihr galt.

Sofort befand sie sich wieder in dem dunklen, bedrückenden Laderaum des Vans und spürte den Druck des Klebebands auf den Lippen, das ihre Schreie dämpfte.

Ihr war bewusst, dass ihre Vorgesetzten sie genau beobachteten. Sie bewegte den Kiefer, als wollte sie sich von dem Klebeband befreien, und brachte mühsam die einzig wichtige Frage heraus.

»Ist er gestern Nacht gefasst worden?«

»Es wurde kein Verdächtiger verhaftet«, antwortete Conner. »Und es gibt auch keine Spuren.«

Seit Jahren hatte Nina sich vor diesem Moment gefürchtet, hatte versucht, sich einzureden, dass das Monster tot war. Jetzt konnte sie sich nichts mehr vormachen. Es war aus ihren Albträumen mitten in ihr Leben geschlittert.

Noch immer erschüttert, wandte sie sich an Ingersoll: »Wie sind Sie darauf gekommen, dass es in der Nachricht um mich geht? Mein Name wird nicht erwähnt. Jedenfalls nicht direkt.«

»Ihr Name kam durch die Einheit für Verhaltensanalyse BAU 3 ins Spiel.«

Nina schwieg, während sie die Information verarbeitete. In der Verhaltensanalyseeinheit arbeiteten die berühmten Profiler des FBI. Gedankenjäger. Innerhalb dieser Einheit beschäftigte sich BAU 3 hauptsächlich mit Verbrechen an Kindern.

»Einer der Special Agents dort hatte … Kenntnis von Ihrem damaligen Fall.«

»Warum sollte da jemand einen Zusammenhang sehen?«, fragte sie und überlegte, von welchem Agent die Rede war. »Es handelt sich um eine ungeklärte Entführung, die elf Jahre zurückliegt.«

Ingersoll wandte den Blick ab und rieb sich den Nacken. »Der Agent ist Jeff Wade.«

Für einen Moment schloss sie die Augen und versuchte, die Bilder zu verdrängen, die in ihrem Gedächtnis aufstiegen. Special Agent Dr. Jeffrey Wade – sie hatte gehofft, diesen Namen nie wieder zu hören. »Ich dachte, er hätte die BAU endgültig verlassen.«

Wade war zur Ausbildungsakademie versetzt worden, nachdem er ein Profil dermaßen verpfuscht hatte, dass ein Mädchen gestorben war – so stand es zumindest in der Klage, die Chandra Browns Familie eingereicht hatte. Chandra hatte bei der örtlichen Polizei angegeben, sie werde von einem Mann gestalkt. Diese hatte den Vorfall ans FBI weitergeleitet, weil der Tathergang einem ungelösten Mord ähnelte, der einige Monate zuvor in einem anderen Gerichtsbezirk geschehen war. Ein Mord, den Wade als Teil einer Serie von Morden an weiblichen Teenagern bearbeitet hatte. Wade hatte sich Chandras Anzeige angesehen, war zu dem Schluss gekommen, dass es keinen Bezug zu seinen Ermittlungen gab, und hatte den Fall erneut an die örtliche Polizei verwiesen. Vierundzwanzig Stunden später war Chandra tot, und der Mord an ihr wurde der Serie zugeordnet, an der Wade arbeitete.

Weil Wade als führender Profiler des FBI allgemein bekannt war, hatte das Bureau viel Prügel einstecken müssen. Chandras zerbrochene Familie war mehrfach mit einem Anwalt im Schlepptau vor die Kamera getreten, um den Ermittlungsbehörden rundheraus die alleinige Schuld zuzuweisen. Wade ließ sich beurlauben, übergab seine laufenden Untersuchungen einem anderen Mitarbeiter der BAU und bat um Versetzung, als er wieder zum Dienst erschien. Gerüchteweise hieß es, der legendäre Dr. Wade sei letztlich unter der Last von zwei Jahrzehnten Jagd auf Kinderschänder zusammengebrochen. Offensichtlich waren diese Gerüchte falsch, denn er war wieder da.

»Sein Zwischenspiel bei der Akademie hat nur sechs Monate gedauert«, sagte Conner.

Nach einer kurzen Pause, in der er offenbar daran dachte, wie Wade öffentlich in Ungnade gefallen war, kam Ingersoll wieder auf den derzeitigen Fall zurück. »Wegen der bizarren Formulierung der Botschaft hat die Mordkommission die Informationen an ViCAP weitergeleitet, das Programm des FBI, das für die Analyse von seriellen Gewalt- und Sexualverbrechen zuständig ist. Sie sollen überprüfen, ob irgendwo ein ähnlicher Mord geschehen ist. Und so ist Wade an den Bericht gekommen.«

»Er hat das Video gesehen wie jeder andere im Bureau auch, und da sind Sie ihm wieder eingefallen«, fügte Conner hinzu.

Natürlich war Wade derjenige, der die Teile des Puzzles zusammensetzen konnte. Es wäre untertrieben, zu behaupten, er sei mit ihrer Vorgeschichte vertraut. Aufgrund seines Wissens über sie hätte der Mann beinahe verhindert, dass sie überhaupt Agent geworden war.

Soweit sie wusste, hatte sich bei der Bewerbung noch niemand einer derart genauen Überprüfung unterziehen müssen wie sie. Nachdem Ninas Lügendetektortest bei einer Frage zu ihrer Vergangenheit eine mögliche Verschleierung angezeigt hatte, hatte die stellvertretende Direktorin Shawna Jackson interveniert und Dr. Wade um eine Beurteilung gebeten. Jackson gehörte zu der Handvoll Menschen, die dem Direktor des FBI direkt unterstellt waren. Normalerweise hatten die Leute aus diesen Gefilden mit den Einstellungsverfahren nichts mehr zu tun, aber Shawna hatte ein persönliches Interesse an dem Ergebnis, weil sie es war, die Nina für das Bureau angeworben hatte.

Nachdem er sich die Ergebnisse des Lügendetektortests angesehen und den Bericht über ihre Vorgeschichte gelesen hatte, bestellte Wade Nina in ein Verhörzimmer, wo er von ihr zu wissen verlangte, warum sie vorzeitig für mündig erklärt worden und was die Bedeutung ihres neuen Nachnamens sei. Er war erst zufrieden, als er ihre sorgfältig aufgebauten Mauern zerstört hatte. Er zwang sie, die Prügel noch einmal zu durchleben, die sie von älteren Kindern im Pflegesystem bezogen hatte, weil man sie aufgrund ihrer zierlichen Statur für leichte Beute hielt. Er starrte sie mit versteinerter Miene an und kritzelte etwas auf seinen Notizblock, während sie das Gefühl einer glühenden Zigarettenspitze auf ihrer Haut beschrieb. Und er brachte sie dazu, sich die Nacht ihrer Entführung noch einmal bis ins letzte Detail zu vergegenwärtigen, und riss auf diese Weise die schützende Kruste ab, die sich in ihrem Verstand geformt hatte, sodass die ganze Geschichte förmlich aus ihr herausblutete.

Während sie stockend und verkrampft redete, hörte er ihr schweigend zu, zeigte keinerlei Emotion und musterte sie kritisch. Da er hinzugezogen worden war, um herauszufinden, ob sie etwas vor dem Lügendetektor zu verbergen versucht hatte, kam es ihr vor, als warte er nur darauf, dass sie zusammenbrach. Dass sie anfing zu weinen, zu schreien oder auf ihn loszugehen. Er hatte ihre Seele entblößt und hineingeschaut, um ihre tiefsten Geheimnisse offenzulegen.

Am Ende hatte Wade ihr gesagt, er sei zu dem Schluss gekommen, dass sie nichts verschweigen wollte, der Lügendetektor habe jedoch das willentliche Verdrängen bestimmter Details ihres Traumas aufgedeckt. In ihrer Erinnerung gab es dunkle Flecken, und er glaubte, dass diese sie zu einem Risiko machten, zu einer tickenden Zeitbombe, die unter gewissen Umständen mit Sicherheit explodieren würde. Nur das Eingreifen der stellvertretenden Direktorin Jackson hatte verhindert, dass sein Bericht sie von der Akademie ausschloss. Vom Tag ihrer Einstellung an hatte Nina härter als jeder andere gearbeitet. Sie war entschlossen zu beweisen, dass Dr. Jeffrey Wade sich zum zweiten Mal in seiner Karriere grundlegend geirrt hatte. Und dass er ein selbstgefälliges Arschloch war.

»Wir schildern Ihnen all das so detailliert, um Sie auf die Zusammenarbeit mit Wade vorzubereiten«, sagte Ingersoll.

Sie verspürte einen nahezu unkontrollierbaren Drang, das Büro zu verlassen, nach Hause ins Bett zu gehen und möglichst bald aus diesem Albtraum aufzuwachen.

»Sie arbeiten im Hintergrund«, erklärte Conner. »So unauffällig, dass niemand Sie sehen kann. Wade ist von Quantico aus nach Georgetown gefahren. Er ist vor einer halben Stunde am Tatort eingetroffen. Sie können sich dort mit ihm austauschen.«

Man erwartete von ihr, dass sie mit einem Mann zusammenarbeitete, der sie mit der schonungslosen Effizienz eines Pathologen bei einer Autopsie seziert hatte. Ein Teil von ihr wollte das ablehnen. Niemand würde ihr deswegen einen Vorwurf machen.

Sie zwang sich, eine gleichmütige Miene aufzusetzen. Auf keinen Fall würde sie ihre Vorgesetzten wissen lassen, was dieser Auftrag ihr abverlangte. »Dann steige ich jetzt in die Subway und fahre zum Tatort.«

Kapitel 5

Nina zeigte dem Uniformierten an der Absperrung vor dem Tatort ihren Dienstausweis.

Er unterzog ihn einer flüchtigen Betrachtung. »Sie kommen zu spät zur Party.«

Es waren nur noch Reste des Tatorts zu sehen, an dem ihre Kollegen bereits seit dem Morgengrauen aktiv waren.

»Ich komme nur zum Aufräumen«, gab sie zurück und duckte sich unter dem gelben Absperrband hindurch.

Ein Transporter der Spurensicherung des Metropolitan Police Departments stand am Straßenrand. Der Kühlergrill zeigte in Richtung eines mit Graffiti übersäten Müllcontainers. Nina konzentrierte sich auf eine Gruppe Männer, die hinter einem etwa anderthalb Meter hohen Sichtschutz standen. Einige von ihnen trugen MPD-Uniformen, andere steckten in weißen Tyvek-Schutzanzügen, wieder andere waren im Anzug.

Sie entdeckte Special Agent Wade sofort. Die leuchtend goldfarbene FBI-Beschriftung hob sich deutlich von seiner dunkelblauen Einsatzjacke ab. Als er sich zu ihr umdrehte, spiegelte sein Gesicht die Trostlosigkeit eines Mannes wider, der schon zu viel gesehen hatte. Die Blicke aus seinen stahlgrauen Augen hefteten sich auf sie und schätzten sie auf eine Art ab, die sie auf gruselige Weise an ihr letztes Zusammentreffen zwei Jahre zuvor erinnerte.

Nina ging auf ihn zu und streckte die Hand aus. Er kontrollierte ihren Zugang zu diesem Fall, aber sie würde nicht zulassen, dass er Kontrolle über ihre Person ausübte. »Guten Tag, Dr. Wade.«

Sie nahm an, dass die meisten Menschen, die weder Kosten noch Mühen gescheut hatten, um einen Doktortitel zu erwerben, auch mit diesem Titel angesprochen werden wollten.

»Nennen Sie mich Wade.« Die schroffe Stimme passte zu seinem zerfurchten Gesicht.

Sein Griff war fest, aber dass er Schwielen an den Händen hatte, überraschte sie. Er wollte, dass sie ihn mit dem Nachnamen ansprach, damit sie eine gewisse professionelle Distanz wahren konnten, registrierte sie. Es war ihr recht.

»Guerrera«, sagte sie.

Er deutete mit dem Kopf auf den Mann, der einen knappen Meter links von ihm stand. »Detective Mike Stanton, MPD-Mordkommission.«

Stanton antwortete mit einem kurzen Winken.

Mit gesenkter Stimme fuhr Wade fort: »Wenn Ihnen hier etwas Unbehagen bereitet, erwarte ich, dass Sie mir das mitteilen.«

Nina sah ihm unverwandt in die Augen und log: »Geht klar.« Unbehagen war bereits jetzt die Untertreibung des Jahrhunderts.

»Für Empfindlichkeiten haben wir hier keine Zeit«, sagte Wade und wechselte in den Ermittlungsmodus. »Der Tatort ist nicht mehr frisch. Wir brauchen alle Erkenntnisse, die Sie uns bieten können, und zwar sofort.«

Sie drehte sich zu dem Sichtschutz um, einerseits, um Wades durchdringendem Blick auszuweichen, und andererseits, um den Tatort zu begutachten. »Dann fange ich mal an.«

Detective Stanton kam einen Schritt auf sie zu. »Bevor Sie sich die Leiche ansehen … Könnten Sie das Fahrzeug beschreiben, das er benutzt hat?« Er scharrte unbehaglich mit den Füßen, dann fuhr er fort: »Bei Ihnen?«

Logisch. Jemand, der extra einen Transporter umgerüstet hatte, um sein Opfer zu entführen, würde das Fahrzeug vermutlich noch viele Jahre lang behalten.

»Ein blauer Ford Econoline.« Auf seinen fragenden Blick hin erklärte sie: »Das habe ich anhand der Bilder herausgefunden, die mir die Polizei nach dem Vorfall gezeigt hat.«

Vorfall. Ein banales Wort, das sie absichtlich benutzt hatte.

Er nickte nur. »Sonst noch etwas?«

»Standardausführung. Keine Besonderheiten. Jedenfalls keine äußerlich sichtbaren.« Sie schluckte, um ihre trockene Kehle zu befeuchten. »Innen war der Wagen sozusagen nackt bis auf die Karosserie, sogar der Teppichboden war herausgerissen. Er hatte einen schwarzen Vinylbelag auf das Metall unter mir gelegt. Meine Hände waren hinter dem Rücken mit Tape zusammengebunden. Die Füße auch.«

Als sie verstummte, schwiegen auch Wade und Stanton. Sie begriff, dass die Männer darauf warteten, dass sie ihren Bericht fortsetzte.

»Hinten waren diese kleinen runden Fenster.« Nina hob die Hände und formte damit einen Kreis etwa in der Größe eines Esstellers. »Die hatte er mit schwarzer Sprühfarbe verdunkelt.«

Stanton wollte mehr. »Wie war der Laderaum zu öffnen?«

»Zwei Türen. Als er mich einsperrte, hat er zuerst die rechte geschlossen und dann die linke.«

»Das wird im Bericht nicht erwähnt«, warf Wade ein.

»Es gibt noch eine Menge Details dieser Art.« Sie zuckte mit den Schultern. »Dinge, nach denen mich niemand gefragt hat oder die niemand niedergeschrieben hat, an die ich mich aber größtenteils deutlich erinnern kann.«

Wade zog eine seiner silbergrauen Brauen hoch. »Größtenteils?«

Sie funkelten einander schweigend an. Dieses Verhalten war es, das sie beinahe daran gehindert hätte, FBI-Agentin zu werden, und sie würde sich auf keinen Fall entschuldigen. »Es gibt ein paar Einzelheiten, an die ich mich nicht erinnere. Zumindest habe ich es nie versucht.«

Nina wandte sich erneut an Stanton und setzte ihre Beschreibung des Transporters fort. »Der Motor lief ruhig. Keine Fehlzündungen, kein lauter Auspuff oder irgendetwas, was Aufmerksamkeit hätte erregen können.« Sie drang in die Tiefen ihrer Erinnerung ein und holte weitere bruchstückhafte Informationen heraus. »Er ist ungefähr eine halbe Stunde gefahren, ehe er angehalten hat. Zwischen Führerhaus und Laderaum gab es eine Trennwand, deshalb musste er aussteigen, um die Türen zu öffnen.«

»Was haben Sie gesehen?«, fragte Wade.

Ein Monster in Menschengestalt.

»Es sah aus, als wären wir in einem Wald«, sagte sie. »Die Sonne war noch nicht aufgegangen, deshalb habe ich nur ein paar dunkle Bäume gesehen. Sonst konnte ich nichts erkennen.«

Detective Stanton holte sein Handy heraus, wandte sich ab und begann, schnell und mit leiser Stimme zu sprechen. Nina nahm an, dass er die Zentrale anwies, eine Fahndung nach einem ihrer Beschreibung entsprechenden Fahrzeug herauszugeben. Ein Schuss ins Blaue, aber einen Versuch war es wert.

»Gut«, sagte Wade. »Die Spurensicherung ist beinahe fertig. Die Leiche haben wir bis zu Ihrer Ankunft zurückgehalten.«

Er drängte sich seitwärts um den Sichtschutz herum, der die Leiche abschirmte. Sie folgte ihm und verstand sofort, warum man die Tote den Blicken entzogen hatte. Das lange Haar des Mädchens bedeckte den Boden um ihren Kopf herum, die rechte Seite war blutverkrustet. Sie lag ausgestreckt auf dem Rücken. Ihr nackter Körper war auf dem schmuddeligen Gehweg obszön zur Schau gestellt.

Nina beugte sich vor, um einen Blick in die trüben braunen Augen zu werfen, die blind zurückstarrten. An der Oberlippe des Mädchens entdeckte sie Spuren von silberfarbenem Klebeband.

Wade stand hinter ihr und gab ihr eine rasche Zusammenfassung. »Einer der Kellnerlehrlinge aus dem Restaurant gegenüber hat sie gefunden. Er wollte nach Lokalschluss morgens um drei den Abfall des Abends entsorgen. Er hat sie in dem Container entdeckt, dachte, sie sei vielleicht noch am Leben, und hat sie herausgezogen. Er hat ihr das Klebeband vom Mund gerissen, ehe ihm klar wurde, dass sie ihren letzten Atemzug schon längst getan hatte.«

Detective Stanton kam von seinem Telefongespräch zurück.

»Der Mörder hatte ihr das Plastiktütchen mit der Nachricht in den Mund gesteckt und das Klebeband darübergeklebt. Wahrscheinlich wollte er sichergehen, dass es nicht herausfällt.«

Nina stimmte zu. Bezüglich der Nachricht wollte er kein Risiko eingehen. Auf einmal kam ihr ein grauenhafter Gedanke. Sie sprach Stanton an. »Hat jemand von der Spurensicherung sie schon mal umgedreht?«

Stanton blickte aus schmalen Augen zu Wade hinüber, dann antwortete er: »Vor ungefähr einer halben Stunde, bevor Sie eingetroffen sind. Wir haben sie dann wieder so hingelegt, wie wir sie vorgefunden haben.«

Sorgfältig darauf bedacht, ihren Gesichtsausdruck unter Kontrolle zu halten, überlegte sie, was ihr bis jetzt aufgefallen war, und verglich den Tatort mit der kryptischen Nachricht, die der Mörder für sie hinterlassen hatte. Offenbar hatte er gewusst, dass das FBI sie zu dieser Ermittlung hinzuziehen würde, und hatte ihr daraufhin eine Botschaft geschickt.

»Nach jahrelanger Suche hatte ich die Hoffnung beinahe aufgegeben«, murmelte sie vor sich hin und legte den Kopf schief, um die Leiche des Mädchens aus einem anderen Winkel zu betrachten. »Aber heute hat sich alles geändert.« Sie hörte auf, die Nachricht zu zitieren, und blickte zu Wade hinüber. »Das bedeutet, dass er wieder Hoffnung hat, aber warum? In welcher Hinsicht?«

Er musterte sie nachdenklich. »Sagen Sie es mir.«

Wade hatte nicht vor, sie in den Genuss seiner Analyse zu bringen; er zog es zweifellos vor, ihre Einschätzung der Situation zuerst zu hören. Sie wandte sich von den Männern ab und beugte sich noch einmal vor. Was hatte er diesem armen Mädchen noch angetan? Ein metallisches Glitzern erregte ihre Aufmerksamkeit. Sie atmete tief durch.

»Alles in Ordnung, Guerrera?«, fragte Wade mit besorgtem Tonfall.

»Die Halskette«, brachte sie mühsam heraus. Das Monster hatte erneut bewiesen, dass es ihr nach Belieben die Kontrolle entreißen konnte.

Ein diamantförmiger Anhänger an einer silbernen Kette lag neben dem verkrusteten Haar des Mädchens auf dem schmutzigen Pflaster des Bürgersteigs, und die dazugehörige lange Kette war um den schlanken Hals des Mädchens geschlungen. Dieselbe Halskette, die Nina getragen hatte, als er sie geschnappt hatte. Sie betrachtete die Plastikperlen, die ein buntes Muster konzentrischer Diamanten bildeten und ihre Vermutung bestätigten.

Sie blinzelte heftig, um zu verhindern, dass ihre Augen feucht wurden. »Diese Kette hat mir gehört«, flüsterte sie.

»Sind Sie sicher?«, fragte Stanton.

»Ich habe sie im Kunstunterricht gemacht, als ich fünfzehn war. Das Muster ist klassisch. Es heißt *ojo de dios.*« Sie richtete sich auf und zeigte auf den Anhänger. »Das Auge Gottes.«

Stanton winkte einen der Kriminaltechniker heran. »Könnten Sie ein paar Extrabilder von der Halskette machen und mir aufs Handy schicken?«

Nina wandte sich ab und heuchelte Interesse am Pflaster des Bürgersteigs auf der anderen Seite der Leiche. Sie wollte Zeit gewinnen, um sich zu sammeln. Sie wollte Wade erst wieder ansehen, wenn sie zumindest den Anschein von Objektivität vermittelte. Es fiel ihr wesentlich schwerer, als sie gedacht hatte.

»Brauchen Sie einen Schluck Wasser?« Wades Ton wurde freundlicher.

»Es geht mir gut.« Noch eine Lüge. Sie war sich sicher, dass Wade sie durchschaute, aber es war ihr egal. Stattdessen konzentrierte sie sich auf die Fakten, die vor ihr lagen, und kam zu der einzigen Schlussfolgerung, die die Situation in das richtige Licht rückte. »Er wiederholt die Zeit, die er mit mir verbracht hat.«

Stanton hörte auf, dem Techniker zuzusehen. »Wie meinen Sie das?«

Sie verschränkte die Arme und fragte: »Wie viele Wunden haben Sie auf ihrem Rücken gefunden?«

»Woher wissen Sie …?«

»Siebenundzwanzig«, fiel Wade ihm ins Wort.

Dieselbe Anzahl wie auf ihrem Rücken. Wie hatte sich das Monster an die genaue Zahl erinnern können? Es hatte ihr die Wunden nicht beigebracht, aber es war von ihnen fasziniert gewesen. Sie unterdrückte ein Schaudern, als sie erneut zu spüren glaubte, wie er ihr mit der Fingerkuppe am Rückgrat entlang und über die Ränder ihrer Wunden fuhr.

»Und auch drei Brandwunden auf dem Rücken?«, fragte sie.

Wade antwortete nicht.

Sein Schweigen fühlte sich wie ein Test an. Er versuchte immer noch herauszufinden, wie nützlich sie ihm bei dieser Ermittlung sein konnte. Nina sah ihm ins Gesicht und erklärte: »Drei zum Dreieck angeordnete Verbrennungen durch Zigaretten. Wie die, die er mir beigebracht hat.«

Sie wandte sich ab und untersuchte demonstrativ jeden Quadratzentimeter des Bodens. »Ich muss weitersuchen. Vielleicht finde ich noch etwas.« Sie entdeckte jedoch nichts Auffälliges, bis ihr Blick schließlich auf den mit urbaner Kunst dekorierten Müllcontainer fiel. In der linken unteren Ecke der verkratzten und verbeulten Metallwand waren vier Reihen Zahlen und Buchstaben in neonblauer Farbe aufgesprüht. In der obersten Reihe stand »4NG«, gefolgt von einem Doppelpunkt. Irgendetwas daran wühlte sie auf, zog sie magisch an. Sie ging in die Hocke und sah genauer hin.

Wades Knie knackten, als er sich neben sie hockte. »Sieht frisch aus.«

»Er trug damals leuchtend blaue Latex-Handschuhe«, sagte sie. »Genau in dieser Farbe.«

Wade zog skeptisch eine Braue hoch. »Glauben Sie, dass er etwas in Codeform mitteilen will?«

»Mit der Nachricht und der Kette hat er das definitiv getan. Und beides ist für mich gedacht.« Sie legte den Kopf schief. »Und wenn 4NG nun *für Nina Guerrera* bedeutet? Der Doppelpunkt dahinter könnte anzeigen, dass der Rest die eigentliche Botschaft ist.«

Beide beugten sich vor. In der nächsten Reihe stand 8, 15, 6, 6, 14, 21, 14, 7. In der Reihe darunter waren es 9, 19, 20 und in der letzten Reihe 20, 15, 20.

»Alle anderen Mitteilungen, die er hinterlassen hat, waren sorgfältig an der Leiche befestigt. Als wollte er sichergehen, dass wir sie finden.« Wade deutete auf den Container. »Das hier entspricht nicht dem Muster. Es verschwimmt mit den vielen anderen Graffiti in dieser Gasse. Er konnte nicht davon ausgehen, dass wir es finden würden.«

»Ehrlich gesagt haben wir es anfangs auch übersehen«, gab Stanton zu und winkte erneut einen Kriminaltechniker heran.

Nina hatte nicht mitbekommen, dass der Detective des MPD näher gekommen war. In seiner Stimme lag ein Anflug von Ärger, als er den Techniker anwies, jeden Quadratzentimeter der Gasse zu fotografieren.

»Verdammt!«, fluchte Wade leise.

Sie drehte sich zu ihm um und sah, wie er sein Handy aus der Tasche holte. »Was ist?«

Ohne sie zu beachten, tippte er mit den Daumen auf dem Gerät herum. Der Blick seiner grauen Augen huschte zu den gemalten Zahlen und dann wieder zurück auf das Display in seiner Hand. »Verdammter Hurensohn.«

Sie war kurz davor, ihn am Kragen zu packen und zu schütteln. »Was ist denn, Wade?«

Endlich antwortete er. »Es ist ein simpler Zahlencode. Total einfach. Aber er stammt definitiv von ihm.«

»Und was bedeutet er?«

»Es bedeutet: Hoffnung ist tot.«

»Verdammter Mist!«, sagte Stanton. »Als Sie hier eingetroffen sind, Agent Guerrera, ist mir etwas aufgefallen, aber ich wollte den Sachverhalt nicht überbewerten, darum habe ich nichts gesagt.«

»Was ist Ihnen aufgefallen?«, fragte sie.

»Sehen Sie sich das Mädchen an.« Stanton deutete auf die reglose Gestalt, die vor ihnen lag. »Sie ist Ihnen verdammt ähnlich.«

Nina stand auf und versuchte, das Mädchen unvoreingenommen zu betrachten. Eine Latina, zierlich und schlank. Genau wie sie. Stanton hatte recht. Vielleicht war es ihr nicht aufgefallen, weil sie eine Frau gesehen hatte, die sehr viel jünger, ihr völlig fremd und noch dazu gestorben war.

»Die Haare des Opfers sind allerdings lang«, sagte Wade. »Wenn er gewollt hätte, dass sie wie Guerrera aussieht, hätte er sie abgeschnitten.«

»Nein«, erwiderte Nina leise. »Hätte er nicht.« Sie erinnerte sich an die Geschehnisse in jener Nacht. »Als er mich gepackt hat, war mein Haar so lang wie ihres.« Ihr Blick blieb auf das Mädchen gerichtet. »Er hat mich an meinem Pferdeschwanz in den Van gezogen.«

Als sie in jener Nacht aus dem Krankenhaus entlassen worden war, ging sie zurück in die Wohngruppe und duschte so lange, bis das Wasser kalt wurde. Dann trat sie aus der Dusche heraus, stellte sich vor den Badezimmerspiegel, und die Tropfen aus ihrem nassen Haar vermischten sich mit ihren Tränen. Schließlich hatte sie ihre dunklen Locken gepackt und sie schonungslos mit einer Küchenschere abgeschnitten, bis ihr Kopf wie geschoren aussah. Seit diesem Tag trug sie eine Kurzhaarfrisur.

»Vielleicht ist er ja jetzt fertig«, meinte Stanton. »Wahrscheinlich hatte er das Gefühl, dass er keine FBI-Agentin umbringen kann, und hat sich ein anderes Opfer gesucht. Damit hat sich der Kreis für ihn geschlossen.«

»Diese Art von Fixierung ist mir schon einmal begegnet.« Wade schüttelte den Kopf. »Hier geht es nicht nur um Mord. Es geht um Besessenheit.« Er drehte sich um und sah Nina in die Augen. »Er hat gerade erst angefangen.«

Kapitel 6

Hermosa Vista Apartments
Springfield, Virginia

Nina holte die Auflaufform mit den Enchiladas aus dem Ofen. Sie hielt kurz inne, um den geschmolzenen goldbraunen Käse zu probieren, der an den Rändern blubberte, ehe sie über die Schulter einen Blick auf Shawna Jackson warf. »Du warst nicht vor Ort. Ich habe genau gemerkt, dass Wade mich nicht dabeihaben wollte. Er war total reserviert. Nachdem ich die Sprühfarbe entdeckt hatte, wollte er nicht glauben, dass sie etwas mit dem Fall zu tun hat. Das änderte sich erst, als er selbst den Code herausfand.«

»Im Moment bist du einfach ein Werkzeug für seine Ermittlungen. Und daran kannst nur du selbst etwas ändern.« Shawna saß an dem kleinen Glastisch in Ninas enger Küche.

Ihre Wohnung lag in der obersten Etage eines vierstöckigen Hauses im inoffiziellen Latinoviertel des Bezirks Springfield-Franconia, und sie war das, was Makler als bescheiden oder gemütlich bezeichnen. Genau wie die Reinigungskräfte, Köche und Gärtner, die den Großteil der Bewohner ausmachten, war auch Nina aufgrund seiner Nähe zur Innenstadt bereit, in diesem baufälligen, vierzig Jahre alten Gebäude zu leben.

Sie stellte die Auflaufform zum Abkühlen auf einen Topflappen auf dem Tresen. »Mal ehrlich, Shawna, wie konntest du jeden Tag mit ihm zusammenarbeiten?«

Für eine Sekunde nahmen Shawnas dunkelbraune Augen einen wehmütigen Glanz an. »Wade war nicht immer so. Es gab mal eine Zeit, da war er warmherzig. Einfühlsam.«

Nina setzte sich an die andere Seite des Tisches. »Du meinst, vor der Sache mit Chandra Brown.«

»Bevor ihn das Bureau fallen gelassen hat.«

»Du warst damals einer der stellvertretenden Direktoren«, sagte Nina. »Du hättest ihm helfen können.«

»Eine Stellvertreterin ist nicht der Direktor selbst. Ich habe getan, was ich konnte, als er …« Shawna verstummte und suchte nach dem richtigen Wort.

»… implodiert ist«, vollendete Nina den Satz.

Shawna runzelte die Stirn. »Manchmal sind wir uns selbst gegenüber härter, als es die Kriminellen sind. Wade hat die volle Verantwortung übernommen, als Chandra starb. Er hat sich selbst die Schuld gegeben.«

»Wenn ich es richtig verstanden habe, hat er ihr nicht geglaubt, als sie sagte, dass ein Mann sie verfolgt. Er hätte mehr tun können. Vielleicht hätte er es sogar verhin…«

»Das hört sich an wie in den Medien.«

»Weil ich selbst schon mal einer seiner falschen Einschätzungen zum Opfer gefallen bin«, sagte Nina. »Was ich nicht verstehe, ist, warum du ihm geholfen hast.«

Shawna stieß einen langen Seufzer aus. »Es gibt da vieles, was du nicht verstehst. Darum bin ich vorbeigekommen. Wir müssen reden.« Sie musterte Nina mit vielsagendem Blick. »Abseits von neugierigen Beobachtern.«

Das letzte Mal hatte Nina ihre Mentorin mit exakt diesem Gesichtsausdruck an exakt diesem Tisch gesehen, als sie sie drei Jahre zuvor fürs Bureau rekrutiert hatte. Sie kannten sich seit vielen Jahren, seit Nina sechzehn und Shawna der BAU, der Einheit für Verhaltensanalyse, zugeordnet worden war.

Die Fairfax County Police hatte das FBI hinzugezogen, um ein Profil von dem Mann zu erstellen, der Nina entführt hatte. Quantico war nur eine halbe Stunde Fahrt entfernt, und Shawna hatte die unübliche Maßnahme ergriffen, persönlich mit ihr zu reden. Nina war noch keinem Menschen begegnet, der so beeindruckend war wie die große, gepflegte, selbstbeherrschte Bundesagentin, und sie hatte beinahe sofort eine Beziehung zu ihr aufgebaut.

Shawna war mit Nina in Kontakt geblieben, als sich herausstellte, dass es in ihrem Fall zu keiner Verhaftung kommen würde. Sie war besorgt, weil Ninas Entführer immer noch auf freiem Fuß war, und hatte mit dem Jugendamt zusammengearbeitet, um sicherzustellen, dass weder Ninas neuer Nachname noch ihre Adresse im Abschlussbericht ihrer Akte auftauchen würden. Da sie vor dem Gesetz nun mündig war, würde Nina keine Besuche von Sozialarbeitern mehr bekommen, und es würde auch keine Einträge in Datenbanken mehr geben, die gehackt werden konnten. Stattdessen würde ihre rechtsgültige Namensänderung Teil einer nicht öffentlichen Anhörung vor dem Jugendgericht bleiben – und damit Teil einer Vergangenheit, die sie hinter sich lassen wollte.

Shawnas mit Professionalität gepaartes Mitgefühl hatte Nina inspiriert, eine Karriere bei den Gesetzeshütern anzustreben, sobald es ihr möglich war. Und während Ninas Karriere als Polizeibeamtin gedieh, stieg Shawna in die Leitungsebene des FBI auf. In all dieser Zeit war Shawna ihr eine Mentorin und Freundin gewesen, die ihre Entwicklung vom Opfer zur Beschützerin vorantrieb.

»Dann bist du also nicht wegen des großartigen Essens hier?«, fragte Nina.

Shawna schluckte den Köder nicht. »Ich muss dir etwas über Wade erzählen. Etwas, worüber ich eigentlich nicht mit dir sprechen wollte, aber jetzt …«

Es klingelte an der Tür.

Fest entschlossen, den ungebetenen Gast abzuwimmeln, ging Nina zur Tür und öffnete sie.

»Hola, mi'ja.« Mrs Gomez, die Nachbarin von nebenan, stand vor der Tür, in Händen ein Keramiktablett und neben sich Bianca, ihre siebzehnjährige Pflegetochter. »Ich weiß nicht, ob du etwas gegessen hast, darum bringe ich dir etwas *Tres-Leches*-Kuchen.«

Mrs G, ständig besorgt, dass Nina verhungern würde, brachte ihr regelmäßig selbst gekochtes Essen oder Nachtisch vorbei. Bianca begleitete sie, wenn ihr eines ihrer sechs Pflegegeschwister auf die Nerven ging, was mindestens dreimal die Woche der Fall war.

Nina hielt pflichtbewusst ihren Teil des Rituals ein und nahm das Angebot an. *»Gracias.«*

»Oh, wie ich sehe, hast du Besuch«, sagte Mrs Gomez. »Dann will ich dich nicht weiter mit meinen Problemen belästigen.«

Und ob sie das wollte. »Was gibt's denn, Mrs G?«

Mrs Gomez lächelte verlegen. »Ich wollte Empanadas machen, aber mein Ofen ist kaputt.«

Bianca, offensichtlich genervt vom zögerlichen Verhalten ihrer Pflegemutter, schob die Hüfte vor und kam zur Sache. »Du musst Jaime für uns anrufen«, sagte sie und wackelte mit ihren gepiercten Augenbrauen. »Uns wimmelt er ab, aber für dich kommt er gleich angerannt.«

Seufzend trat Nina einen Schritt zurück und hielt ihnen die Tür auf. »Kommt rein.« Mrs G ging in die Küche und stellte den Kuchen auf die Theke. Mit gefalteten Händen stand sie erwartungsvoll da, während Nina nach ihrem Handy griff, um den Hausmeister anzurufen. Jaime antwortete nach dem ersten Klingeln. *»Qué pasa, Nina?«*

»*Hola* Jaime, es gibt ein Problem mit …« Mrs G wedelte mit den Armen in der Luft herum und schüttelte den Kopf.

Nina schaltete sofort. »… mit etwas, was repariert werden muss. Kannst du vorbeikommen?«

»Bin in zwei Minuten da, *bonita.*«

Nina verdrehte die Augen, legte auf und sagte zu ihrer Nachbarin: »Er wird wütend sein, wenn er erfährt, dass ich für euch angerufen habe. Noch einmal werde ich damit nicht durchkommen.«

»Ich habe ihn schon vor zwei Tagen angerufen«, erwiderte Mrs G. »Wir haben keine Lust mehr auf Essen aus der Mikrowelle.« Sie verzog den Mund, als hätte sie von Giftmüll gesprochen. Was vielleicht auch stimmte.

»Hey«, sagte Bianca und spähte um Nina herum, um einen besseren Blick auf Shawna zu erhaschen. »Kenne ich Sie nicht aus dem Fernsehen oder so?«

»Shawna Jackson«, stellte sie sich vor und stand auf. »Ich war gestern Abend in den Nachrichten.«

Als Shawna das Bureau sechs Monate zuvor verlassen hatte, war das für Nina ein spürbarer Verlust gewesen. Alle Agents gingen mit siebenundfünfzig Jahren in den Ruhestand, mit der Möglichkeit einer Verlängerung bis sechzig. Mit zweiundfünfzig hatte Shawna Gelegenheit gehabt, sich für eine andere Karriere zu entscheiden, und sie hatte die Chance genutzt. Viele Mitarbeiter des FBI gingen in den Ruhestand, um Jobs als Berater, Sicherheits- oder sonstige Experten anzunehmen. Ihre hart erarbeiteten Kenntnisse waren ein wertvolles Gut. Einige wenige jedoch verfügten über die seltene Kombination von Talent und Charisma, die es ihnen ermöglichte, bei Nachrichtensendern als Experte für den Gesetzesvollzug aufzutreten.

Als einige Monate zuvor eine Reihe von Vorfällen in die Schlagzeilen geraten war, bei denen es darum ging, dass weiße Polizeibeamte unbewaffnete schwarze Männer erschossen hatten, wurde Shawna mit Interviewanfragen regelrecht überschüttet. Sie war der höchstrangige weibliche Agent mit afro-amerikanischem Hintergrund in der Geschichte des Bureaus und verfügte durch ihre Position und ihre Erfahrung in der Untersuchung derartiger Fälle von Bürgerrechtsverletzungen über Kenntnisse, die ihren Aussagen Autorität verliehen. Kurz zuvor war sie von einem der größeren Nachrichtensender als Beraterin eingestellt worden.

Mrs G eilte zu Shawna und schüttelte ihr die Hand. »Im wahren Leben sind Sie noch viel hübscher.«

Ehe Shawna antworten konnte, klopfte es an der Tür. Nina öffnete zähneknirschend.

»Hola bonita«, sagte Jaime durch eine Wolke von Old Spice. »Wo liegt das Problem?«

Sie blinzelte die Tränen weg, die ihr wegen des Parfüms in die Augen gestiegen waren. »Es ist der Herd.«

Er runzelte die Stirn. »Alle vier Platten oder nur eine?«

»Da musst du Mrs Gomez fragen.«

Sie sah, wie Jaime den Blick durch die Küche schweifen ließ und wie sich seine Gesichtszüge verhärteten, als er die Situation erfasste.

Bianca winkte ihm zu.

Mit finsterem Blick drehte er sich wieder zu Nina um. »Nicht cool, *bonita,* gar nicht cool.«

Bianca baute sich vor ihm auf. »*Unseren* Herd wolltest du ja nicht reparieren. Wir essen aus der Mikrowelle, Jaime. Stell dir das mal vor.« Sie senkte die Stimme, um die Bedeutsamkeit dieser schrecklichen Situation zu unterstreichen. »Tiefgekühlte Burritos. Aus der Mikrowelle.« Sie hielt zwei Finger hoch. »Seit zwei Tagen.«

Jaime schnitt eine Grimasse. »Ist ja schon gut.«

Er folgte ihnen aus der Wohnung und murmelte leise etwas, was wie »verdammter Herd« klang.

Nina schloss die Tür und sah, dass Shawna sich das Lachen verkniff. »Ich mag deine Nachbarn.«

»Du kennst ja nicht mal die Hälfte von ihnen. Sie sind wie eine große dysfunktionale Familie.«

»Das hast du mir schon erzählt. Weißt du, du könntest dir problemlos eine elegante Wohnung in der Innenstadt nehmen.« Shawnas Augen weiteten sich, und sie fügte rasch hinzu: »Nichts für ungut.«

Diesmal war es Nina, die lachte. »Ist schon in Ordnung. Mir gefällt es hier. In solchen Mehrfamilienhäusern bin ich groß geworden.«

Sie erwähnte nicht, dass sie sich absichtlich einen Platz im Latinoviertel ausgesucht hatte, um mit ihrer ethnischen Gruppe in Verbindung zu bleiben. Da sie während ihrer prägenden Lebensjahre von einer Familie zur anderen weitergereicht worden war, fühlte sie sich manchmal wie von ihrer Herkunft abgeschnitten. Um die fehlende Familie auszugleichen, hatte sie in der Schule Spanisch gelernt und hing mit den Guatemalteken, Puerto Ricanern, El Salvadorianern, Peruanern, Mexikanern und Kolumbianern ab, die damals den größten Teil der Latinobevölkerung in der Gegend von DC ausmachten.

Mrs Gomez, die aus Chile kam, fungierte gelegentlich als Ersatzmutter. Sie lehrte Nina eine Menge über Essen und Kochen und über chilenischen Wein, der »das französische Zeug«, wie Mrs G es nannte, angeblich in den Schatten stellte.

Nina hätte allerdings einen Monatslohn darauf verwettet, dass Mrs G französischen Wein noch nicht einmal probiert hatte.

Nina stach in die Enchiladas und brachte das Gespräch wieder auf das ursprüngliche Thema zurück. »Du bist vorbeigekommen, um über Jeffrey Wade zu reden?«

Shawna wurde ernst. »Als du das Aufnahmeverfahren durchlaufen hast, war er gerade aus der BAU gedrängt worden.«

Das war sehr höflich ausgedrückt. Die einen sagten, er sei auf dem Boden einer Flasche gelandet, andere behaupteten, er habe zehn keineswegs überflüssige Kilo verloren, und wieder andere meinten, er habe einige Tage seines Urlaubs in einer Anstalt verbracht. Nina wusste nicht, was davon stimmte, aber sein Ruf war umfassend und nachhaltig beschädigt worden.

Shawna starrte auf ihren Teller und spielte mit ihrer Gabel. Nina spürte, dass gleich ein Knoten platzen würde. Also hielt sie den Mund, füllte schweigend das köstlich duftende Essen auf zwei Teller und brachte sie zum Tisch.

»Es gibt einen weiteren Grund, warum er dich nicht empfohlen hat«, fuhr Shawna endlich fort. »Ich gehöre zu den wenigen Menschen, die die ganze Geschichte kennen.«

Nina ließ sich auf ihren Stuhl fallen. Eine düstere Vorahnung überkam sie.

»Wade hatte eine jüngere Schwester«, sagte Shawna. »Sie wurde entführt, als sie vierzehn war. Nach einigen Tagen hat die Polizei sie gefunden. Physisch war sie okay, aber …«

Nina blickte auf ihre Hände. Sie hatte sich immer schon gefragt, warum Wade in der BAU zur Einheit gegen Kindesmisshandlung gegangen war, eine Position, die gerade erst geschaffen worden war, als er sie übernahm. Zumindest auf diese Frage hatte sie nun eine Antwort. »Was ist mit seiner Schwester passiert?«

»Mit zwanzig hat sie eine tödliche Überdosis von ihren Medikamenten genommen«, antwortete Shawna und schüttelte den Kopf. »Wade meinte, dass sie nach der Entführung nicht mehr dieselbe war.«

Ein Puzzleteilchen fand seinen Platz. »Er glaubt, dass es mir genauso geht.« Es war eine Feststellung. »Und dass mein Job beim Bureau der Trigger ist.«

Beschwichtigend hob Shawna eine Hand. »Betrachte es mal aus seiner Perspektive. Eine Bewerberin wird eingestellt und hat eine Geschichte von Missbrauch und Gewalt, die schlimmer ist als die einiger der Opfer, mit denen er gearbeitet hat.« Sie atmete tief durch. »Schlimmer als das, was seiner Schwester passiert ist.«

»Er wirft mir also vor, dass ich mein Leben auf die Reihe gekriegt habe und Polizistin geworden bin?« Nina deutete mit der Gabel auf ihre Freundin. »Ich habe vier Jahre lang ohne Probleme bei der Polizei gearbeitet, ehe ich mich überhaupt beim FBI beworben habe.«

»Er hat geglaubt, er würde dich schützen.« Shawna schnitt in eine Enchilada auf ihrem Teller.

»Und er wollte nicht, dass es auf ihn zurückfällt, wenn er mich als geistig gesund durchwinkt und ich fünf Jahre später durchdrehe.« Sie schnaubte verächtlich. »Er ist schlimmer, als ich dachte.«

»Es ist nicht nur das«, sagte Shawna zögerlich. »Deine Akte wies darauf hin, dass du vielleicht … schwierig sein könntest. Du arbeitest nicht immer gut mit anderen zusammen. Auch als Polizistin neigtest du dazu, Dinge im Alleingang zu erledigen. So verfahren wir im Bureau nicht.«

Das konnte Nina nicht bestreiten, aber sie hasste es, zu wissen, dass es irgendwo geheime Akten über sie gab. Akten, die ihr ganzes Leben enthielten, seit sie einen Monat alt war. Akten, die sie selbst nicht sehen durfte, während anderen Zugriff darauf gewährt wurde. Über die meisten Kinder gab es keine Unterlagen, die jeden Aspekt ihres Verhaltens und ihrer Lebensverhältnisse dokumentierten. Über Pflegekinder schon. Und Pflegekinder, die als »schwierig« beschrieben wurden, hatten die umfangreichsten Akten von allen.

»Du weißt, dass Wade mein Partner war, als ich der BAU beitrat.« Shawna wechselte das Thema. »Was du nicht weißt, ist, dass wir, ein paar Jahre nachdem ich ein weiteres Mal befördert worden war, etwas … miteinander hatten.«

»Moment mal … *wie bitte?*« Shawna und Wade … Das konnte sie sich einfach nicht vorstellen.

»Wie gesagt, damals war er ein anderer Mensch.« Shawna aß einen Bissen, überlegte offenbar, wie viel sie preisgeben sollte. »Wir waren schon getrennt, als du dich beim Bureau beworben hast, aber er wusste, dass ich dich dazu ermutigt hatte. Er fühlte sich verpflichtet, mir mitzuteilen, dass er sich gegen deine Einstellung ausgesprochen hatte.« Sie hob eine Hand, um Ninas Einwand im Keim zu ersticken. »Darum bin ich direkt zum Direktor gegangen.«

»Ich weiß«, sagte Nina. »Und ich bin mir sicher, dass es im Bureau ein paar Leute gibt, die wissen, was du getan hast, und es mir zum Vorwurf machen. Wade ist zweifelsohne einer von ihnen.«

Shawna legte die Gabel auf den Tisch und musterte Nina aus schmalen Augen. Der Geruch von Kreuzkümmel und Zwiebeln erfüllte die Luft. »Ich habe das getan, weil das Bureau dich braucht.« Sie tippte Nina mit dem Finger gegen die Brust. »Weil es *uns* braucht.« Als Nina schwieg, fuhr sie mit lauterer Stimme fort: »Das FBI ist immer noch eine größtenteils weiße, männliche Einrichtung. Als ich damals eingestellt wurde, hatten sie gerade angefangen, Frauen als vollwertige Agents einzustellen. Überleg mal, wie schwer es damals für eine schwarze Frau war, dort einen Fuß in die Tür zu bekommen. Aber genau wie du habe ich damals beschlossen, besser zu sein als die anderen, um zu beweisen, dass die Leute, die an mir zweifelten, sich irrten. Ich habe die miesesten Posten übernommen, die miesesten Unterlagen und die mieseste Ausrüstung. Ich schluckte das alles und machte es mir zur Aufgabe, in eine Position zu gelangen, in der ich anderen den Weg ebnen konnte. Das ist es, was ich für dich getan habe, und ich werde mich nicht dafür entschuldigen. Weder bei dir noch bei sonst jemandem.« Sie atmete heftig.

Shawna hatte noch nie über die Anfänge ihrer Karriere mit Nina gesprochen. Über die Diskriminierungen, denen sie ausgesetzt war. Die Glasdecke, an der sie sich auf dem Weg in die höchsten Ränge der amerikanischen Polizei ständig den Kopf gestoßen hatte.

»So habe ich das noch nicht gesehen«, erwiderte Nina leise. »Danke.«

Shawna nickte zustimmend, ehe sie fortfuhr: »Ich habe dem Direktor gesagt, wir dürften die Tatsache, dass du eine Überlebenskünstlerin bist, nicht gegen dich verwenden. Ich wies ihn darauf hin, dass du seit vier Jahren Polizistin warst und dass es in deiner Personalakte nur hervorragende Beurteilungen gab.« Sie nahm die Gabel wieder in die Hand und stieß sie in die Enchilada, als wäre sie gerade beleidigt worden. »Und dann bin ich in die Vollen gegangen. Der Direktor wusste, dass ich Jahre zuvor Wades Partnerin gewesen war.« Mit gesenktem Blick fuhr sie fort: »Ich stellte Wades Beurteilung infrage und erklärte dem Direktor, dass ich als ehemalige Profilerin der Ansicht war, Wades persönliche Probleme hätten seinen Blick auf dich verzerrt.«

»Shawna, verdammt …«

»Ich habe mich gegen meinen Partner gestellt – einen Mann, den ich einmal geliebt habe und der mir immer noch sehr wichtig war –, weil ich an dich geglaubt habe, Nina.« Ihre

Augen wurden feucht. »Und ich würde es wieder tun … denn es war richtig.«

»Das muss sehr schmerzlich für dich gewesen sein.« Nina drückte Shawnas Hand. Sie war überwältigt von der Erkenntnis, welch großes Vertrauen ihre Mentorin in sie gesetzt hatte. »Und was hat der Direktor gesagt?«

»Was sollte er schon sagen? Wades damalige Erfolgsbilanz sprach gegen ihn. Er war vorübergehend aus der BAU gedrängt worden, weil er als instabil betrachtet wurde. Deine Leistungen dagegen waren beispielhaft, und deine Testergebnisse lagen in allen Kategorien im Bereich der Spitzenklasse. Wade kam zu dem Schluss, dass dein Lügendetektortest keinerlei Betrugsversuche ergab, nur einige Unklarheiten bei bestimmten Punkten aufgrund eines früheren Traumas. Darüber hinaus standest du bei einem großen, gut angesehenen Polizeirevier in erstklassigem Ruf.« Shawna zuckte mit den Achseln. »Er hat dich bestehen lassen.«

»Aber Wade behandelt mich, als hätte ich bei dieser Ermittlung nichts verloren, denn das ist es, was er wirklich denkt«, sagte Nina mit einem bitteren Unterton in der Stimme. »Er glaubt, dass ich beim FBI nichts zu suchen habe.«

»Ich wollte es dir nie erzählen, aber da du jetzt seine Partnerin bist, dachte ich, du solltest es wissen.«

»Wie soll ich mit Wade zusammenarbeiten, wenn ich ihm nicht trauen kann?«

»Es ist deine einzige Option«, sagte Shawna. »Du entscheidest selbst, aber wenn du beschließt, mit ihm zusammenzuarbeiten, weißt du nun wenigstens, wo du stehst.«

Nina verarbeitete Shawnas Worte. Ihr war vollkommen bewusst, dass sie genauso dastand wie immer. Sie war allein.

Der Preis für die Teilnahme an der wichtigsten Ermittlung ihres Lebens war die Zusammenarbeit mit einem Agent, der versucht hatte, ihre Anstellung beim Bureau zu verhindern. Sie sparte sich die Mühe, zu erwähnen, wie unfair das war. Sie wussten es beide.

Nina begegnete Shawnas festem Blick. »Wenn ich die Wahl habe, entweder beiseitezutreten und zuzusehen oder in den Ring zu steigen, werde ich kämpfen. Immer.«

Kapitel 7

Steel Cage Central Fight Club
Washington, DC

Nach sorgfältiger Überprüfung der Verletzung hob der als Odin bekannte Kämpfer die Nadel und stach sie in den gezackten Rand des Risses über seinem linken Auge. Weißglühender Schmerz loderte auf, forderte ihn heraus, wollte ihn besiegen, ihn unterwerfen. Er unterdrückte das Gefühl und zog den chirurgischen Faden durch das angeschwollene Fleisch.

»Verdammt!«, sagte Sorrentino hinter ihm. »Du empfindest wirklich keinen Schmerz, oder?«

Den Blick auf den zerbrochenen Spiegel gerichtet, bohrte Odin die Nadel in die andere Seite der Wunde. Er sah, wie sich die Haut wölbte, ehe die Spitze herausdrang. »Ich spüre alles«, erwiderte er und zog die Wundränder zusammen. »Aber ich habe mich unter Kontrolle. Ich entscheide, ob ich reagiere oder nicht.« Erneut stieß er das spitze Metall in seine Haut. »Ich habe mich im Griff.«

Sorrentino lachte wiehernd. »Genauso, wie du heute Abend den Raider im Griff hattest.«

Odin verzog die Lippen zu einem zufriedenen Lächeln. Andrew »The Raider« Bennett war der Narr gewesen, der an diesem Tag mit ihm in den Käfig gestiegen war. Und jetzt entdeckte Bennett gerade die Freuden eines Milzrisses.

So war es nun mal im Kampfsport. Die Menge ließ ihre angestaute Wut per Stellvertreter ab, während die Gladiatoren ihr Blut vergossen, um sie zu unterhalten. Aber Odin hatte ein Geheimnis, das ihm einen Vorteil verschaffte. Er war anders als die anderen. Anders als die gesamte Menschheit. Er hatte die genetischen Vorzüge genutzt, mit denen er gesegnet war, und härter an sich gearbeitet als der Rest. Die Kombination aus physischer und mentaler Überlegenheit hob ihn von den anderen ab. Der Anblick von fliegendem Schweiß und Rotz, der Geschmack von Blut in seinem Mund, der moschusartige Geruch der Angst – all das berauschte ihn.

»Ich hatte ein hübsches Sümmchen auf dich gesetzt«, sagte Sorrentino. »Ich setze immer auf Odin.«

Er ignorierte die Schmeicheleien. Sorrentino rangierte in der evolutionären Entwicklung irgendwo zwischen Kröte und Sumpfratte, aber er besaß einen Instinkt fürs Geschäftliche. Er war schlau genug, auf den Sieger zu setzen. Odin beendete die Naht und begann, die Fadenenden zu verknoten.

Sorrentino kam näher. Beim Zusehen zog er seine fast durchgehenden, buschigen schwarzen Augenbrauen zusammen. »Schöne gerade Stiche. Wo hast du das gelernt?«

Odin ließ seinen kalten Blick auf Sorrentino ruhen, bis der Mann nervös einen Schritt zurücktrat.

»Hast du Freitagabend Zeit?«, fragte Sorrentino, um zu einem ungefährlicheren Gesprächsthema zu wechseln.

Odin schnitt die Fadenenden dicht über der Haut ab und richtete sich auf, ehe er einen Blick auf die Reihe von Flachbildschirmen warf, die oben an die Wand montiert waren. »Freitagabend bin ich beschäftigt. Ich simse dir, wenn ich wieder Zeit für einen Kampf habe.«

Sorrentino, der offenbar begriffen hatte, dass seine Anwesenheit nicht mehr erwünscht war, trottete aus dem Umkleideraum.

Odins Blick wanderte zu den Monitoren zurück. Er ignorierte die Übertragungen der Sportsender ESPN und NASCAR und konzentrierte sich auf den Bildschirm mit den Lokalnachrichten. Er steckte die Schere in den Verbandskasten und spuckte einen dünnen Faden Blut auf den Zementboden. Lokalnachrichten. Sobald die Medien den Zusammenhang zwischen dem obdachlosen Mädchen in der Gasse und der FBI-Agentin in dem Video erkannten, würde er es verdammt noch mal in die überregionalen Schlagzeilen schaffen. Nina war auf jedem Kanal gewesen. Jedermanns Heldin. Und wenn die Leute nun feststellten, dass ihr neuer Liebling für den Tod des Mädchens verantwortlich war?

Er rief sich das Video ihres Kampfes mit dem Trottel, der sie im Park überfallen hatte, ins Gedächtnis. Er hatte es schon tausend Mal gesehen. Sie war immer noch so klein wie in seiner Erinnerung, hatte aber offensichtlich trainiert. Sie hatte ihre Fähigkeiten verbessert und trug jetzt eine Waffe und eine Dienstmarke.

Nina Guerrera. Die Kriegerin.

Von dem neuen Namen hatte er nichts gewusst. Als er Nina Esperanza zu finden versucht hatte, endete die Spur an ihrem siebzehnten Geburtstag. Er nahm an, dass der Namenswechsel Teil der nicht öffentlichen Anhörung vor dem Jugendgericht gewesen war, einer der wenigen Arten von Aufzeichnungen, zu denen er keinen Zugang hatte. Jahrelang bekam er sie einfach nicht zu fassen. Jetzt schuldete sie ihm elf Jahre ausgleichender Gerechtigkeit.

Und genau die würde er bekommen.

Kapitel 8

Einheit für Verhaltensanalyse (BAU), Aquia Commerce Center
Aquia, Virginia

Nina hasste Geheimnisse. Und dieses fühlte sich an wie eine Entzündung, die unter der Oberfläche eiterte und jede ihrer Interaktionen mit Wade verunreinigte. Es war dazu geschaffen, einmal als giftiger Regen zu explodieren und sich irgendwann in der Zukunft über sie beide zu ergießen.

Ganz gleich, was Wade getan hatte oder was die Gründe dafür waren, alle persönlichen Gesichtspunkte hatten auf der Jagd nach dem Unbekannten in den Hintergrund zu treten. Und genau deshalb folgte sie Wade am nächsten Morgen ins Besprechungszimmer der BAU, als hätte sie keine Ahnung, warum er ihr zwei Jahre zuvor ein Messer in den Rücken gestoßen hatte.

Prüfend musterte sie die Leute, die um den langen Konferenztisch herum Platz genommen hatten. Am Kopfende saß Gerard Buxton, ein Mann, den sie vom Hörensagen kannte.

»Agent Guerrera.« Wade deutete auf sie. »Das ist Supervisory Special Agent Buxton, der Leiter der BAU 3.«

Buxton nahm Nina mit einem Nicken zur Kenntnis. »Ich habe für die erste Einsatzbesprechung zu diesem Fall einige Schlüsselpersonen zusammengerufen«, erklärte er und wandte sich nach rechts. Dort saß aufrecht eine blasse Frau, deren kastanienbraunes lockiges Haar ihr bis zur Hälfte des Rückens reichte. Ihre meergrünen Augen leuchteten vor Wissbegierde.

»Kelly Breck«, stellte sie sich vor. »Von der Cyberabteilung abgestellt. Dort bin ich nach einem Zwischenstopp bei der Videoforensik gelandet.« Ein leichter Südstaatenakzent ließ die technischen Begriffe etwas weicher klingen als üblich.

Nina beschloss, die Mitarbeit einer Spezialistin für Cyberkriminalität nicht zu hinterfragen. Buxton hatte den Ruf, bei Ermittlungen unkonventionelle Ansatzpunkte zu wählen und damit gute Ergebnisse zu erzielen.

Der Mann mit dem blonden Bürstenschnitt neben Breck sah aus, als wäre er ein Späher von der Basis des Marine Corps ein paar Meilen die Straße hinunter. Seine schwarz umrandete Brille passte nicht zu seinen gemeißelten Gesichtszügen.

»Jake Kent«, stellte er sich vor. »BAU 3.«

Nina und Wade nahmen gegenüber von den beiden Agents Platz.

»Fangen wir mit der Beschreibung des Opfers an«, sagte Buxton übergangslos.

Alle Blicke richteten sich auf Wade, der ein ledergebundenes Notizbuch öffnete. Alle anderen hatten irgendein elektronisches Gerät vor sich auf dem Tisch liegen, aber niemand schien von Wades antiquierter Aufzeichnungsmethode überrascht zu sein.

»Der Name des Mädchens ist Sofia Garcia-Figueroa«, setzte Wade an. »Sechzehn Jahre alt, weiblich, spanischer Herkunft. Die Mutter macht derzeit einen Entzug wegen Abhängigkeit von Crystal Meth. Der Vater hat inzwischen zwei Jahre einer zehnjährigen Haftstrafe wegen diverser Drogenvergehen abgesessen.

Sofia war seit ihrem fünften Lebensjahr im Pflegesystem. In den letzten sechs Monaten hat sie in einer Wohngruppe gelebt, von der sie vor zwei Wochen zum dritten Mal ausgerissen ist. Der Leiter der Wohngruppe hat es nach einer verpassten Anwesenheitsprüfung gemeldet, aber es wurde nichts weiter unternommen, um sie ausfindig zu machen. Nach Aussage der Ermittler vom MPD hatte sie begonnen, ihren Lebensunterhalt mit Prostitution zu bestreiten.« Er blickte von seinen Notizen auf. »Wie ihre Mutter.«

Sofias Geschichte ging Nina nah. Mit wenigen kurzen Sätzen hatte Wade ein Leben voller Schmerz, Ablehnung und Traumata beschrieben. Sofia hätte ihr Leben vielleicht noch ändern können, aber jetzt war ihr diese Möglichkeit genommen worden.

Wade blätterte um. »Der letzte Ort, an dem sie gesehen wurde, war einige Blocks entfernt auf der M Street um neunzehn Uhr an dem Abend, bevor sie gefunden wurde.«

»Hatte sie da einen Freier?«, fragte Kent.

Bevor Wade antworten konnte, warf Buxton Breck einen vielsagenden Blick zu.

Sie reagierte prompt. »Ich habe mit der Videoforensik zusammengearbeitet, und wir haben sie auf der Überwachungskamera eines Kiosks entdeckt. Sie ging hinein, um Zigaretten zu kaufen. Und sie war allein.«

»Hat sie dafür einen gefälschten Ausweis benutzt?«, fragte Nina.

»War nicht nötig«, meldete sich Wade zu Wort. »Der Angestellte, der zu dem Zeitpunkt Dienst hatte, hält nicht viel von den Verordnungen zum Verkauf von Tabakwaren. Die Polizei kümmert sich jetzt um ihn.«

»Wer hat sie gefunden?«, wollte Kent wissen. Offensichtlich war er gerade erst zu dem Fall hinzugezogen worden.

»Joaquin Ochoa«, sagte Wade und senkte erneut den Blick. »Kellnerlehrling im Triple-Threat-Nachtclub. Er kam nach Geschäftsschluss gegen 2.30 Uhr morgens aus dem Hintereingang, um den Müll wegzubringen. Sah ihren Fuß aus dem Container ragen. Zum Glück war der Container ziemlich voll, sonst hätte sie weiter unten gelegen, und er hätte sie nicht entdeckt.«

Von diesem Detail hatte Nina noch nichts gehört. »Der Gesuchte wollte sie nicht einfach loswerden. Er wollte sichergehen, dass ich an den Tatort komme. Er muss schon vorher gewusst haben, wann der Container voll sein würde«, sagte sie und fuhr, an Wade gewandt, fort: »War das kurz vor dem Zeitpunkt, an dem der Müll normalerweise abgeholt wird?«

Wade blätterte einige Seiten vor. »Der Müll wird einmal wöchentlich abgeholt. Der nächste Termin wäre am folgenden Morgen um sechs Uhr gewesen.« Er nickte. »Ja. Er wollte, dass sie gefunden wird.«

»Und er wollte, dass sie in einem Müllcontainer gefunden wird«, fügte Nina hinzu. Dessen war sie sich sicher, konnte aber nicht sagen, warum.

»Die Sache beschäftigt mich«, sagte Wade. »Warum hat er die Leiche im Container platziert? Hätte er nur ihre Entdeckung hinauszögern wollen, hätte er sie auch auf dem Bürgersteig dahinter verstecken können. Sie wäre erst zum Zeitpunkt der Müllabholung gefunden worden, wenn ein Müllwagen mit hydraulischem Kran den Container angehoben hätte, um ihn zu leeren. Wenn er sichergehen wollte, dass sie gesehen wird, wäre das sogar sinnvoller gewesen.« Er blickte Nina an. »Ich frage mich, ob er Ihre Vorgeschichte kennt.«

Wades Stimme war so sachlich und distanziert wie die jedes erfahrenen Ermittlers, aber seine Worte trafen sie wie ein Schlag ins Gesicht. Er hatte die Vermutung geäußert, dass der Täter Sofias Leichnam wie eine grausame Parodie auf Nina als

Säugling dort abgelegt haben könnte, was zugleich bedeutete, dass er wusste, welches Schicksal ihr widerfahren war.

Sie fasste sich, so schnell sie konnte, und versuchte, ihre Reaktion zu verbergen. »Woher sollte er das wissen? Ich habe es ihm jedenfalls nicht erzählt, als er mich in seiner Gewalt hatte.«

»Aber es gab doch Leute, die davon wussten, oder?«, hakte Wade nach.

»Die Umstände meiner Aufnahme in das Pflegesystem stehen in meiner Akte, aber ich habe noch nie mit jemandem darüber gesprochen.« Sie wich Wades Blick aus. »Niemals.«

»Was ein Mörder post mortem mit seinem Opfer anstellt, sagt viel aus«, meldete sich Kent zu Wort und ersparte ihr damit weitere Erklärungen. »Jemand, der einen Leichnam so sorgfältig arrangiert oder bedeckt, kennt das Opfer möglicherweise oder er empfindet Reue angesichts seiner Tat. Andererseits demonstriert jemand, der den Leichnam mit Verachtung behandelt, die totale Entmenschlichung des Opfers.« Er klopfte auf sein Notebook. »Der Mörder hatte kein Mitleid mit Sofia und maß ihr auch keinerlei Bedeutung bei. Das könnte der Grund sein, warum er sie ausgerechnet an diesem Ort entsorgt hat.«

»Stimmt«, sagte Wade. »Aber da ist noch mehr. Was ist mit dem Zettel, den er ihr in den Mund gesteckt hat, und mit der gesprühten, verschlüsselten Nachricht am Tatort? In beiden Fällen wurde das Wort *Hoffnung* auf eine Weise gebraucht, die deutlich macht, dass er den früheren Nachnamen von Agent Guerrera kennt.« Er wandte sich wieder an Nina. »Woher könnte er das wissen?«

Sie zögerte kurz, ehe sie antwortete. »Weil ich es ihm gesagt habe.« Für einen Moment hingen die Worte zwischen ihnen in der Luft, dann erklärte sie: »Er hat mich dazu gezwungen. Zuerst habe ich einen falschen Namen genannt, aber er hat gemerkt, dass es eine Lüge war.« Sie straffte den Rücken. Auf keinen Fall würde sie zulassen, dass jemand ihr sechzehnjähriges

Selbst nachträglich verurteilte. »Er hat mir wehgetan, bis ich schließlich die Wahrheit gesagt habe.« An jenem Tag hatte er sie gebrochen, und ein Teil von ihr würde immer gebrochen bleiben.

Ungerührt ob ihres offensichtlichen Unbehagens bohrte Wade noch tiefer. »Schien er damals zu wissen, dass *esperanza* Hoffnung bedeutet? Hat er dahingehend etwas geäußert?«

Nina dachte daran zurück, zwang ihren Verstand, sich aufzuspalten, und durchsiebte die Reste von Erinnerungsfetzen. »Nein. Das muss er später erfahren haben.«

Für einen Augenblick schienen alle über diese Frage nachzudenken, bis Buxton die Diskussion auf ein anderes Thema brachte. »Wurde Sofia Garcia-Figueroa auf irgendeine Art sexuell missbraucht?«

»Sie wurde vergewaltigt«, antwortete Wade und löste den Blick von Nina, um erneut in seinem Notizbuch zu blättern. »Außerdem hat sie siebenundzwanzig horizontale Schnittwunden auf dem Rücken und dazu drei Verbrennungen, die anscheinend von einer Zigarette stammen, obendrein Würgemale am Hals. In welcher Reihenfolge ihr das beigebracht wurde, wissen wir erst, wenn wir mehr von unserem Rechtsmediziner gehört haben.«

Ninas Magen drohte zu rebellieren. »Sie meinen, der sexuelle Missbrauch könnte auch post mortem erfolgt sein?«

»Darüber wird uns die vollständige Autopsie Auskunft geben«, sagte Wade. »Außerdem warten wir noch auf das Drogenscreening und die DNA-Auswertung.«

»Ich habe es als besonders dringend dargestellt«, erklärte Buxton.

»Gibt es Vermutungen, wo der Mord stattgefunden hat?«, fragte Kent.

»Keine«, sagte Wade. »Die Spurensicherung kann uns vielleicht auch dabei weiterhelfen.«

Nina konzentrierte sich auf das Leben des Mädchens, um Hinweise zu ihrem Tod zu finden. Wie hatte sie es geschafft, auf der Straße zu überleben? Als Prostituierte zu arbeiten war in vielerlei Hinsicht riskant. Sie hätte Schutz gebraucht, und wie so viele andere auch hätte sie leicht zum Opfer des Drogengeschäfts werden können.

»Gehörte sie zu irgendeiner Gang?«, fragte Nina. Als Wade die Augenbrauen hochzog, fügte sie hinzu. »Hatte sie einen Zuhälter? Einen Drogenlieferanten?«

»Das MPD ermittelt in diese Richtung«, sagte er. »Im Augenblick arbeiten sie vor Ort in dem Viertel. Heute oder morgen sollte ich etwas von Stanton hören. Das ist alles, was ich habe.«

Sofort wandte sich Buxton an Breck: »Dann reden wir mal über das Video.«

Anscheinend hatte er sie auf dem falschen Fuß erwischt. Breck zuckte zusammen und griff nach dem Laptop, der vor ihr stand. Nina fühlte mit ihr. Buxton hatte es offenbar eilig, das Meeting zu Ende zu bringen.

»Wir haben Videos von verschiedenen städtischen und geschäftlichen Überwachungskameras an der M Street ausgewertet«, berichtete Breck. »Keine davon war auf die Gasse hinter dem Nachtclub gerichtet.«

»Ich wette, dass er das gewusst hat«, sagte Nina. »Er hat auch alles andere geplant, daher wäre es nur logisch, wenn er auch den Ort vorher ausgesucht hätte.«

»Wir haben uns auf ein Zeitfenster von zehn Stunden konzentriert, beginnend etwa zwei Stunden vor ihrem Auftauchen in dem Kiosk und endend zu dem Zeitpunkt, als sie in dem Müllcontainer gefunden wurde«, erläuterte Breck. »Aber wir können eine zweite Suche mit erweitertem Zeitrahmen durchführen.«

»Und was haben Sie?«, fragte Wade.

Breck musste grinsen. »Sehen Sie sich das hier an.«

Sie drehte ihren Laptop um, sodass der Bildschirm in den Raum zeigte. Alle beugten sich vor und konzentrierten sich auf ein Video von der M Street, die in das schaurige Licht von Straßenlaternen und Neonreklamen getaucht war. In der nächtlichen Partyzone an der Grenze zum Schäbigen wimmelte es von motorisierten Gästen und Fußgängern, die sich in verschiedenen Stadien der Trunkenheit oder anderer Rauschzustände befanden.

Breck drückte auf eine Taste, und sämtliche Fahrzeuge verschwanden, ebenso die über ihnen schwebenden Zeitmarkierungen. Fußgänger schlenderten über die Bürgersteige oder eilten über die dicht befahrene Durchgangsstraße. Sie schlängelten sich im Licht der Straßenbeleuchtung zwischen den jetzt unsichtbaren Autos hindurch, jeder von ihnen mit seiner eigenen Zeitmarkierung.

Während sie zuschauten, gab Breck Erklärungen ab. Mit zunehmender Erregung wurde ihr Südstaatenakzent immer deutlicher. »Wir haben einen Filter zur Gesichtserfassung eingesetzt, um das Opfer auszumachen, aber in dem zehnstündigen Zeitrahmen, den wir überprüft haben, ist sie auf keiner der Aufzeichnungen von der Straße zu sehen.«

»Dann ist sie also nicht selbst in die Gasse gegangen«, merkte Nina an. »Jemand hat sie dort hingebracht.«

»Wir haben bereits festgestellt, dass der Müll schon seit einigen Tagen nicht geleert worden war«, sagte Wade. »Also kann sie nicht mit einem Müllfahrzeug in die Gasse transportiert worden sein. Aber wie soll er sie sonst dorthin gebracht haben?«

Nina ging die Möglichkeiten durch. »Können Sie die visuellen Parameter auf Leute mit Kisten oder Transportkarren einschränken? Jeder, der irgendetwas ausliefert?«

»Klar, kein Problem.« Breck tippte einen Befehl ein. »Passen Sie auf.«

Männer mit Sackkarren oder Kisten schlängelten sich über den merkwürdig leer wirkenden Bürgersteig. Einer von ihnen blieb kurz stehen, wedelte mit den Armen und rief etwas, ehe er die Straße überquerte. Nina musste kichern, als der Mann den Mittelfinger hochhielt, ein übliches Verhaltensmuster, das durch das digitale Entfernen des Fahrzeugs, das ihn offenbar beinahe angefahren hätte, auf einmal komisch wirkte.

Den Blick auf den Bildschirm gerichtet, beugte sich Kent vor. »Können Sie alle verschwinden lassen bis auf die Leute, die in den Triple Threat Club gehen?«

Brecks Finger huschten über die Tastatur. Noch mehr Gestalten verschwanden. In gespanntem Schweigen sahen sie zu.

»Da.« Nina deutete auf den Bildschirm. Ein stämmiger Mann in dunkler Uniform, der deutlich hinkte, zog einen Handkarren mit einem sperrigen Pappkarton darin in den Nachtclub. Der Schirm seiner Baseballkappe verdeckte den oberen Teil seines Gesichts, und ein dichter Bart verhüllte die untere Hälfte. Der Zeitraffer setzte ein, und als das Bild wieder langsamer lief, schob er den leeren Karren hinaus und ging mit gemächlichen Schritten die M Street entlang, bis er aus dem Bildausschnitt verschwand. »Wo ist sein Transporter?«, fragte Nina.

»Ich muss ihn rasch markieren.« Breck tippte einen weiteren Befehl. »Okay, ich habe ihn.«

Der Mann schlenderte auf einen Ford Econoline zu, öffnete die hinteren Türen und schob den Karren hinein.

Nina stockte das Blut, als sie das Fahrzeug sah.

Der Mann humpelte zur Fahrertür, wuchtete sich mit offensichtlicher Mühe in den Transporter und fuhr los.

»Nummernschild?«, fragte Kent.

Breck zoomte heran. »Der Wagen hat keins.«

»Verkehrskameras!«, rief Buxton. »Folgen Sie ihm.«

»Wir haben nur Videos aus einem Radius von zwei Meilen um den Tatort herum.« Ein helles Rosa überzog Brecks blasse Haut. »Ich werde die Suchparameter erweitern. Jetzt, wo wir ein verdächtiges Fahrzeug haben, kann ich zurückgehen und es verfolgen.«

Nina konzentrierte sich auf die ihnen verbliebene Option. »Können Sie die Datenbanken auch nach der Gesichtserkennung für diesen Auslieferungsfahrer durchsuchen?«

»Mal sehen, ob ich eine bessere Ansicht seines Gesichts bekommen kann«, sagte Breck. »Es ist dunkel, aber wahrscheinlich können wir es so filtern, dass es klappt.«

»Irgendetwas stimmt nicht«, meinte Nina. »Der Mann, der mich angegriffen hat, war körperlich fit und muskulös.« Sie deutete auf Kent. »So gebaut wie er. Dieser Kerl da sieht fettleibig aus und hinkt auf dem rechten Bein.«

»Sie haben ihn elf Jahre lang nicht gesehen.« Wade zeigte auf sich selbst. »Glauben Sie mir, in einem solchen Zeitraum kann viel mit dem Körper eines Mannes passieren. Besonders, wenn er sich am Bein verletzt hat und nicht mehr trainieren kann.«

Breck drehte den Laptop wieder zu sich und begann zu tippen. »Ich speichere seine Art zu gehen und gebe das ins System ein. Wenn ein möglicher Verdächtiger auf Video auftaucht, können wir die Bewegungsmuster miteinander vergleichen.«

Kent nahm seine Brille ab. »Wenn ich die Gesichtserkennung austricksen wollte … Könnte ich eine falsche Nase, einen Bart oder eine Brille benutzen, um das System zu verwirren?«

Breck schüttelte den Kopf. »Die Gesichtserkennung arbeitet mit der gesamten Knochenstruktur Ihres Gesichts, deshalb würde so etwas nichts nützen. Man muss sehr viel weiter gehen, um das System, mit dem wir derzeit arbeiten, zu täuschen.«

»Aber mit kosmetischen Implantaten oder einer Operation wäre es möglich?«

Sie runzelte zweifelnd die Stirn. »Theoretisch schon.«

»Wie auch immer, wir haben jedenfalls unsere erste brauchbare Spur«, unterbrach Buxton die nebensächliche Diskussion. »Agent Breck wird dem nachgehen. Lassen Sie uns in der Zwischenzeit zum Profiling kommen.«

Nina wurde wieder munter. Darauf hatte sie die ganze Zeit gewartet. Seine Reputation mochte angeschlagen sein, aber Dr. Jeffrey Wade war immer noch der erfahrenste Gedankenjäger des Bureaus. Auf welche Weise würde er wohl die Psyche des Monsters gedanklich sezieren?

»Letztlich dreht sich alles um das Motiv«, sagte Wade. »Das Verhalten des Täters spiegelt seine Persönlichkeit, die bestimmten Mustern entspricht. Diese Muster geben uns Hinweise darauf, wie er tickt.« Er faltete die Hände und tippte sich mit den Daumen ans Kinn. »Der Mörder geht methodisch vor. Er hat Sofia nur aus dem Grund als Opfer ausgesucht, weil er wollte, dass Guerrera zu den Ermittlungen hinzugezogen wird. Seine Nachricht macht deutlich, dass er dieses Verbrechen in Verbindung zu dem bringt, das er vor elf Jahren begangen hat. Er erfüllt sich einen Wunsch. Wir können ziemlich sicher davon ausgehen, dass er das Video von Guerrera gesehen und dann gehandelt hat.«

Kent zog die Brauen zusammen. »Wollen Sie damit sagen, dass das Video der auslösende Stressor war?«

»Das ist die logische Annahme«, antwortete Wade. Mit Blick auf Nina fuhr er fort: »Mörder malen sich ihre Verbrechen oftmals lange vor der Tat aus. Üblicherweise treffen Umstände und Geschehnisse auf eine Art aufeinander, die sie zum Handeln bewegt. Dass er Sie wiedergesehen hat, noch dazu in einer Position der Autorität, in der Sie entschlossen einen

Gewaltverbrecher zu Fall bringen, könnte ihn durchaus motiviert haben.«

Nina vermutete, dass Wade noch mehr Hintergrundinformationen besaß, die ihr und vielleicht auch Breck nützlich sein konnten. Da sie die beiden Menschen in diesem Raum waren, die keinerlei Erfahrungen mit Profiling hatten, würden sie von weiteren Informationen besonders profitieren.

Sie nutzte die Gelegenheit: »Was für eine Art von Gewaltverbrecher schlägt zweimal in elf Jahren zu?«

»Ein wahrhaft besessener Stalker, der ein anderes Opfer gefunden hat, das Ihren Platz einnehmen kann«, erklärte Wade. »Jemand, der seine Bedürfnisse bis zu dem Zeitpunkt unterdrückt, an dem sie von einem Stressor angetriggert werden.«

Kent setzte seine Brille wieder auf. »Oder ein Täter, der unter dem Radar geflogen ist, aber im Verlauf der letzten zehn Jahre noch weitere Menschen ermordet hat. Wir wissen nicht, ob Guerrera sein erstes und letztes Mal war, bevor dieser Mord geschehen ist.«

»Ich wäre überrascht, wenn jemand mit einem so einzigartigen und beständigen Muster im System nicht aufgefallen wäre«, sagte Wade.

Buxton schüttelte den Kopf. »Im ViCAP gibt es keine ähnlich gelagerten Fälle, und auch in der Datenbank zu Spurenmaterial von Tatorten gab es keinerlei Übereinstimmung. Also keine Haare, Fasern, Flüssigkeiten oder was sonst noch denkbar wäre. Aber wie ich vorhin bereits erwähnte, handelte es sich nur um eine vorläufige Sichtung. Wenn alles im Labor untersucht wurde, erhalten wir einen umfassenderen Bericht.«

Nina stellte die peinliche Frage, vor der sich alle zu drücken schienen. »Ist etwas von den Beweismitteln aus der M Street mit Material von meinem Fall verglichen worden?«

»Wir stehen mit der Polizeibehörde in Fairfax County in Verbindung«, antwortete Wade. »Sie holen die Kiste aus der

Asservatenkammer. Unser Labor will das Originalmaterial untersuchen. In der Zwischenzeit haben sie uns das digitale Profil geschickt. Bald werden wir mehr wissen.«

»Merken Sie sich, wo wir stehen geblieben sind«, sagte Buxton und blickte auf sein Handy. »Public Affairs hat mir gerade eine SMS geschickt. Ich soll die Nachrichten einschalten.« Er griff nach der Fernbedienung auf dem Tisch und zielte auf den Flatscreen an der Wand hinter Nina.

Sie drehte ihren Stuhl, um den Monitor sehen zu können. »Was ist los?«

»Der Unbekannte hat eine Nachricht herausgegeben.« Buxton klickte auf die Fernbedienung. »Für die Öffentlichkeit.«

Kapitel 9

In dem Fernseher an der Wand erblickte Nina einen distinguiert wirkenden grauhaarigen Moderator im dunklen Anzug. Während er in die Kamera sprach, lief unter ihm ein Band mit Nachrichten durchs Bild.

»… eine Nachricht über die Facebook-Seite der Channel-Six-Nachrichten. Da wir uns unseren Zuschauern gegenüber verpflichtet sehen, haben wir nachgefragt, ehe wir diese Reportage live senden. Ebenso haben wir beim FBI um einen Kommentar gebeten. Mehr zu dieser aktuellen Nachricht jetzt von Jerrod Swift.«

Ein Reporter Ende zwanzig, der neben dem Moderator saß, wurde zugeschaltet.

»Vielen Dank, Steve.« Jerrod schob sich eine dunkle Locke aus der Stirn und blickte in die Kamera. »Vor ungefähr zwanzig Minuten hat sich jemand auf unserer Facebook-Seite gemeldet und behauptet, er sei die Person, die gestern Nacht die sechzehnjährige Sofia Garcia-Figueroa in Georgetown ermordet hat.«

Auf dem Bildschirm erschien ein Bild von der Facebook-Seite des Nachrichtensenders, während Jerrods Stimme im Hintergrund weitersprach. »Die Person, die uns kontaktiert hat, benutzte ein Fake-Profil und behauptete, Kenntnisse von dem Verbrechen zu haben, die nur der Mörder besitzen kann. Wir sind in der Lage, den Inhalt dieser Nachricht exklusiv zu veröffentlichen.«

»Und wie lautet sie?«, fragte der Moderator, als das Bild erneut die Nachrichtenredaktion zeigte.

»Er ist wütend wegen etwas, was er als Verschleierung durch die Ermittlungsbehörden bezeichnet.«

»Was für eine Art Verschleierung meint er?« Der Moderator drehte seinen Stuhl, um Jerrod anzusehen. »Und wie kam unser Nachrichtenteam zu dem Schluss, dass die Botschaft echt ist?«

»Wir haben das FBI kontaktiert und das Bild beigefügt, das er uns geschickt hat.« Ein Foto der kryptischen Botschaft aus dem Plastiktütchen poppte auf. »Man wollte keinen Kommentar abgeben, aber Quellen aus dem Umfeld der Ermittlung haben bestätigt, dass es einem Zettel entspricht, den der Mörder am Tatort zurückgelassen hat.«

»Verdammter Mist!«, schimpfte Wade und lenkte Nina für einen Moment ab. Dann richtete sie den Blick erneut auf den Albtraum, der sich vor ihr abspielte, als Jerrod seinen Bericht fortsetzte.

»Wer auch immer es war, der auf unserer Seite gepostet hat, er behauptet jedenfalls, dass die Nachricht an FBI Special Agent Nina Guerrera gerichtet ist, die kürzlich in diesem viralen Video zu sehen war. Er nennt sie *Kriegermädchen,* was laut seiner Aussage die englische Übersetzung ihres Namens ist.«

Nina biss die Zähne zusammen, um den Wust an Schimpfwörtern, der aus ihr herauszubrechen drohte, zu unterdrücken, während Jerrods körperlose Stimme weiter im Hintergrund erklang und Aufnahmen aus dem Accotink Park über den Bildschirm liefen.

»Wir haben etwas Interessantes entdeckt, als wir uns den Clip angesehen haben«, sagte Jerrod. »Hier ist ein Standbild.«

Diesmal wurde der Bildschirm geteilt. Auf der einen Seite war ein Bildausschnitt mit Nina aus dem viralen Video zu sehen und daneben ein Highschool-Bild von Sofia Garcia-Figueroa.

»Da besteht definitiv eine Ähnlichkeit«, erklärte der Moderator, als die Kamera auf ihn zurückfuhr. »Was sagt das FBI dazu?«

»Es gibt noch kein offizielles Statement.«

»Aber was will der Mörder?«, fragte der Moderator Jerrod. »Hat er begründet, warum er sich über die Medien meldet?«

»Er sagte, er würde nicht zulassen, dass das FBI der Öffentlichkeit Informationen vorenthält«, erwiderte Jerrod. »Es klingt, als wollte er Anerkennung für das, was er getan hat.«

Wade stöhnte genervt. Nina vermutete, dass er Amateur-Profiler nicht leiden konnte.

»Und er hat uns eine verschlüsselte Botschaft überbracht«, fuhr Jerrod fort.

Nina hielt den Atem an, während eine Reihe von Zahlen und Buchstaben auf dem Bildschirm aufleuchteten. Sie unterschieden sich von denen, die er auf den Müllcontainer am Tatort gesprüht hatte.

Der Moderator fuhr damit fort, den Außenreporter auszufragen. »Was bedeutet das, Jerrod?«

»Wir wissen es noch nicht, aber wir arbeiten daran.«

»Der Mörder hat also ausschließlich Channel Six News kontaktiert?«

»Ja. Warum, hat er nicht gesagt.«

»Moment, ich höre da gerade etwas aus der Regie.« Der Moderator tippte an sein Ohr. »Wir haben eine Menge Posts auf unsere Facebook-Seite bekommen. Die Leute versuchen, die Nachricht zu entziffern.« Er blickte zu Jerrod. »Wir werden dafür sorgen, dass mögliche Lösungen den Behörden mitgeteilt werden.«

Jerrod nickte. Er versuchte, seine Aufregung hinter einem gleichgültigen Gesichtsausdruck zu verstecken, aber es gelang ihm nicht. »Was auch immer sonst noch dahinterstecken mag, der Mörder scheint jedenfalls auf Special Agent Guerrera fixiert zu sein«, sagte er. »Hoffen wir, dass das FBI ihm schon auf der Spur ist.«

»Vielen Dank für diesen Bericht, Jerrod, und bitte halten Sie uns auf dem Laufenden. Dieser Kerl ist genauso ein Rätsel wie die Botschaften, die er hinterlässt.« An die Kamera gewandt, fuhr der Moderator fort: »Nach der Werbepause berichten wir über einen Kammerjäger in Reston, der Hellseher und Kristallkräfte einsetzt, um Ihr Heim schädlingsfrei zu halten.«

»Schalten Sie das verdammte Ding ab«, verlangte Buxton und blickte sich um. »Hat jemand mitgeschrieben?«

Breck las von ihrem Laptop ab: »32, 18, 10 und 36, gefolgt von einem F und einem R.«

Wade blickte von seinen hingekritzelten Notizen auf. »Wenn die erste Zahl eine 32 ist, hat er diesmal keinen simplen Zahlencode benutzt.«

»Ich schicke das an die Kryptoanalyse«, sagte Buxton. »Die Regeln haben sich geändert. Der Gesuchte zieht die Öffentlichkeit mitten in unsere Ermittlungen hinein.«

»Er will jeden Aspekt des Falls kontrollieren«, meinte Wade. »Einschließlich der Nachrichten, die wir herausgeben. Außerdem genießt er das Spektakel, solange er im Mittelpunkt steht. Ein klassischer Narzisst.«

»Was glauben Sie, was er als Nächstes tun wird?« Buxtons angespannter Gesichtsausdruck verriet Nina, dass er die Antwort fürchtete.

»Er wird den Einsatz erhöhen«, sagte Wade, »und persönlich Jagd auf Guerrera machen. Er will seine Überlegenheit beweisen, indem er eine Bundesbeamtin erledigt.«

Nina hatte nicht vor, das zuzulassen. Das Monster glaubte, es hätte noch eine Rechnung mit ihr offen, aber er hatte keine Ahnung, was aus ihr geworden war. Es machte den Anschein, als müssten sich ihre Wege ein weiteres Mal kreuzen, aber diesmal war sie darauf vorbereitet. »Und wenn er keinen Erfolg hat?«

Wades Blick bohrte sich in ihren. »Dann wird jemand anders sterben.«

Kapitel 10

Nina entging die logische Schlussfolgerung nicht. Sofia Garcia-Figueroa war an ihrer Stelle gestorben, und wenn sie das Monster nicht aufhielt, würde es einem weiteren Mädchen genauso gehen. Sie spürte, wie sich ein Leichentuch aus Schuldgefühlen über ihr ausbreitete.

Breck brach das Schweigen. »Welche Art von Mörder kommuniziert verschlüsselt?«

»Serienmörder, meiner Erfahrung nach«, sagte Wade.

»Aber wir haben nur ein Opfer.« Nach einem Blick auf Nina fügte Breck hinzu: »Jedenfalls nur eins, das gestorben ist.«

»Das ist das Hauptproblem, das ich mit diesem Fall habe.« Wade fuhr sich mit der Hand durch sein dichtes Haar. »Wer sich dermaßen engagiert, hat schon einmal getötet, aber die physischen Beweise – oder das Fehlen derselben – sagen uns, dass er vorher nur einen erfolglosen Versuch unternommen hat.«

Im Raum wurde es wieder still.

»Hoffnung ist tot«, sagte Nina, die über die erste verschlüsselte Nachricht nachgrübelte. »Was zur Hölle soll das bedeuten?«

»Wenn das Opfer ein Ersatz für Sie war, bedeutet es, dass er Sie rituell getötet hat«, gab Wade mit ausdrucksloser Stimme zurück.

»Warum haben Sie dann gesagt, dass noch jemand sterben wird?«, fragte Breck.

»Gute Frage«, meldete sich Buxton zu Wort. »Können Sie Ihre Beurteilung des Täters anhand dessen, was wir gerade gehört haben, tatsächlich aktualisieren, Agent Wade?«

»Der sicherste Weg in den Verstand eines Mörders ist sein Verhalten, besonders an den Orten seiner Verbrechen, da, wo er sich auslebt«, setzte Wade an. »Bei Guerreras Fall und bei dem neuen in DC hat er sowohl bei der Auswahl des Opfers als auch in der Methodik seines Vorgehens ein genaues Muster eingehalten. Die Tatsache, dass er Handschuhe trug und es vermied, das Verbrechen vor der Kamera zu begehen, dass er sein Aussehen verändert und sich die Uniform eines Auslieferungsfahrers besorgt hat, sagt mir, dass er organisiert und diszipliniert vorgeht. Die Nummer mit den Medien weist darauf hin, dass er Aufmerksamkeit sucht, und unterstreicht außerdem sein Streben nach Kontrolle. Er will der Welt zeigen, dass er bei dieser Ermittlung das Sagen hat und nicht das FBI.« Mit Blick auf Nina fuhr er fort: »Und er ist von Ihnen fasziniert.«

Nina spürte, wie sich die allgemeine Aufmerksamkeit auf sie verlagerte. Alle schienen zu glauben, dass sie eine wichtige Information zurückhielt, die sie zum Täter führen würde. »Keine Ahnung, warum«, sagte sie und versuchte, jedes Anzeichen einer Abwehrhaltung zu vermeiden.

Wade blickte sie noch immer an. »Im Fall eines Wiederholungstäters ist es am wichtigsten, die frühesten Indizien zu untersuchen, weil sie aus der Nähe des Wohnorts des Täters stammen und mehr darüber enthüllen können, was die Verbrechen ausgelöst hat.« Er hielt inne, schien seine Worte zu überdenken. »Wenn Sie – wie es in seiner Nachricht heißt – diejenige sind, die entkommen konnte, könnte das auch bedeuten, dass Sie sein allererstes Opfer waren. Er hatte seine Fähigkeiten noch nicht perfektioniert, deshalb haben Sie möglicherweise wichtige Informationen über ihn. Dinge, von denen Sie nicht einmal wissen, dass Sie sie wissen.«

»Sie halten ihn für einen Serienmörder?« Nina stemmte die Hände in die Hüften. »Wir haben aber weniger als drei Opfer.«

Wie alle anderen Agents hatte auch sie an der Akademie die unterschiedlichen Typisierungen von Mördern studiert. Serienmörder hatten laut Definition mindestens drei Opfer mit einem deutlichen Abstand zwischen jedem Vorfall. Massenmörder waren dadurch charakterisiert, dass sie bei einem Vorfall mindestens vier Individuen töteten. Amokläufer schließlich hatten zwei oder mehr Opfer an verschiedenen Orten ohne zwischenzeitliche Ruheperiode.

Wade zuckte die Schultern. »Ich sage nicht, dass er ein Serienmörder ist, aber er ist definitiv ein Wiederholungstäter. Es ist möglich, dass etwas an Ihnen ihn getriggert, eine Reaktion hervorgerufen hat. Als Sie entkommen sind, hat ihn das zurückgeworfen, vielleicht sein Selbstvertrauen erschüttert. Möglicherweise hatte er sein Bedürfnis nach Gewalt unterdrückt, bis er Sie in dem Video erneut gesehen hat.«

Kent nickte bedächtig. »Und jetzt will der Unbekannte der Welt und sich selbst beweisen, dass er Sie haben kann.«

»Das wäre unverzichtbar für ihn«, sagte Wade.

Buxton zerrte mit den Fingern an seinem Hemdkragen und atmete tief durch. »Wir brauchen belastbare Erkenntnisse, um diesen Kerl zu identifizieren. Wir müssen den Vorfall mit Agent Guerrera durchgehen.« Er zögerte. »Im Detail«, fügte er schließlich hinzu.

Sein grimmiger Gesichtsausdruck verriet ihr, dass er ihr Gelegenheit zu einem würdevollen Rückzug geben wollte. Wäre sie nicht in diesem Raum, nicht Teil dieses Teams, hätte Wade sie allein befragt und den anderen von seinen Erkenntnissen berichtet. Alles wäre gefiltert worden, um sie vor der Überprüfung und

Beurteilung durch ihre Kollegen zu schützen. Wenn sie blieb, würde sie ihre Geschichte erneut aufrollen und aufkommende Fragen beantworten müssen. In der Grundausbildung hatte sie gelernt, dass direkte Befragungen die beste Informationsquelle waren. Und sie selbst war die wertvollste Quelle, die sie hatten.

Dies war ihr Augenblick. Jetzt war der Zeitpunkt gekommen, über die Dinge zu reden, die ihr widerfahren waren, und auch über das, was dazu geführt hatte. Es war an der Zeit, über die intimsten und erniedrigendsten Stunden ihres Lebens zu sprechen. Entweder kam sie damit klar, oder sie würde von der Seitenlinie aus zusehen müssen, wie andere Agents den Fall bearbeiteten.

Als Nina ihre Kollegen betrachtete, die um den Tisch herum versammelt waren, erinnerte sie sich daran, wie sie ihre Geschichte im Alter von nur sechzehn Jahren Ermittlern und Sachbearbeitern hatte erzählen müssen. Wenn es bei der Jagd nach dem Monster half, würde sie es jetzt als erwachsene Frau noch einmal tun.

»Sie müssen das nicht machen«, flüsterte Wade so leise, dass nur sie ihn hören konnte.

Was Wade nicht verstand, war, dass sie genau das tun musste. Schulterzuckend blickte sie Buxton an und fragte: »Was wollen Sie wissen?«

Buxton wechselte schweigend einen Blick mit Wade. Sie mussten bereits im Voraus geplant haben, den forensischen Psychologen Dr. Jeffrey Wade abzustellen, damit der sie durch ihren Bericht führen konnte. Buxton wusste garantiert, dass Wade bereits im Bewerbungsverfahren detailliert über diesen Vorfall mit ihr gesprochen hatte. Vermutlich glaubte er, es würde ihr leichter fallen, sich erneut ihm gegenüber zu öffnen, anstatt mit einer anderen Person konfrontiert zu sein.

Von wegen!

Wade drehte seinen Stuhl, um sie anzusehen. »Nina, fangen Sie doch einfach mit dem an, woran Sie sich noch erinnern können.«

Nie zuvor hatte Wade sie beim Vornamen genannt. Er sprach vage von »der Entführung«, damit sie den Angriff distanziert betrachten konnte. Sie hatte die Befragungstechnik bereits selbst bei Opfern von Straftaten angewendet.

»Es war spät abends«, setzte sie an. »Ich war aus der Wohngruppe weggelaufen, wohnte bei ein paar Frauen, die hinter einem Stripclub in Alexandria draußen kampierten.«

Wade ermutigte sie mit einem Nicken fortzufahren.

»Als ich den Transporter das erste Mal sah, fuhr er langsam vorbei. Dann kam er zurück und hielt gegenüber von uns auf der anderen Seite des Parkplatzes. Eine der Frauen stand auf, um nachzusehen, ob sie ein Geschäft mit ihm machen konnte.«

Sie erinnerte sich so deutlich an die Situation, als wäre es gestern gewesen. Vor ihrem geistigen Auge sah sie die Frau affektiert tänzeln, was ihre fettigen blonden Haare zum Wippen brachte, und auch, wie sie in den Gang einer Stricherin verfiel.

»Ich habe einfach mit den anderen abgehangen«, sagte Nina. »Ich hatte keine Sucht, die ich befriedigen musste, daher war ich nicht im Geschäft.« Sie bemerkte, dass sie sich auf Wades kühle graue Augen konzentrierte, während ihre Geschichte aus ihr herausströmte. »Die Frau kam zu uns zurück und sagte, er sei an mir interessiert, nicht an ihr.«

Sie konnte das Gelächter der Frau noch hören. Ihre schwarzen Zähne und das geschwollene Zahnfleisch wirkten im Mondlicht wie eine dunkle Höhle, die in krassem Gegensatz zu ihrer blassen Haut stand.

»Der Mann sprang heraus und kam direkt auf mich zugerannt.« Nina rang um Fassung, als sie erneut der heftige Schrecken jener Nacht durchfuhr und Erinnerungen an Schmerz und Leid mit sich brachte. »Er trug eine schwarze

Skimaske und leuchtend blaue Latexhandschuhe. Es war ziemlich kühl, aber nicht richtig kalt. Als ich sah, dass sein Gesicht maskiert war, versuchte ich wegzukommen, aber er rannte schon los. Nach wenigen Schritten holte er mich ein, packte mich am Pferdeschwanz und zog mich zu sich.« Geistesabwesend berührte sie ihr kurz geschnittenes Haar. »Er legte seine sehr große Hand um meine Kehle und drückte zu.«

»Was haben die anderen gemacht?«, fragte Wade.

»Die sind abgehauen.«

Nina war sich sicher gewesen, dass sie ihr helfen würden. Es waren fünf erwachsene Frauen. Zusammen hätten sie den Kerl abwehren können. Stattdessen sahen sie zu, wie sie weggeschleppt wurde, und unternahmen nichts dagegen. Wie so viele andere Menschen in ihrem Leben hatten auch diese sie einfach im Stich gelassen. In jenem Moment hatte sie endgültig begriffen, dass sie allein war, dass sie sich nur auf sich selbst verlassen konnte.

»Er war nicht einmal bewaffnet, und trotzdem sind sie einfach weggelaufen.« Nina schluckte heftig, um den Kloß loszuwerden, der sich in ihrem Hals gebildet hatte. »Und haben mich zurückgelassen.«

»Was passierte als Nächstes?«, drängte Wade sie behutsam zum Weiterreden.

»Er hob mich hoch und trug mich zu dem Transporter, dann würgte er mich, bis ich ohnmächtig wurde.«

»Und als Sie wieder zu sich kamen?« Wades Stimme verriet keinerlei Gefühl. Er war im distanzierten Befragungsmodus.

»Ich fing an, mich zu wehren, und er schlug mir gegen den Kopf. Sorgte dafür, dass ich mich nicht orientieren konnte.« Sie konzentrierte sich weiterhin auf Wade, der sie in der Gegenwart hielt, während sie immer tiefer in die Vergangenheit eintauchte. »Mir war schwindelig, ich bewegte mich schwerfällig. Ich erinnere mich, dass er mir die Kleidung auszog und Hände und Füße mit Klebeband fesselte. Den Mund hat er mir auch zugeklebt.«

»Wissen Sie noch, was für ein Klebeband er benutzt hat?«

Sie versuchte, ein klareres Bild zu bekommen. »Nein.«

»Was für eine Farbe hatte es?«

»Es war dunkel. Ich erinnere mich nicht.«

Wade spürte zweifellos, wie aufgewühlt sie war, fuhr aber fort. »Verstehen Sie die nächste Frage bitte nicht falsch. Ich muss Sie das fragen, um herauszufinden, was für ein Persönlichkeitstyp er ist.« Er wartete, bis Nina signalisierte, dass sie ihn verstanden hatte, und redete erst dann weiter. »Haben Sie sich gewehrt?«

»Aus Leibeskräften.«

»Wie hat er darauf reagiert?«

»Je heftiger ich mich wehrte, desto gewalttätiger wurde er. Tatsächlich glaube ich, dass es ihn erregt hat.«

Wade nickte, als hätte er diese Antwort erwartet. »Okay, und was ist dann passiert?«

»Er öffnete die Türen des Transporters. Da waren Bäume. Viele Bäume. Er zerrte mich heraus, warf mich wie einen Sandsack über die Schulter und trug mich zu einem Schuppen. Der war klein, wirkte aber solide.«

Sie verstummte und wappnete sich für den nächsten Teil. Wade drängte sie nicht. Alle warteten darauf, dass sie ihre Geschichte fortsetzen würde.

»Nachdem er mich hineingebracht hatte, schloss er die Tür und legte mich auf einen Metalltisch. Mit Nylonschnur fesselte er mein linkes Handgelenk an eine Stange an der linken, oberen Ecke des Tisches. Gleich darauf zerschnitt er das Klebeband, griff nach meiner rechten Hand und fesselte sie an die andere Ecke. Dasselbe machte er mit meinen Füßen.«

»Er hat also dafür gesorgt, dass Sie die ganze Zeit gefesselt waren?«, fragte Wade.

»Ich konnte nicht weg«, brachte sie kaum hörbar heraus.

»Ist schon gut«, sagte Wade. Seine Stimme war leise und beruhigend. »Und dann?«

»Er verschwand für einige Minuten. Als er wiederkam, trug er einen schwarzen Umhang. Und Handschuhe und eine Maske.«

»Wie sah der Umhang aus?«

»Ich lag auf dem Bauch, aber ich konnte sehen, dass er lang und vorne offen war. Er hatte sich ein Seil um die Taille gebunden.«

»Gut. Machen Sie weiter.«

Sie wusste nicht, ob außer Wade noch jemand den Bericht der Fairfax County Police gelesen hatte und genau wusste, was mit ihr passiert war. Sie hatte vorgehabt, sich zu spalten, in ihre Rolle als Ermittlerin zu schlüpfen, um emotional auf Distanz zu gehen. Ihr Ziel war es gewesen, die Fakten aufzuzählen, als wäre die Sache einem anderen Menschen zugestoßen, über den sie lediglich berichtete. Aber die Bilder dieser Nacht griffen sie an und drohten sie zu überwältigen. Sie wappnete sich mit dem Gedanken an Sofia Garcia-Figueroa und fuhr fort.

»Er berührte die Narben auf meinem Rücken. Er sagte … er sagte, er wünschte, er hätte sie mir zugefügt.« Sie hielt inne und überdachte ihre Worte. »Tatsächlich sagte er *verliehen,* als ob es sich um eine Belohnung handelte.«

Offensichtlich begann der unklare Teil ihrer Erinnerungen, den Wade während ihres Bewerbungsverfahrens als problematisch angesehen hatte, allmählich deutlicher zu werden.

»Das hier ist bestimmt sehr schwer für Sie«, sagte Wade in mitfühlendem Ton. »Was tat er danach?«

Nina trocknete ihre feuchten Handflächen an ihrer Hose ab und bereitete sich auf den nächsten Teil vor. »Er nahm eine Zigarette und zündete sie an. Ich konnte ihn aus den Augenwinkeln sehen. Die ganze Zeit hat er mit mir geredet, stellte mir Fragen wegen der Gürtelspuren auf meinem Rücken und wollte wissen, ob ich geweint hätte, als sie mir zugefügt wurden. Dabei hat er mich nach meinem Namen gefragt.«

Breck schlug beim Zuhören eine Hand vor den Mund.

»Hat er ausdrücklich von Gürtelspuren gesprochen?«, fragte Wade.

Sie schloss die Augen und durchforstete ihr Unterbewusstsein nach weiteren Einzelheiten. »Ich glaube ja.«

Wades Stimme wurde eindringlicher. »Wie konnte er wissen, dass solche Spuren von einem Gürtel kommen?«

Nina wusste, worauf er mit dieser Art der Befragung hinauswollte. Er ging von der Annahme aus, dass der Täter sie bereits vor der Entführung gekannt hatte, aber sie machte seine Theorie zunichte.

»Die Spuren waren frisch, erst zwei Tage alt. Wahrscheinlich konnte er sogar noch sehen, wo die Schnalle in die Haut geschnitten hatte. Es war ziemlich offensichtlich.«

Wade versuchte es auf direktere Art. »Können Sie sich erinnern, ihn vor diesem Abend schon einmal gesehen zu haben?«

Eine Frage, die ihr die Polizei ungefähr tausend Mal gestellt hatte – und sie selbst noch viel öfter.

»Nein.«

Wade betrachtete sie schweigend, versuchte sie einzuschätzen. Die Klimaanlage sprang an, und ihr Brummen erfüllte die Luft um sie herum. »Was hat er mit der Zigarette gemacht?«

Er wusste verdammt gut, was das Monster mit der Zigarette gemacht hatte.

»Er hat sie mir drei Mal auf den Rücken gedrückt.« Ihr Puls raste, aber sie verhielt sich ruhig, antwortete unerschrocken. »Er hat ein Dreieck gemacht. Eine Brandwunde an jeder Ecke.«

Sie erinnerte sich an den Klang ihrer Schreie, die das Zischen übertönten, als die glühende Spitze sie verletzte. An den Geruch von verbranntem Fleisch. Wie sich ihre Brust jedes

Mal an das kalte Metall drückte, wenn sie nach dem Kontakt der Zigarette mit ihrer nackten Haut Luft holte. Auf jedem Schulterblatt einmal und abschließend am Halsansatz.

Sie wollte nicht weitermachen, aber sie wusste, dass es sein musste. Irgendeine ihrer Erinnerungen konnte einen Hinweis liefern, um das Monster aufzuhalten, irgendeine scheinbar unwichtige Kleinigkeit, die nie zur Sprache gekommen war. Sie war es Sofia schuldig. Und sie war es auch derjenigen schuldig, die er womöglich gerade im Visier hatte.

»Nachdem er damit fertig war, schien er … erregt zu sein. Er löste den Strick um seinen Umhang und öffnete ihn.« Mit klopfendem Herzen beschrieb sie, wie er sie drei Mal vergewaltigt hatte. Er hatte sie stundenlang festgehalten und nach jedem Übergriff in eine andere Stellung gebracht.

Wade hörte zu, ohne sie zu unterbrechen. »Hat er dabei etwas zu Ihnen gesagt?«, fragte er, nachdem sie ihren Bericht beendet hatte.

»Er lag auf mir. Er … hat mir ins Ohr geflüstert.« Sie schloss die Augen und versuchte, sich an seine Worte zu erinnern. »Verdammt, ich weiß nicht mehr, was er gesagt hat.«

»Ist schon gut«, sagte Wade, der seine Enttäuschung nicht verbergen konnte.

Danach beantwortete sie die Fragen, die die anderen Kollegen ihr stellten. Ja, er hatte jedes Mal ein neues Kondom benutzt. Nein, er hatte sie nicht gebissen. Ja, er hatte sie wiederholt geschlagen. Nein, er hatte ihr nichts gebrochen, aber sie hatte sich bei ihrer Flucht das linke Handgelenk verstaucht.

Nina war erschöpft, geistig und psychisch ausgelaugt. Aber es war noch nicht vorbei.

»Wie sind Sie entkommen?«, fragte Wade, der offenbar nur widerwillig weitermachte.

»Nachdem er mit mir … fertig war, ist er verschwunden. Ich war immer noch an den Tisch gefesselt und konnte mich kaum bewegen. Er hatte mir wehgetan.« Sie schluckte den Kloß in ihrem Hals hinunter. »Sehr weh. Ich war schweißüberströmt. Meine Hände waren so feucht, dass sie an dem Plastikseil abrutschten. Aber ich habe weiter gezogen. Meine Hände sind klein, und auf diese Weise habe ich sie noch schmaler gemacht.« Sie hob eine Hand und legte den Daumen in die Handfläche, um es zu demonstrieren. »Ich habe so lange gezerrt, bis meine linke Hand aus der Schlinge gerutscht ist. Danach habe ich es geschafft, mich loszubinden.«

Wade runzelte die Stirn. »Sie wussten nicht, ob und wann er zurückkommt, oder?«

»Ich musste mich beeilen. Das Lösen des Knotens an meinem rechten Fuß dauerte am längsten. Zu diesem Zeitpunkt war ich wieder klar im Kopf, aber ich hatte schreckliche Kopfschmerzen. Ich rutschte vom Tisch, schlich zur Tür und öffnete sie. Es war immer noch dunkel, aber die Sonne wäre bald aufgegangen. Niemand war zu sehen. Der Transporter war verschwunden, darum bin ich durch den Wald weggerannt.«

»Immer noch nackt?« Zum ersten Mal ließ Breck sich vernehmen.

»Im Schuppen war keine Kleidung, und meine musste er im Wagen gelassen haben. Wie auch immer, mein Leben war mir zu diesem Zeitpunkt wichtiger als mein Schamgefühl.«

Wade brachte Breck mit einem Blick zum Verstummen. »Fahren Sie fort, Nina.«

»Ich musste weit laufen, bis ich zu einigen Häusern kam. Ich kannte die Gegend nicht, erfuhr später aber, dass er mich nach Chantilly gebracht hatte. Das liegt im westlichen Teil von Fairfax County, ungefähr vierzig Minuten von dem Ort entfernt, an dem er mich entführt hatte.«

Sie dachte an ihre verzweifelte Suche nach Hilfe zurück, an die Angst davor, verletzt und wehrlos bei einem Unbekannten anzuklopfen, der vielleicht noch schlimmer war als das Monster, dem sie gerade entkommen war.

»Ich fand ein Haus, in dem Licht brannte, und klingelte. Ein Mann öffnete die Tür, sah mich kurz an und rief seine Frau. Sie wickelte mich in eine Decke, während ihr Mann die Polizei benachrichtigte.«

»Was passierte nach dem Eintreffen der Polizei?«

»Das Übliche. Sie befragten mich, während sich Sanitäter um meine Verletzungen kümmerten. Ich war ziemlich traumatisiert.« Die Mischung aus Adrenalin und Angst, die durch ihre Adern raste, half ihr in den Stunden darauf, die zahllosen Verhöre und Befragungen durch Polizeibeamte und medizinisches Personal durchzustehen. Erst viel später, als sie endlich allein war, erlaubte sie sich den Luxus, Tränen zu vergießen.

»Hat man Sie in ein Krankenhaus gebracht?«

»Sie meinen, ob es eine Untersuchung auf Vergewaltigung gegeben hat?«, fragte sie in schärferem Ton nach, als sie eigentlich wollte. »Ja. Den Bericht habe ich nie gesehen, deshalb wissen Sie über das Ergebnis wahrscheinlich mehr als ich.« Eine weitere Akte mit Informationen, die sie nie zu Gesicht bekommen hatte.

»Was war mit dem Tatort?«, fragte Wade.

»Ich konnte der Polizei den Standort des Schuppens beschreiben, aber als sie dort eintrafen, stand er in Flammen. Er brannte in weniger als einer halben Stunde vollständig nieder.«

»Wem gehörte das Grundstück?«

»Es gehörte zum Eigentum eines älteren Ehepaares, das verstorben war, ohne ein Testament zu hinterlassen. Jahrzehnte zuvor hatten sie ein Haus auf einem etwa einen Quadratkilometer großen Grundstück gebaut. Ihre erwachsenen Kinder, die alle weggezogen waren, stritten sich um das Erbe. Die Sache lag seit mehr als einem Jahr beim Nachlassgericht. Die Polizei sagte, mein Angreifer habe den Schuppen vermutlich ohne das Wissen und die Zustimmung der Erben errichtet. Sie untersuchten das wenige Beweismaterial, das es nach dem Feuer noch gab, aber sämtliche Fingerabdrücke, Fasern und DNA waren zerstört.«

Nachdem sie ihre Erzählung beendet hatte, stellte sie Wade ihrerseits eine Frage. »Sie haben mehrfach gefragt, was für Klebeband er benutzt hat. Warum ist das wichtig?«

»Wenn es aus ungewöhnlichem Material war, könnte die Information nützlich sein. Dasselbe gilt für den Gegenstand, mit dem er Ihnen das Band von Füßen und Handgelenken geschnitten hat. Es gibt Militärmesser, die schneiden Fallschirmstricke und kräftige Stoffe durch wie Butter.«

»Ich glaube, ich habe nicht gesehen, was er benutzt hat.«

»Ich denke, das reicht fürs Erste«, sagte Buxton ein wenig zu schnell. Die Spannung im Raum ließ nach, während er demonstrativ auf seine Uhr blickte.

Nina wurde das Gefühl nicht los, dass der Boss sie gerettet hatte, als ihre Erinnerung erneut versagte. Es war, als hätte sie das Team irgendwie im Stich gelassen. Sie bemühte sich verzweifelt, jedes Detail auszugraben, musste aber zugeben, dass ein Teil ihrer Seele inzwischen sehr versiert darin war, Erinnerungen in die dunkelste Ecke ihres Verstandes zu schieben. Um das Monster zu fassen, würde sie diese Details – und den Schmerz, der mit ihnen verbunden war – aus dem Versteck herauszerren müssen, in dem sie sie sorgfältig verstaut hatte.

Kapitel 11

Drei Stunden später zuckte Nina zusammen, weil Kent einen Krug Bier auf den verschrammten runden Tisch vor ihr knallte. Wade stellte vier Gläser dazu und setzte sich neben sie.

Breck nahm ein Glas und goss ein. »Das erste ist für Guerrera.«

Nina griff nach dem angebotenen Bier und fragte: »Kommt Buxton nicht?«

Kent deutete auf den Raum um sie herum. »Ich habe das Gefühl, dass die höheren Chargen grundsätzlich nicht wissen wollen, was hier vor sich geht.«

Nach einem anstrengenden Tag in den beengten Räumlichkeiten der BAU waren sie in einen SUV des Bureaus gestiegen und die kurze Strecke zur Niederlassung in Quantico gefahren, wo die FBI-Akademie eine eigene Bar unterhielt. Als *The Boardroom* bekannt, diente das Lokal allen möglichen Leuten als Ziel, von neuen Agents bis zu hochrangigen Polizisten aus der ganzen Welt, die die FBI National Academy besuchten. Am Abend wurde dort entweder getanzt oder es gab Karaoke oder Kartenspiele für alle, die Dampf ablassen wollten.

Nina sah sich um. »Ist nicht viel los heute. Niemand benimmt sich daneben.«

Wade nahm den Krug und goss die bernsteinfarbene Flüssigkeit in sein Glas. »Ich glaube, Buxton wollte uns Gelegenheit geben, unter uns zu sein.«

Das ergab durchaus Sinn. Sie waren zu einem Team zusammengewürfelt worden; Wade und Kent waren die Einzigen, die der Einheit dauerhaft angehörten. Wenn sie produktiv sein wollten, mussten sie miteinander klarkommen, also konnten sie die Gelegenheit auch gleich zu ihrem eigenen Vorteil nutzen.

Sie schob Kent ein leeres Glas zu. »Ich habe gesehen, dass Sie vor ein paar Stunden am Computer den Code untersucht haben. Irgendwas gefunden?«

»Ich habe über den internen Server mit den Kryptoanalytikern zusammengearbeitet.« Kent nahm das Glas und goss Bier ein. »Codes zu entschlüsseln ist ihre Paradedisziplin, aber ich wollte mich auf die bisherige Ausdrucksweise der gesuchten Person konzentrieren, weil das ihre neue Botschaft möglicherweise in einem anderen Licht erscheinen lässt.«

»Kent hat eine Ausbildung in psycholinguistischer Analyse«, bemerkte Wade, der sich durch einen kleinen Korb Salzbrezeln wühlte, der auf dem Tisch stand. »Auf Uncle Sams Kosten.«

Nina blickte Kent an und zog fragend eine Augenbraue hoch.

»Ich war bei den Special Forces«, sagte er schlicht. »Mein Team brauchte jemanden, der bei den Verhören assistiert.« Er hob eine Hand. »Fragen Sie nicht nach Einzelheiten. All meine Einsätze unterlagen der Geheimhaltung. Ich hatte Grundkenntnisse in Psychologie, also haben sie mich für die Fortbildung ausgewählt. Und meinen Master haben sie auch bezahlt.«

Breck stupste Wade gegen den Arm. »Suchen Sie auf dem Boden der Schale nach einer Erdnuss?«

Wade hörte auf, in den Brezeln herumzuwühlen. »Ich könnte ein paar Proteine gebrauchen.«

»Ich auch, aber Erdnüsse werden da nicht reichen«, meinte Breck. »Ich bin so hungrig, dass ich ein Pferd essen könnte. Und der Reiter müsste auch aufpassen.«

Nina lächelte. »Ihr Akzent gefällt mir, aber ich kann ihn nicht einordnen.«

»Georgia«, sagte Breck. »Aber nicht Atlanta. Ich komme aus dem Hinterland, wo man zu Sushi noch Köder sagt.« Sie stand auf. »Ich bestelle uns eine Pizza.«

»Was hat Sie dazu gebracht, Linguistik zu studieren?«, wollte Nina wissen. Kents Vorgeschichte interessierte sie viel mehr als Essen.

»Das war eine logische Entwicklung«, antwortete er. »Ich spreche vier Sprachen, und ich lese gern. Worte interessieren mich.«

»Was können Sie anhand seiner Sprechweise über einen Menschen sagen?«

»Nicht nur die gesprochene Sprache ist aussagekräftig, auch die geschriebene. Ich kann mir ein Bild von seinem IQ machen, vom Bildungsniveau, von der Gegend, in der er aufgewachsen ist, und von seiner Weltanschauung. Unter anderem. Manchmal führen spezielle Ausdrucksformen zu Erkenntnissen. Zum Beispiel die Aussage des Täters, er wünschte, er wäre derjenige gewesen, der Ihnen die Wunden auf dem Rücken *verliehen* hätte.« Kent stellte sein Bier ab. »Tut mir leid. Ich wollte das nicht erneut zur Sprache bringen.«

Nina bemerkte, dass Wade sie beobachtete, und deutete mit dem Daumen auf ihn. »Er hat mich das noch drei Mal durchmachen lassen, während Sie und Breck beschäftigt waren.« Sie winkte ab. »Allmählich gewöhne ich mich dran.«

Was vermutlich zu Wades Plan gehörte. Wahrscheinlich wollte er sie durch wiederholte Konfrontation mit dem Vorfall quasi impfen, damit sie in ihrem Gedächtnis nach jedem noch so kleinen Detail ihrer Entführung suchen konnte.

»Ich habe ebenfalls über die Wortwahl des Täters nachgedacht«, sagte Wade. »Wissen Sie, wer anderen etwas *verleiht?*«

»Ein König?«, meinte Breck, die gerade von der Kasse am anderen Ende des Raums zurückgekommen war.

»Eine Organisation?«, mutmaßte Kent.

Nina sprach das erste Wort aus, das ihr in den Sinn kam. »Ein Gott.«

Wade prostete ihr zu. »Genau.«

Nina strich sich mit den Fingerspitzen über den Hals. »Die Kette mit dem Auge Gottes. Er hat sie all die Jahre behalten. Was bedeutet das? Hält er sich für einen Gott?«

»Ich weiß noch zu wenig, um das mit Sicherheit sagen zu können«, antwortete Wade. »Er will definitiv ultimative Macht und Kontrolle ausüben. Das haben seine heutigen Kommentare in den Medien bewiesen.«

»Raubtieren wie ihm geht es immer um Kontrolle«, sagte Kent. »Ein Teil ihrer Persönlichkeit gibt sich grandiosen Vorstellungen von Überlegenheit hin, aber ein anderer Teil muss alles in ihrer Umgebung dominieren, um das tief sitzende Gefühl von Unzulänglichkeit zu überspielen.«

»Das ist ein totaler Widerspruch«, meinte Nina.

»Einer von vielen Gründen, warum solche Menschen nicht gerade das sind, was man ausgeglichen nennt.« Kent nahm sich eine Brezel und betrachtete sie. »Ich glaube, der Fachausdruck dafür lautet *verrückt.*«

»Sie wühlen im Geist dieser Leute herum, ich in ihren Festplatten«, sagte Breck. »Mein Job gefällt mir besser.«

»Wo wir gerade davon sprechen.« Nina drehte sich zu ihr. »Ich habe gesehen, dass Sie heute Nachmittag die Köpfe mit dem Cyberteam zusammengesteckt haben. Gibt's irgendwelche Fortschritte?«

»Erst mal brauche ich noch ein Bier.« Breck füllte erneut ihr Glas. »Der gesuchten Person hat der Kommentar des Nachrichtensprechers offenbar ziemlich gut gefallen. Sie wissen schon, er sagte doch, der Täter sei genauso chiffriert wie die Hinweise, die er hinterlässt.« Als die anderen nickten, verzog sie den Mund. »Er nennt sich jetzt Enigma.«

»Passt zu seinem Ego«, sagte Wade. »Er lässt sich nicht entschlüsseln. Ein Rätsel.«

»Von wegen Rätsel.« Breck schnaubte verächtlich. »Der Typ ist durchgeknallter als ein Eichhörnchen auf Speed.« Sie trank einen Schluck und fuhr fort: »In den sozialen Medien hat er Accounts mit dem Bild einer antiken Schriftrolle eröffnet. Es wirkt, als wollte er sich selbst zu einer Marke machen.«

»Was bedeutet, dass er damit weitermachen will«, sagte Nina.

»Er hat haufenweise Follower«, fügte Breck hinzu. »Die meisten trollen ihn, aber es gibt auch ein paar Fans.«

Nina verschluckte sich fast an ihrem Bier. »Er hat *Fans?*«

»Er hat ein Bild des Hinweises auf seiner Facebook-Seite gepostet und fordert die Leute auf, es zu lösen.« Breck trank noch einen Schluck. »Hat einen Haufen Likes dafür bekommen. Tatsächlich bilden die Leute Teams und wetteifern darum, wer den Code als Erster knackt. Es gibt eine Gruppe vom Massachusetts Institute of Technology, die behauptet, mehrere mögliche Antworten gefunden zu haben.«

Wade schüttelte den Kopf. »Also gibt es jetzt jede Menge Leute, die sein Spielchen mitspielen und über ihn reden.«

»Können wir nicht dafür sorgen, dass die sozialen Medien seine Daten an uns herausgeben?«, fragte Nina.

»Das haben wir schon veranlasst«, sagte Breck. »Wir bekommen die Daten, aber ich bin trotzdem nicht sehr optimistisch. Der Typ scheint technisch ziemlich fit zu sein. Auf keinen Fall hat er seinen richtigen Namen benutzt, um sein Profil zu erstellen, und wahrscheinlich hat er auch Mittel und Wege gefunden, seine IP-Adresse und seinen Wohnort zu verbergen.«

Kent fluchte. »Dann löschen wir doch einfach seine Accounts!«

»Nein«, erwiderte Wade, und seine Stimme klang überraschend scharf. »Jede Information, die wir von ihm bekommen können, alles, was er postet, verschafft uns ein klareres Bild von ihm.«

»Er bringt die Öffentlichkeit dazu, sich in unsere Ermittlungen einzumischen!«, sagte Kent. »Was ist, wenn jemand das Rätsel vor uns löst? Unsere Kryptologen arbeiten immer noch daran.«

»Die letzten Botschaften waren an Guerrera gerichtet«, erwiderte Wade. »Bei der nächsten wird es vermutlich genauso sein. Früheres Verhalten ist die beste Vorhersage für künftiges Verhalten.«

Am Tisch wurde es still. Alle schienen darauf zu warten, dass Nina sich einbrachte. Sie war die Adressatin von Enigmas früheren Botschaften und das Ziel seiner Drohungen. Was hatte sie dazu zu sagen, dass Tausende, vielleicht Millionen von Menschen das Spiel eines Mannes spielten, der sie tot sehen wollte?

Sie kippte den Rest ihres Bieres hinunter. »Wenn es dabei hilft, ihn zu erwischen, bin ich dafür, die Seiten offen und aktiv zu lassen.«

»Das wird die Aufmerksamkeit der Öffentlichkeit noch stärker auf Sie lenken«, meinte Kent. »Und auch auf das Bureau.«

Nina verstand die unausgesprochene Botschaft. Wenn der Fall sich ungünstig entwickelte, würde das in den höheren Ebenen nicht gut aufgenommen werden. Seit der Gründung des FBI zu Zeiten von J. Edgar Hoover gab es eine unantastbare Regel, die für alle Agents galt.

Mach dem Bureau keine Schande.

Wäre es schändlich, wenn ihr Name und ihr neuer Spitzname durch das gesamte Internet geisterten?

»Wir müssen Buxton gegenüber Einigkeit demonstrieren«, erklärte Breck, die offensichtlich gerade ähnliche Gedanken hegte. »Ich habe ihn auf den neuesten Stand gebracht, bevor er das Büro verließ. Bis wir Rückmeldung von den sozialen Medien haben, lassen wir alles, wie es ist, aber dann will Buxton Enigmas sämtliche Profile sperren, in denen sich keine ermittlungsrelevanten Spuren finden. Wir sind bereit, ihm den Stecker zu ziehen, aber ich habe Buxton davon überzeugt, dass es besser ist, noch ein wenig zu warten. Ich bin derselben Meinung wie Wade, aber aus anderen Gründen. Je länger Enigma agiert, desto größer ist unsere Chance herauszufinden, was für Sicherheitsvorkehrungen er getroffen hat, um sich im Cyberspace zu verstecken.«

Kent fuhr mit dem Finger über den Rand seines Glases. »Mir gefällt das zwar nicht, aber ich bin ein Teamplayer. Wir gehen morgen zusammen zu Buxton.« Er richtete den Blick aus seinen dunkelblauen Augen auf Nina. »Dieser Typ hat Ihnen schon so viel angetan. Ich habe den Eindruck, wir führen ihn an der langen Leine, weil wir hoffen, dass er sich daran aufhängt. Wenn Sie mich fragen, ist diese Leine zu lang.«

Nach kurzer Überlegung nickte Nina zustimmend. Enigma war gefährlich, und sie hatten beschlossen, ihm das weltweite Publikum zu gewähren, nach dem er gierte. War es das Risiko wert, ihm so viel Freiraum zu gewähren, oder würde er die lange Leine ausnutzen und gegen sie verwenden? Sie wusste besser als jede andere lebende Person, was dieses Monster mit einem Stück Leine anfangen konnte.

Kapitel 12

Nachdem Nina wertvolle, aber zu wenige Stunden geschlafen hatte, tauchte die Pflegetochter ihrer Nachbarin auf und unterbrach ihre Morgenroutine. Nina öffnete die Wohnungstür, und vor ihr stand Bianca, eine große graue Katze an sich gedrückt.

»Ich glaube, du hast das Internet kaputt gemacht«, sagte Bianca anstelle einer Begrüßung.

Nina musterte das Mädchen verschlafen. »Ich glaube, diese Katze fühlt sich hier allmählich ein bisschen *zu* wohl.«

»Ernsthaft, das musst du dir ansehen.« Bianca ignorierte bewusst den Wink mit dem Zaunpfahl. Den fetten Kater über der Schulter und ihr Handy in der Hand marschierte sie in die Wohnung. »Du bringst jedes Forum zum Bersten und stehst bei allen Suchmaschinen ganz oben.«

Bianca war der typische social-media-süchtige Teenager. Sie postete pausenlos Updates, die die wachsende Faszination der Öffentlichkeit durch den Mörder, seine Geheimcodes und das Kriegermädchen, wie Nina inzwischen genannt wurde, betrafen.

Bianca hielt ihr das Handy vor die Nase. »Wusstest du schon, dass er jetzt einen gruseligen Serienmörder-Spitznamen benutzt?«

Nina schloss kurz die Augen. »Ich habe davon gehört.«

»Enigma.«

Als sie nicht gleich reagierte, schnaubte Bianca ungeduldig. »Und? Was hältst du von dem Namen?«

Nina nippte an ihrem Kaffee. Wie sie es von Mrs Gomez gelernt hatte, war er mit Zimt gewürzt und verschaffte ihr Energie und Behaglichkeit. »Das ist für unsere Ermittlungen nicht hilfreich. Wissen die Leute, die auf seine Posts antworten, dass sie damit sein Ego füttern?«

»Manche schon, glaube ich«, erwiderte Bianca. »Aber sie können nicht anders, weißt du?«

Ja, das wusste sie. »Jetzt hat er ein Publikum und sieht sich wahrscheinlich genötigt, ihm eine Show zu bieten.«

»Aber ihr werdet ihn aufhalten, bevor er noch etwas anstellen kann. Ich meine, das FBI hat doch bestimmt all seine Computerfreaks darauf angesetzt, diesen Kerl aufzuspüren, oder?«

»Erstens sind das keine Freaks. Es sind hoch spezialisierte Agents und Analytiker.« Als Bianca eine gepiercte Augenbraue hochzog, fügte Nina hinzu: »Okay, manche von ihnen sitzen vielleicht ein bisschen zu lange vor dem Bildschirm, aber sie sind gut in dem, was sie tun. Und genau darum ist es so frustrierend.«

»Was ist frustrierend? Dass ein Verrückter schlauer ist als das FBI oder dass ein paar Collegestudenten sich cleverer anstellen?«

Nina wusste, dass Bianca unter dieser dicken Schicht von Häme nur ihre Besorgnis verbarg. Wie viele andere Pflegekinder hatte auch sie gelernt, Gefühle hinter schwarzem Humor, Unfreundlichkeit oder vorgetäuschter Gleichgültigkeit zu verstecken. Nina hatte es genauso gemacht, als sie noch im System war. Sie verstand, dass Bianca sich Sorgen um sie machte.

»Ich muss dir was erzählen«, sagte Bianca, wich Ninas Blick aber aus.

Ninas Polizistinnenradar sprang an. »Was denn?«

»Ich habe ein Team zusammengestellt. Eine handverlesene Gruppe von Informatikstudenten, so wie ich.« Sie senkte den Blick. »Gamer, Programmierer und Hacker, die die Fachidioten ganz schön alt aussehen lassen könnten.«

Bianca hatte die Highschool mit vierzehn abgeschlossen und vom Bildungsministerium ein Vollstipendium für die George Washington University erhalten. Am Ende dieses Semesters würde sie ihren Bachelor machen und peilte als Nächstes den Master an.

Nina gefiel der Verlauf dieses Gesprächs nicht. Sie stellte ihren Kaffee auf den Tisch, beugte sich vor und bedachte die junge Frau mit einem einschüchternden Verhörblick. »Spuck’s aus. Jetzt.«

Bianca reckte das Kinn. »Wir werden ihn abschalten.« Als Nina nur schweigend abwartete, drückte sie die Katze an sich und fuhr fort: »Er hat gesagt, dass er einen Link zu einem neuen Youtube-Kanal posten wird, sobald er ihn eingerichtet hat.«

Von Video-Streamings hatte Breck gestern Abend nichts erwähnt. Mit sichtbaren Inhalten würde Enigma ein noch größeres Publikum anziehen, und sie wollte sich nicht einmal vorstellen, was er der Öffentlichkeit womöglich vorführen würde.

Mit Breck würde sie später reden. Im Augenblick hatte sie andere Sorgen. »Und wie wollt ihr das machen?«

»Hallo? Schon vergessen, dass wir Informatiker sind?«, fragte Bianca, als wäre die Antwort offensichtlich. »Wir hacken uns rein und nehmen ihn offline. Wir zeigen ihm, dass er damit nicht durchkommt. Er kann nicht einfach jeden Bullshit posten.« Ihre Augen wurden schmal. »Wir schlagen zurück.«

Nina überlegte, wie sie diesem Vorhaben ein Ende setzen konnte, aber sie kannte Bianca gut genug, um zu wissen, dass sie ohne guten Grund auf keinen Fall einen Rückzieher machen würde. Es hörte sich an, als hätte sie den Plan schon ins Rollen gebracht. Für Grundsatzdiskussionen in Quantico war keine Zeit.

Nina traf eine Entscheidung. »Ich werde dir ein paar Dinge verraten, aber wenn du ein einziges Wort von diesem Gespräch postest oder jemandem davon erzählst, überfahre ich mit meinem Auto dieses Handy da.« Sie sah, wie Bianca das kurze dicke Fell der Katze streichelte, während sie die Drohung verarbeitete.

»Du musst bei mir nicht den bösen Cop spielen«, entgegnete Bianca. »Ich verrate niemandem etwas.«

Nina seufzte. Brecks vernichtende Nachricht, die sie eine halbe Stunde zuvor ans Team geschickt hatte, ließ den Tag mit einem frustrierenden Beigeschmack beginnen. Alle wichtigen sozialen Netzwerke hatten ihre Anordnung befolgt, aber die Profile des Täters waren allesamt gefälscht und nicht nachverfolgbar, genau wie Breck es vorhergesagt hatte.

»Die Wahrheit ist, dass wir bei der Suche nach diesem Kerl keine Fortschritte machen. Er weiß genau, was er tut.«

»Von irgendeinem Ort aus muss er seine Accounts doch angemeldet haben. Könnt ihr ihn nicht über die Server erwischen?«

»Er ist ein Internetgespenst.«

»Dann können wir ihn stoppen, indem wir ihn sperren.«

Nicht das schon wieder. »Nein, Schätzchen, das geht nicht.«

»Natürlich geht das. Es ist ganz einfach, wir müssen nur …«

»Ich wollte damit sagen, dass wir das nicht *wollen.*« Nina fuhr sich mit den Fingern durchs Haar. »Ich erzähle dir all das nur, um dich davon zu überzeugen, dass ihr die Sache besser uns überlassen solltet. Denn wenn ich das nicht tue, geht ihr einfach los und tut es, stimmt's?«

Sie starrten einander an, bis die Katze in Biancas Armen zu zappeln anfing. Sie bückte sich und setzte sie auf dem Boden ab. »Warum wollt ihr, dass dieser Kerl seinen Mist weiterhin veröffentlichen kann? Das ist doch total abgedreht.«

»Wir haben das gestern Abend in Quantico besprochen«, antwortete Nina. »Wir haben beschlossen, dass es vorläufig besser ist, ihn weiter posten zu lassen.« Sie hob die Hände. »Vielleicht verrät er sich ja.«

Bianca legte nachdenklich den Kopf schief, und ihr Pferdeschwanz fiel zur Seite. »Du glaubst also auch, dass eure Leute den Kerl irgendwie anpingen können?«

Dieses Mädchen war unglaublich schlau. Betonung auf *unglaublich.* Nina drohte ihr mit dem Finger. »Du und deine Freunde, ihr überlasst diese Sache bitte uns. Mischt euch nicht in die Ermittlungen einer Bundesbehörde ein.«

Bianca stemmte eine Hand in die Hüfte. »Eilmeldung, Agent Guerrera: Das ganze Land mischt sich ein. Hast du nicht gerade gesagt, dass genau das gestern euer Thema war?«

Nina ignorierte Biancas Sarkasmus. »Ich kann nicht das ganze Land schützen. Aber ich kann sehr wohl ein siebzehnjähriges Mädchen schützen, das sich in etwas einmischt, was es nicht versteht«, sagte sie und fuhr mit ernster Stimme fort: »In etwas … Böses.«

»Oh, ich weiß, was böse ist«, gab Bianca leise zurück. »Das weiß ich sehr gut.«

Nina hatte Bianca vier Jahre zuvor kennengelernt. Sie war Polizistin in Fairfax County und Bianca eine dreizehnjährige notorische Ausreißerin mit einem Haufen Probleme. Als Bianca zum x-ten Mal verschwunden war, beschloss Nina, sie zu finden, und durchstöberte jeden bekannten Teenagertreff in ihrem Bezirk, bis sie das Mädchen aufgespürt hatte. Bei einigen Burgern brachte Nina sie dazu, sich zu öffnen, indem sie ihr von ihrer eigenen Vergangenheit erzählte. Nachdem sie erfahren hatte, warum Bianca weggelaufen war, verhaftete sie das Pärchen, bei dem Bianca zu dem Zeitpunkt in Pflege gewesen war, und sorgte dafür, dass sie ein paar Tage bei ihr wohnen konnte, bis das Jugendamt einen angemessenen neuen Platz für sie gefunden hatte. In dem Augenblick, in dem Mrs Gomez Bianca erblickte, hatte sie eine neue Aufgabe für sich gefunden. Die Kinder der Gomez' waren alle erwachsen, und Mrs G überzeugte ihren Ehemann rasch davon, dass sie ihr leeres Nest mit Pflegekindern füllen sollten – angefangen mit Bianca.

Nina ging zu ihr und umfasste ihre schlanken Schultern. »Unterschätz ihn nicht, *mi'ja.* Ich habe ihm in die Augen gesehen.« Sie unterdrückte ein Schaudern. »Er hat keine Seele.«

Da sie dem offenbar zustimmen musste, versuchte Bianca es auf andere Weise. »Vielleicht solltet ihr selbst etwas in seinen Social-Media-Accounts posten.«

»Um ihn noch anzuspornen?«

»Wenn ihr wollt, dass er sich verrät, müsst ihr ihn zum Reden bringen«, entgegnete Bianca.

In Gedanken ging Nina die möglichen Resultate durch. »Gar keine schlechte Idee«, sagte sie, während sie nachdenklich im Zimmer auf und ab lief. »Zuerst muss ich Buxton überzeugen. Vermutlich ist er der Ansicht, dass direkte Interaktion eine neue Variable ins Spiel bringen wird, die wir nicht kontrollieren können.«

Sie zog in Erwägung, Unterstützung bei Wade zu suchen, verwarf den Gedanken jedoch wieder. Während ihrer Feierabendgespräche schien er seine Meinung über sie zu überprüfen, aber sie spürte, dass er sein endgültiges Urteil noch nicht gefällt hatte.

»Ich würde sagen, besser ihr als irgendjemand anders«, meinte Bianca. »Die Leute veralbern ihn, nennen ihn einen Freak oder Irren. Er wird wütend und schlägt zurück.« Sie schüttelte den Kopf. »Ziemlich dumm, und zwar von beiden Seiten.«

Breck hatte die Trolls erwähnt. Die schienen ihn zu erreichen. Sie überlegte, was passieren würde, wenn er eine direkte Nachricht vom FBI bekäme. Würde er sich darauf einlassen? Würde er vor der ganzen Welt darauf antworten? Ein lautes Keuchen lenkte ihre Aufmerksamkeit erneut auf Bianca, die auf ihr Handy blickte.

»Sie haben den Code geknackt.« Ihre Augen funkelten, als sie Nina anschaute. »Das Team vom MIT. Sie haben die Botschaft verstanden und die Antwort gepostet.«

»Wie lautet sie? Wie haben sie das Rätsel gelöst?«

Bianca scrollte mit einem Finger hinunter. »Sie haben die Zahlen zweiunddreißig, achtzehn, zehn und sechsunddreißig durch zwei geteilt, was sechzehn, neun, fünf und achtzehn ergab. Ersetzt man diese Zahlen durch die Buchstaben des Alphabets, ergibt das P-I-E-R. Den Zahlen folgten die Buchstaben F und R. Sie gingen davon aus, dass die Buchstaben die Zahlen sechs und achtzehn darstellen. Nach derselben Logik teilten sie die Zahlen durch zwei, wobei drei und neun herauskommen. Alles zusammen ergibt Pier neununddreißig.«

Nina durchquerte das Zimmer, um ihr Handy vom Kaffeetisch zu holen. »Ich frage mich, ob unsere Analytiker es auch gelöst haben. Wo haben diese MIT-Studenten das gepostet?«

»Auf Enigmas Twitterfeed als Antwort auf einen seiner Tweets.« Bianca schlug sich die Hand vor den Mund. »O nein! Nein, nein, nein!«

»Was ist?« Nina ging zu Bianca zurück und spähte über deren bebende Schulter.

»Enigma hat unter der Nachricht ein Bild gepostet«, sagte Bianca durch ihre gespreizten Finger hindurch.

Nina streckte die Hand aus, um auf das Bild zu tippen und es zu vergrößern. Das Display zeigte den Körper eines Mädchens, der mit dem Gesicht nach unten in trübem Wasser trieb. Blondes Haar hatte sich wie ein goldener Fächer um sie herum ausgebreitet. Die Bildunterschrift lautete:

ZU SPÄT, KRIEGERMÄDCHEN.

Ninas Handy summte. Noch immer schockiert, hob sie es mechanisch ans Ohr. »Agent Guerrera.«

»Packen Sie Ihre Sachen. Es geht nach San Francisco«, sagte Wade kurz angebunden in seinem Bariton.

Kapitel 13

Nina stand mit dem Rücken zu der Menge, die sich hinter dem gelben Absperrband drängte. Sie spürte, dass der Unbekannte sie beobachtete. In der Luft, die vom Moschusgeruch der in der Nähe sonnenbadenden Seelöwen erfüllt war, konnte sie seine Präsenz beinahe mit Händen greifen.

»Wir sollten in die Leichenhalle gehen und uns die Leiche ansehen«, schlug Wade vor. »Wenn ich sehe, was er dem Opfer angetan hat, ist das sehr viel aufschlussreicher, als von einer Schar Touristen angegafft zu werden.«

Nina fühlte sich ungeschützt und nackt, nachdem sie Wade ihre Geschichte noch einmal vor dem ganzen Team erzählt hatte. Der sechsstündige Linienflug, den sie zusammengepfercht im hinteren Teil des Flugzeugs verbracht hatten, war da auch nicht hilfreich gewesen. Sie war nicht lange genug mit ihrem neuen Partner allein gewesen, um die Rahmenbedingungen ihrer Arbeitsbeziehung abklären zu können, und nun machte sich ein leichtes Spannungsgefühl zwischen ihnen breit.

Sie war hier, um ihnen ihre Erkenntnisse bezüglich Enigmas Handlungsweise mitzuteilen. Stattdessen fühlte sie sich wie ein beliebiges Werkzeug, das Wade für seine Ermittlungen benutzte. Aber sie war nicht einfach nur ein Hilfsmittel. Sie war eine Bundesagentin. Er hatte seine Ermittlungsmethoden, und sie hatte ihre. Offensichtlich hatte er am Tatort alles gesehen, was er sehen musste, aber sie war noch nicht fertig.

»Ein Beamter des San Francisco Police Department wird Sie sicherlich gern in die Pathologie bringen«, sagte sie zu Wade. »Ich komme dann später nach.«

Seine Lippen waren ein dünner Strich. »Ich habe nur gesagt, dass wir jetzt lange genug hier waren.«

»Ich bin Field Agent.« Ohne sich darum zu kümmern, ob jemand sie hörte, bezog sie direkt vor ihm Stellung und vollzog mit einer Armbewegung den Bogen der Bucht und des Piers nach. »Außendienst. Das bedeutet draußen, vor Ort.«

»Sie wissen, dass das Bullshit ist, Guerrera. Auch BAU-Agents arbeiten im Außendienst. Ich war am Tatort in DC, und jetzt bin ich hier. Wir sind hier fertig. Wenn sich noch etwas ergibt, erfahren wir durch das SFPD davon, ohne dass wir uns hier weiterhin zur Schau stellen und das Ego des Gesuchten füttern müssen.«

Wade mochte der leitende Agent sein, aber er konnte ebenso gut Fehler machen wie jeder andere auch. »Am Tatort in DC sind Ihnen die Halskette und die Sprühfarbe am Container entgangen. Hier möchte ich nichts übersehen.« Nachdem sie ihr Argument vorgebracht hatte, drehte sie sich um und schlenderte zum Ende des Piers, um auf das blaugrüne Wasser zu blicken, das sanft gegen die sonnengebleichten Holzbohlen schwappte.

Der Leichnam des Mädchens war an eine der Ketten gebunden gewesen, die die Ansammlung schwimmender Plattformen lose miteinander verbanden. Nina betrachtete die dicken, mit Vogeldreck übersäten Bretter, die in der San Francisco Bay eine Insel bildeten. Sie sah keine unkomplizierte Möglichkeit, auf die schwimmenden Docks selbst zu kommen, die, abgetrennt von den Landungsstegen für Boote, eine Zufluchtsstätte für die großen, in der Sonne badenden Seelöwen bildeten. Wie hatte er das bewerkstelligt?

Sie drehte sich um und ging an Wade vorbei zu dem Lieutenant des SFPD, der sie bei ihrer Ankunft zwanzig Minuten zuvor auf den neuesten Stand gebracht hatte. »Lieutenant Spangler, was sagten Sie vorhin? Um wie viel Uhr wurde das Opfer gefunden?«

»Gegen fünf heute Morgen.«

»Hatte da bereits ein Restaurant oder ein Souvenirladen geöffnet?«

Er schüttelte seinen kahl werdenden Kopf. »Die einzigen Menschen in der Umgebung waren Segler, die später hinausfahren wollten, und ein paar von den Leuten, die Essen auf dem Markt am Fisherman's Wharf verkaufen. Die bauen ihre Stände schon ziemlich früh auf.« Mit einer Handbewegung verscheuchte er eine lästige Möwe. »Wir fragen uns durch, aber ich glaube nicht, dass wir etwas erfahren werden. Die besten Chancen haben wir bei den Seglern.«

»Hätte er auf diese Weise zu den schwimmenden Docks gelangen müssen?«, fragte sie. »Vom Pier aus gibt es keinen direkten Zugang.«

»Das hier ist der meistfotografierte Pier des Landes. Er steht immer unter Videoüberwachung. Das muss er gewusst haben.« Spangler deutete mit dem Kinn auf eine Reihe von Jachten, die an einem benachbarten Kai lagen. »Wir vermuten, dass er sich ein Beiboot geschnappt und das arme Mädchen hier rübergeschafft hat, als es noch dunkel war.« Er legte eine Hand auf die Karabiner an seinem Koppel. »Er müsste verrückt sein, um bei dieser Strömung, den Seelöwen und allem einfach mit ihr herzuschwimmen.«

Sie folgte seinem Blick. »Ist das Wasser hier immer so unruhig?«

»Meistens.«

Sie dankte dem Lieutenant und schlenderte zurück, betrachtete in Ruhe die Docks, die Menschenmenge am Pier und die Bootsslipanlage. Was hatte der Mörder sich dabei gedacht? Warum hatte er einen derart öffentlichen Ort gewählt? Warum hatte er riskiert, entdeckt zu werden? Leider stand der Mann, der die besten Chancen hatte, Enigmas Absichten zu enträtseln, nur wenige Meter von ihr entfernt und starrte sie, die Hände in die Hüften gestemmt, finster an.

Unbeeindruckt von dem Unmut, den seine angespannte Haltung deutlich zum Ausdruck brachte, näherte sie sich Wade und stellte ihm ihre nächste Frage. »Auf dem Foto, das der Täter gepostet hat, wirkte das Opfer blond. Dem Bericht nach war sie eins achtundsiebzig groß. Viel größer als ich.«

Wade blickte auf sie herab. »Soweit ich weiß, ähnelte sie Ihnen physisch nicht im Geringsten. Deshalb wollte ich sie mir erst einmal persönlich ansehen und dann hören, was man über ihre Vorgeschichte ausgegraben hat. Sie muss irgendetwas anderes mit Ihnen gemeinsam haben. Was auch immer es ist, es wird uns eine Menge über ihn verraten.«

Nina winkte Lieutenant Spangler. »Könnten Sie uns zum Kai zurückbringen? Ich würde gerne die …« Sie verstummte gerade noch rechtzeitig, ehe sie *Leiche* sagte. Jedes Opfer verdiente es, beim Namen genannt zu werden. »Wurde ihre Identität bereits festgestellt?«

»Das Mädchen war nackt«, antwortete der Lieutenant. »Kein Ausweis, nichts. Es waren einige Angehörige von vermissten Teenagern hier, um zu überprüfen, ob es sich um ihre Tochter handelt, aber bis jetzt hatten wir kein Glück. Ein paar Leute, die hier in der Gegend arbeiten, glauben, dass sie vielleicht obdachlos war.« Er deutete in Richtung Innenstadt. »Davon haben wir hier eine Menge. Wir nennen sie *Stadtcamper.*«

Sie musterte Wade. »Sonst noch etwas?«

»Das geografische Profil dieses Kerls zu erstellen ist deutlich schwieriger geworden.«

Sie stiegen in das Boot des SFPD, das an einem dicken hölzernen Pylonen angebunden war, und setzten sich auf die weißen Plastikkissen im Heck. Innerhalb von fünf Minuten waren sie am Kai angelangt. Dort stand ein Field Agent aus San Francisco neben einem Sergeant des SFPD, beide mit ungeduldigem Gesichtsausdruck.

Wade war zuerst bei ihnen. »Was gibt's?«

Der Agent deutete auf den Streifenpolizisten, der eine Asservatentüte aus Plastik hochhielt.

»Einer meiner Beamten, der den Umkreis abgearbeitet hat, hat das hier von ein paar Passanten bekommen«, erklärte der Sergeant. »Wir haben sie zum Verhör in zwei verschiedene Streifenwagen gesetzt.«

Leuchtend blaue Tinte fiel Nina ins Auge, und sie ließ sich die Tüte geben. Sie drehte sie um und sah einen Umschlag, auf dem in der Mitte das Wort KRIEGERMÄDCHEN stand.

Ein heißes Kribbeln lief ihr über den Rücken. »Woher kommt das?«

»Die Leute, die es gefunden haben, sagten, es hätte an einem Müllcontainer geklebt. Sie hatten es schon geöffnet. Sie meinten, darin befände sich eine Art codierter Nachricht.« Achselzuckend fügte er hinzu: »Sie haben sie nicht verstanden.«

Nina und Wade wechselten einen Blick. Noch eine Leiche. Noch ein Müllcontainer. Noch eine chiffrierte Botschaft.

Für sie.

Kapitel 14

Stadtpark von Laramie
Sweetwater County, Wyoming

Enigma warf den Burger zum Mitnehmen auf das Armaturenbrett, öffnete das Wagenfenster und spuckte einen Knorpel hinaus. Ekelhaft.

Er wischte sich das Fett von den Fingern und drehte das Handy in der Haltevorrichtung, die an den Lüftungsschlitzen angebracht war, zur Seite. Auf diese Art war das Bild viel breiter. Er googelte *Indizien im Müll gefunden* und tippte auf den ersten Link, der erschien. Das Youtube-Video begann mit einem Blick auf eine Menschenmenge am Fisherman's Wharf. Er lächelte. Das würde lustig werden. Es hatte sich absolut gelohnt, von der Autobahn abzufahren, um sich das Szenario anzusehen, von dem er im Radio gehört hatte. Wenigstens hatte er den Verkehrsfunk eingestellt, musste also auf dem Weg zurück nach Osten nicht in jedem Staat nach neuen Kanälen suchen.

Als er sah, wie der schwarze Chevrolet Suburban ins Bild kam, beschleunigte sich sein Puls. Er leckte sich etwas Ketchup aus dem Mundwinkel und beugte sich vor, um die Lautstärke aufzudrehen.

»Ich kapier einfach nicht, warum sie uns immer noch nicht an den Pier lassen«, ertönte im Hintergrund eine schrille Frauenstimme, während das Video ablief. Es klang, als kommentierte sie ihr eigenes Video, und nicht, als spräche sie mit einer Begleitperson.

»Sie haben die Leiche schon vor Stunden abtransportiert.«

Die Frau klang ärgerlich. Ängstlich. Sein Lächeln wurde breiter.

»Oh, Moment mal. Das FBI ist da«, sagte sie.

Sie drängte sich durch die Menge, um den Schauplatz besser im Blick zu haben. »Hey, das ist die Agentin aus dem Video. Nina irgendwas … Das Kriegermädchen.«

Er hatte sie im Hintergrund bereits entdeckt. Die viel zu große FBI-Einsatzjacke verschluckte ihren zierlichen Körper förmlich. Ihre dunkle Sonnenbrille verbarg einen Großteil ihrer Reaktion. Verdammt! Er wollte sehen, wie ihre großen braunen Augen einen ängstlichen Ausdruck annahmen. Stattdessen bekam er nur mit, dass sie für eine Sekunde erstarrte. Er war sich sicher, dass sie in diesem Augenblick an ihn gedacht hatte. Sie waren miteinander verbunden.

Seine Erektion drückte gegen den Stoff der Jeans, und er rutschte auf dem Sitz herum, als er an die Zeit mit ihr dachte. Als Jugendlicher und junger Erwachsener hatte er seine finstersten Regungen unterdrückt, hatte sich selbst verleugnet. Das alles hatte sich geändert, als er Nina zum ersten Mal gesehen hatte. Sie war die Richtige.

Noch an demselben Abend hatte er die Ausrüstung zusammengestellt und den Schuppen vorbereitet, aber als er damit fertig war, war Nina verschwunden. Drei Tage lang hatte er nach ihr gesucht. Damals war er wütend auf sie gewesen, aber die

Suche erhöhte den Reiz noch. Und sie hatte ihm einen Grund gegeben, sie zu bestrafen. Für jeden Tag, den sie ihn hatte warten lassen, hatte er ihr ein Zeichen verliehen. Und dann hatte er sie auf drei verschiedene Arten genommen und so das Dreieck der Vergeltung vollendet.

Er würde sie wieder nehmen. Und für die Flucht würde er sie hart bestrafen. Er würde ihr alles nehmen, was sie hatte, ihr Leben inbegriffen. Als seine Erregung wuchs, war er froh, dass er in einem verlassenen öffentlichen Park angehalten hatte. Ein einzelner Mann im Auto auf einem geschäftigen Rastplatz an der Autobahn wäre aufgefallen.

Er zwang sich, ruhig Blut zu bewahren, während die unsichtbare Sprecherin in dem Video weiterhin ihren Kommentar abgab: »Ich hoffe, dass sie diesen Enigma-Typen erwischt.«

Sein neuer Name gefiel ihm. Enigma. Er war ein Rätsel. Er würde weiterhin Spuren hinterlassen und die ganze Welt auffordern, sein Spiel zu spielen. Nach seinen Regeln. Auf seinem Spielfeld.

Das Bild begann zu wackeln. »Hey, hör auf zu drängeln!«

Enigma fuhr mit dem Finger über den Bildschirm und spulte zum wichtigen Teil des Videos vor.

»… und auf dem Umschlag steht Kriegermädchen«, sagte die Frauenstimme. »Das ist bestimmt für diese Frau vom FBI.«

Die Kamera wurde gesenkt und zeigte eine blasse weibliche Hand, die den Umschlag samt silberfarbenem Klebeband von dem Müllcontainer abriss.

Er spulte weiter vor, weil die Frau ewig brauchte, um den Umschlag mit nur einer Hand zu öffnen und in die Kamera zu halten. Niemand schien sie zu beachten, während sie die Karteikarte herausholte und hochhielt.

Sie las die Botschaft laut vor. »Der Ton macht den Boss. Du hast achtundvierzig Stunden Zeit, um dieses Rätsel zu lösen.«

Die Frau wurde ein weiteres Mal angerempelt und hörte auf zu lesen, hielt die Karte aber unbeirrt vor die Handykamera.

Er betrachtete die Zahlenreihe auf der Karte: 75, 73, 3, 9, 101, 8, 75.

Damit würden die Eierköpfe vom Massachusetts Institute of Technology eine Weile beschäftigt sein.

Im weiteren Verlauf des Videos schien schließlich jemand zu bemerken, was die Frau tat. Ein großer, dünner Typ in den Zwanzigern stieß sie an. »Hey, was haben Sie da?«

»Das hat an dem Müllcontainer geklebt.« Sie zog den Zettel weg, sodass der Mann nicht danach greifen konnte. »Ich glaube, das ist ein Hinweis von Enigma.«

»Na klar doch«, sagte der Mann höhnisch. »Was steht denn drauf? War es Professor Plum mit dem Bleirohr im Arbeitszimmer?«

»Pass mal auf, du Arschloch, das hier sieht genauso aus wie die andere Nachricht, die er hinterlassen hat.«

»Zeig her.« Der Typ streckte eine Hand aus.

»Von wegen. Ich hab's gefunden.« Erneut zog sie die Karte weg. »Das gehört mir.«

»Gib schon her.« Er kam näher, und für einen Moment blockierte sein rotes T-Shirt die Sicht.

Es folgten eine Rempelei, Geschimpfe und grunzende Laute.

»Na also«, sagte der Mann und trat einen Schritt zurück. In der Hand hielt er die inzwischen zerknitterte Karte.

»Das sage ich der Polizei.« Auf diese Ankündigung ließ die Frau einen Schwall von Beschimpfungen folgen, die die Intelligenz, die Männlichkeit und die Abstammung ihres Gegenübers infrage stellten.

»Wenn das ein Beweisstück ist, werden sie sowieso nach dir suchen, weil du damit rumgemacht hast«, erwiderte er.

»Und was ist mit dir, Einstein? Deine Fingerabdrücke sind jetzt auch überall drauf.«

»Was geht hier vor?« Ein Cop tauchte auf dem Display auf.

Enigma kicherte und justierte das Handy wegen der Reflexionen der hinter ihm untergehenden Sonne neu, während die beiden Idioten dem Polizisten eilig erklärten, wie sich der jeweils andere an wichtigem Beweismaterial zu schaffen gemacht hatte. Das hier war besser, als er gehofft hatte.

Ein heftiges Klopfen an der Windschutzscheibe ließ ihn hochfahren. Er blickte zur Seite und blinzelte, weil ein Polizist mit einer Taschenlampe in das Auto leuchtete.

Er fuhr das Fenster herunter.

»Der Park ist bei Dunkelheit geschlossen, mein Freund.«

Sollte er ihn darauf hinweisen, dass es gerade erst dämmerte? Einen medizinischen Grund vorschieben? Den Polizisten auf der Stelle erschießen? Es gab so viele Optionen.

Die barsche Stimme des Cops ließ ihn zögern. Der scharfe, vorwurfsvolle Ton, dazu der breite Brustkorb, die Bartstoppeln und das dunkle Haar riefen eine fünfundzwanzig Jahre alte Erinnerung in ihm wach. Er war elf Jahre alt, als sein Vater in sein Zimmer platzte und ihn mit diesem Magazin erwischte.

»Gut, dass du die Hose schon unten hast, mein Junge«, hatte sein alter Herr gesagt und seinen Gürtel gelöst. »Weil ich dir jetzt nämlich den Hintern poliere.«

Danach hatte er nie wieder eine Zimmertür gehabt. Aber er hatte auch gelernt, noch vorsichtiger zu sein. Die Stimmungsschwankungen seines Vaters waren unvorhersehbar und zogen oft gewalttätige Ausbrüche nach sich. Instinktiv begann er, sich daran anzupassen. Er lernte, den Gesichtsausdruck von Menschen zu lesen und sich sofort auf sie einzustellen.

Während er hier im Park in seinem Wagen saß, schätzte er die Körpersprache des Polizisten ein und passte seine eigene daran an. Er starrte ihn mit offenem Mund und ausdruckslosem Blick an und erweckte auf diese Art den Eindruck eines harmlosen Idioten. »Tut mir leid, hab wohl die Zeit vergessen.«

Als hätte er den Spruch auswendig gelernt, fuhr der Cop fort: »Führerschein und Zulassung.«

Er zog den Fahrzeugschein unter der Sonnenblende hervor und holte den Führerschein aus der Brieftasche. »Hier, bitte sehr, Sir.« Vermutlich war »Sir« ein geschickter Zusatz. Es klang so respektvoll.

Der Polizist sah sich die Dokumente im Schein seiner Taschenlampe an und leuchtete suchend ins Innere des Wagens. »Sie sind hier weit weg von Charlottesville, Mr Stevenson.«

Er blinzelte in den Lichtstrahl. »Morgen früh bin ich dort.«

»Lassen Sie sich nicht vom Mittelstreifen-Fieber erwischen.«

»Hä?«

Der Polizist seufzte müde. »Ich wollte damit sagen: Bleiben Sie wach, Mr Stevenson.«

»Oh.«

Kopfschüttelnd ging der Polizist seiner Wege.

Enigma hatte für Vorkommnisse dieser Art zwar vorgesorgt, war aber dennoch ärgerlich, weil er nun wegen eines dämlichen Polizisten einen perfekt gefälschten Ausweis und ein Auto würde vernichten müssen.

Er warf die übrig gebliebene Hälfte des Burgers auf den Beifahrersitz, legte den Rückwärtsgang ein und war in Gedanken bereits bei seinem nächsten Zug. Er stieß rückwärts aus der Parklücke, schob den Hebel auf »Drive« und dachte über seine Situation nach. Das Video von dieser Frau bekam mehr Posts, als er für möglich gehalten hätte. Es geschah tatsächlich. Alle wollten bei der Jagd mitmachen, wollten seine Rätsel lösen, seine Welt betreten. Diese Kerle vom MIT schickten den neuen

Code wahrscheinlich schon durch verschiedene Algorithmen und würden einige brauchbare Zahlenkombinationen liefern. Aber damit konnten sie nur die halbe Botschaft entschlüsseln. Den Teil, den sie lösen *sollten.* Die andere Hälfte erforderte eine andere Art von Erkenntnissen. Diese arroganten MIT-Schnösel würden schon sehen, mit wem sie sich da anlegten.

Kapitel 15

1 Newhall Street, Büro des Chefpathologen von San Francisco

Nina blickte auf den L-förmigen Sektionstisch in der Rechtsmedizin, auf dem ein feingliedriger Körper stummes Zeugnis von Enigmas Brutalität ablegte. Überflutet vom hellen Licht der Operationsleuchten lag die sechzehnjährige Olivia Burch auf dem kalten Metall. Rechts neben ihr befand sich Detective Ralph Colton von der Mordkommission des SFPD, der ihnen den Namen des ermordeten Mädchens mitgeteilt hatte. Zu ihrer Linken stand Wade und blickte sie an.

»Möchten Sie lieber gehen?«, fragte er, als er sah, dass sie zum zweiten Mal ein Schauder überlief.

»Ist kalt hier drinnen.« Sie rieb sich demonstrativ die Hände, und um weiteren Fragen vorzubeugen, fügte sie in sarkastischem Ton hinzu: »Man könnte glauben, wir wären hier in einer Leichenhalle oder so.«

Auf keinen Fall würde sie zugeben, dass der Anblick des jungen Mädchens sie daran erinnerte, wie sie selbst Jahre zuvor auf einem ähnlichen Bett aus Metall gelegen hatte. Als man sie in die Rechtsmedizinische Abteilung führte, war die Autopsie bereits in vollem Gang – ein Umstand, für den Wade eindeutig ihr die Schuld gab. Er hatte von Anfang an dabei sein wollen, aber die Prozedur war aufgrund der Dringlichkeit des Falles vorverlegt worden. Colton hatte sie auf den neuesten Stand gebracht, aber Wade schien nicht zufrieden zu sein, vor allem, weil er sich die drei runden Brandmale, die die Kollegen auf dem Rücken des Opfers gefunden hatten, auf dem Handy des Detectives ansehen musste.

Dr. Donald Fong blickte auf. »An der Raumtemperatur kann ich leider nichts ändern.«

Der Assistenzarzt war klein und stämmig, sein schwarzes Haar unter einer Wegwerfhaube verborgen, die zu seinem weißen Laborkittel passte. Die untere Hälfte des Gesichts war von einer chirurgischen Maske bedeckt, und seine dunklen Augen musterten sie durch einen durchsichtigen Plastikschirm hindurch, der ihm von der Stirn bis zum Kinn reichte.

Sofort bedauerte Nina ihre Bemerkung. »Mir geht's gut.«

Dr. Fong nickte ihr kurz zu und widmete sich wieder seiner Aufgabe. »Ich habe mir den Bericht von der Autopsie in DC angesehen, ehe ich mich an die Arbeit gemacht habe. Es gibt keinen Hinweis darauf, dass er am oder im Körper des Opfers eine Nachricht hinterlassen hätte.«

»Was ist mit dem Mageninhalt?«, fragte Wade. »Vielleicht hat sie sie verschluckt.«

»Der Magen ist leer«, antwortete Fong. »Sie hatte schon lange nichts mehr gegessen.«

»Das Leben auf der Straße«, ließ Colton sich vernehmen. »Schwer zu sagen, wann es die nächste Mahlzeit gibt. Der Streifenpolizist, der sie identifiziert hat, sagt, sie hätte sich schon mehr als ein Jahr lang in der Gegend herumgetrieben. Er hatte sie dem Jugendamt übergeben, aber sie war sehr schnell wieder auf der Straße.«

Nina und Wade blickten sich an. Da war sie, die Verbindung zwischen den beiden Fällen.

»All seine Opfer waren weibliche Heranwachsende, die getrennt von ihrer Herkunftsfamilie lebten«, sagte Wade. »Er sucht sich Opferlämmer, die von der Herde getrennt sind. Verletzliche Mädchen, die niemand beschützt.«

Sah Wade dasselbe in ihr? Ein Opferlamm? Hatte er sie deshalb nicht zur Einstellung empfohlen? Sie lenkte das Gespräch in eine andere Richtung. »Konnten Sie Olivias Eltern ausfindig machen?«

»Ihre nächste Verwandte ist eine Großmutter in Oakland«, sagte Colton kopfschüttelnd. »Sie wusste nicht, wie sie die Eltern erreichen kann, aber ich bin mir sicher, dass wir nach der massiven Berichterstattung bald von ihnen hören werden.«

»Sehen Sie sich das an.« Fong lenkte ihr Interesse auf die Autopsie zurück. »Dieser Zahn hier scheint erst kürzlich abgebrochen zu sein.«

Er trat auf einen hydraulischen Hebel, der den Tisch einige Zentimeter hochfuhr, sodass sie einen besseren Blick auf die Tote hatten.

Mithilfe eines glänzenden Metallwerkzeugs öffnete der Arzt Olivias Mund noch etwas weiter und deutete auf einen Schneidezahn. Ein Stück der Zahnkrone fehlte und hatte einen schartigen Rand hinterlassen.

»Vielleicht hat er sie geschlagen«, mutmaßte Colton.

Fong schüttelte den Kopf. »Es gibt keine dazu passende Hautverletzung an der Oberlippe. Dieser Zahn wurde durch ein Instrument beschädigt, das in ihren Mund eingeführt wurde.«

Eine Erkenntnis traf Nina wie ein Blitz. An Wade gewandt, fragte sie: »Können wir kurz reden?«

Er nickte, drehte sich um und verließ kommentarlos den Raum.

Kaum hatten sie die Tür hinter sich geschlossen, flüsterte Nina aufgeregt: »Enigma hat damals einen Gegenstand benutzt, um mir den Mund zu öffnen. Eine Art Schere, aber ohne mich zu schneiden. Er hat mir nur die Kiefer auseinandergedrückt und mir den Knebel in den Mund geschoben.«

Ein weiteres Detail des Verbrechens, das in einer dunklen Ecke ihrer Erinnerung verschwunden war und beim Anblick einer scheinbar nicht damit zusammenhängenden Szene wieder ans Tageslicht kam. Offenbar hatten der Stahltisch, das junge Mädchen und das Metallwerkzeug, das Dr. Fong benutzt hatte, gereicht, um ihr dieses längst vergessene Detail wieder ins Gedächtnis zu rufen. Wie viele solche kleinen Erinnerungsfetzen mochten noch verloren gegangen sein?

Sie konzentrierte sich auf die mögliche Bedeutung dieser Enthüllung. »Wer könnte so etwas benutzen?«

»Ein Zahnarzt.« Wade rieb sich das Kinn und überlegte. »Oder ein Otolaryngologe.« Als Nina die Brauen hob, erklärte er: »Ein Hals-Nasen-Ohrenarzt.«

»Und Pathologen und Rechtsmediziner offensichtlich auch.« Ihr Verstand raste. »Wir reden hier von jemandem mit einem medizinischen Beruf, aber das schließt auch Krankenschwestern und Veterinäre mit ein.«

Wade holte sein summendes Handy aus der Tasche. »Das ist Buxton.« Er blickte über die Schulter, um sicherzugehen, dass sie allein waren, und schaltete das Telefon auf Lautsprecher.

Buxton klang genervt. »Hier ist die Hölle los! Wie ist bei Ihnen der Stand der Dinge, Agent Wade?«

»Ich bin mit Agent Guerrera und Detective Colton von der Mordkommission des SFPD bei der Autopsie.« Er fasste Dr. Fongs Erkenntnisse zusammen, erklärte, woran sich Nina erinnerte, und legte die Schlussfolgerungen dar. »Und wie läuft's in Quantico?«

Buxton schnaubte. »Ein Foto von dem Hinweis, den der Täter hinterlassen hat, verbreitet sich im Internet wie ein Computervirus.«

»Wer hat das gepostet?«, fragte Wade.

»Laut Aussage unserer Außenstelle in San Francisco hat die Frau, die den Umschlag an dem Müllcontainer gefunden hat, ganz vergessen zu erwähnen, dass sie bereits ein Video von der Sache auf Youtube hochgeladen hatte, inklusive eines Standbilds der Message.« Seufzend fuhr er fort: »Und der Streifenpolizist vom SFPD, mit dem sie gesprochen hat, hat sie auch nicht danach gefragt. Er hat ihre Aussage aufgenommen, den Umschlag eingepackt und sofort seinem Sergeant übergeben.«

Nina konnte dem Beamten keinen Vorwurf machen. Dieser Fall würde die standardmäßige Vorgehensweise der Polizei verändern. Das beinhaltete auch die Frage, in welchem Umfang um einen Tatort herum künftig abgesperrt werden würde. Der Müllcontainer stand auf dem Anleger, ziemlich weit von der Stelle entfernt, wo die Leiche geborgen worden war.

Wade schien in dieselbe Richtung zu denken. »Beim Tatort in DC wollte der Täter sichergehen, dass wir seine Nachrichten finden«, sagte er. »Diesmal lässt er jemanden in der Öffentlichkeit darüberstolpern, und es ist recht wahrscheinlich, dass ihn mehrere Kameras aufgenommen haben, als er sie an den Container geklebt hat.«

»Wir sammeln alles relevante Videomaterial«, hallte Buxtons Stimme aus dem kleinen Lautsprecher über den Korridor. »Wir haben die Suchparameter bereits aufgestellt, und unser Team untersucht das Material, sobald die Detectives es abliefern. Das werden wir tun, solange neues Material hereinkommt.«

»Das ist Aktionskunst«, sagte Wade. »Er füttert sein wachsendes Publikum.«

»Wenn das sein Plan war, ist er aufgegangen«, gab Buxton zurück. »Julian Zarran hat sich gerade in die Sache eingemischt.«

Nina hatte einige von Zarrans Filmen gesehen. Der Leinwandheld war einer von Hollywoods stärksten Kassenmagneten.

Mit frustrierter Stimme fuhr Buxton fort: »Die Leute haben das Video der Frau kommentiert und geteilt bis zum Gehtnichtmehr, nachdem Zarran es für seine zwanzig Millionen Follower retweetet hat – mit dem Angebot, die erste Person oder Gruppe, die den Code knackt, mit einer halben Million Dollar zu belohnen.«

Wade fluchte leise. »Zarran ist in San Francisco aufgewachsen. Sicher glaubt er, er würde uns auf diese Weise helfen.«

»Was auch immer seine Gründe waren, er hat einen Riesenrummel ausgelöst«, sagte Buxton. »Als hätten wir nicht schon genug zu tun! Jetzt reicht jeder Hobbydetektiv mit Taschenrechner irgendwelche Lösungen für den Code ein. Es sind so viele, dass wir sie gar nicht alle auswerten können. Vielleicht befindet sich die Lösung darunter, geht aber in dem Tohuwabohu verloren.«

»Was ist mit unseren Leuten?«, fragte Nina. »Ist die Kryptoanalyse dran?«

»Natürlich.« Buxton klang irritiert. »Sie sagen mir Bescheid, wenn sie mit hoher Wahrscheinlichkeit die richtige Antwort haben. Bis jetzt sind sie mit verschiedenen Möglichkeiten angekommen, von denen jede zu unterschiedlichen Schlussfolgerungen führt. Wir können es uns nicht leisten, in die falsche Richtung zu ermitteln, indem wir uns auf die erstbeste mögliche Lösung stürzen.«

»Dieser Kerl ist entweder ein großartiger Stratege oder er hat verdammt viel Glück«, meinte Wade. »Das Chaos, das diese Sache ausgelöst hat, behindert alles, was wir tun.«

»In den letzten vierzig Minuten haben sich noch mehr Teams gebildet, die den Preis gewinnen wollen«, berichtete Buxton weiter. »Die Studenten vom MIT, die den letzten Hinweis entschlüsselt haben, sind auf sämtlichen Social-Media-Seiten des Gesuchten. Sie nennen sich jetzt die Brew Crew. Ich kann mir gut vorstellen, wofür sie das Preisgeld ausgeben werden, falls sie gewinnen.«

»Was schreiben sie in ihren Postings an den Täter?«, wollte Nina wissen

»Dass sie seinen Kindergarten-Code noch vor dem Frühstück knacken werden.« Wade verzog das Gesicht. »Verdammt, sie stellen seine Intelligenz infrage! Sein Bedürfnis nach Dominanz wird ihn dazu bringen, sich zu revanchieren. Möglicherweise verkürzt er die Deadline.«

Das war die Gelegenheit, auf die Nina gewartet hatte. Sie tat so, als käme ihr in diesem Augenblick eine Idee. »Vielleicht gibt es eine Möglichkeit, wie wir uns etwas Zeit verschaffen können.«

Wade musterte sie skeptisch, während Buxtons Stimme aus dem Lautsprecher des Handys drang. »Und was schwebt Ihnen da vor, Agent Guerrera?«

»Antworten wir ihm doch direkt.« Sie redete schnell, um ihren Plan darzulegen, ehe Wade sie unterbrechen konnte. »Auf seiner Facebook-Seite oder auf Twitter oder sonst wo. Wenn er mit uns spricht, könnten wir ihn vielleicht überzeugen, seine Vorhaben zu verschieben. Zumindest könnten wir ihn dazu bringen, etwas Verräterisches zu sagen, oder wir erleichtern es Cyber Crime, irgendwelche virtuellen Brotkrümel zu ihm zurückzuverfolgen.«

Wade widersprach sofort. »Ihn direkt in den sozialen Medien anzusprechen wird nur seinen Narzissmus füttern.« Er blickte Nina an, während er mit seinem Boss redete. »Außerdem wissen wir noch nicht genug über ihn. Jeder unachtsame Kommentar unsererseits könnte ihn noch weiter provozieren.«

»Da wir gerade davon reden«, unterbrach ihn Buxton. »Agent Breck ist jederzeit bereit, all seine Accounts in den sozialen Medien zu sperren. Wir hätten es schon längst getan, aber Cyber Crime entwickelt gerade eine Erweiterung für ein existierendes Programm, um seinen Aufenthaltsort zu ermitteln. Unglücklicherweise macht Enigma seinem Namen alle Ehre. Er hat uns bereits mehrfach in die Irre geführt.«

»Dann müssen wir genau jetzt dafür sorgen, dass er im Netz aktiv bleibt«, sagte Nina. »Ihn zu ignorieren hat nicht funktioniert. Ihn zu sperren wird auch nichts nützen. Er wird sich neue Profile erstellen, und zwar schneller, als wir sie sperren können. Noch ein Mädchen ist gestorben. Wenn er diesmal genauso vorgeht wie beim letzten Mal, wird er uns in achtundvierzig …« Sie blickte auf ihre Uhr. »Nein, in sechsundvierzig Stunden zu einer weiteren Leiche führen. Wenn wir einen neuen Ansatz ausprobieren, können wir eine Menge gewinnen und nichts verlieren.«

Wade funkelte sie zornig an. Sie betrachtete es als gutes Zeichen. Ihre Meinung ergab Sinn, und das wussten sie beide.

Buxtons Stimme knisterte in der Luft zwischen ihnen. »Ich stimme Agent Guerrera zu. Wir müssen etwas anderes versuchen. Ich lasse jemanden von unserem Team hier in Quantico eine Nachricht direkt an ihn schicken, anstatt etwas auf seiner Seite zu posten. Wir schicken es über unseren offiziellen Account, damit er sieht, dass die Nachricht tatsächlich von uns kommt.«

Nina hatte den Fuß in der Tür. Jetzt wurde es Zeit, sie aufzutreten. »Sir, ich muss diejenige sein, die mit ihm kommuniziert.«

»Das müssen Sie mir erklären«, stieß Buxton nach kurzem Schweigen hervor.

»Wenn er auf mich fixiert ist, wird er nicht widerstehen können. Er wird …«

»Er wird sich in Ihrem Kopf festsetzen«, fiel ihr Wade ins Wort. »Er wird die Gelegenheit nutzen, um Sie zu quälen, aber wir brauchen Sie fit und auf den Fall konzentriert.«

Nina wurde wütend. »Wollen Sie damit sagen, er könnte mich dermaßen verwirren, dass ich nicht mehr klar denken kann? Wenn das so ist, haben Sie vielleicht meine Akte gelesen, aber Sie kennen mich trotzdem nicht.« Sie trat einen Schritt vor und drang in seine Distanzzone ein. »Mein ganzes Leben lang haben Leute versucht, mich einzuschüchtern, und ich habe es verdammt gut geschafft, mich dagegen zu wehren.«

Wade wandte sich ab, um seinen Gesichtsausdruck zu verbergen, und vielleicht auch, weil er die unterschwellige Botschaft verstanden hatte.

»Ich will Sie beide umgehend wieder hier haben«, sagte Buxton in die Stille hinein. »Man hat mir eine Task Force ausschließlich für diese Ermittlung bewilligt – in Vollzeit. Aus logistischen und aus Sicherheitsgründen wird sich ihre Basis in einem der großen Konferenzräume der Akademie in Quantico befinden. Über die Idee mit der Nachricht reden wir, wenn Sie hier sind. Die Außenstelle in San Francisco kann bezüglich des dortigen Mordes mit dem SFPD zusammenarbeiten, aber unsere Aufgabe ist es, einen weiteren Mord zu verhindern.«

»Wir nehmen den nächsten Direktflug«, erklärte Wade, der ihr immer noch nicht in die Augen blickte.

Buxton klang müde. »Da wir gerade von Flugreisen sprechen: Ich habe Teams, die an beiden Tatorten die kriminaltechnische Analyse koordinieren und die Passagierlisten überprüfen. Wir speichern die Namen aller Passagiere, die in den letzten drei Tagen von Reagan, Baltimore-Washington International oder Dulles nach San Francisco geflogen sind.«

Nina erkannte die Absicht – und die Erschöpfung – hinter seinen Worten. Die Namen ließen sich lediglich mit den üblichen Verbrecherkarteien abgleichen, aber in denen war der Name des Gesuchten vermutlich nicht zu finden. Buxton wollte die Informationen vorliegen haben, um sie mit weiteren Passagierlisten vergleichen zu können, wenn Enigma wieder zuschlug.

Wenn ein weiteres Mädchen sterben musste.

Kapitel 16

Am Tag darauf
Task Force »Enigma«
FBI Academy, Quantico

Jemand klopfte ihr leicht auf den Arm, sodass Ninas Aufmerksamkeit von der Wandtafel vor ihr abgelenkt wurde. Sie drehte sich um und sah, dass einer der Spezialisten für Computerforensik auf sie herunterblickte.

»Enigma hat gerade auf Ihre Twitternachricht geantwortet«, sagte er.

Vor einer Stunde war die morgendliche Einsatzbesprechung zu Ende gegangen, und seitdem wartete Nina, ob Enigma anbeißen würde. In der Zwischenzeit hatte sie sich dem Rest ihres Teams und einer Schar anderer Agents, Analytiker und dem Betreuerstab angeschlossen, um einen der größeren Konferenzräume in Quantico in eine Einsatzzentrale für die stetig wachsende Task Force umzuwandeln, die Buxton während ihres Aufenthalts in Kalifornien eingerichtet hatte.

Riesige Schautafeln mit Tatortbildern, Kopien der verschlüsselten Botschaften und Landkarten bedeckten die Wände.

Arbeitsplätze, je nach Aufgabengebiet in Gruppen angeordnet, beanspruchten jede Menge Platz. Geschäftiges Summen erfüllte die Luft und erweckte den Eindruck, dass die Teams bei der Analyse der bislang zusammengetragenen Informationen gut vorankamen.

Nina stellte ihren Kaffee ab und bahnte sich den Weg durch den Besprechungsraum zu dem Computerterminal, das zum Kommunikationszentrum für soziale Medien erklärt worden war. Sie ließ sich auf einem Stuhl vor dem flimmernden Bildschirm und neben Wade und Kent nieder.

»Interagieren Sie mit ihm, solange Sie können«, rief Breck ihr von ihrem wenige Schritte entfernten Arbeitsplatz zu, an dem sie mit zwei weiteren Cyberspezialisten saß. »Dieser gerissene Scheißkerl hüpft von einem Server zum nächsten, aber wenn wir genug Zeit haben, holen wir ihn vielleicht ein.«

Nina nickte, um zu zeigen, dass sie verstanden hatte. Breck hatte ihr geholfen, Buxton davon zu überzeugen, dass sie Enigma am besten direkt kontaktieren sollte, indem sie ihn darauf hingewiesen hatte, dass Nina mit hoher Wahrscheinlichkeit das Interesse des Täters auf sich ziehen würde.

Kent hatte den Plan ebenfalls zähneknirschend unterstützt, allerdings unter der Voraussetzung, dass er Nina die Antworten vorgeben durfte. Zweifellos wollte er auf seine Kenntnisse in psycholinguistischer Analyse zurückgreifen.

Wade, der letzte verbliebene Gegner ihres Plans, hatte schließlich eingeräumt, dass er sein Profil des Täters erweitern könnte, indem er seinem Gespräch mit Nina in Echtzeit zuhörte. Er hatte sich zu ihrer Rechten niedergelassen, Notizblock und Stift in der Hand, die Lesebrille fast bis auf die Nasenspitze hinuntergeschoben.

Breck hatte Enigma bereits am Abend zuvor persönliche Nachrichten von den offiziellen FBI-Accounts auf Facebook,

Instagram und Twitter geschickt, aber er antwortete erst jetzt. Auf Twitter.

Nina las die Anfangsnachricht, auf die sie sich geeinigt hatten, noch einmal. Um sein Interesse zu erregen, war sie knapp und auf den Punkt formuliert.

FBI: NINA GUERRERA WILL MIT IHNEN REDEN.

Die Antwort war genauso kurz angebunden.

ENIGMA: BIST DU DAS, KRIEGERMÄDCHEN?

»Er hat angebissen«, sagte Kent. »Schreiben Sie nichts, worüber er lange nachdenken muss. Ich will sehen, wie schnell er Ihnen glaubt.«

FBI: ICH BIN ES.

ENIGMA: BEWEISE ES. SAG MIR ETWAS, WAS NUR DAS KRIEGERMÄDCHEN WISSEN KANN. DU HAST ZEHN SEKUNDEN.

»Er will Ihnen keine Zeit zum Nachforschen lassen«, sagte Wade. »Das ist ein Test.«

Kents tiefe Stimme ertönte hinter ihrer linken Schulter. »Außerdem will er die Kontrolle über die Kommunikation übernehmen. Er braucht das Gefühl, dass er das Sagen hat. Geben Sie ihm ein Detail, das ihn daran erinnert, wie er Sie unter Kontrolle hatte.«

FBI: SIE HABEN MICH AM PFERDESCHWANZ GEPACKT.

ENIGMA: SAG MIR ETWAS, WAS NICHT IN JEDEM POLIZEIBERICHT STEHT. ETWAS ANSTÄNDIGES, SONST WAR'S DAS HIER.

Nina legte die Finger auf die Tastatur und durchforstete ihre Erinnerung nach einem winzigen, aber eindeutigen Detail. Sie hatte mit dem Gesicht nach unten auf dem Tisch gelegen, den Kopf zur Seite gedreht und die tränenüberströmte Wange auf die kühle, metallene Oberfläche gepresst. Enigma war für einen Moment außerhalb ihres Blickfelds gewesen. Auf der Suche nach einem Ausgang ließ sie den Blick schweifen und entdeckte in der gegenüberliegenden Wand eine Tür. Rechts vom Türrahmen befand sich …

FBI: EIN POSTER VON DEN MINNESOTA VIKINGS. AN DER WAND IM SCHUPPEN.

ENIGMA: SEHR GUT, KRIEGERMÄDCHEN. ICH GEWÄHRE DIR EINE FRAGE.

»Gewähre?« Kent verzog den Mund. »Der Allmächtige geruht, uns eine Audienz zu gewähren. Ein Gottkomplex, wie er im Buche steht.« Er beugte sich näher zu Nina. »Stellen Sie ihm eine ergebnisoffene Frage. Eine Warum-Frage.«

FBI: WARUM MACHEN SIE DAS?

ENIGMA: SAG DU ES MIR.

»Er will wissen, was wir von ihm halten«, sagte Kent. »Ihm muss klar sein, dass wir alles analysieren, was er sagt. Schmeicheln Sie seinem Intellekt. Holen Sie es aus ihm heraus.«

FBI: ICH VERSTEHE ES NICHT. ERKLÄREN SIE ES MIR?

ENIGMA: ICH BIN ENTTÄUSCHT.

Breck stand auf, um über ihren Monitor zu spähen. »Lassen Sie den Fisch nicht vom Haken.« Sie setzte sich wieder, und ihr Kopf verschwand hinter dem Bildschirm.

»Reden Sie mit ihm über seine Heldentaten«, sagte Wade. »Er hatte noch nie die Möglichkeit, vor jemandem damit zu protzen. Geben Sie ihm die Gelegenheit.«

Nina begriff, dass sie tiefer graben musste. Sie hatte sich eingeredet, sie könne die Sache auf einem oberflächlichen Level abhandeln, aber so funktionierte es nicht. Für den Zugriff auf seine Gedanken würde sich Enigma sein Pfund Fleisch holen. Sie änderte ihre Taktik und verließ sich auf ihr Bauchgefühl.

FBI: SIE SEHEN MENSCHEN GERNE LEIDEN.

ENIGMA: FALSCH. NÄCHSTER VERSUCH.

»Sie haben ihn noch nicht verloren«, sagte Kent. »Aber noch eine Einschätzung, die er für abwegig hält, könnte die Kommunikation beenden.«

Nina drehte sich zu Wade. »Geben Sie mir etwas.«

Er blickte zu den Schautafeln hinüber. »Alle Opfer, die er ausgewählt hat, waren gefährdete Jugendliche. Mädchen, die …«

»… die niemand wollte«, beendete sie den Satz und beugte sich über die Tastatur.

FBI: SIE NEHMEN SICH, WAS ANDERE NICHT WOLLEN.

ENIGMA: SO WAS WIE DICH.

Es fühlte sich an, als hätte er ihr in den Magen geboxt. Sie blinzelte rasch mehrmals hintereinander und hielt den Blick auf den Bildschirm gerichtet. Auf ihrem Unterarm spürte sie Kents warme Hand.

»Sie machen das großartig«, sagte er leise. »Denken Sie daran, dass sein Verstand gestört ist. Er ist ein krankes Arschloch.«

Nina zwang sich zu lächeln. »Ich weiß, danke.«

FBI: WARUM?

ENIGMA: ICH SEHE SIE ALLE.

»Interessanter Ausdruck«, meinte Kent. »Könnte sich auf seine vorhergehenden Planungen beziehen.«

»Versuchen Sie, ihn dazu zu bringen, über seine Vorgehensweise zu reden«, sagte Wade. »Wie er seine Opfer ins Visier nimmt.«

FBI: ALSO BEOBACHTEN SIE SIE ZUERST?

ENIGMA: ICH BEOBACHTE IMMER.

»Das Verhalten eines Stalkers«, murmelte Wade und kritzelte eilig etwas auf seinen Notizblock. »Die Auswahl des Opfers ist ihm sehr wichtig. Ein Teil des Spiels, seinem Verständnis nach.«

»Bohren Sie weiter nach«, sagte Kent. »Wir brauchen mehr über seine Methoden.«

FBI: WIE WÄHLEN SIE AUS?

ENIGMA: SIE MÜSSEN BESTRAFT WERDEN.

Sie spürte, dass diese Worte wichtig waren, und hielt inne. Tatsächlich begannen Kent und Wade, mögliche tiefer liegende Bedeutungen des Satzes zu erörtern.

Kent betrachtete den Bildschirm, als wollte er buchstäblich zwischen den Zeilen lesen. »Mit seiner Ausdrucksweise distanziert er sich ein wenig. Er sagt nicht *ich bestrafe sie,* sondern *sie müssen bestraft werden.* Entweder fühlt er sich unwohl bei dem, was er tut, oder er glaubt, über allem zu stehen.«

»Letzteres«, sagte Wade entschieden. »Wie ein Gott, der die Sünder verdammt, all jene, die unwert sind.«

Nina kam ein Gedanke. »Ein Gott *sieht* auch alles.« Sie deutete auf die vorhergegangenen Texte. »Und er bestraft.«

»Benutzen Sie das«, bat Wade, »aber beziehen Sie es auf sich persönlich.«

FBI: WAS IST MIT MIR? WOMIT HABE ICH ES VERDIENT, BESTRAFT ZU WERDEN?

ENIGMA: DU WARST EIN BESONDERER FALL.

»Wir müssen wissen, warum er Sie ausgewählt hat«, sagte Kent. »Das könnte der deutlichste Hinweis auf seine Identität sein.«

FBI: INWIEFERN?

ENIGMA: ICH BIN MIT FRAGEN DRAN.

Nina wartete einen Moment, dann erschien ein neuer Text.

ENIGMA: FICKST DU MIT IRGENDWEM?

»Er lenkt ab«, erklärte Wade. »Wir sind ihm zu nahe gekommen.«
Kents bislang cooler Tonfall verschärfte sich ein wenig, als er erklärte: »Er geht in Obszönitäten über, um Sie zu schockieren. Seine nächste Aussage wird ein extrem persönlicher Angriff sein.«
Sie hatte keine Lust, seine Psychospielchen mitzuspielen.

FBI: DAS GEHT SIE EINEN SCHEISSDRECK AN.

ENIGMA: ICH BETRACHTE DAS ALS EIN NEIN. IST ES WEGEN MIR?

»Er will Sie besitzen«, sagte Wade. »Er will der einzige Mann sein, an den Sie denken.«
»Das sehe ich auch so«, bestätigte Kent. »Er ist eifersüchtig.«
Der Gedanke machte sie krank. »Ich werde nicht mit ihm über mein Sexualleben sprechen.« Sie verstummte gerade noch rechtzeitig, um nicht *oder das Fehlen desselben* hinzuzufügen.
Wade und Kent machten verschiedene Vorschläge, wie man das Gespräch wieder in die richtige Richtung lenken könnte, da ploppte eine weitere Nachricht auf dem Bildschirm auf.

ENIGMA: DU BRAUCHST GANZ SCHÖN LANGE ZUM ANTWORTEN, KRIEGERMÄDCHEN. HABE ICH DICH DURCHEINANDERGEBRACHT ODER DENKT DIESER ABGEHALFTERTE PSYCHODOKTOR, MIT DEM DU ZUSAMMENARBEITEST, NOCH ÜBER EINE ANTWORT NACH?

Wade wurde rot. »Er muss mich in den Nachrichten gesehen und meinen Namen gegoogelt haben.«
Nach Hintergrundinformationen über Dr. Jeffrey Wade musste man nicht lange suchen. Er war bereits vor der

ausgedehnten Berichterstattung über den Fall Chandra Brown berühmt gewesen.

»Damit können wir arbeiten«, sagte Kent.

Brecks Hand erschien über ihrem Monitor und vollführte eine Drehbewegung, die sie zum Weitermachen ermutigen sollte. Nina schrieb etwas, um das Gespräch aufrechtzuerhalten.

FBI: ICH KANN FÜR MICH SELBST SPRECHEN.

ENIGMA: WIE VIEL ANDERE SIND JETZT NOCH MIT DIR IM RAUM, NINA? ICH WILL DICH FÜR MICH ALLEIN.

»Jetzt benutzt er Ihren Vornamen«, sagte Kent. »Er wird vertraulich. Gehen Sie darauf ein.«

Sie wusste, was sie als Nächstes sagen würde. Wahrscheinlich würde es alle um sie herum, und besonders Wade, ziemlich wütend machen, aber es konnte das Leben eines Mädchens retten.

FBI: DANN KOMM DOCH UND HOL MICH.

Kent fluchte.

Wades Kiefer mahlte. »Was zum Teufel machen Sie da, Guerrera?«

ENIGMA: DAS WERDE ICH, KRIEGERMÄDCHEN, ABER ZU EINER ZEIT UND EINEM ORT MEINER WAHL.

Sie ignorierte die beiden Männer, die ihr Anweisungen in die Ohren brüllten, und schickte rasch eine Antwort.

FBI: JETZT IST GENAU RICHTIG.

ENIGMA: FÜHLST DU DICH STARK, KLEINE? ICH WERDE DICH ZUM BETTELN BRINGEN, WIE DU ES SCHON MAL GETAN HAST. WISSEN DEINE FBI-FREUNDE, WIE DU GEWEINT UND GEFLEHT UND GESCHRIEN HAST? BALD WERDEN SIE DEIN WAHRES ICH SEHEN.

Wade war verstummt. Nina hatte das Gefühl, dass er nicht nur Enigmas, sondern auch ihre Antworten analysierte. Sie drehte sich absichtlich von ihm weg und sprach Kent an: »Wovon spricht er?«

»Seine Sprache deutet auf einen Manipulationsversuch hin«, antwortete Kent. »Er will Sie in den Angstzustand von damals zurückversetzen. Seiner Meinung nach verbindet Sie das mit ihm. Es erlaubt ihm, Kontrolle über Sie auszuüben, ohne Sie zu berühren. Er muss nicht einmal in Ihrer Nähe sein, damit Sie an ihn denken – was für ihn sehr wichtig ist, weil er ständig an Sie denkt.«

Nina lächelte ihn freudlos an, ehe sie sich wieder dem Bildschirm zuwandte.

FBI: PRIMA. DANN LASS DIE ANDEREN IN RUHE. DAS HIER IST ETWAS ZWISCHEN UNS BEIDEN.

ENIGMA: DAS WAR ES IMMER SCHON. ES BEGINNT UND ENDET MIT DIR, NINA.

FBI: DANN BEENDEN WIR ES JETZT. NUR WIR BEIDE. NIEMAND SONST MUSS VERLETZT WERDEN.

Alle waren verstummt. Sie wusste, dass ihr Wortwechsel auf unzähligen Monitoren im ganzen Gebäude zu verfolgen war, auch auf dem von Buxton.

ENIGMA: LEB WOHL, KRIEGERMÄDCHEN … FÜRS ERSTE.

Er antwortete auf keinen ihrer weiteren Kommentare.

Buxton war aus seinem Büro gekommen und steuerte ohne Umweg auf Brecks Arbeitsplatz zu. »Haben Sie ihn lokalisieren können?«

Mit gesenktem Blick schüttelte sie den Kopf. »Er wechselt so oft die Server … so etwas habe ich, abgesehen von der Kommunikation zwischen Terrorzellen, noch nie gesehen, und selbst die wechseln nicht so häufig. Dieser Kerl hat entweder eine technische Ausbildung oder er hat sich gründlich eingearbeitet.«

»Sehen Sie sich immer noch in der Lage, ihn aufzuhalten?«, fragte Buxton.

Breck hob den Kopf. Sie sah entschlossen aus. »Es wird ein paar Minuten dauern, aber ja. Wir haben bereits die Zustimmung der meisten Social-Media-Plattformen. Da er sie benutzt, um seine Morde publik zu machen, würden sie seine Profile auf unsere Aufforderung hin schließen. Wir haben sie gebeten, aus ermittlungstechnischen Gründen davon abzusehen, aber ich kann sie jederzeit bitten, den Stecker zu ziehen.«

»Halten wir uns diese Option vorerst offen«, schlug Buxton vor. »Momentan ist dies die einzige Möglichkeit für uns, direkt mit ihm zu kommunizieren.« An Nina gewandt, fuhr er fort: »Da wir gerade davon sprechen: Was zur Hölle war das da eben?«

Sein Gespräch mit Breck hatte ihr Zeit gegeben, sich etwas zur Schadensbegrenzung auszudenken. Sie gab ihm die ehrlichste Antwort, zu der sie in der Lage war: »Ich habe versucht, ihn davon abzuhalten, innerhalb der nächsten vierundzwanzig Stunden noch ein Mädchen zu töten.«

Die Erinnerung an den Zeitplan und an das, was auf dem Spiel stand, nahm seinem Ton die Schärfe. »Sie sollten den Anweisungen folgen, Agent Guerrera.«

Kent räusperte sich. »Enigmas Antworten haben uns neue Erkenntnisse gebracht, Sir.«

Nina warf ihm einen dankbaren Blick zu, aber seine vorwurfsvolle Miene verriet ihr, dass er über ihre Taktik ebenso wenig erfreut war wie sein Boss.

»Ich werde mir die Aufzeichnung des Gesprächs noch einmal ansehen und in unserer Datenbank nach Übereinstimmungen bei einigen seiner charakteristischen Sprachmuster suchen. Fürs Erste kann ich sagen, dass er hochintelligent, gebildet und eigenwillig in seiner Ausdrucksweise ist. Es könnte Tendenzen zu Zwangsstörungen in seinem Berufs- oder Privatleben geben. Er ist ausgesprochen strukturiert und methodisch.« Kent hielt kurz inne. »Und er hat einen verdammt ausgeprägten Gottkomplex.«

»Ich hätte Ihre vollständige Analyse gern so schnell wie möglich.« An Wade gewandt, fragte Buxton: »Was denken Sie?«

»Falls Guerrera ihn dazu bringen wollte, seine anderen Pläne fallen zu lassen und sie zu verfolgen, hat es nicht funktioniert«, antwortete Wade. »Sie hat seine Männlichkeit herausgefordert, von der ich glaube, dass sie ausgesprochen fragil ist. Er wird den Drang verspüren, Vergeltung zu üben.« Mit Blick auf Nina fuhr er fort: »Ich vermute, dass er die Deadline aus seiner letzten Botschaft nach vorn verlegen wird. Er wird sich ein weiteres Opfer suchen und uns öffentlich verhöhnen. Möglicherweise wird er das Verbrechen einige Male wiederholen, um zu beweisen, dass er es kann. Dann wird er sich auf Guerrera konzentrieren, als Finale seines Plans, wie auch immer der aussehen mag.«

»Was ist mit dem Vikings-Poster?«, hakte Buxton nach. »Ich suche nach irgendeinem Hinweis auf die Identität des Täters.«

»Das kann eine Menge bedeuten«, sagte Wade. »Vielleicht kommt er aus Minnesota, er könnte ein Football-Fan sein oder vielleicht hält er sich auch für die Reinkarnation von Erik dem Roten.« Er stieß einen Seufzer aus. »Wir haben nicht genug Anhaltspunkte, um das mit Sicherheit sagen zu können.«

Der Gedanke an das Poster rief in Nina die Erinnerung an den Schuppen wach. »Er war fasziniert von den Narben auf meinem Rücken«, sagte sie. »Er hat seine eigenen Zeichen darübergesetzt. Den anderen beiden Mädchen hat er gleichartige Verbrennungen beigebracht. Alle in Form eines Dreiecks.« Sie blickte zu Wade, begierig, eine Antwort auf die Frage zu erhalten, die sie elf Jahre lang mit sich herumgetragen hatte. »Warum?«

Wade verzog das Gesicht. »In einem sehr wörtlichen Sinn hat er Sie gebrandmarkt, Sie als sein Eigentum markiert. Er hat den Besitzanspruch eines anderen Mannes mit seinem eigenen überdeckt.« Er fuhr sich mit der Hand durchs Haar. »Und was die anderen Opfer angeht: Entweder hat er es zu seiner Signatur gemacht, oder die Mädchen sollten ein Ersatz für Sie sein.«

»Er hat Ihnen sein Zeichen *verliehen*«, stellte Kent richtig. »Genauso, wie er gesagt hat, er würde Ihnen eine Frage gewähren. Das sind sehr charakteristische Formulierungen, die uns vielleicht helfen können, ihn zu identifizieren, wenn wir einen Kreis von Verdächtigen festgelegt haben.«

Nina dachte über Kents Beobachtungen nach, auf welche Art Enigma die Dinge in Worte fasste. »Was ist mit seiner Aussage, dass es mit mir begann und dass es mit mir enden würde? Soll das heißen, dass ich sein erstes Mal war?«

Wade antwortete wie aus der Pistole geschossen: »Er mag solche Vorstellungen schon Jahre zuvor gehabt haben, aber ich bin mir sehr sicher, dass Sie die Erste waren, an der er sie ausgelebt hat. Wir müssen herausfinden, was an Ihnen der Auslöser für ihn war, seine Fantasien Wirklichkeit werden zu lassen.« Er unterbrach sich und rieb sich das Kinn. »Inzwischen hat er auch alle Zweifel ausgeräumt, dass er Sie von irgendwoher kannte, bevor er Sie entführt hat. Er hat zugegeben, dass er Sie beobachtet hat.«

»Das sehe ich auch so«, sagte Kent. »Alle Zeichen deuten auf eine fortschreitende Obsession hin, die sich verstärkt, seit er Sie wiedergefunden hat.«

Sie stellte sich vor, wie Enigma sie zum ersten Mal nach Jahren wiedergesehen hatte, als er das Video betrachtete, in dem das Kriegermädchen den Möchtegernvergewaltiger im Park ausgeschaltet hatte. War er wütend geworden? Erregt? Eifersüchtig? Dachte er, dass sie »darum gebeten hatte«, weil sie allein in einem Park voller Bäume gejoggt war?

»Basierend auf dem, was wir über seine Opfer wissen, konzentriert er sich auf Mädchen im Teenageralter, die aus problematischen Familienverhältnissen kommen und auf sich selbst gestellt sind«, sagte sie in dem Versuch, ein Profil zu erstellen. »Mädchen, die Strafe verdienen.«

»Er fällt Urteile.« Kent zog die Brauen zusammen. »Er verkündet Urteilssprüche und führt die Bestrafung durch.«

»Wie ein Richter«, sagte Wade. »Oder wie ein zorniger Gott.«

Breck war von ihrem Arbeitsplatz zu ihnen herübergekommen. »Glauben Sie, dass er eine Art religiöser Spinner ist?«

»Vielleicht.« Wade schien die Idee kurz zu überdenken. »Aber nicht im traditionellen Sinn. Er behauptet nicht, dass er den Willen seines Herrn erfüllt. Dieser Kerl gehorcht keiner höheren Macht. In seiner Fantasie ist er selbst die höhere Macht.«

»Das drückt sich in seinem Verhalten aus«, erklärte Kent. »Alles, was er tut, ist mit Bedeutung befrachtet. Er hat sich das Mädchen in DC ausgesucht, damit uns auf keinen Fall die Verbindung zu Guerrera entgeht. Er wollte, dass sie zu dem Fall hinzugezogen wird, deshalb gestaltete er den Tatort so, dass es dazu kommen musste.«

»Er hat etwas für ihn sehr Wertvolles aufgegeben, um seinen Plan durchzuführen.« Wade deutete auf Nina. »Er hat ihre Halskette zurückgelassen, eine Beute, die er mehr als zehn Jahre lang behalten hatte.«

»Eine Trophäe«, sagte sie.

Wade nickte. »Einen Gegenstand, der ihm so viel bedeutet, gibt er nur her, wenn er etwas von noch größerer Wichtigkeit besitzt. Oder wenn er vorhat, ihn durch etwas von noch höherem Wert zu ersetzen.«

Ninas Mund wurde trocken. Enigma wollte, dass sie ihm erneut auf Gedeih und Verderb ausgeliefert war. Das hatte er unmissverständlich zu verstehen gegeben, und auf einmal wurde ihr klar, dass seine Bereitschaft, auf die Trophäe zu verzichten, seiner Überzeugung entsprang, dass er erfolgreich sein würde.

»Durch mich.« Nina sprach die einzige logische Schlussfolgerung aus. »Er plant, sie durch mich zu ersetzen.«

Kapitel 17

Hermosa Vista Apartments
Springfield, Virginia

Nina stieg die letzte Treppe hoch und traf auf Bianca, die auf der oberen Stufe saß und an den Fingernägeln kaute. »Was ist los, Bee?«

»Hab das Youtube-Video gesehen«, sagte Bianca. »Wir haben beschlossen, die Sache endlich anzugehen.«

Sie hätte es wissen müssen. Natürlich hatte Bianca es mittlerweile gesehen. Die Wut, die in diesen Tagen ohnehin dicht unter der Oberfläche brodelte, stieg in ihr hoch. Enigma quälte nicht nur sie – er quälte jeden, den er dazu brachte, sich seine Horrorshow anzusehen. Und jetzt hatte ihre junge Nachbarin und Freundin das Bedürfnis, etwas zu unternehmen.

Sie seufzte. »Wer sind *wir,* und was wollen *wir* angehen?«

»Ich und mein Team an der GWU«, antwortete Bianca. »Wir werden das Enigma enträtseln.«

»Vielen Dank.« Nina lächelte sie erschöpft an. »Aber das ist unsere Sache.«

Bianca schnaubte verächtlich. »Was auch immer eure Sesselfurzer anstellen – wir können es besser.«

Nicht zum ersten Mal bekam Nina Biancas Verachtung für alles, was sie als bürokratisch oder behördlich ansah, zu spüren. »Haltet euch da raus, Bee.« Sie drehte den Schlüssel im Schloss und öffnete dann den doppelten Türriegel. Sie trat über die Türschwelle und deaktivierte den Alarm, ehe sie durch die winzige Diele in die Wohnung ging. Sie steuerte auf den Kühlschrank zu, holte zwei Flaschen kaltes Wasser heraus und gab eine davon Bianca. »Ich will nicht, dass du Zeit dafür aufwendest, die du zum Studieren gebrauchen könntest.«

»Ich bin multitaskingfähig, kein Problem. Abgesehen davon ist es wichtig.«

»Genau darum stellt das FBI für dieses Problem eine unglaubliche Menge von Ressourcen zur Verfügung. Du magst großartig mit Computern umgehen können, aber unsere Computerforensiker und Cyberspezialisten im Team sind absolut keine *Sesselfurzer.* Lass sie ihren Job machen.«

Alles deutete darauf hin, dass Bianca im nächsten Augenblick ein Streitgespräch beginnen würde, da klingelte es an der Tür. Nina ging in den kleinen Flur und spähte durch den Spion. Sie stöhnte, ehe sie Jaime, dem Hausmeister des Gebäudes, die Tür öffnete.

»Hola bonita«, begrüßte Jaime sie. Seit sie in dieses Haus gezogen war, hatte sie die Avancen des Hausmeisters immer wieder abgewiesen, aber Jaime hatte die Botschaft nicht verstanden. Wahrscheinlich würde er das nie.

»Was gibt's?«

»Ich muss die Dichtungen an den Fenstern überprüfen. Ein Haufen Mieter haben sich über ihre Stromrechnungen beschwert. Wahrscheinlich muss ich das ganze Gebäude neu abdichten, aber erst, wenn ich dem Vermieter bewiesen habe, dass mindestens die Hälfte aller Verkleidungen undicht ist.«

Eines musste sie ihm lassen: Seine Vorwände wurden immer kreativer. Wenigstens war sie diesmal nicht allein. Sie trat beiseite und sagte: »Komm rein.«

Jaime schlängelte sich an ihr vorbei. Als er Bianca entdeckte, fielen seine Schultern nach vorn, und sie winkte ihm ironisch lächelnd zu.

»Bist du hier, um den Dichtungsring am Herd zu reparieren?«, fragte sie. »Oder ist es diesmal der Fluxkompensator?«

Nina unterdrückte ein Lachen, während Jaime puterrot wurde. Er sah aus, als wollte er einen Streit vom Zaun brechen, überlegte es sich dann aber anders, ignorierte den Spott und wandte sich an Nina.

»Ich habe die Nachrichten gesehen, *bonita*«, sagte er. »Es heißt, dieser Enigma-Typ hat das Mädchen in Georgetown umgebracht, weil sie aussah wie du.«

Entweder hatte er das Video nicht gesehen, oder er besaß den Anstand, es nicht zu erwähnen. Wie dem auch sei, sie hatte keinerlei Bedürfnis, mit ihm über den Fall zu sprechen. »So lautet die Theorie.«

»Ich könnte hierbleiben, falls du die Stadt wieder verlassen musst«, schlug er vor. »Deine Wohnung im Auge behalten.«

Bianca schnaubte. »Und an ihren Slips schnüffeln.«

Er ging um sie herum. »Das ist absolut falsch, *mi'jita.* Für dein Alter hast du eine ganz schön schmutzige Fantasie. Ich glaube, du verbringst zu viel Zeit im Internet.«

»Danke für das Angebot, aber nein«, sagte Nina energisch.

Aber Jaime gab noch nicht auf. Er trat näher an Nina heran. »Ich weiß, dass du eine Waffe hast und so, aber dieser Kerl könnte sich hier reinschleichen, während du weg bist, und sich verstecken. Und wenn du wiederkommst, dann …«

»Ich kann sehr gut auf mich selbst aufpassen.«

Bianca stemmte eine Hand auf die Hüfte. »Wenn er hier auftaucht, wird sie ihm den Arsch aufreißen.«

»Und wenn er dich überrascht?« Plötzlich huschte Jaime hinter Nina, umschlang ihre Taille und fixierte ihre Arme an den Seiten. »Ungefähr so.«

Instinktiv schlug sie mit dem Kopf nach hinten und erwischte ihn am Kinn, ehe sie sich aus seinem Griff befreite.

»Verdammt!«, zischte Jaime und rieb sich das Kinn.

Sie funkelte ihn an. »Fass mich nicht noch einmal so an, wenn du nicht verletzt werden willst.«

»Und was ist damit?« Jaime streckte die Hände aus und schloss sie um ihren Hals.

Das Gefühl seiner dicken Finger um ihre Kehle brachte Ninas Herz zum Rasen. Sie befand sich im Laderaum von Enigmas Transporter. Behandschuhte Hände drückten ihr die Luftröhre zu, erhöhten stetig ihren gnadenlosen Druck. Erstickten ihre Schreie. Würgten sie. Sie wehrte sich gegen das Klebeband an ihren Hand- und Fußgelenken. Das Monster beugte sich über sie, keuchte erregt. Die Welt um sie herum wurde schwarz, und danach hörte sie nur noch das grausame Lachen, das sich seinen Lippen entrang.

Sie schob die Innenseite ihres Schuhs an Jaimes Schienbein entlang und trat ihm auf den Fuß. Gleichzeitig schleuderte sie die Arme nach oben, um seinen Griff zu brechen. Sie konnte sich gerade noch davon abhalten, ihm mit der Handfläche die Nase zu brechen.

»Hör auf damit, Jaime!« Die Angst in Biancas Stimme holte Nina wieder in die Gegenwart zurück.

Jaime hüpfte auf einem Bein herum und fluchte in zwei Sprachen.

»Ich glaube, du gehst jetzt besser«, sagte Nina, als ihre Atmung wieder normal wurde.

»Ja, ich sehe schon, du kommst klar.« Er richtete sich auf. »Ich freue mich, dass ich dir helfen konnte, zu … äh … zu trainieren.«

Sie verdrehte die Augen. »Ja, vielen Dank für deine Hilfe, Jaime.«

Ohne die undichten Fensterdichtungen noch einmal zu erwähnen, die der eigentliche Grund für sein Erscheinen gewesen waren, machte er sich auf den Weg und versuchte dabei zu überspielen, dass er hinkte.

Kaum hatte sich die Tür hinter ihm geschlossen, brach Bianca in Gelächter aus.

Nina zog eine Augenbraue hoch. »Es ist nicht lustig, wenn Menschen verletzt werden, Bee.«

»Ich weiß, aber es ist eben Jaime«, erwiderte sie kopfschüttelnd. »Ich meine, er kommt hier rein, ganz Macho, versucht, den großen Beschützer zu spielen, und du reißt ihm einfach den Arsch auf.«

Gegen ihren Willen musste Nina grinsen. »Er will doch nur helfen.«

»Er will dir nur an die Wäsche.«

»Daraus wird nichts.«

»Ich weiß es. Du weißt es. Das ganze Haus weiß es. Aber er versucht es trotzdem immer wieder.« Bianca seufzte entnervt. »Gegen Verleugnung ist kein Kraut gewachsen.«

»Weise Worte von dem Mädchen, dass nie ein Date hat.«

»Dann sind wir ja schon zu zweit.« Bianca zeigte mit dem Daumen auf sich. »Ich helfe meinem Professor dabei, die nächste Generation implantierbarer Nanotechnologie zu erschaffen. Und was ist deine Entschuldigung?«

Nina hatte keine. Jedenfalls keine, die sie vorbringen konnte. Auf der Suche nach einer passenden Antwort starrte sie auf die leuchtenden Farben von Biancas T-Shirt. Sie neigte den Kopf, beugte sich vor und nahm das Design zum ersten Mal wirklich wahr.

»Nina?«, fragte Bianca beunruhigt.

»Alles gut. Ich habe nur … Dein T-Shirt gefällt mir. Wo hast du das her?«

Bianca blickte an sich herunter. »Das habe ich im letzten Semester beim Wettbewerb des Wissenschaftsclubs bekommen. Lustig, nicht?«

Auf dem schwarzen Baumwollshirt war eine farblich codierte Abbildung des gesamten Periodensystems der Elemente mit der Unterschrift *Wir sind in unserem Element* zu sehen.

Nina versuchte zu lachen, aber es klang hohl. »Wissenschaftlerhumor. Muss man mögen.«

»Wo warst du die letzten zehn Jahre? Nerds gelten heutzutage als cool.«

Nina zwinkerte ihr zu. »Gut zu wissen, ich bin nämlich selbst zu mindestens zwanzig Prozent Nerd.«

»Tut mir leid, aber du bist zu neunzig Prozent krass«, entgegnete Bianca. »Da sind die restlichen zehn Prozent ziemlich egal.«

Nina konnte offenbar besser schauspielern, als sie gedacht hatte. Die momentane Ablenkung verschaffte ihr eine Atempause, während der von Jaime verursachte Adrenalinstoß abflaute. Der Jetlag hatte ihre normale Erholungszeit verlängert. »Ich brauche noch eine Flasche Wasser. Ich bin ziemlich dehydriert.«

»Das kommt davon, weil das Wasser in Flugzeugen immer recycelt ist.« Bianca holte eine zweite Flasche aus dem Kühlschrank und gab sie ihr. »Wahrscheinlich hast du nicht genug getrunken, dass es für zwei Überlandflüge reicht.«

»Ich habe gehört, dass sie das Wasser der Toilettenspülung auch recyceln. Glaubst du, dass der Kaffee im Flugzeug deshalb immer so komisch schmeckt?«

Bianca prustete vor Lachen. »Jetzt habe ich mein Wasser verschüttet.«

Nina ging in die Küche. »Ich hole dir ein Papiertuch.«

Sie wartete, während Bianca die Vorderseite ihres T-Shirts abtupfte. Die Flüssigkeit machte das Neon-Design etwas dunkler. Sie blinzelte auf die ordentlichen Reihen von Kästchen, alle mit Buchstaben in der Mitte und Zahlen in den Ecken.

Buchstaben und Zahlen.

Sie griff nach Biancas Handgelenk und zog ihren Arm zur Seite.

»Was soll das, Nina?« Bianca wich einen Schritt zurück.

Nina ließ sie los und wirbelte herum. Sie suchte nach ihrem Laptop. Nach ergebnisloser Suche im Wohnzimmer fiel ihr ein, dass er noch im Koffer war. Sie ignorierte Biancas Fragen und rannte ins Schlafzimmer, um den Computer zu holen. Sie kam zurück und öffnete ihn auf dem Küchentisch.

Bianca setzte sich auf den Stuhl neben ihr. »Kannst du mir mal sagen, was los ist?«

»Dein T-Shirt hat mich auf eine Idee gebracht«, erklärte Nina, während der Laptop hochfuhr. »Kann sein, dass ich komplett danebenliege, aber ich muss es überprüfen.«

»Geht's um Enigmas Nachricht?«, fragte Bianca aufgeregt. »Komm, ich helfe dir. Fünfhunderttausend Dollar könnte ich verdammt gut gebrauchen.« Sie rutschte mit dem Stuhl näher an den Tisch heran. »Und das Recht, damit zu prahlen, auch.«

Nina googelte das Periodensystem. »Hol mir mal ein Blatt Papier und einen Stift aus der Schublade da drüben.« Sie deutete mit dem Kinn auf die Schublade für Krimskrams am hinteren Ende der Küchenzeile.

Bianca durchwühlte den Inhalt der Lade und kam wieder zurück an den Tisch. »Ich lade ein Bild von der Botschaft hoch, die er auf der Karte in San Francisco hinterlassen hat. Und du schreibst die entsprechenden Elemente auf.«

Nina lächelte Bianca kurz an, als sie nach Papier und Stift griff. Das Mädchen kapierte schnell. In solchen Augenblicken erinnerte sich Nina daran, dass Bianca einen IQ von über 160 hatte.

Bianca las die Zahlen vor. Nach jeder Zahl machte sie eine Pause, damit Nina nach den Kernladungszahlen sehen und die entsprechenden chemischen Namen und Symbole für die Elemente aufschreiben konnte.

»Fünfundsiebzig«, sagte Bianca.

Nina fuhr mit dem Finger über den Bildschirm, um die winzige Schrift in der Tabelle zu vergrößern. »Rhenium, abgekürzt Re.«

Bianca fuhr mit der nächsten Zahl in der Reihe fort. »Dreiundsiebzig.«

»Tantalum. Ta«, sagte Nina und schrieb die Buchstaben auf.

»Drei.«

»Lithium, Li.«

Sie fuhren fort, bis Nina alle sieben Zahlen des Codes zusammen mit ihren chemischen Bezeichnungen und den Symbolen für die Elemente aufgeschrieben hatte.

Bianca spähte ihr über die Schulter und betrachtete die Ansammlung von Buchstaben.

Re, Ta, Li, F, Md, O, Re.

»Glaubst du, was ich glaube?«, flüsterte Bianca.

»Wahrscheinlich nicht.«

»Was wäre, wenn das hier ein Anagramm ist?« Bianca zitterte förmlich vor Aufregung. »Du weißt schon, so ein Wortspiel. Ich mache so etwas manchmal zur Entspannung nach den Hausaufgaben.«

Nina hätte beinahe die Augen verdreht. »Du weißt schon, dass andere Teenager zur Entspannung obszöne Bildchen in ihre Hefte kritzeln, oder?«

Bianca streckte eine Hand aus. »Lass mal sehen.« Sie legte das Blatt vor sich auf den Tisch und starrte konzentriert darauf. »Da gibt es Tausende von Möglichkeiten.« Sie blickte zu Nina auf. »Und das bereits auf Englisch. Was ist, wenn er eine andere Sprache benutzt hat?«

Nina zuckte mit den Achseln. »Es war nur eine Vermutung.«

»So schnell gebe ich nicht auf. Kann ich mal den Laptop haben?«

»Bedien dich.«

Biancas Finger flogen über die Tastatur. »Heilige Scheiße! Ich habe diese Buchstaben in einen Zufallsgenerator eingegeben, und der Algorithmus hat nach mehr als zehntausend möglichen Kombinationen angehalten.«

»Kein Wunder, dass die Kryptoanalytiker vom Bureau den Code noch nicht geknackt haben.« Nina rieb sich die Stirn. »Natürlich müssen diese Zahlen nicht unbedingt etwas mit dem Periodensystem zu tun haben, aber ich werde das Gefühl nicht los, dass da was dran ist. Wenn ich mir die Buchstaben ansehe, die wir herausgekriegt haben, springen mich lauter Worte an.«

»Arbeite damit«, sagte Bianca. »Eins meiner Lieblingszitate von Einstein lautet: ›Der intuitive Geist ist ein heiliges Geschenk und der rationale Verstand ein treuer Diener.‹ Er zog die Intuition der Logik vor, und das tue ich auch.« Sie legte das Blatt so hin, dass sie es beide sehen konnten. »Was für Wörter siehst du?«

Nina schaute nach unten. »Trial. Life. Detail. Mole. Free.«

Bianca folgte ihrem Blick. Eine Minute lang saßen sie schweigend da. Dann straffte sich Biancas Rücken. Langsam drehte sie sich zu Nina, und ein Grinsen breitete sich auf ihrem Gesicht aus.

Nina bemerkte, wie aufgeregt sie war. »Was ist?«

»Das letzte Wort, das du genannt hast, war *free.* Das bringt mich auf eine Idee. *Freedom.* Wenn ich die Buchstaben, die dieses Wort bilden, von den Elementsymbolen wegnehme, bleiben die Buchstaben übrig, die das erste Wort formen, das du genannt hast – *trial.* Aber wenn man da die Buchstaben vertauscht …«

»Freedom Trail«, sagte Nina und schlug mit der Hand auf den Tisch. »Gilt das für alle Buchstaben?«

Bianca nickte. »Aber woher wissen wir, ob es die richtige Antwort ist? Es ist nur eine von vielen Möglichkeiten.«

»Erstens hat er gerade eine Leiche an einem kultigen Ort in Kalifornien zurückgelassen. Die Studenten des MIT haben ihn gereizt, deshalb wird er jetzt möglicherweise in Massachusetts zuschlagen. Und was wäre da besser geeignet als das wichtigste Wahrzeichen dieses Staates?« Sie blickte erneut auf den Computerbildschirm mit dem Foto des Rätsels. »Aber wir brauchen noch mehr. Vielleicht hat er einen weiteren Hinweis in der Nachricht versteckt.«

Bianca berührte den Bildschirm und öffnete noch ein Fenster. Sie tippte *Freedom Trail* ein und las laut vor: »Dieser mit roten Ziegeln gepflasterte Rundgang besteht aus sechzehn historischen Schauplätzen. Er beginnt am Boston Common und endet bei der USS Constitution im Hafen von Boston.« Sie klickte zurück zu dem Bild mit den Hinweisen. »Sieh dir die Sätze am Anfang an. Siehst du irgendetwas, was auf Massachusetts hinweist, oder etwas anderes, was sich auf den Freedom Trail bezieht?«

»Dieser erste Satz«, sagte Nina. »Den fand ich immer schon merkwürdig. *Der Ton macht den Boss.* Er scheint überhaupt keinen Sinn zu ergeben, klingt seltsam und hat absolut nichts mit dem zweiten Satz zu tun.«

Bianca nickte. »Als hätte er ihn so seltsam formuliert, damit er funktioniert.«

»Genau. Die Wortwahl ist merkwürdig und die Platzierung auch. Das Wort am Anfang gehört eigentlich an den Schluss …«

»Anfang und Schluss …«, wiederholte Bianca. »*Ton* und *Boss.* Der Anfang und das Ende.« Sie schaute Nina mit ihren großen blauen Augen an. »Kannst du es sehen?«

»*Ton* und *Boss*«, sagte Nina. Plötzlich machte es klick. »Wenn man *Ton* und *Boss* vertauscht, kommt *Boston* heraus. Und in Boston befindet sich der Freedom Trail.« Sie beugte sich hinüber und nahm Bianca kurz in den Arm. »Du bist ein Genie, Bee.«

»Ich weiß.« Bianca griff nach ihrem Handy. »Mal sehen, ob ich die Brew Crew vom MIT schlagen kann. Das gäbe mir das Recht, richtig auf die Sahne zu hauen.« Sie lachte. »Und ich könnte die Belohnung von Julian Zarran bekommen. Ich muss nur …« Ihr Lächeln erstarb, als sie Nina ansah. Für einen Moment schwieg sie, dann senkte sie den Blick. »Ich kann die Antwort nicht posten und das Geld einstreichen, oder?«

Nina streckte eine Hand aus, hob sanft Biancas Kinn an und blickte ihr in die Augen. »Bee, wir sind dem Kerl zum ersten Mal einen Schritt voraus. Das hier ist unsere Chance, ihn zu erwischen. Wenn wir schnell genug nach Boston kommen, können wir vielleicht sogar einem Mädchen das Leben retten.«

Bianca wurde blass. »Natürlich. Ich sage zu niemandem ein Wort.« Sie legte ihr Handy weg. »So ein Mist.«

»Wenn du Julian Zarran nach der Verhaftung kontaktieren willst, bin ich deine Zeugin.«

»Aber wenn ich genauer darüber nachdenke, warst du es, die das mit dem Periodensystem herausgekriegt hat, und das war der schwerste Teil des Rätsels. Eigentlich müsstest du das Geld bekommen.«

»Ich bin Bundesagentin. Ich darf keine Belohnungen kassieren.«

»Okay, das ist auch Mist.«

»Geld hat mich noch nie interessiert. Mir geht es darum, Gewaltverbrecher von der Straße zu holen.«

»Dann hast du den richtigen Beruf. Die bösen Jungs werden dir niemals ausgehen, und reich wirst du auch nicht.«

Nina holte ihr Handy aus der Tasche, zögerte dann aber. Sollte sie Buxton anrufen? Sie könnte ihr Ansehen beim Boss verbessern, ihm beweisen, dass sie mehr beizusteuern hatte als wertvolle Erinnerungen.

Sie war noch nie eine Streberin gewesen. Übertriebener Ehrgeiz war keine gute Methode, um Karriere zu machen. Sie mochte in Quantico eine Außenseiterin sein, sie mochte es vorziehen, allein zu arbeiten, aber bei dieser Ermittlung musste sie ein Teamplayer sein. Sie traf eine Entscheidung, atmete tief durch und drückte eine Kurzwahltaste.

»Was gibt's, Guerrera?«, meldete sich Wade in seinem typischen schroffen Bariton.

»Packen Sie Ihre Sachen«, wiederholte sie seine Worte vom Tag zuvor. »Es geht nach Boston.«

Kapitel 18

Drei Stunden später, irgendwo in der Luft zwischen den Flughäfen Reagan National und Logan International, blinzelte Nina und schlug die Hand weg, die sie anstupste. »Ich bin wach.« Sie hörte selbst, wie verschlafen ihre Stimme klang.

»Ich bin ja durchaus für Teamgeist zu haben«, sagte Kent. »Aber im Augenblick sabbern Sie mir auf die Schulter.«

Peinlich berührt richtete sie sich auf und betrachtete gründlich sein Hemd. »Ich sehe da nichts.« Das Golfshirt mit dem FBI-Emblem sah um die Schulter herum etwas zerknittert aus, war aber trocken.

Kent grinste. »Wenigstens sind Sie jetzt wach.«

Sie musterte ihn mit finsterem Blick. »Wahnsinnig lustig.«

»Ich habe ihn gebeten, Sie zu wecken«, sagte Buxton. »Ich habe Sie und Agent Wade so lange wie möglich schlafen lassen, aber wir haben vor der Landung noch einiges zu besprechen.«

Wade saß ihr gegenüber neben Buxton und rieb sich die Augen. Nach mehreren Überlandflügen kurz hintereinander hatte der Jetlag Nina umgehauen, sobald sie am Reagan National an Bord eines vom FBI geleasten Gulfstream-Jets gegangen war. Der Direktor persönlich hatte ihrem Team für die Dauer der Ermittlungen einen eigenen Jet genehmigt. Von diesem Zeitpunkt an würden sie sich als Einheit an jeden Tatort begeben und der Task Force in Quantico Bericht erstatten.

Kent reichte jedem eine Tasse dampfenden schwarzen Kaffee. Nina war noch nie an Bord einer Gulfstream gewesen, aber sie hatte genug darüber gehört, um nicht überrascht zu sein, als sie auf der polierten Oberfläche des Tisches in der Hauptkabine eine Edelstahlkanne erblickte.

»Ich möchte Sie über die letzten Erkenntnisse der Task Force informieren«, setzte Buxton an. »Wir haben die Passagierlisten aller größeren Flughäfen im Bereich von San Francisco und DC für Flüge nach Logan verglichen, nur für den Fall, dass er dorthin zurückgeflogen ist. Es gab keine Übereinstimmungen.«

Nina trank einen Schluck. Die bittere Wärme des Kaffees breitete sich langsam in ihrem Körper aus. »Also hat er entweder verschiedene Namen benutzt oder ist überhaupt nicht geflogen.«

»Aufgrund der kurzen Zeitspanne zwischen den Morden wäre es ungewöhnlich, wenn er Bodentransportmittel benutzt hätte. Allerdings ist es möglich, innerhalb von zweiundvierzig Stunden von DC nach San Francisco zu fahren, ohne dabei zu rasen«, meinte Buxton.

»Fahren wäre fast genauso riskant wie fliegen«, sagte Breck. »Auf einer Überlandfahrt kann eine Menge schiefgehen.«

Wade reckte sich und unterdrückte ein Gähnen. »Ein Täter mit seinen Charakterzügen könnte das als aufregend empfinden. Er würde es vielleicht genießen, seine Fähigkeiten zu demonstrieren, wenn auch nur sich selbst.«

»Er vertraut auf seine Fähigkeiten«, sagte Kent. »Schon möglich, dass er gefahren ist, aber das würde bedeuten, dass er entweder selbstständig ist oder einen Job hat, bei dem er vier oder fünf Tage hintereinander fehlen kann, ohne dass es auffällt.«

Nina hatte kaum einen Gedanken daran verschwendet, welchen Beruf Enigma ausüben könnte. Möglicherweise arbeitete er in einem ganz normalen Großraumbüro. Bei anderen Mördern war das der Fall gewesen.

»Wegen seiner Computerkenntnisse könnte er einen Job als Programmierer haben«, mutmaßte Nina. »Vielleicht einen mit flexiblen Arbeitszeiten, bei dem er online berät. Vielleicht braucht er nicht einmal ein Büro.«

»Eine wenig strukturierte Beschäftigung erscheint wahrscheinlich«, sagte Buxton. Wie üblich hielt er sie über die eingehenden Berichte auf dem Laufenden und wandte sich an Kent. »Haben Sie sich mit der Forensik ausgetauscht?«

»Die Autopsie des Opfers aus DC ist abgeschlossen«, antwortete Kent. »Laienhaft gesagt, hat der Täter den Leichnam des Mädchens mit einem chemischen Wirkstoff eingerieben, ehe er ihn in den Müllcontainer gewälzt hat.« Er spreizte die Finger. »Im Grunde genommen haben wir zu viel DNA und einen Berg Spurenmaterial. Es ist wie die Nadel im Heuhaufen. Und wegen der Kreuzkontamination wird sämtliches Beweismaterial, das wir bekommen können, verunreinigt sein.«

»Was für eine Art chemischen Wirkstoff hat er benutzt?«, fragte Nina. »War es etwas Ungewöhnliches oder ein Mittel, das schwer zu beschaffen ist?«

»Ein medizinisches Reinigungsmittel, das sterilisiert, desinfiziert und DNA zerstört«, erklärte Kent.

»Was für eine Art Reiniger tut das?« Nina hatte gesehen, wie Kriminaltechniker Luminol benutzt hatten, um DNA auf Böden zu entdecken, die mit normalem Reinigungsmittel gewischt worden waren.

»Eines, das Sauerstoff enthält«, sagte Kent. »Es zerstört die Proben.«

»Konnten sie die genaue Marke feststellen?«, fragte Buxton. »Gibt es eine begrenzte Anzahl von Herstellern?«

»Die chemischen Inhaltsstoffe des Reinigungsmittels kommen in verschiedenen Markenreinigern vor, die in den Krankenhäusern im ganzen Land verwendet werden.« Kent seufzte, nahm die Brille ab und rieb sich den Nasenrücken. »Lässt sich auf diesem Weg also nicht nachverfolgen.«

»Krankenhäuser?« Nina straffte den Rücken. Sie dachte an die Erinnerung, die ihr bei der Autopsie in San Francisco gekommen war. »Das Instrument, das der Täter benutzt hat, um mir den Mund zu öffnen, ähnelte dem des Rechtsmediziners. Und jetzt verwendet er ein medizinisches Reinigungsmittel. Könnte Enigma Arzt sein? Ein Chirurg?«

»Ein Chirurg mit einem Gottkomplex«, gab Wade zurück. »Das wäre ja ganz was Neues.«

Kent musste über Wades Sarkasmus grinsen. »Es würde zu einigen Verhaltensmustern passen, die wir hier sehen.«

»Halten wir das mal fest«, sagte Buxton. »Vielleicht können wir es später benutzen, um unsere Suche einzugrenzen.«

»Nun, er könnte durchaus Arzt sein.« Breck, die etwas in ihren Laptop getippt hatte, hörte abrupt damit auf. »Es kann sich aber auch um einen Aushilfskellner handeln, der weiß, wie man googelt. Das ist nicht so schwer, sehen Sie mal.« Sie drehte ihren Laptop auf dem ausklappbaren Tisch in der Armstütze ihres Sitzes. Eine Liste sauerstoffangereicherter chemischer Reinigungsmittel füllte den Bildschirm aus.

»Er kennt sich offensichtlich mit Computern aus«, stellte Nina fest. »Wie clever muss er sein, um herauszufinden, wie er eine forensische Analyse durcheinanderbringen kann?«

»Seine Sprachmuster weisen darauf hin, dass er entweder sehr gebildet oder sehr belesen ist.« Kent setzte seine Brille wieder auf. »Sein IQ scheint jedenfalls überdurchschnittlich zu sein.«

Wade stellte seine Tasse auf den Tisch. »Sein letzter Hinweis sagt uns, dass er klug ist. Er hat zwei Arten der Verschlüsselung benutzt, die beide gründlicher Berechnung bedurften.«

Nina bedankte sich im Stillen bei Bianca, dass sie bei ihr vorbeigeschaut hatte. Das T-Shirt des Mädchens und ihre beachtliche Intelligenz waren der Schlüssel dazu gewesen, den Code des Täters zu knacken. Und Jaime würde es sich von nun an gründlicher überlegen, ehe er wieder mit einer neuen Ausrede bei ihr auftauchte. Alles in allem also eine gute Entwicklung.

»Ich stimme Ihnen zu, dass der Täter ausgeprägte intellektuelle Fähigkeiten zu haben scheint, aber Breck hat nicht ganz unrecht«, sagte Buxton. »Vielleicht kennt er sich einfach gut mit Computern aus.« An Nina gewandt, fuhr er fort: »Gibt es zu den beiden Fällen etwas Neues von der Videoforensik?«

Breck drehte den Laptop wieder um und tippte auf der Tastatur. »Wir konnten den Transporter, den er benutzt hat, auf der Dulles Toll Road verfolgen. Von dort aus ist er auf die Route 28 abgebogen und in Richtung Westen gefahren, wo es irgendwann keine Kameras mehr gibt.«

»Als er mich gekidnappt hat, ist er mit mir westlich von Alexandria nach Chantilly gefahren«, sagte Nina. »Entweder in demselben Transporter oder in einem, der ihm ähnelt.«

Buxton schlug ein ledernes Notizbuch mit FBI-Siegel auf und machte sich einen Vermerk. »Ich werde ein Team zu dem Ort schicken, an den er Sie verschleppt hat, aber ich glaube nicht, dass er unvorsichtig genug ist, um ihn noch einmal zu benutzen.«

»Wir könnten Satellitenbilder von der Gegend anfordern«, fügte Breck hinzu. »Das Auge im Himmel benutzen, um eventuell nicht genehmigte Gebäude auf dem Grundstück zu entdecken.«

»Ich werde das beantragen«, erklärte Buxton, der immer noch schrieb.

Breck nickte. »Ich habe in der Zwischenzeit eine Datei vom Videoteam der Task Force bekommen. Wir haben die Bildaufzeichnungen beider Fälle bearbeitet, um ein besseres Phantombild des Verdächtigen zu erstellen.«

Nina horchte auf. Bislang hatten sie nicht einmal genug Material für eine Zeichnung gehabt. Das hier war die Art von Informationen, die den Fall lösen konnten. Sie stellte ihren Kaffee ab und hörte aufmerksam zu.

»Wir haben seine Bilder aus der Gasse in DC so gut wie möglich aufgearbeitet, unter Berücksichtigung der Baseballkappe und seiner Gesichtsbehaarung. Wir haben in keiner Datenbank zur Gesichtserkennung eine Entsprechung gefunden, aber als wir die Bilder mit Material aus San Francisco unterlegt haben, wurden sie deutlich genug, um den Versuch eines computergenerierten Phantombilds zu wagen.«

Nina stand auf. »Kann ich es sehen?« Sie trat in den Mittelgang und tastete sich zu Breck vor.

»Wie sah er in San Francisco aus?«, fragte Wade.

»In Kalifornien hat er nicht gehumpelt, also muss er seinen Gang in DC irgendwie verändert haben«, antwortete Breck. »In Kalifornien war er auch nicht korpulent«, fügte sie hinzu.

Nina erinnerte sich an die Überwachungsbilder von dem dicklichen Auslieferungsfahrer mit dem ausgeprägten Hinken, der den Karren mit der übergroßen Kiste in den Club gerollt hatte. Sie hätte ihn niemals für den muskulösen, athletischen Mann gehalten, der sie so mühelos überwältigt hatte. Jetzt wusste sie, warum. Der Bauch und das Hinken waren nicht echt.

»Es gibt massenhaft Bilder von ihm am Pier 39.« Brecks Bemerkung holte sie aus ihren Gedanken zurück. »Er hat ein Beiboot gestohlen, einen riesigen Ködertank hineingeworfen und ist damit zum Schwimmdock gefahren. Dann hat er den Deckel geöffnet, die Leiche des Opfers, versteckt in einer schwarzen Mülltüte, herausgeholt und kurz vor der Dämmerung an einen Pylonen gebunden. Man konnte sehen, wie er ein Messer ins Wasser steckt, um den Sack aufzuschneiden, aber zu diesem Zeitpunkt war die Gegend völlig menschenleer.« Breck schob sich eine rote Locke hinters Ohr. »Der Täter trug einen grauen Trainingsanzug, dessen Kapuze er sich über den Kopf gezogen hatte. Darunter einen Rollkragenpullover, hochgezogen bis über die Nase, und eine Sonnenbrille.«

»Wie hat er den Leichnam an den Pier gebracht?«, fragte Nina und setzte sich neben Breck.

»Er hat einen Pick-up am Dock in der Nähe des Beiboots geparkt, den Ködertank, der an einem Ende Räder und am anderen einen Griff hat, ausgeladen und ihn über den Landungssteg gerollt.«

»Verdammt noch mal!«, fluchte Kent. »In aller Öffentlichkeit.«

»Das ist für ihn ein Teil des Nervenkitzels«, sagte Wade. »Ein Teil des Spiels. Es beweist, dass er viel besser ist als wir.«

»Gibt es irgendwelche Videoaufzeichnungen, wie der Gesuchte den Umschlag an den Container klebt oder durch die Terminals der Flughäfen in der Umgebung läuft?«, wollte Buxton wissen.

»Bisher nicht.« Breck drehte den Bildschirm zu Nina. »Werfen Sie einen Blick darauf und schauen Sie, ob Sie etwas hinzufügen können. Wenn das Bild nicht passt, kann ich es immer noch verändern.«

»Verglichen mit dem, was Sie haben, sind meine Erinnerungen veraltet«, gab Nina zu und warf Wade einen Seitenblick zu. »Und offensichtlich auch lückenhaft.«

Sie betrachtete das Bild auf dem Laptop. Der Mann hatte eine ausgeprägte Kieferpartie und ebensolche Gesichtszüge, alles sehr gleichmäßig. Die Sonnenbrille hatte Breck ihm gelassen. Es war nichts Auffälliges an ihm. Nichts, was ihn herausragen ließ, abgesehen von einer undefinierbaren Ausstrahlung, die ihr eine Gänsehaut verursachte.

»Ich erinnere mich, dass seine Augen blau waren«, sagte sie, nachdem sie das Bild gründlich betrachtet hatte.

Breck griff nach der Maus. »Ein bestimmter Farbton?«

Sosehr sie sich auch bemühte, sie konnte es nicht genauer sagen. »Tut mir leid, nein.«

»Kein Problem.« Breck drehte den Laptop wieder zu sich. »Ich verpasse ihm eine neutrale Augenform mit einer mittelblauen Iris. Das ist im Handumdrehen fertig.«

»Wir geben es dann weiter an die Vollzugsbehörden«, sagte Buxton.

»Soll es nicht in der Öffentlichkeit erscheinen?«, fragte Nina.

Buxton runzelte die Stirn. »Ich möchte es erst in Umlauf bringen, wenn wir ein besseres Bild haben. Mit diesem kräftigen Bartwuchs und der dunklen Baseballkappe sieht er aus wie fünfzig Prozent aller männlichen Weißen in den USA.«

Kent nickte. »Bei der Publicity, die dieser Fall jetzt schon hat, würden wir Zehntausende falscher Hinweise bekommen.«

»Fürs Erste verteilen wir es nur unter den Einsatzkräften, die heute dem Freedom Trail zugeteilt werden«, sagte Breck.

Obwohl sie sich vor der Antwort fürchtete, stellte Nina die Frage, die sie bereits plagte, seit Kent sie wachgerüttelt hatte. »Hat schon jemand eine Lösung für Enigmas Hinweis gepostet?«

»Negativ«, antwortete Buxton. »Diesen Vorsprung haben wir immerhin noch. Wenn uns das Glück nicht verlässt, greifen wir uns den Kerl ohne größeres Aufsehen.«

»Im ganzen Land bilden sich immer mehr Teams«, sagte Breck. »Ein paar von ihnen wollen die fünfhundert Riesen, manche wollen das berüchtigte Enigma fassen, wieder andere wollen beides.« Sie holte ihr Handy heraus. »Ich habe seine Accounts in den sozialen Medien gecheckt. Auf seiner Facebook-Seite hat er eine Bestenliste mit den Namen der Leute oder der Teams erstellt, die hinter ihm her sind, wobei die Brew Crew auf dem zweiten Platz hinter Julian Zarran steht. Er sorgt dafür, dass alle von der Belohnung erfahren.«

»Er nährt die Rivalität«, meinte Wade. »Die öffentliche Aufmerksamkeit verschiebt die Machtverhältnisse zu seinen Gunsten. Im Augenblick ist er landesweit das Tagesgespräch.«

»Er bringt alle dazu, im Kreis zu rennen«, sagte Breck und nickte. »Den dritten Platz auf der Liste nimmt eine Gruppe Überlebender von sexuellem Missbrauch ein, die sich The Pink Wave nennen. Platz vier ist eine Gruppe ehemaliger Army Ranger. Wenn die ihn erwischen, bevor wir es tun, sehe ich schwarz, was seine Überlebenschancen betrifft. An fünfter Stelle ist eine Gruppe Studenten. Er führt nur die ersten fünf Teams auf.«

Nina verdrehte die Augen. »Also sind nicht nur wir hinter dem Kerl her, sondern wir stehen in direkter Konkurrenz mit einem Haufen von Hobbydetektiven aus dem ganzen Land, die ihn ebenfalls jagen?«

»Ich weiß, dass wir Enigmas Posts in den sozialen Medien beobachten, aber beobachtet auch jemand die Amateure?«, fragte Wade. »Enigma ist der Typ, der sich selbst in die Ermittlungen einschalten würde, indem er als Mitglied eines Teams Lösungen für seine Rätsel vorschlägt, um uns entweder abzuschütteln oder in eine andere Richtung zu lenken.«

»Die Abteilung der Task Force, die die Aktivitäten in den sozialen Medien überwacht, überprüft den Background jedes Teams, das involviert ist«, sagte Buxton. »Sie schicken mir regelmäßige Updates.«

Durch das kleine Kabinenfenster blickte Nina auf die Lichter der Stadt weit unter ihnen. Hunderte, vielleicht Tausende von Zivilisten mischten sich in die Ermittlungen ein. Es gab keine Möglichkeit, die Folgen einer möglichen Interaktion mit dem Psychopathen unter Kontrolle zu bringen. Er genoss das Chaos, schürte es noch.

»Der Täter benutzt die Öffentlichkeit, um unsere Arbeit zu behindern«, sprach Kent ihre Gedanken aus. »Und bis jetzt funktioniert es. Es wird sogar noch schlimmer werden.«

»Stimmt«, bestätigte Buxton und lenkte das Gespräch wieder auf die Logistik. »Bevor wir landen, müssen wir unsere Vorgehensweise für Boston festlegen. Ich stehe in Kontakt mit der örtlichen FBI-Außenstelle und dem Polizeipräsidenten von Boston. Sie haben ihr Emergency Operations Center in Alarmbereitschaft versetzt.«

Nina gefiel das nicht. Die Aktivierung einer Einsatzzentrale setzte üblicherweise eine Genehmigung durch die Stadtverwaltung voraus und rief viele örtliche Dienststellen auf den Plan. »Würde das nicht die Aufmerksamkeit …«

Buxton hob eine Hand. »Ich habe deutlich darauf hingewiesen, dass diese Operation so verdeckt wie möglich ausgeführt werden muss und dass der Täter seine Pläne ändern wird, wenn er merkt, dass wir ihm auf den Fersen sind.« Er blickte auf das linierte Papier in seiner Aktenmappe. »Sie werden alles verfügbare Personal in Zivilkleidung entlang des Freedom Trail einsetzen. Unterstützt werden sie von uniformierten Beamten auf Fahrrädern, Motorrädern oder zu Fuß. Sie werden so verteilt werden, dass es nicht nach erhöhter Polizeipräsenz aussieht.« Er blätterte um. »Insgesamt geht es um ungefähr zweihundert Polizeibeamte, die die gesamte Länge des Trails abdecken werden, etwa vier Kilometer.«

»Umfassende Abdeckung.« Kent nickte Buxton zustimmend zu. »Dieser Bastard wird nicht einmal furzen können, ohne dass wir es riechen.«

»Wo fängt der Trail an?«, fragte Breck.

»Er beginnt beim Boston Common«, antwortete Buxton, »und endet im Hafen von Boston.«

Kent stöhnte. »Schon wieder ein Hafen. Der Kerl mag Wasser. Was unternimmt das Boston Police Department dahin gehend?«

»Sie haben eine Abteilung für den Hafen«, sagte Buxton. »Der Hafenmeister bietet alles auf, was schwimmen kann. Sie haben sich auch mit der Hafenverwaltung von Massachusetts abgesprochen. Massport hat eine eigene Polizei, die mit der State Patrol zusammenarbeitet. Sie sind ebenfalls mit der Einsatzzentrale verbunden und haben ein Auge auf die Landungsbrücken und alles, was sich in der Nähe des Wassers befindet.«

»Wie sieht es mit Unterstützung aus der Luft aus?«, wollte Nina wissen.

Buxton blickte in seine Notizen. »Das BPD hat keine Hubschrauber. Sie verlassen sich auf die Luftflotte der Massachusetts State Police.« Er sah Nina an. »Noch ein Argument für die Zentrale. Wir koordinieren die Luftunterstützung von dort aus.«

»Verfügt das BPD über Drohnen?«, fragte Breck.

»Die werden rund um die Uhr über dem Gebiet kreisen. Außerdem haben sie ein umfangreiches Kameranetzwerk in der ganzen Innenstadt, besonders bei den historischen Sehenswürdigkeiten entlang des Trails.« Er erlaubte sich eines seiner seltenen Lächeln. »Boston ist so dicht wie ein Froschhintern. Wir kriegen den Kerl.«

Die Begeisterung ihres Vorgesetzten war ansteckend. Zum ersten Mal seit Beginn des Falls wagte Nina zu hoffen. »Wie lauten unsere Befehle, wenn wir gelandet sind?«

»Wir treffen uns mit den lokalen Agents in der Einsatzzentrale.«

Nina hatte nicht vor, in einem Raum voller Videomonitore zu sitzen und der Verhaftung zuzusehen. »Ich möchte mit den Zivilstreifen des BPD auf den Trail gehen.«

»Agent Guerrera, Sie sind dank des viralen Videos so etwas wie eine Berühmtheit«, erinnerte Buxton sie kopfschüttelnd. »Sie würden die ganze Operation gefährden.«

Darauf war Nina vorbereitet. »Ich habe ein Hoodie in Übergröße dabei und werde meine Jackie-O-Sonnenbrille tragen. Niemand wird mich erkennen.«

Sie bemerkte, dass Wade sie mit dem Blick taxierte und starrte grimmig zurück. Er sollte sich bloß nicht einbilden, dass er sie auf die Ersatzbank verbannen konnte.

»Tatsächlich«, sagte Wade gedehnt, »glaube ich, dass Guerrera uns draußen nützlich sein könnte. Sie kann sich mit einem lokalen Detective in Zivil zusammentun, und sie würden aussehen wie Touristen, die den Trail entlangspazieren.«

»Ich will auch da raus«, sagte Kent. »Niemand weiß, wer ich bin. Ich könnte eine andere Stelle des Trails übernehmen.«

»Gut.« In gespielter Kapitulation hob Buxton die Hände. »Jeder von Ihnen kann sich mit jemandem aus den lokalen Einheiten zusammentun und Stellung beziehen.«

Die Tür zum Cockpit öffnete sich, und der Co-Pilot trat in die Hauptkabine. »Entschuldigen Sie, Sir, ein dringendes Gespräch von Public Affairs.« Er hielt Buxton ein Satellitentelefon entgegen.

Es wurde still, als er sich das Gerät ans Ohr hielt. »Buxton.«

Seine Miene wurde ernst. »Wie lange ist das her?« Er nickte. »Teilen Sie das der Einsatzzentrale in Boston mit. Sagen Sie ihnen, dass wir in dreißig Minuten vor Ort sind.«

Buxton gab dem Co-Piloten das Telefon zurück und wandte sich wieder dem Team zu. »Die Gruppe vom MIT hat gerade die Lösung online gestellt«, sagte er. »Jeder verdammte Amateurdetektiv östlich des Mississippi und nördlich der Mason-Dixon-Linie ist auf dem Weg zum Freedom Trail.«

Kapitel 19

Drei Stunden später
The Freedom Trail, Boston, Massachusetts

Nina musste den Hals recken, um Detective Joe Delaney in die Augen zu sehen. »Wie lange sind Sie schon beim Rauschgiftdezernat?«

»Knapp vier Jahre«, antwortete er mit einem Bostoner Akzent, der so dick war wie sein fuchsroter Bart.

Sie hatte Schwierigkeiten, sich den großen irischen Cop in Uniform vorzustellen. Sein rotes Haar fiel ihm als zotteliger Pferdeschwanz über die Schultern, und sein Bart reichte bis zur Mitte seiner breiten Brust.

»Und am Tag Ihrer Einstellung haben Sie Ihren Rasierapparat weggeworfen.«

»Ich rasiere mich nicht gern«, entgegnete er. »Da haben Sie recht.«

Seit zwei Stunden bereits liefen sie den Trail entlang und taten so, als wären sie ein Pärchen, das die Sehenswürdigkeiten genoss. Ihr Hoodie beeinträchtigte ihre periphere Sicht ein wenig, aber sie war sich sicher, dass niemand ihrer Aufmerksamkeit entgangen war.

Sie hatten begonnen, sich beim Gehen zu unterhalten. Delaney redete gern und führte sie in die Geheimnisse der Stadt ein, wie es nur ein Cop kann. Sie schlenderten auf die Faneuil Hall zu, die für ihre belebten Geschäfte und Restaurants bekannt war.

Es war noch früh, aber die Restaurants hatten bereits begonnen, das Essen vorzubereiten. »Irgendetwas riecht hier sehr gut«, stellte Nina fest.

Delaney schnüffelte wie ein Bluthund. »Das sind wohl die berühmten gebackenen Bohnen nach Bostoner Art. Sie fangen schon früh damit an, weil sie den ganzen Tag lang garen müssen.« Er blickte auf sie herab. »Aber wenn Sie nicht daran gewöhnt sind, müssen Sie vorsichtig sein. Die blähen einen auf.«

Sie strich sich mit der Hand über ihren flachen Bauch. »Durch das Laufen und die sonstigen Work-outs sollte ich keine Probleme damit haben.«

»Nein«, erwiderte Delaney. »Ich meine blähen im Sinne von furzen.«

Sie grinste. »Läuft das in Boston unter Humor?«

»Tatsächlich stimmt aber beides.« Er lachte leise. »Bohnen sind reine Carbs.«

Es klang wie »reine Kapps«.

»Wissen Sie noch, wie ich Sie bei der Vorstellung nach Ihrem derzeitigen Einsatzbereich gefragt habe? Sie sagten, Sie seien nackt. Ich habe das für BPD-Jargon für eine Spezialeinheit gehalten, von der ich noch nichts gehört hatte. Erst ein paar Sekunden später habe ich begriffen, dass Sie ein *Narc* sind.«

Er schmunzelte. »Läuft das beim FBI unter Humor?«

Touché.

Zwischen einem Bistro und einem Café spazierten sie auf den Außenbereich um die Faneuil Hall herum zu. Die Straßen waren hier belebter, und Nina bemerkte Leute, die zwischen den Fußgängern hin und her huschten, Touristen anrempelten und die Köpfe in alle Richtungen drehten.

»Verdammte Amateure«, murmelte sie.

»Wie bitte?«

Sie schnaubte verärgert. »Das Internet hat einen Haufen Möchtegerndetektive hervorgebracht. Alle sind hinter der Belohnung oder dem Ruhm her.«

»Ach so, die Amateurtruppe.« Er nickte verständnisvoll. »Am Ende wird ihnen selbst etwas zustoßen oder sie vermasseln den gesamten Einsatz.«

Erneut checkte sie die Umgebung. War Enigma hier? War er schon da gewesen und wieder verschwunden? Kämpfte in diesem Moment ein weiteres Mädchen um sein Leben? Ihre Hände ballten sich zu Fäusten. Sie wusste nur zu gut, was er tun würde, wenn sie ihn nicht aufhalten konnten.

Delaney tippte sich seitlich an den Kopf, wo sein Mikro unter dem Wust seiner Haare verborgen war. »Ich höre nichts. Und Sie?«

»Von unserer Seite auch nichts. Ich bin mir sicher, dass die Einsatzzentrale als Erstes davon erfährt, wenn etwas passiert.«

Sie drehten sich um und steuerten ein weiteres Mal auf das Ende des Trails zu.

»Normalerweise mag ich es ja, wenn ein Straßenfeger seinen Job ernst nimmt, aber heute nicht«, sagte Delaney.

Sie folgte seinem Blick. Ein Latino in der neongelben Weste der Straßenfeger griff einen Straßenzug vom Trail entfernt nach einer städtischen Mülltonne. Sie runzelte die Stirn. »Ich dachte, ihr habt die Müllabfuhr für heute ausgesetzt.«

»Haben wir auch.« Delaney ging auf den Arbeiter zu. »Der Kerl hier hat es offensichtlich nicht mitgekriegt.«

Buxton hatte den Polizeipräsidenten gebeten, dafür zu sorgen, dass jede Mülltonne in einem Radius von drei Blocks um den Freedom Trail herum unberührt blieb. In der Vergangenheit hatte der Täter regelmäßig Mülltonnen benutzt, um entweder Hinweise zu hinterlassen oder Leichen zu entsorgen. Wenn er diesem Muster heute erneut folgte, würde es vor Kameras und unter Beobachtung geschehen.

Sie musste in Laufschritt fallen, um mit Delaneys raumgreifenden Schritten mitzuhalten, als sie die Straße überquerten.

»Hey, Sie!«, rief er dem Mann zu. »Lassen Sie die Mülltonnen in Ruhe.«

Nina schwieg. Delaney war in der unangenehmen Lage, intervenieren zu müssen, ohne seine Tarnung auffliegen zu lassen. Sie überließ ihm die Führung.

Der Mann richtete sich auf, wandte sich ihm zu und strich sich eine dicke Strähne lockigen schwarzes Haares aus dem dunklen Gesicht. »Ich sauber machen«, sagte er mit starkem Akzent auf Englisch. »Ich Müll holen.« Er deutete auf die Mülltonne.

»Heute wird der Müll nicht abgeholt«, entgegnete Delaney und sprach jedes Wort sehr langsam aus. »Hat Ihr Boss Ihnen das nicht gesagt?«

Der Mann sah ihn verwundert an. Wahrscheinlich fragte er sich, warum ihm ein rothaariger Riese verbot, seine Arbeit zu tun. »War bei mein Schwester. Fahrer nicht gekommen, also ich kommen selbst.« Er lächelte.

»Nein«, sagte Delaney. »Du nicht kommen heute. Verstanden?«

Nina bemerkte etwas Weißes in der behandschuhten Hand des Mannes und sprach ihn auf Spanisch an. *»Qué tiene usted?«*

Seine braunen Augen waren geweitet, als er Nina anschaute. »Ich gefunden«, antwortete er auf Englisch und hielt einen verschlossenen weißen Umschlag hoch, an dessen Rand ein Stück

Klebeband baumelte. »Gerade eben. Oben auf Mülltonne.« Er zeigte wieder auf den Container.

Delaney nahm ihm den Umschlag aus der Hand und drehte ihn um. Er wandte dem Arbeiter den Rücken zu, um Nina anzusehen. Ohne ein Wort zu sagen, hob er den Umschlag hoch und zeigte, was darauf stand.

KRIEGERMÄDCHEN

Mit erhöhtem Puls ging sie einen Schritt auf Delaney zu, um ihm den Umschlag abzunehmen. Einen Moment lang sahen sie sich an.

»Sollen wir ihn aufmachen?«, fragte Delaney leise.

»Verdammt noch mal, ja!«

Die Spurensicherung würde darüber nicht glücklich sein, aber sicher beinhaltete der Umschlag etwas, was sofortiges Handeln erforderte. Sie würde sich die Standpauke später anhören. Im Augenblick brauchten sie Informationen. Sie fuhr mit dem Finger unter die Lasche und holte eine weiße Karteikarte heraus. Delaney spähte ihr beim Lesen über die Schulter.

EINE WENN VOM LAND, ZWEI WENN VON DER SEE

Nina erinnerte sich an diesen historischen Satz aus dem Geschichtsunterricht. »Das ist aus der Nacht des Ritts von Paul Revere, oder?«

Delaney nickte. »Sie sollten eine Laterne anzünden, wenn die Briten über den Landweg angriffen, und zwei Laternen, wenn sie den Charles River überquerten.« Er runzelte die Stirn. »Was will Enigma damit sagen?«

»Paul Revere«, sagte Nina. »Sein Haus ist eine der Sehenswürdigkeiten am Freedom Trail. Wir müssen die Zentrale benachrichtigen.«

»Moment mal.« Die Hand schon halb am Ohrhörer, hielt Delaney inne. »Die Laternen wurden im Turm der Old North Church angezündet. Auch ein Haltepunkt auf dem Trail.«

Gut, dass ein Einwohner von Boston bei ihr war. »Stimmt«, erwiderte sie. »Sie benachrichtigen die Einsatzzentrale, und ich versuche, mehr aus dem städtischen Müllwerker herauszubekommen. Vielleicht ist er auf Spanisch gesprächiger.«

Delaney entfernte sich, um seinen Sender zu benutzen, ohne Aufmerksamkeit zu erregen. Kaum hatte er sich in Bewegung gesetzt, bemerkte Nina, dass der Müllwerker verschwunden war. Sie hatte sich so sehr auf den Umschlag konzentriert, dass er unbemerkt gegangen war, aber sie würden Informationen und eine offizielle Aussage von ihm brauchen.

Sie schimpfte mit sich selbst, weil sie ihm nicht befohlen hatte, dazubleiben, setzte sich auf dem Bürgersteig in Bewegung und suchte die Umgebung ab. Zwei Blocks weiter entdeckte sie die leuchtende Weste des Mannes, der in einer Gasse den Müll einsammelte, und begann schneller zu laufen. Er hatte Delaney entweder nicht verstanden oder ihm nicht geglaubt, dass an diesem Tag kein Müll abgeholt werden sollte.

»Disculpe!«, rief sie dem Mann zu.

Er schien sie nicht zu hören und verschwand zwischen zwei Gebäuden.

Nina folgte ihm und bog im Laufschritt um die Ecke, an der sie ihn zuletzt gesehen hatte.

Von links schoss eine Faust hervor und versetzte ihr einen betäubenden Schlag gegen den Kopf. Sie stolperte und versuchte, das Gleichgewicht zu halten. Nur verschwommen nahm sie die gelbe Weste des städtischen Angestellten wahr, als sich der Mann hinter sie stellte, einen Arm um sie schlang und ihr mit der behandschuhten Hand den Mund zuhielt.

Als er den Kopf neigte, um ihr ins Ohr zu flüstern, war sein Englisch akzentfrei. »Diesmal kommst du nicht davon, Nina.«

Selbst nach elf Jahren erkannte sie die Stimme sofort.

Kapitel 20

Enigma nahm einen tiefen Atemzug und inhalierte ihren einzigartigen Duft. Ninas Angst berauschte ihn. Erregte ihn. Machte ihn scharf. Er drückte ihre zierliche Gestalt an seine Brust und spürte, dass ihr Herz raste wie die Flügel eines Kolibris. Die Lösung seines Rätsels war erst drei Stunden zuvor online gestellt worden. Er hatte nicht erwartet, dass sie so schnell in Boston eintreffen würde.

So hatte er sich ihr Wiedersehen nicht vorgestellt. Allmählich machte sie es sich zur Gewohnheit, ihn zu verärgern. Er würde ihr noch eine weitere Lektion erteilen müssen … dafür sorgen, dass sie lernte, gehorsam zu sein, ehe sie starb.

Er drückte ihr die Hand fester auf die vollen Lippen, um sie zum Schweigen zu bringen und gleichzeitig ihren Kopf zu fixieren. Mit dem anderen Arm hielt er ihren Oberkörper umklammert und erhöhte den Druck. Sie grub ihm die Zähne in den Zeigefinger. Glücklicherweise verhinderte der Knöchelschutz aus thermoplastischem Gummi, dass sie das Material seines Kampfhandschuhs durchdrangen. Er spürte, wie ihr Kiefer arbeitete, als sie versuchte, sich durch den verstärkten Stoff zu beißen. Ein Kichern entschlüpfte seinen Lippen. Sie wehrte sich, erregte ihn erneut. Sein kleines Kriegermädchen wollte kämpfen. Gut.

Sie drückte die Arme nach hinten und schob sie zwischen ihre Körper. Bevor er begriff, was sie tat, berührte ihre Hand seinen Schritt. Sie packte ihn durch die Hose hindurch an den Eiern, drückte überraschend kräftig zu und drehte sie mit einem heftigen Ruck aus dem Handgelenk um.

Mit einem lauten Geräusch stieß er die Atemluft aus. Er versuchte, sich zu beherrschen, aber die Knie gaben unter ihm nach. Sie ließ nicht los, sondern drehte die Hand schnell in die andere Richtung. Er ergab sich dem Schmerz und stieß sie von sich, sodass sie ihren Griff endlich lösen musste. Er rollte sich auf dem Boden zusammen und schnappte nach Luft. Unwillkürlich griff er sich zwischen die Beine. Dafür würde sie bezahlen.

Sie spuckte ein Stück Nylonfaden von seinem Handschuh aus. »Auf die Knie!«

Er hob den Kopf und sah die Mündung ihrer Halbautomatik direkt auf sich gerichtet. Die Waffe zitterte nicht.

Ihre Augen wurden schmal. »Hände auf den Rücken!«

Die Schlampe hatte keine Ahnung, wie es war, wenn einem die Testikel neu angeordnet wurden, und begriff offensichtlich nicht, dass er die Hände nicht auf den Rücken legen *konnte,* selbst wenn er es gewollt hätte. Was nicht zutraf. Auf keinen Fall würde er auf ihren Befehl hin niederknien. Am Ende würde sie vor ihm knien und ihn anflehen, aber er würde ihr keine Erlösung gewähren.

Der Schmerz drohte ihn zu überwältigen, und er unterdrückte eine Welle von Übelkeit. »... kann nicht.«

Mit einer Hand hielt sie noch immer die Waffe auf ihn gerichtet und hob die andere ans Ohr, zweifellos, um Verstärkung anzufordern. Ihm blieb keine Wahl. Sie war jetzt nur noch wie eine weitere Gegnerin im Käfig – kurz davor, ihn zu besiegen.

Das würde er nicht zulassen.

Trotz der Schmerzen in seinem Unterleib rappelte er sich auf und stürzte sich auf sie. Alles lief wie in Zeitlupe ab. In dem Augenblick, in dem er sich auf sie warf, drückte sie ab. Sekundenbruchteile später spürte er, wie sich ein Hohlspitzgeschoss mitten in seine Brust bohrte.

Er brach zusammen.

Langsam schob sie sich unter ihm hervor und betrachtete ihn forschend von Kopf bis Fuß. »Unten bleiben. Ich hole Hilfe.« Erneut griff sie nach ihrem Ohrhörer.

Ganz gleich, ob sie Kontakt aufnahm oder nicht, in weniger als einer Minute würde die Polizei den Ort der Schießerei lokalisiert haben. Vor dem Ausarbeiten seiner Pläne hatte er die Möglichkeiten der Bostoner Polizei ausgiebig studiert. Er hatte nur noch eine Chance. Nina konnte nicht wissen, dass er eine Panzerweste trug.

Mit einem perfekten Beinschwung fegte er sie von den Füßen. Sie knallte so heftig neben ihm auf das harte Pflaster, dass es ihr die Luft aus der Lunge trieb. Ihre Pistole schlitterte über die enge Gasse und prallte außerhalb ihrer Reichweite gegen eine Wand.

Bevor sie sich erholen konnte, lag er auf ihr. Sein Gewicht hinderte sie daran, genug Luft zu holen, um zu schreien oder zu kämpfen. Er näherte sich ihrem Gesicht so weit, dass sich ihre Lippen beinahe berührten. »Jetzt noch nicht, kleines Kriegermädchen, aber bald. Sehr bald.«

In diesem Augenblick begehrte er sie stärker, als er je zuvor etwas begehrt hatte. Sie war genauso, wie er sie in Erinnerung hatte, aber sie war noch so viel mehr. Er legte die Hände um ihren schlanken Hals, und der Schrecken, der in ihren großen Augen stand, war für ihn von großer Schönheit. »Du wirst wieder mein sein«, flüsterte er.

Kaum hatte er ihr ein bisschen Bewegungsfreiheit gegeben, schoss ihre Hand hoch und umklammerte seine behandschuhten Hände. Ihre kurzen Fingernägel kratzten über sein rechtes Handgelenk. Fluchend drückte er fester zu. Er wollte sie jetzt noch nicht töten, sie sollte nur ohnmächtig werden. Ein heikles Unterfangen.

Als sie Sekunden später zu zappeln aufhörte, sprang er auf und humpelte auf die Straße am anderen Ende der Gasse zu. Aus allen Richtungen strömten uniformierte Polizisten herbei. Er winkte, um ihre Aufmerksamkeit zu erregen, und deutete in die Gasse, in der Nina inzwischen zweifellos husten und spucken würde.

»Mann mit Pistole«, sagte er mit besonders ausgeprägtem mexikanischem Akzent und achtete darauf, möglichst hysterisch zu klingen. »Schießt auf Frau.«

Mit gezogenen Waffen stürmten die Polizisten an ihm vorbei in die Richtung, in die er deutete. Sie suchten keinen dunkelhäutigen Latino von der Straßenreinigung. Sie suchten einen weißen, blauäugigen Mann. Nina hatte seine Augen und die Haut darum herum damals gesehen. Eigentlich sollte sie dieses Wissen mit ins Grab nehmen, aber sie hatte es garantiert mit der Polizei geteilt und ihnen damit eine grobe Vorstellung von seinem Aussehen gegeben. Heute hatte er es geschafft, einen Nachteil in einen Vorteil zu verwandeln.

Allmählich wurden seine Glieder wieder beweglich, und er bog um eine Ecke, um zu verschwinden. Kaum hatte er die Gefahrenzone verlassen, bemerkte er einen neuen Schmerz. Er blickte auf sein blutiges Handgelenk hinunter. Panik keimte in ihm auf.

Kapitel 21

Nina blinzelte mehrmals rasch nacheinander, und das Bild des rothaarigen Riesen, der sich über sie beugte, wurde deutlicher.

»Sie kommt zu sich«, sagte Delaney zu den anderen.

Sie lag immer noch auf dem Bürgersteig, und als sie den Kopf hob, sah sie eine Gruppe von zivilen und uniformierten Beamten der Bostoner Polizei, die auf sie herunterblickten. Allmählich bekam sie wieder einen klaren Kopf. »Das war er«, sagte sie mit rauer, abgehackter Stimme. »Verkleidet.« Sie beschrieb den Täter, der die Kleidung der Stadtreinigung trug.

»Verdammt gute Beschreibung«, meinte Delaney. »Wir geben eine Fahndung raus.«

»Und da ist noch etwas«, fügte sie hinzu. »Ich habe ihn am Handgelenk gekratzt.« Sie setzte sich auf. »Ich habe seine DNA.«

»Er sieht jetzt also wie ein Latino aus?«, fragte einer der Uniformierten. »Ich bin direkt an dem Kerl vorbeigerannt. Ich erinnere mich an die gelbe Weste. Der Hurensohn hat mich in Ihre Richtung geschickt.« Er drückte auf die Sendetaste seines Funkgeräts, um die veränderte Täterbeschreibung durchzugeben, und gab den anderen ein Zeichen, dass sie sich an der Suche beteiligen sollten.

Nina betastete suchend ihren Bauch. »Scheiße, wo ist meine Knarre?« Bei dem Gedanken, dass Enigma ihre Dienstwaffe mitgenommen hatte, wurde ihr erneut schwindelig.

Delaney zog ihre Glock aus seinem Hosenbund und reichte sie ihr mit dem Griff zuerst. »Nur ein Schuss abgefeuert.«

Erleichterung durchflutete sie. »Danke. Ich bin mir sicher, dass die Ballistik einen Blick darauf werfen will.«

»Haben Sie ihn getroffen?«

»Ja. Oberkörper, mittig. Er ist zu Boden gegangen, genau wie ich.« Sie rieb sich das Gesicht. »Er muss Kevlar getragen haben, weil er sich sofort auf mich gestürzt hat, als ich mich ihm näherte, um seine lebenswichtigen Organe zu prüfen.« Sie wandte sich an den Beamten mit dem Funkgerät, der bei ihnen geblieben war. »Fügen Sie das der Fahndung hinzu.«

Er nickte und drückte noch einmal auf Senden.

»Da wir gerade von Schüssen reden: Wieso habt ihr so lange gebraucht?«, fragte sie Delaney. »Hat der ShotSpotter darauf reagiert?«

Bei der Einsatzbesprechung im Emergency Operations Center, ehe sie ihre Positionen entlang des Trails eingenommen hatten, waren auch Einzelheiten über Bostons Schusserkennungssystem zur Sprache gekommen. Sobald ein Schuss ertönte, löste es einen Echtzeitalarm aus und drehte gleichzeitig Überwachungskameras in die Richtung, aus der der Schuss gekommen war.

»Das EOC hat die Benachrichtigung über den Schusswaffengebrauch erhalten, aber in dem Augenblick waren alle in die entgegengesetzte Richtung unterwegs. Offenbar wurde die Leiche eines Mädchens gefunden, als wir beide gerade die Nachricht aus der Mülltonne gelesen haben.«

Nina rappelte sich auf. »Wo? Was genau ist passiert?«

»Ein Fischrestaurant an der Salem Street in der Nähe der Old North Church«, sagte Delaney. »Sie haben heute Morgen eine von diesen großen Eiskisten vor ihrem Lieferanteneingang gefunden. Einer der Nachwuchsköche nahm an, dass jemand vergessen hatte, sie ins Lokal zu bringen, nachdem er den Empfang quittiert hatte. Sie bekommen jeden Tag frischen Fisch geliefert, darum hat er sich nichts dabei gedacht.«

Vor ihrem geistigen Auge sah sie verstörende Bilder, die sie wütend machten.

»Er hat die Kiste in die Küche verbracht«, fuhr Delaney fort. »Sie haben sie geöffnet, um den Fisch herauszuholen, fanden aber die Leiche eines Teenager-Mädchens in Embryonalstellung darin.«

Nina wollte irgendetwas kaputtschlagen. »Weiß man schon, wer sie ist?«

»Nicht identifizierbar. Nackt, wie die anderen auch. Wir lassen gerade ein Foto herumgehen, falls einer unserer Leute sie hier in der Gegend schon mal gesehen hat. Wir können das Bild nicht an die Medien geben. Sie sieht ziemlich schlimm aus.«

Nina lief auf und ab und fuhr sich mit der Hand durch ihr kurz geschnittenes Haar. »Was habe ich sonst noch verpasst?«

Delaney zupfte an seinem Bart. »Die Medien drehen durch. Einer der Kellner des Restaurants hat über die Leiche getweetet. Wir haben den Laden jetzt abgesperrt, aber die Straße ist gerammelt voll mit Nachrichtencrews und Schaulustigen.«

Das Chaos hatte seinen Zweck erfüllt. »Ich bin mir sicher, dass er es genau so haben wollte.«

»Die Sanitäter sind da«, sagte Delaney. »Sie werden Sie untersuchen.«

Nina trat einen Schritt zurück. »Ich will nicht, dass jemand meine Hand anfasst, ehe ein Forensiker da ist, der eine Probe von meinen Fingernägeln nimmt.«

Delaney nickte kurz. »Ist schon auf dem Weg.«

»Das ist eine ziemlich ordentliche Prellung«, stellte der Sanitäter fest, der ihre Schläfe betrachtete. »Ich würde mir gern mal Ihre Pupillen ansehen.«

Nina blieb regungslos stehen, während er nacheinander beide Lider anhob und ihr mit einer kleinen Taschenlampe in die Augen leuchtete. Offensichtlich zufrieden, betastete er mit zwei Fingern ihr Handgelenk.

Während der Sanitäter seiner Arbeit nachging, setzte sie ihr Gespräch mit Delaney fort. »Ich habe ihn beinahe gehabt.« Auf die Aufforderung hin neigte sie den Kopf zu beiden Seiten. »Verdammt, ich hätte merken müssen, dass etwas nicht stimmt, als ich ihn auf Spanisch ansprach und er mir auf Englisch antwortete.«

»Machen Sie sich keine Vorwürfe«, beruhigte Delaney sie. »Ich habe auch nicht dran gedacht. Wir waren beide sehr mit diesem Umschlag beschäftigt.«

In der Kleidung eines städtischen Angestellten ähnelte er nicht im Geringsten dem Monster, das sie Jahre zuvor gequält hatte. »Ich habe mit einem Anglo-Amerikaner gerechnet und ihn automatisch ausgeschlossen, weil ich so verdammt darauf konzentriert war, das Mädchen zu retten, das er womöglich im Blick hatte.«

»Er passte auf keinen Fall auf unsere Beschreibung«, sagte Delaney. »Vermutlich hat er dunkles Make-up benutzt oder so.«

Sie war bereits mit einem weiteren Gedanken beschäftigt. »Nachdem ich ohnmächtig geworden war, hätte er mir mit Leichtigkeit das Genick brechen können. Warum hat er mich nicht umgebracht?«

Delaney zuckte mit den Achseln. »Hat er irgendetwas gesagt?«

Sie rief sich ins Gedächtnis, wie seine große Gestalt sie niederdrückte, seine Lippen so nah an ihren, dass sie sie fast berührten. *Jetzt noch nicht, kleines Kriegermädchen, aber bald.*

Sehr bald. Ihr Puls beschleunigte sich, als sie daran dachte, wie sich seine Hände um ihren Hals schlossen, an das Gefühl, wie sein heißer Atem ihr übers Gesicht strich, während er seine Abschiedsworte sprach. *Du wirst wieder mein sein.*

Er hatte ihr etwas versprochen. Ihr gedroht.

Seine Worte würden den Ermittlungen nichts Neues hinzufügen, keine neuen Spuren oder Erkenntnisse ergeben. Aber wenn sie bekannt wurden, konnten sie durchaus dazu führen, dass man sie von dem Fall ausschloss. Sie würde zum Objekt von noch mehr Klatsch und Spekulationen werden, was sie bei ihrer Arbeit behindern und es dem Team erschweren würde, sich auf die Spuren zu konzentrieren. Sie würde sie ihrem Team anvertrauen, sobald sie wieder allein waren, aber niemandem sonst.

»Nein«, sagte sie und wich seinem Blick aus. »Er hat nichts gesagt.«

Kapitel 22

Nina betrachtete die erschöpften Gesichter in der Bostoner Einsatzzentrale. Frustration erfüllte den Raum. Nachdem sie vor Ort von den Sanitätern versorgt worden war, während die Kriminaltechniker gleichzeitig unter ihren Fingernägeln nach DNA-Spuren suchten, hatte sie den Papierkram erledigt, den das Abfeuern ihrer Dienstwaffe nach sich zog. Indessen ging die Suche nach Enigma ohne sie weiter.

Da sie tatenlos zusehen musste, als die Bostoner Polizei, Bundespolizisten aus Massachusetts und Agents des FBI zu einer Rasterfahndung in die ganze Stadt ausschwärmten, hatte sie nach einer vorläufigen Stellungnahme dem EOC nur zu gern zusammen mit Delaney Bericht erstattet.

Der riesige Raum war voll mit hochmoderner Technologie. Riesige Bildschirme bedeckten eine komplette Wand, zahlreiche nebeneinander angeordnete Video-Feeds bildeten ein Patchwork verschiedener Kamerablickwinkel und boten Simultanansichten von verschiedenen Teilen der Stadt. Uniformierte und Zivilisten saßen an Terminals und überwachten die Ansammlung von Informationen aus einer Vielzahl von Quellen.

Plötzlich zerriss die laute Stimme einer Polizistin in Zivil, die vor einem der Bildschirme an der Seitenwand saß, das

Summen im Raum, in dem es so geschäftig zuging wie in einem Bienenkorb.

»Ich hab was!«

Nina fuhr herum und erblickte eine Frau von klassischer Schönheit mit langem, zu einem Knoten gebundenem braunem Haar.

»Wir haben uns das ShotSpotter-Video runtergeladen«, sagte sie und rutschte aufgeregt auf dem Stuhl herum. Sie fuhr mit der Maus über das Pad neben der Tastatur, klickte und deutete auf die riesige Videowand. »Sehen Sie sich das an.«

Verschiedene Feeds fügten sich zu einer einzelnen Ansicht zusammen, die zeigte, wie Enigma in den Bildausschnitt gerannt kam und eine wild daherstürmende Horde von Polizisten in die Gasse schickte, in der Nina halb bewusstlos lag.

»Passen Sie auf, was er als Nächstes macht.« Die Stimme der Videotechnikerin von der Bostoner Polizei klang aufgeregt.

Enigma sprintete die Straße entlang und bog um eine Ecke, nach der ihn eine andere Kamera aufnahm. Vor der Präsentation hatte die Technikerin das Bildmaterial zusammengeschnitten und dabei eine Zeitachse seiner Flucht erstellt. Zusammen mit den anderen sah Nina zu, wie sich der Gesuchte beim Überqueren der Straße durch den Verkehr schlängelte und auf dem Bürgersteig auf der anderen Seite in ruhigerem Tempo weiterging, um nicht aufzufallen. Unvermittelt verlangsamte er das Tempo ein weiteres Mal und blieb vor einem Kanaldeckel mitten auf dem Gehweg stehen. Er hob den Saum seiner Jacke an, sodass sein Hosenbund zu sehen war.

Nina blinzelte angestrengt, um seine Hände zu sehen, die hastig etwas zu lösen versuchten. Zuerst glaubte sie, es handele sich um eine klobige Gürtelschnalle, erkannte aber rasch, dass eine schwere Kette um seinen Bauch gewickelt war, die von einem großen Stahlhaken zusammengehalten wurde. Einen

Moment später öffnete er den Haken und zog die Kette durch die Gürtelschlaufen.

»Was zum Teufel macht er da?«, fragte Kent in den Raum hinein.

Enigma bückte sich und befestigte den Haken an einem Loch am Rand des Kanaldeckels. Er richtete sich auf, wickelte die Kette zweimal um seine rechte Hand und benutzte dann die linke, um die Glieder mit beiden Händen zu greifen. In einer geschmeidigen Bewegung ging er in die Knie und zog den Deckel zur Seite, sodass die dunkle Öffnung des Kanalsystems zum Vorschein kam.

»Unglaublich«, sagte ein Lieutenant vom BPD. »Diese Deckel sind aus Gusseisen. Die wiegen mehr als neunzig Kilo.«

Nina war nicht überrascht. Sie wusste, wozu Enigma fähig war.

Die Passanten schienen dem städtischen Angestellten in der gelben Weste, der in die Kanalisation hinunterstieg, keinerlei Aufmerksamkeit zu schenken. Wenige Sekunden nachdem sein Kopf verschwunden war, schloss sich der Deckel wieder, und er war endgültig abgetaucht.

»Ein verdammt cleverer Hurensohn«, murmelte Wade. »Für das ganze Manöver hat er knapp zwanzig Sekunden gebraucht.«

»Er war gut vorbereitet«, sagte der Lieutenant vom BPD. An die Technikerin gewandt, fuhr er fort: »Sieh mal nach, ob wir noch ein Video davon erwischen, wie er vorher seinen Fluchtweg und den Kanaldeckel ausgesucht hat. Und ich will wissen, wo er wieder herauskommt.«

Sie nickte und setzte sich erneut vor ihr Terminal.

»Er geht sorgfältig und strategisch vor«, meinte Kent. »Ich würde wetten, dass er schon im Vorfeld verschiedene Fluchtwege ausgearbeitet hat.«

Wade sprach laut genug, dass ihn der ganze Raum hören konnte. »Das müssen wir bei unserem weiteren Vorgehen unbedingt im Kopf behalten. Wenn wir kurz davor sind, ihn in die Enge zu treiben, müssen wir damit rechnen, dass er mehrere Schlupflöcher hat. Einige davon könnten sogar mit versteckten Sprengladungen versehen sein.« Er richtete den Blick auf die Uniformierten des BPD. »Das bedeutet, dass jeder, der in die Kanalisation geht, vorsichtig sein muss. Der Täter könnte eine unangenehme Überraschung hinterlassen haben, um etwaige Verfolger aufzuhalten.«

Der stellvertretende Polizeipräsident Tyson, der ihnen als ranghöchstes anwesendes Mitglied des BPD vorgestellt worden war, nickte zustimmend. »Ich werde meine Leute und die städtischen Arbeiter dahin gehend informieren.«

»Wie weit kann er da unten kommen?«, fragte Buxton.

»Das Wasser- und Abwassersystem hat zusammen über tausend Ausstiege und verteilt sich über die ganze Stadt.« Tyson zuckte mit den Schultern. »Niemand weiß, wo er wieder herauskommen wird. Aber erst mal werden wir das Kamerasystem in der Innenstadt überprüfen.«

Buxton wandte sich erneut an Tyson und fragte: »Haben Sie in der Zwischenzeit eine Information zur Identität des letzten Opfers erhalten?«

Tyson gab einem Sergeant ein Zeichen, der sich dem Videokontrollpult näherte, während er antwortete: »Wir haben ein Tatortfoto an die Abteilung zur Bekämpfung von Kindesmissbrauch weitergeleitet. Einer der Detectives dort hat das Opfer erkannt. Ihr Name ist Denise Glover. Spitzname Neecy. Fünfzehn Jahre alt.«

Ein Bild erschien auf dem Flatscreen, sobald Tyson geendet hatte. Das Foto, offensichtlich aus dem Jahrbuch einer Highschool, zeigte ein schlankes Mädchen, das für sein Alter sehr jung aussah. Vielleicht ließ auch nur die übergroße Brille ihre braunen Augen so kindlich erscheinen oder die pinkfarbenen Bänder in ihrem dunkelgelockten Haar hatten diese Wirkung.

Buxton wandte sich an Wade. »Wir haben jetzt drei Opfer: zuerst Hispano, dann weiß, jetzt schwarz. Was sagt das über Enigma aus?«

Ehe er seinem Chef antwortete, blickte Wade zu Tyson und fragte: »Was wissen wir über Neecy?«

»Kommt aus gestörten Verhältnissen. Chronische Ausreißerin.« Tyson überprüfte seine Notizen. »Ihre Pflegemutter hat sie vor mehr als einer Woche zum letzten Mal gesehen.«

»Das ist seine Botschaft«, sagte Wade zu Buxton, als hätten Tysons Worte etwas bestätigt, was er bereits vermutet hatte. »Enigma ist es egal, wie sie aussehen oder wo sie herkommen. Er sieht sie nicht als Individuen, als menschliche Wesen – für ihn sind sie nur ein Typus.«

»Und was für ein Typus ist das?«

»Sie gehören zu den gefährdetsten Mitgliedern unserer Gesellschaft. Mädchen im Teenageralter, die entweder vorübergehend oder dauerhaft von ihrer Familie getrennt sind.«

Nina erinnerte sich an die Nachrichten, die sie online mit Enigma ausgetauscht hatte. Sie senkte die Stimme, sodass nur Wade sie hören konnte. »So wie ich, als er mich gefunden hat.«

Er nickte beinahe unmerklich. Sie beschloss, das Thema zu wechseln und die in ihr aufsteigende Wut auf die Jagd nach Enigma zu richten.

»Was ist mit dem Hinweis aus dem Umschlag?«, fragte sie Tyson. »Haben wir etwas von den Detectives gehört, die das Haus von Paul Revere und die Old North Church untersucht haben?«

Der Bezug auf das Signal der Patrioten nagte an ihr. *Eins wenn vom Land, zwei wenn von der See.* Ein Code aus dem echten Leben. Hatte Enigma ihn deswegen benutzt?

»Wir haben gar nichts«, antwortete Tyson. »Die Ermittler haben Wissenschaftler zurate gezogen und jeden Quadratzentimeter beider Sehenswürdigkeiten durchkämmt. Nichts fehlt, nichts wurde hinterlassen, keine Anzeichen für irgendwelche Veränderungen.«

»Um uns vom Weg abzubringen?«, fragte Nina und konnte sich gerade noch fangen.

Wade strich sich übers Kinn. »Das ist definitiv eine Abweichung, und sie könnte eine spezielle Bedeutung für ihn haben. Andererseits könnte er auch eine falsche Spur gelegt haben für den Fall, dass wir sein Rätsel gelöst haben und in Boston sind, ehe er die Chance hat, vom Tatort zu verschwinden.«

»Genau das ist jetzt passiert«, sagte Kent. »Glauben Sie, er wusste, dass wir dort waren? Dass er Insider-Informationen bekommt?«

»Sie meinen, ob ich glaube, dass er ein Cop ist?« Im Raum wurde es still, als Wade die Frage aussprach. »Schon möglich, aber ich halte es für wahrscheinlicher, dass er ein Polizeifan ist, der die Ermittlungen auf jede ihm mögliche Weise überwacht.«

»Warum kein Cop?«, fragte Nina. Ihr war der Gedanke zwar noch nie gekommen, aber sie sah nicht ein, warum Wade ihn ausschloss.

Wade schien seine Worte abzuwägen, ehe er weitersprach. Zweifellos war ihm überdeutlich bewusst, dass ihn alle Anwesenden hörten. Die Meinung eines Profilers würde die weiteren Ermittlungen beeinflussen.

»Möglicherweise fühlt er sich von der Aura der Autorität angezogen, die ein Polizist, ein Offizier, ein Arzt oder Pilot ausstrahlt. Allerdings hätte ein derart narzisstischer Kontrollfreak Schwierigkeiten damit, Befehle entgegenzunehmen. Vorausgesetzt, er hätte eine solche Position inne, würde er sehr bald seines Amtes enthoben oder anderweitig gefeuert werden.«

»Sie sagen also, er müsste der Boss sein?«, fragte Nina.

»Als Sie in dieser Gasse waren, hat ihn Ihr Gegenangriff nicht weiter abgeschreckt, oder? Er hatte überhaupt keine Angst, nicht mal, als Sie eine Waffe auf ihn gerichtet haben.«

Sie schüttelte den Kopf. »Ich glaube, es hat ihn erregt.« Sie zögerte, die nächste Frage in aller Öffentlichkeit zu stellen, fuhr dann aber fort: »Da wir gerade von Waffen sprechen: Der Gesuchte hätte meine an sich nehmen können, als ich bewusstlos war, aber er hat es nicht getan.«

»Weil er die Erregung des Kampfes wollte. Er zieht den Nahkampf vor, gefolgt von der Intimität des Strangulierens. Er ist ein Mörder, aber auch ein machtbewusster Vergewaltiger.«

Nina brauchte weitere Erklärungen, und sie konnte sich vorstellen, dass es einigen anderen in diesem Raum, die den Psychologenslang nicht beherrschten, genauso ging. »Was meinen Sie damit?«

»Alle Opfer sind vor dem Tod gefoltert worden. Die Verletzungen sind ihnen nicht erst post mortem zugefügt worden.« Wade erwärmte sich für das Thema und war offensichtlich in seinem Element. »Er genießt es, andere zu manipulieren. Gewalt erregt ihn. Er fährt darauf ab, wenn seine Opfer schreien und leiden.«

»Mit anderen Worten, er ist ein Sadist«, sagte Nina.

»Nicht nur das. Er nährt sich von uneingeschränkter Macht. Er bringt seine Opfer zum Betteln. Er bietet ihnen Gnade an, verweigert sie aber, nachdem sie seinen Wünschen entsprochen haben. Er will alles kontrollieren, was sie tun, und das beinhaltet auch, wann und wie sie sterben.«

An Ninas Haaransatz bildeten sich Schweißperlen, während sie Wade zuhörte. Was er beschrieb, stimmte genau bis ins letzte Detail. Hatte er die anderen Mädchen dazu gebracht, ihn anzuflehen? Zu weinen? Zu leiden? Damit sie hinterher begriffen, dass es umsonst gewesen war? Sie war davon überzeugt. Eine toxische Mischung aus Wut und Demütigung brodelte in ihr.

Der stellvertretende Polizeipräsident Tyson brach das Schweigen. »Was können wir jetzt noch tun?«

Auf einmal erkannte Nina, dass die Jahrzehnte, die er mit der Untersuchung sittlich verkommener Mörder und ihrer schrecklichen Verbrechen verbracht hatte, Wade zum wichtigsten Ansprechpartner für derartige Fragen machten. Er spulte seine Antwort ab, ohne mit der Wimper zu zucken.

»Schmeicheln wir seinem Ego. Lassen wir die Medien wissen, dass wir für diesen Fall eine riesige Task Force einsetzen. Geben wir ihr einen Namen, die mit seinem Spitznamen zu tun hat. Nennen wir sie Operation Enigma oder so ähnlich.«

Er wandte sich an Breck, die bei einer Gruppe Videotechniker saß, und fuhr fort: »Er folgt uns in den traditionellen und den sozialen Medien, aber möglicherweise ist das nicht mehr genug Stimulation für ihn. Besorgen Sie Aufnahmen von den Zuschauermengen an jedem Tatort und vergleichen Sie sie mit dem, was wir in unserer Datenbank haben. Vielleicht können wir uns damit ein genaueres Bild machen.«

Auf Brecks Wangen erschienen zwei Grübchen. »Jetzt, wo wir seine DNA haben, können wir mittels prognostischer DNA-Analyse ein Bild von ihm erstellen – falls wir keinen Treffer in der DNA-Datenbank für Kriminelle landen.«

»Werden wir nicht«, versetzte Wade in einem Ton absoluter Gewissheit und sagte zu Buxton: »Außerdem müssen wir nach Last-Minute-Flugbuchungen mit kurzfristigem Rückflug suchen.«

»Schon passiert«, antwortete Buxton. »Und da wir gerade von Flügen sprechen – ich möchte gern zurück nach Quantico, wo wir all unsere Ressourcen haben. Wir können über die Task

Force koordinieren, wie wir etwaige Spuren verfolgen.« Er blickte auf seine Uhr. »Das wird heute ein langer Tag für uns alle.«

Nina wusste, dass er recht hatte. Sie blickte auf ihre Hände, die stark gerötet waren durch das aggressive Schrubben in heißem Seifenwasser, nachdem der Kriminaltechniker Proben unter ihren Fingernägeln genommen hatte. Sie sehnte sich nach einer Dusche und der Möglichkeit, jedes noch so mikroskopisch kleine Partikel des Monsters abzuwaschen, das möglicherweise noch an ihrem Körper haftete. Allein der Gedanke daran, dass er ihre Haut berührt hatte, widerte sie an.

Am Beginn der Reise nach Boston waren sie alle so optimistisch gewesen. Das Gefühl des bevorstehenden Siegs hatte sie bereits ergriffen, als sie an Bord des Flugzeuges gingen. Sie hatte in dem erhebenden Gefühl gelebt, dass sie den Mörder verhaften und ein junges Leben retten würden. Trotz aller Anstrengungen, trotz ihres Vorsprungs und der gründlichen Vorbereitungen war ihnen nichts davon gelungen. Stattdessen war ein weiteres Mädchen ums Leben gekommen, und Enigma war ihnen entwischt.

Um erneut zu töten.

Kapitel 23

Nina riss die Folienverpackung auf und atmete tief durch. »Gott segne die Polizei von Boston«, sagte sie, öffnete eine Tüte Senf und verteilte den Inhalt auf den Lagen von Paprika, Zwiebeln und italienischer Wurst, ehe sie das Brötchen ehrfurchtsvoll zum Mund führte.

Delaneys Lieutenant hatte ihnen eine große Papiertüte voller Sandwiches überreicht, nachdem er sie zum Flughafen gefahren hatte. Sobald die Gulfstream abgehoben hatte, ließ Buxton die Tüte auf den kleinen Tisch zwischen den Sitzen plumpsen.

Breck zog eine Augenbraue hoch. »Meine Güte, Mädchen.«

Nina deutete mit dem Kinn auf Wade, der sein Sandwich bereits zur Hälfte gegessen hatte. »So was Gutes hatten wir seit San Francisco nicht mehr.«

Die mit sämiger Muschelsuppe gefüllte Schale aus Sauerteig, die sie dort in der Boudin Bakery gegessen hatten, war nur noch eine ferne Erinnerung.

Agent Kent lachte. »Ich mag Frauen mit gesundem Appetit, und ich hasse es, wenn mein Date nur einen Salat bestellt. Wenn ich ein Steak esse, komme ich mir dann immer vor wie ein Neandertaler.«

»Jetzt untertreiben Sie mal nicht«, sagte Wade mit vollem Mund. »Sie haben es mindestens bis zum Cro-Magnon-Menschen geschafft.«

Buxton wühlte in der Tüte herum. »Keine Mayonnaise?«

Breck reichte ihm zwei Tütchen und fragte: »Haben wir schon etwas von der Forensik gehört?«

»Die DNA wird vorrangig behandelt«, sagte Buxton. »Wenn es in einer der vielen Datenbanken eine Übereinstimmung gibt, werde ich es bald erfahren.« Er versuchte, eins der Plastiktütchen aufzureißen. »Hat das BPD Ihnen in der Zwischenzeit ein Video von der Anlieferung der Eiskiste geschickt?«

Breck legte ihr Sandwich weg. »Sie haben mir einen USB-Stick gegeben. Der Täter ist raffiniert. Wir haben ein künstlich erstelltes Fahndungsbild von einem blauäugigen Weißen herausgegeben und den Cops gesagt, dass sie auf dem Freedom Trail nach ihm suchen sollen, und er kommt als Latino verkleidet und als Auslieferungsfahrer auf der Salem Street mit der Leiche an uns vorbei.« Sie öffnete eine Dose Mineralwasser. »Inmitten der Lieferantenfahrzeuge, die hinter den Restaurants und Cafés abluden, fiel er überhaupt nicht auf.«

»Er ist ein verdammtes Chamäleon«, meinte Buxton und unterbrach seinen Versuch, das Mayonnaisetütchen mit den Zähnen zu öffnen.

Nina schluckte einen Bissen ihres Sandwichs hinunter. »Was ist mit seiner Flucht aus der Kanalisation? Haben ihn irgendwelche Kameras dabei aufgezeichnet?«

»Bisher kein Glück an dieser Front«, sagte Buxton. »Aber das BPD hat den Lieferwagen gefunden, den er gefahren hat. Er stand verlassen einen Kilometer vom Restaurant entfernt in einer Seitenstraße.«

»Ein Mietfahrzeug?«, fragte Nina.

»Ja, von einer Autovermietung am Logan Airport«, antwortete Buxton, nachdem er eine Ecke des Tütchens mit den

Zähnen aufgerissen hatte. »Die Agents in Boston haben gerade einen Scan des Mietvertrages an die Datenbank der Task Force geschickt.«

»Ich komme über unseren Server an die Datei.« Breck öffnete ihren Laptop. Sie tippte für einige Sekunden auf der Tastatur herum und drehte dann den Bildschirm zu den anderen. »Sieht so aus, als hätte er den Wagen unter dem Namen Guillermo Valdez gemietet. Mit einem Führerschein aus Florida.«

Alle beugten sich vor, um eine Vergrößerung des Führerscheins zu betrachten, mit dem der Gesuchte das Auto gemietet hatte.

Nina verschluckte sich beinahe an einem Stück gedünsteter Zwiebel. »Das ist ein Foto von Julian Zarran. Haben die Leute von der Autovermietung ihn nicht erkannt? Er war doch in jedem wichtigen Actionfilm der letzten fünf Jahre zu sehen.«

»Auf dem Flughafen ist ziemlich viel los«, sagte Kent. »Die Autovermietungen haben eine Menge zu tun. Wahrscheinlich gab es eine lange Warteschlange von ärgerlichen, müden Reisenden, und die wollten sie so schnell wie möglich abarbeiten.«

»Es ist kein Zufall, dass der Gesuchte ausgerechnet ein Bild von Zarran auf dem gefälschten Führerschein hatte«, sagte Wade. »Er zeigt uns den Finger.«

Kent schürzte die Lippen. »Wenn das an die Öffentlichkeit gelangt – und das wird es - , erhöht Zarran das Kopfgeld auf eine Million.«

»Wahrscheinlich genau das, was der Gesuchte will«, meinte Wade. »Noch mehr Amateure. Noch mehr Chaos.« Er fluchte leise. »Vielleicht sollten wir Zarran anrufen.«

Nina richtete den Fokus weiterhin auf das, womit sie aktuell arbeiten mussten. »Ich gehe davon aus, dass die Adresse in Miami auf dem Führerschein auch falsch ist.«

»Wir haben über die Task Force ein offizielles Ersuchen an die Polizei von Miami-Dade gestellt, vorbeizufahren und die Adresse zu überprüfen«, informierte Buxton. »Es ist eine Sackgasse. Wahrscheinlich hat er die Adresse rein zufällig gewählt.«

»Er hat offenbar eine Quelle für professionell gefälschte Ausweispapiere«, sagte Kent. »Er ist einfallsreich.«

Alle blickten auf, als sich die Cockpittür öffnete. »Ein Anruf für Sie, Sir.« Der Co-Pilot reichte Buxton ein Satellitentelefon. »Der Chef der DNA-Analyse-Einheit.«

Er hielt sich das Gerät ans Ohr. »Buxton.« Sein Kiefer mahlte, während er zuhörte. »Bleiben Sie dran. Ich stelle Sie auf Lautsprecher.«

Er legte den Hörer auf den Tisch und tippte auf eine der Tasten. »Ich bin hier mit dem Team aus Quantico. Fahren Sie fort.«

»Dom Fanning hier«, sagte eine barsche Männerstimme. »Wir haben die Proben, die bei Agent Guerrera genommen werden konnten, durch das System laufen lassen.«

Nina hielt den Atem an, während sie abwartete, ob der Gesuchte jetzt endlich einen Namen bekommen oder weiterhin ein Enigma, ein Rätsel, bleiben würde.

»Keine Übereinstimmungen«, verkündete Fanning. »Er ist in keiner Datenbank zu finden. Wir haben bereits eine Anfrage gestellt, die Proben mit denen von kooperierenden kommerziellen DNA-Analyselaboren abzugleichen. Ich habe ihnen die Situation persönlich geschildert, und man hat mir versichert, die Sache vordringlich zu behandeln. Wenn es eine Übereinstimmung gibt, werden wir es innerhalb der nächsten achtundvierzig Stunden erfahren.«

Buxton stieß ein frustriertes Stöhnen aus. »Wenigstens haben wir jetzt sein genetisches Profil.«

»Mehr als das«, sagte Fanning. »Ich habe vor wenigen Minuten einen Anruf von der Spurenauswertung bekommen. Sie haben sich mit unserem Bostoner Team abgestimmt und wollten wissen, ob es einen Zusammenhang mit der DNA gibt, die wir analysiert haben, weil das, was sie herausgefunden haben, gelinde gesagt … unerwartet ist.«

»Was haben sie herausgefunden?«, fragte Buxton.

»Emmeline Baker, die Chefin der Einheit, bittet um sofortigen Rückruf, damit sie es Ihnen direkt erklären kann.«

Buxton dankte Fanning und legte auf. Während er durch seine Telefonliste scrollte und den Anruf tätigte, dachte Nina über Fannings Worte nach. Eine DNA-Übereinstimmung hatte es nicht gegeben, aber offensichtlich hatte die Spurenauswertung in Boston vielversprechendes Material gefunden.

Eine harte weibliche Stimme ertönte aus dem Lautsprecher des Satellitentelefons. »Emmeline Baker.«

Buxton meldete sich und kam direkt zur Sache. »Wie ich höre, haben Sie etwas über den Fall in Boston zu berichten?«

»Die Ergebnisse sind signifikant. Ich wollte Sie so schnell wie möglich informieren.«

Alle tauschten aufgeregte Blicke aus. Sie wussten, dass die Spurenauswertung eine Referenzsammlung von menschlichem und tierischem Haar, künstlichen Fasern und Stoffen sowie von Holz und anderen Gegenständen unterhielt, mit der sie Indizien verglichen, die an Tatorten gefunden wurden. Beim Bostoner Tatort konnte eine signifikante Spur aus allem Möglichen bestehen.

Buxton legte die Hände auf den Tisch. »Haben Sie einen Treffer beim Spurenmaterial?«

Nina starrte das Telefon an. Sie hoffte verzweifelt auf einen Durchbruch in diesem Fall.

»Agent Guerrera hat in den Handschuh des Gesuchten gebissen und ein paar Fasern abgerissen. Unsere Spurensicherer haben sie an der Stelle vom Bürgersteig aufgesammelt, wo sie sie nach ihrer Aussage ausgespuckt hatte. Diese Fasern stammen von einem Fabrikat, das exakt zu einer existierenden Probe in unserer Datenbank passt, sonst hätten wir nicht so schnell reagieren können.«

Buxton räusperte sich. »Haben Sie Ihre Resultate durch weitere Untersuchungen verifiziert?«

Baker antwortete, ohne zu zögern. »Allerdings.«

»Wie viele Fälle können wir zuordnen?«, fragte Buxton.

Diesmal antwortete Baker erst nach längerem Schweigen. »Insgesamt sechsunddreißig Morde.«

Kapitel 24

Die Spannung verwandelte sich in Schock, als alle die Information verarbeitet hatten.

Nina war die Erste, die etwas sagte. »Sechsunddreißig Morde?«

Wades Augen wurden schmal. »Könnte es sein, dass der Stoff in Ihrer Datenbank von Red Zone Fight Gear benutzt wird?«

»Korrekt«, bestätigte Baker. »Das ist eine patentierte Formel. Niemand sonst benutzt sie. Es ist wie ein Fingerabdruck.«

»Ausgeschlossen.« Kent blickte Wade an. »Das ist nicht möglich.«

Nina schaute von einem zum anderen. Warum reagierten sie derart bestürzt auf etwas, was eigentlich eine gute Nachricht war?

Buxtons ganze Aufmerksamkeit galt dem Telefon. »Bei den Morden, die Sie damit in Verbindung gebracht haben, ist da auch der Fall Megan Summers dabei?«

Nina erinnerte sich an den Namen des Mädchens aus ihren Zeiten als Streifenpolizistin, bevor sie dem Bureau beigetreten war. Jeder Gesetzeshüter aus der Metropolregion von DC war auf der Jagd nach dem sogenannten Beltway Stalker gewesen.

Nach dem Ende seiner Schreckensherrschaft war es, als hätte die gesamte Region aufgeatmet. Sie versuchte vergeblich, das Puzzle, bei dem einige Teile fehlten, zusammenzusetzen.

»Ja«, erklang Emmeline Bakers Stimme aus dem Lautsprecher und riss sie aus ihren Gedanken. »Wir werden uns die Fälle in DC und San Francisco noch einmal ansehen, jedes Molekül an Beweismaterial ein weiteres Mal durch unsere Prozesse schicken. Da wir nun genau wissen, nach welcher Nadel wir in den einzelnen Heuhaufen zu suchen haben, finden wir möglicherweise dieselbe Faser. Aber angesichts der Kreuzkontamination an beiden Tatorten kann ich natürlich nichts versprechen.«

»Und das Bostoner Opfer?«, fragte Buxton.

»Sie hat mikroskopisch kleine übereinstimmende Fasern in der Haut an ihrem Hals, wo sie gewürgt wurde. Vielleicht hatte er diesmal keine Möglichkeit, die Leiche zu reinigen, bevor er sie abgelegt hat.«

»Halten Sie mich auf dem Laufenden«, bat Buxton. »Schicken Sie mir den vollständigen Bericht, sobald er fertig ist. Danke für die Informationen.« Er legte auf und wandte sich an die Gruppe. »Wie stehen die Chancen?«

»Die Chancen worauf?«, fragte Nina, die sich nicht zurückhalten konnte.

Kents Stimme klang angespannt. »Dass zwei Serienmörder mit demselben Modus Operandi dieselbe seltene Marke von MMA-Kampfausrüstung tragen und zur selben Zeit aktiv werden.«

»Es sei denn, sie sind Partner«, sagte Wade. »Dass Serienmörder zusammenarbeiten, hat es auch schon gegeben.« Er fuhr sich mit der Hand durchs Haar. »Aber er hat alle Merkmale eines allein operierenden Täters. Ich bin mir da sehr sicher.«

»War ich auch«, meinte Kent. »Bis jetzt.«

»Ich komme nicht mehr mit«, warf Nina ein. »Kann mich mal jemand aufklären?«

Buxton drehte sich zu ihr. »Was wissen Sie über den Beltway Stalker?«

Schweigend erinnerte sie sich, wie die Gemeinde von einem brutalen Mörder terrorisiert worden war, dessen Beute weibliche Teenager waren. »Er war aktiv, als ich Streifenbeamtin in Fairfax County war. Weil er in verschiedenen Zuständigkeitsbereichen in Maryland, DC und Virginia zugeschlagen hat, wurde uns der Zusammenhang zwischen den Morden erst klar, als ViCAP gemeinsame Charakteristika im Modus Operandi entdeckte.«

Sie erwähnte nicht, dass den sozial schwachen Mädchen, die er sich als Opfer ausgesucht hatte, anfangs wenig Aufmerksamkeit geschenkt wurde. »Ich glaube, er hatte ungefähr zwanzig Opfer im Verlauf von sechs oder sieben Jahren, bis wir dahinterkamen, und dann drehten die Medien durch. Die zehn Opfer danach verursachten einen Shitstorm der Panik.«

»Wissen Sie noch, wie der Fall ausging?«, fragte Buxton.

Sie schwieg erneut, als sie sich an weitere Details erinnerte. »Der Beltway Stalker beging Selbstmord. Seine Leiche wurde neben seinem letzten Opfer gefunden, und das war …« Ihr Blick huschte zu Wade.

Alle Farbe war aus seinem Gesicht gewichen. »Chandra Brown«, beendete er den Satz für sie.

Sie sahen sich lange in die Augen. Nina versuchte, sich vorzustellen, was in Wades Kopf vor sich ging. Chandra Brown war der Fall gewesen, der ihn für fast ein Jahr aus der Bahn geworfen hatte. Jetzt verstand sie, was Buxton gemeint hatte, als er nach den Chancen fragte. Sie wandte sich erneut ihrem Supervisor zu.

»Also, wenn es keine zwei Mörder mit dem gleichen Modus Operandi gibt, kann das nur eins von zwei Dingen bedeuten.« Sie hielt einen Finger hoch. »Erstens, wir haben einen Partner übersehen, mit dem er zusammengearbeitet hat.« Sie hob einen zweiten Finger. »Oder zweitens, wir haben den falschen Kerl erwischt, und der wahre Mörder läuft seit zwei Jahren weiterhin frei herum.«

»Da ist noch mehr«, sagte Buxton ruhig. »Sowohl Agent Wade als auch das Bureau sind von den Browns verklagt worden.«

»Daran erinnere ich mich.« Breck zog die erdbeerblonden Augenbrauen zusammen. »Das Jugendamt hatte sie ihren Eltern wegen Missbrauchs und Vernachlässigung weggenommen und in eine Pflegefamilie gegeben. Ihre leiblichen Eltern hatten seit sieben Jahren weder mit ihr gesprochen noch sich nach ihrem Wohlergehen erkundigt.«

»Aber nach ihrem Tod tauchten sie natürlich aus ihren Löchern auf«, fügte Buxton hinzu. »Ihr Anwalt gab dem Pflegesystem und allen, die damit zu tun hatten, die Schuld. Sie haben auch den Staat verklagt, weil er nicht für bessere Beaufsichtigung gesorgt hatte.«

»Und Wade endete in ihrem Fadenkreuz«, sagte Nina.

»Ich habe die falsche Entscheidung getroffen«, erklärte Wade. »Chandras Tod ist meine Schuld. Die Beschreibung des Stalkers passte nicht zu der aus dem Summers-Fall, und das Verhaltensmuster des Mörders wich ziemlich weit davon ab, sodass ich nicht glaubte, dass die Tat in Verbindung mit der Serie des Beltway Stalkers stand. Also habe ich die Zuständigkeit an die Polizei von Montgomery zurückgegeben.«

Niemand sagte etwas, sodass ihm etwas Zeit blieb, bis er mit monotoner Stimme fortfuhr.

»Und irgendwo hat dann irgendwer den Ball fallen gelassen. Niemand hat auf Chandra aufgepasst, und zwei Tage später wurde sie ermordet.«

Buxton nahm die Brille ab und rieb sich die Nase. »Jedes Mal, wenn der Anwalt der Browns eine Pressekonferenz abhielt, hat die Reputation des FBI heftigen Schaden genommen. Was das Labor da gerade aufgedeckt hat, stellt erneut die gesamte Ermittlung infrage.« Er fluchte leise.

»Wenn dem so ist, bin ich dafür mitverantwortlich«, sagte Kent. »Als Wade aus der BAU versetzt wurde, übernahm ich seine Fälle einschließlich der finalen Analyse und der Abschlussuntersuchung im Fall des Beltway Stalkers.« Seine Kiefermuskeln zuckten. »Wenn es dort eine Anomalie gab, hätte ich sie entdecken müssen.«

Also war Kent derjenige, der das Großreinemachen übernommen hatte. Ninas Bewerbungsprozess als Agentin hatte gerade erst begonnen, als Chandra umgebracht worden war, und sie hatte nie erfahren, wer nach Wades öffentlichem Niedergang die Ermittlungen übernommen hatte.

»Nein«, entgegnete Wade. »Sie sind erst spät hinzugezogen worden, weil ich versetzt worden bin. Ich hatte seit Jahren an dem Fall gearbeitet und wäre der Erste gewesen, der ein Problem hätte entdecken müssen, aber ich war nicht da.« Schweiß bildete sich auf Wades Stirn. »Entschuldigen Sie mich.« Er stand auf und ging den Gang hinunter zur Toilette.

»Die Fälle umfassten einen Zeitraum von zehn Jahren«, erklärte Kent, als Wade außer Hörweite war. »Der Mörder benutzte eine große Anzahl verschiedener Methoden. Erwürgen, stumpfe Gewalteinwirkung, Genickbruch. Ein paar Opfer waren geschlagen worden, andere geschnitten, aber er benutzte keine blutigen Methoden wie Erschießen oder Erstechen. Es hat lange gedauert, bis wir beweisen konnten, dass es sich um eine Serie handelte. Er war sehr vorsichtig. Wir haben nie irgendwelche DNA gefunden.«

»Wie konnten Sie die Fälle dann miteinander in Verbindung bringen?«, fragte Nina.

»Mittels Spurenmaterial. An verschiedenen Tatorten waren unverwechselbare Fasern entdeckt worden. Es könnte noch mehr Opfer geben. Was wir haben, basiert auf der Art, wie die Forensiker der örtlichen Polizei in jedem Einzelfall das Material gesammelt, behandelt und konserviert haben.«

Nina versuchte, mit den Enthüllungen Schritt zu halten. Das FBI hatte der örtlichen Polizei zu jener Zeit nicht all seine Ergebnisse mitgeteilt, deshalb hatte sie von diesen Details noch nie gehört. »Inwiefern waren die Fasern einzigartig?«

»Nachdem ViCAP erstmals die Übereinstimmung der Fasern bestätigt hatte, haben wir bei der lokalen Polizeibehörde Proben von ungelösten Tötungsdelikten angefordert, deren Opfer zur allgemeinen Beschreibung passten.« Um seine Aussage zu unterstreichen, beugte sich Kent vor. »Serienkiller können ihre Vorgehensweise ändern, aber nicht ihr Motiv.«

»Wieso?«

»Der Modus Operandi eines Mörders besteht darin, wie er seine Verbrechen begeht, in seinen Methoden. Die können sich aber ändern, wenn er aus seinen Erfahrungen lernt. Das Motiv jedoch ist der Grund, warum sie töten. Der zugrunde liegende Drang, der bei jedem Mörder einzigartig ist. Ich nenne es ihren *Juckreiz,* und der ändert sich nie.«

»Juckreiz?«

»Wenn das Gehirn ein Signal über einen Nerv schickt und einen Juckreiz auslöst, kann dieser Impuls auf verschiedenste Art befriedigt werden. Man kann sich kneifen, auf die betroffene Stelle schlagen oder klopfen oder sich kratzen. Möglicherweise kann man das Jucken sogar unterdrücken. Aber wie Sie vermutlich wissen, ist es schwer, mit dem Kratzen aufzuhören, wenn man einmal damit angefangen hat. Der Juckreiz kommt immer wieder zurück.«

»Was Serienmörder von anderen Mördern unterscheidet, ist also, dass sie nach dem ersten Mal immer weiterkratzen müssen?«

»Genau. Darum ist es so wichtig, den ersten Mord genauestens zu analysieren. Der Mörder hat sein Verbrechen noch nicht perfektioniert, seinen Modus Operandi noch nicht verfeinert, deshalb ist sein Motiv – der Juckreiz, den er zu beseitigen versucht – leichter zu erkennen. Wenn man das verstanden hat, hat man viel bessere Chancen, den Täter zu identifizieren.«

»Und was hat das mit dem Fall des Beltway Stalkers zu tun?«, fragte Nina.

»Es ist der Grund, warum Wade so wütend auf sich selbst ist. Er hat mir gesagt, dass er sich zu sehr auf den MO und nicht genug auf das Motiv oder die Opfertypologie konzentriert hat. Der Beltway Stalker machte Jagd auf sozial schwache Mädchen im Teenageralter, aber die Methoden der Morde wichen stark voneinander ab. Deshalb haben wir erst nach zwanzig Morden in DC, Maryland und Virginia begriffen, dass wir es mit einer Serie zu tun hatten.«

Kent hatte ihr neue Einsichten vermittelt. Sie überlegte, in welch schwieriger Situation Wade sich befunden hatte. »Wade nahm an, dass die Opfer sich ähnelten, weil sie leichte Beute für den Beltway Stalker waren und wahrscheinlich erst mehrere Tage nach ihrem Verschwinden als vermisst gemeldet werden würden.«

»Die Ermittlungsbehörden brauchten viel zu lange, um alle Teile zusammenzufügen und zu erkennen, dass der Juckreiz des Gesuchten der Typus der Opfer war und sein Bedürfnis, sie zu quälen und zu erniedrigen. Wade gibt sich selbst dafür die Schuld. Er sagt, er hätte es früher herausfinden müssen.«

»Wie haben die Fasern zu einem Verdächtigen geführt?«

»Die Spurenauswertung hat alle Fasern untersucht, die sich in den verschiedenen kriminaltechnischen Laboren befanden. Sie verfolgten die bei der Herstellung benutzten Chemikalien bis zu einer Textilfabrik in Philadelphia zurück. Ein Agent vom Bureau in Philly fuhr zu der Fabrik und verhörte den Besitzer, der aussagte, dass der Herstellungsprozess auf Verlangen eines Bekleidungsfabrikanten in DC entwickelt worden war. Der Fabrikant hatte spezifische Anforderungen an die Flexibilität, Farbe und Haltbarkeit der Fasern. Er stellte gerade eine Kollektion spezieller Bekleidung und Ausrüstung für MMA-Kämpfer zusammen. Er nannte sie Red Zone Fight Gear. Sein Onkel besaß hier in DC eine Anlage namens Steel Cage Central Fight Club, deshalb dachte er, er könnte das Zeug dort vermarkten und sein neues Geschäft ankurbeln.«

Nina erinnerte sich, dass der Beltway Stalker in der MMA-Community ziemlich gut bekannt war. Kurzzeitig hatte es Aufregung gegeben, weil derartige Veranstaltungen bei ihren Teilnehmern extreme Aggressionen hervorrufen. Mit der Zeit waren die Bedenken aber verschwunden, als Wissenschaftler und Forscher nicht in der Lage waren, Kampfsport und Gewalt schlüssig miteinander in Verbindung zu bringen.

Kent fuhr mit seiner Erzählung fort: »Wade und der leitende Agent des Falles gingen los, um den Hersteller zu verhören. Er erzählte ihnen, dass seine Produkte sich niemals durchgesetzt hatten. Er konnte nicht mit dem Zeug konkurrieren, das in Übersee zu einem Bruchteil der Kosten produziert wurde, und seine Betriebsausgaben waren zu hoch. Er hatte seine Firma vor mehr als zehn Jahren geschlossen. Er sagte, sein Onkel habe ihm angeboten, seine Restbestände aufzukaufen – zu einem Bruchteil des tatsächlichen Werts.«

»Auf diese Art haben sie es also bis zu diesem speziellen Fight Club zurückverfolgen können«, stellte Nina fest.

»Ich war mit Wade und dem leitenden Agent in diesem Club, um den Onkel zu verhören. Ich kann mich noch an den Kerl erinnern. Sein Name ist Sorrentino. Es stellte sich heraus, dass er das meiste von dem Bestand, den er von seinem Neffen gekauft hatte, an die Kämpfer in seinem Club weitervertickert hatte … zum vollen Preis.«

»Netter Typ.«

»Ein richtiger Prachtkerl. Egal, er behauptete, er habe keine Verkaufszahlen oder Rechnungen aufbewahrt und könne sich auch nicht mehr erinnern, wer etwas bei ihm gekauft habe.«

»Er konnte nicht einmal einen Namen nennen?«

»Wir haben ihm mit einem Besuch von unseren Freunden von der Steuerfahndung gedroht, und er hat sich beinahe in die Hosen gemacht. Er hat das Zeug jahrelang verkauft. Immer bar, und er hat den Gewinn nie versteuert. Er hat auch die Sachen, die er von seinem Neffen gekauft hat, bar bezahlt, also ließ sich das Geld nicht verfolgen. Ich bin sicher, dass das Teil seines Plans war. Er sagte uns, er habe im Laufe von zehn Jahren verschiedenste Produkte an mehr als hundert Leute verkauft.«

Nina verdrehte die Augen. »Also keine große Hilfe.«

»Schlimmer noch«, sagte Kent. »Chandra Brown wurde kurz nach unserem Besuch ermordet. Ich bin überzeugt, dass Sorrentino erwähnt hat, dass wir uns umgehört haben, oder dass der Beltway Stalker uns dort gesehen hat und wusste, dass wir ihm auf der Spur sind. Er beschloss also, noch einen letzten Mord zu begehen, bevor er die Sache zu seinen Bedingungen beendete. Das ist es jedenfalls, was in seinem Abschiedsbrief stand.«

Sie hatte immer schon wissen wollen, was in diesem Brief stand, der nie veröffentlicht worden war. »Was hat er geschrieben?«

Sie hielt die Luft an, als Wade, der rasch über den Gang zurückgekommen und zu ihnen gestoßen war, sie argwöhnisch musterte. Vielleicht glaubte er, dass sie vorhatte, seine Ermittlungen im Nachhinein anzuzweifeln. Womit er recht hatte.

Wade stieß einen Seufzer aus. »Ich habe mich nie mit der Tatsache anfreunden können, dass der Brief mit der Maschine geschrieben war, aber er gestand alle sechsunddreißig Morde und gab Details an, die nur der Mörder kennen konnte; Dinge, die wir von den Medien ferngehalten hatten. Wir hatten physische Beweise, die alles miteinander verbanden, und ein Geständnis. Aber vor allem hörten die Morde auf.« Er stemmte die Hände in die Hüften. »Der Fall war abgeschlossen. Warum hätten wir noch weitersuchen sollen?«

»Ja, warum?«, fragte Nina. Sie sah den Schmerz in seiner Miene, als die unvermeidlichen Selbstvorwürfe einsetzten.

»Ich habe die übliche abschließende Verhaltensanalyse für unsere Profiling-Datenbank erstellt«, sagte Kent. »Er hatte eine Menge Probleme mit Aggressionen. Ein paar Verhaftungen wegen Gewalt gegen Frauen. Schien eine Abneigung gegen Autorität zu haben. Alles passte.«

»Aber wie Sie bereits sagten, nach Chandra Brown gab es keine weiteren Toten mehr, richtig?«

Kent seufzte. »Zum jetzigen Zeitpunkt muss ich sagen, sie war der letzte *bekannte* Fall.«

»Jetzt ergibt alles Sinn. Er ist ein Chamäleon. Er wechselt sein Aussehen, seine Fahrzeuge, seine Methoden.« Sie ballte die Fäuste. »Und vor zwei Jahren hat er uns einen Sündenbock geliefert.«

Wades hageres Gesicht hatte den verzweifelten Blick eines Sünders, der nach Vergebung sucht. Er redete, als würde er gezwungen, seine Fehler zu erklären. »Die meisten Serienmörder werden von einer Art Drang getrieben, der sie dazu bringt, ihr Verhalten zu wiederholen. Daraus ergibt sich dann ihr Verhaltensmuster.« Er hob die Stimme. »Wenn es überhaupt eins gab, bestand das Verhaltensmuster des Beltway Stalkers darin, dass er es ständig änderte. Gäbe es die Forensik nicht, hätten wir die Morde niemals miteinander in Verbindung gebracht. So sehr unterscheiden sie sich voneinander.«

»Wenn der Beltway Stalker und Enigma dieselbe Person sind, dann hat er sein Verhaltensmuster erneut geändert«, meinte Kent. »Statt unauffällig verhält er sich jetzt so auffällig wie möglich.«

»Ich bin immer noch nicht bereit, zuzugestehen, dass wir es mit demselben Mörder zu tun haben«, sagte Buxton. »Wie Agent Guerrera ganz richtig bemerkte, hätten es Partner sein können, und jetzt arbeitet der überlebende Kollege allein weiter. Das könnte den Wechsel von absoluter Geheimhaltung zu maximaler Einbindung der Öffentlichkeit erklären. Wir brauchen mehr Fakten, bevor wir ein solides Fazit ziehen können.«

In der Kabine wurde es still. Nina bemerkte, dass Wade Buxton beobachtete.

Wade blickte seinen Vorgesetzten mit schmalen Augen an. »Sie wollen mich von dem Fall abziehen.« Es klang wie eine Feststellung.

Buxton musterte Wade eine Weile, ehe er antwortete. »Ich würde dieses Gespräch lieber unter vier Augen führen, Agent Wade.«

»Ist mir scheißegal, wer mithört«, gab Wade zurück. »Ich muss an diesem Fall arbeiten. Ich *muss* ihn finden.«

»Es geht nicht darum, was Sie müssen«, sagte Buxton. »Es geht darum, was dieser Untersuchung dienlich ist.«

Während sich die beiden Männer anstarrten, überdachte Nina die Situation. Buxton war bereit, Wade abzuziehen, weil er geschwächt war. Vielleicht würde Buxton irgendwann zu dem Schluss kommen, dass niemand so beeinträchtigt war wie sie. Wenn er Wade als Belastung ansah, konnte das für sie ebenso gelten.

Sie warf einen Blick auf Wades Profil. Die jahrelange Beobachtung gestörter Menschen und der schrecklichen Dinge, die sie taten, hatte offensichtlich ihren Tribut gefordert. In den tiefen Falten seines Gesichts war der Schmerz über das Wissen eingegraben, dass er nicht jeden retten konnte. Dass manche

Täter ihrer gerechten Strafe entgingen. Und dass Enigma für Wade der Eine war.

Der Eine, der entkommen konnte.

Der Gedanke erinnerte sie an die Botschaft, die Enigma für sie geschrieben und Sofia Garcia-Figueroa in den Mund gelegt hatte. Plötzlich wusste sie, dass Dr. Jeffrey Wade an diesem Fall dranbleiben musste. Und sie auch.

Sie blickte Buxton an. »Wade hat diesen Täter jahrelang beobachtet. Er kennt ihn besser als jeder andere im Bureau«, meinte sie und fügte mit Blick auf Kent hinzu: »Nichts für ungut.«

»Alles okay«, sagte Kent.

Sie drehte sich wieder zu Buxton. »Da wir nun wissen, womit wir es zu tun haben, kann Wade seine Unterlagen durchgehen und das Profil updaten.«

Skeptisch zog Buxton eine Augenbraue hoch. »Wir brauchen ein komplett neues Profil. Von Grund auf. Was Agent Kent erledigen könnte.«

Sie wusste, dass sie eine Grenze überschritt, sprach aber weiter: »Wir können alle zusammenarbeiten, um ein komplettes Bild zu erstellen.« Sie klopfte sich auf die Brust. »Ich bin sein einziges überlebendes Opfer.« Sie deutete auf Wade. »Er hat das ursprüngliche Profil erstellt.« Sie endete bei Kent. »Und er das postmortale.«

Alle warteten ab, während Buxton ihre Argumente abzuwägen schien. Sie bemerkte, dass Wades Blick auf ihr ruhte, die Brauen verwundert hochgezogen, aber er sagte nichts.

Buxton stieß einen Seufzer aus. »Na gut. Sie werden als Team ein neues Profil erstellen. Und Sie gehen gemeinsam an den Tatort jedes weiteren Falls.« Seine Miene wurde ernst. »Aber wenn ich irgendwelche Anzeichen für Probleme entdecke, wenn einer von Ihnen noch weiter geschwächt wird oder wenn ich zu dem Schluss komme, dass Ihre weitere Beteiligung zum Nachteil der Untersuchung ist, werde ich nicht zögern, jeden Einzelnen von Ihnen von dem Fall abzuziehen.«

Sie nickten zustimmend.

Wade drehte sich zu Nina. Zwischen ihnen herrschte Einvernehmen. Ein und derselbe Mann hatte sie beide unwiderruflich verletzt. Enigma, der ihnen entkommen war, um weitere unschuldige Opfer zu quälen und zu töten. Sie fühlten sich für jedes verlorene Leben verantwortlich, und deshalb hatten sie nun ein gemeinsames Ziel.

Ihr Monster war auch sein Monster.

Kapitel 25

Bereit für das, was kommen würde, stand Enigma an diesem Abend im Käfig. Er hatte darauf geachtet, sich Knöchel und Handgelenke ein bisschen höher als sonst mit dem Tape zu bandagieren. Nicht hoch genug, um Aufmerksamkeit zu erregen, aber doch ausreichend, um die Kratzer zu verdecken, die Nina ihm beigebracht hatte. Er würde darauf achten, dass er ihr zur Vergeltung weitaus mehr davon verleihen würde. Bis dahin würde er den Preis für die Schwäche zahlen müssen, die er sich in Boston geleistet hatte.

Er hielt völlig still, war gefasst auf den brutalen Uppercut, der auf ihn zukam. Die Faust seines Gegners, die in einem fingerlosen Kampfhandschuh steckte, traf ihn. Unter der Wucht des Schlags flog sein Kopf nach hinten. Er stolperte und fiel auf die Matte.

Der Schiedsrichter warf ihm einen vielsagenden Blick zu, und die Menschenmenge hielt kollektiv den Atem an. Er hatte in dieser Arena oft genug gekämpft, um zur Legende zu werden. Kein anderer Kämpfer tat die Dinge, die er tat. Kein anderer war dazu in der Lage. Langsam, wie das entfernte Schlagen einer Trommel, dann an Lautstärke und Tempo zunehmend begann die Menge zu skandieren: »Odin! Odin! Odin!«

Den Namen eines nordischen Gottes als Kampfnamen zu wählen war gewagt, aber niemand hatte gelacht. Nicht einmal gelächelt. Alle fürchteten ihn, und das sollten sie auch.

Noch auf dem Boden liegend, traf er seine Entscheidung. Er hatte seine Strafe dafür empfangen, dass er Nina Guerrera gestattet hatte, ihn zu überwältigen. Sie, die sich Kriegermädchen nannte, hatte keine Ahnung, was ein wahrer Krieger war. Er würde es ihr beibringen.

Er ließ zu, dass Wut in ihm aufstieg, stand auf und ging in seine Ecke. Er öffnete sich ihrer dunklen Macht, sammelte sie in sich, nährte sich an ihr für die Vergeltung, die er an diesem Abend üben würde. Er drehte sich um und blickte in die unergründlichen Augen seines Gegners. Augen, die ihn an die seines Vaters erinnerten. Als der Schiedsrichter zwischen sie trat, erinnerte sich Enigma gerade an die letzte Bestrafung durch seinen Vater. Er war ein drahtiger Siebzehnjähriger gewesen, als sein Vater ihn in die Garage ihres Hauses in einer kalifornischen Vorstadt rief.

»Zieh dein Shirt aus, Junge«, forderte sein Vater ihn auf.

Er gehorchte und zog sich das Shirt über den Kopf.

Die kleinen dunklen Augen musterten ihn voller Verachtung. »Warum hast du den Wettkampf verloren?«

Er wusste, dass Entschuldigungen nichts nutzten. »Er hat mich ausmanövriert.«

»Das hat er, da hast du verdammt recht.« Die glühende Zigarettenspitze hüpfte auf und ab, während sein Vater sprach. »Wusstest du, dass dieser Junge als Vierjähriger von den Straßen Kalkuttas wegadoptiert wurde?«

Er antwortete nicht.

»Ich habe die Ersparnisse meines Lebens für ein Vollblut verschwendet, das von einer Schindmähre geschlagen wird.« Sein Vater spuckte ihm vor die Füße. »Überlegene Gene, hat man uns erzählt.« Er schüttelte angewidert den Kopf. »Du warst keine Promenadenmischung, die auf dem Rücksitz eines Pickups gezeugt wurde. Du solltest in jeder Hinsicht außergewöhnlich sein.« Sein Vater stieß mit einem seiner Wurstfinger nach ihm. »Ich kann also nur zu dem Schluss kommen, dass du dich nicht genug angestrengt hast. Du wolltest es nicht wirklich.«

Ihm war völlig klar, was nun folgen würde, und er blickte stur geradeaus.

»Hast du nichts dazu zu sagen?« Sein Vater blies ihm eine Rauchwolke ins Gesicht. »Mal sehen, aus welchem Holz du tatsächlich geschnitzt bist.« Er nahm die Zigarette aus dem Mund. »Halt still. Reiß dich zusammen. Überwinde den Schmerz.«

Sein Vater trat hinter ihn.

Die erste Berührung der Glut entlockte ihm einen gellenden Schrei. Der weiß glühende Schmerz war schlimmer als alles, was sein Vater jemals mit einem Gürtel getan hatte. Oder mit den Fäusten. Oder einem Kabel. Er versuchte, dem Schmerz zu entkommen.

»Verdammt noch mal, Junge, ich mache das so lange, bis du lernst, stillzuhalten und es hinzunehmen.«

Die Zigarette berührte sein anderes Schulterblatt und versengte sein Fleisch. Schweiß lief ihm über das Gesicht, während er seine Position beibehielt. Er biss die Zähne so fest zusammen, dass sie schmerzten, schrie aber nicht auf.

Sein Vater trat zurück. Er hörte, wie der alte Mann hinter ihm einen tiefen Zug von der Zigarette nahm, und stellte sich die heiß glühende, leuchtende Spitze vor. »Das war schon besser, aber du hast die Schultern bewegt. Ich will dich nicht mal blinzeln sehen.«

In der Stille hörte er das Zischen seiner eigenen Haut und nahm den Geruch von verbranntem Fleisch wahr, als sein Vater ihm die glühende Spitze auf die Mitte des Rückens drückte.

Diesmal hielt er absolut still. Eine einzelne Träne lief ihm die Wange hinunter, als er seinen Geist zwang, sich zurückzuziehen

– um in der Zukunft, die er sich aufbauen würde, Trost zu finden. Er hielt durch. Er widerstand. Und er plante den Tod seines Vaters bis ins letzte Detail.

Das Grölen der Menge holte ihn in die Gegenwart zurück. Der Schiedsrichter schwenkte den Arm und signalisierte den Kämpfern fortzufahren.

Enigma überbrückte den Abstand mit zwei Schritten. Das Geschrei des Publikums, das Klatschen und Rufen und das Stampfen der Füße beschleunigten seinen Puls. Es elektrisierte ihn. Sie wussten, was Odin tun würde. Er spürte, dass der Mann vor ihm es auch wusste. Er atmete die Angst ein, die aus den Poren seines Gegners dampfte, nährte seinen Blutdurst damit.

Er würde jetzt mit diesem Mann abrechnen, genau wie mit Nina Guerrera. Er operierte auf zwei unterschiedlichen Ebenen, indem er überlegte, wie er jeden der beiden Gegner am besten vernichten konnte. Was würde den größten Schaden hervorrufen? Sie kampfunfähig machen?

Plötzlich kam ihm die Erleuchtung. Während er dem Mann in den Solarplexus trat, wurde ihm klar, wie er Ninas Seele brechen würde. Wie das blutrünstige Publikum in der Arena an diesem Abend würde bei seinem Cage-Match mit dem Kriegermädchen die ganze Welt zusehen.

Das Publikum verlangte eine Show, und er würde ihm eine bieten, die es nie wieder vergessen würde.

Kapitel 26

Am nächsten Tag
Task Force »Enigma«, Quantico

Nina saß neben Wade an einem runden Konferenztisch in Buxtons Interimsbüro, das an den Bereich der Task Force angrenzte. Sie musterte die anderen und hatte zum ersten Mal das Gefühl dazuzugehören. Kent schlürfte schwarzen heißen Kaffee aus einer Tasse der US Navy, was seine Brillengläser beschlagen ließ. Breck schloss ihren omnipräsenten Laptop und sah erwartungsvoll in die Runde. Wade hatte sein Notizbuch auf den Tisch gelegt. Aller Augen waren auf ihren Vorgesetzten gerichtet, der so aussah, als hätte er nicht geschlafen.

Buxton rieb sich den Nacken und drehte den Kopf von einer Seite zur anderen. »Die Task Force hat diese Nacht durchgearbeitet«, sagte er, während sie alle Platz nahmen. »Ich wollte mit Ihnen direkt reden, bevor wir zur ersten Besprechung des Tages gehen. Der stellvertretende Direktor hat gestern Abend die Neuigkeiten erfahren und verlangt jetzt jeden Tag einen Bericht.« Er seufzte. »Ich werde noch mehr Zeit mit Meetings und Telefonkonferenzen verbringen, deshalb möchte ich sichergehen, dass alle Bescheid wissen.«

Er tippte mit dem Zeigefinger auf den Tisch vor sich. »*Dieses* Team hat die Führung. Alles, was rein- oder rausgeht, läuft über Sie vier.«

Breck zog die Brauen hoch. »Aber ich bin von der Cyber Crime«, entgegnete sie. »Nicht von der BAU.«

»Wir haben immer noch eine Menge Bilder durchzugehen. Agent Guerrera könnte vielleicht öfter mit dem Gesuchten direkt kommunizieren«, sagte Buxton. »Ich will nicht ständig warten müssen, weil wir über den normalen Dienstweg gehen. Ich habe gestern Abend mit Ihrer Vorgesetzten gesprochen. Mit ihrer zweifachen Vorgeschichte in Videoforensik und Cyber-Investigation sind Sie wie geschaffen für diesen Einsatz. Sie hat Ihrem vorübergehenden Einsatz bei der BAU zugestimmt.«

Auf Brecks Wangen erschienen zwei Grübchen. »Ich werde tun, was ich kann, um dieses Arschloch zu erwischen. Irgendjemand muss seine Geburtsurkunde löschen.« Ihr Lächeln wurde breiter. »Sir.«

»Ich habe Enigmas Social-Media-Accounts überprüft«, sagte Nina. »Seit Boston hat er nichts mehr gepostet.«

Seit sie am Morgen wach geworden war, war sie mehrfach auf seine Seiten gegangen, immer mit der furchtsamen Frage, was er der Welt wohl nach einem weiteren Mord mit erfolgreicher Flucht zu sagen hätte.

»Public Affairs stimmt sich mit dem Social-Media-Team ab«, erklärte Buxton. »Die Nachrichtensender bringen die Geschichte in Dauerschleife. Vermutlich hoffen sie, dass Enigma sie auch diesmal direkt kontaktiert.«

»Vielleicht ist er unterwegs«, mutmaßte Breck.

Wade warf ihr einen finsteren Blick zu. »Oder er schmiedet Pläne.«

Kent griff erneut nach seiner Tasse. »Sein letztes Verhaltensmuster bestand darin, an jedem Tatort einen Hinweis und eine Deadline zu hinterlassen.« Nachdenklich blickte er auf die dunkle Flüssigkeit. »Beim Tatort in Boston gab es einen Vers, der meines Erachtens dazu diente, die Aufmerksamkeit von der Stelle abzulenken, an der er die Leiche abgeladen hat. Dort wurde kein Hinweis hinterlassen.«

»Ich bin mir sicher, dass so ziemlich jeder in der Stadt danach gesucht hat«, sagte Nina und verdrehte die Augen. »Zarran hat gerade bekannt gegeben, dass er die Belohnung verdoppelt, also werden noch mehr Leute bei der Jagd mitmachen.«

Wade nickte. »Wenn es um eine Million Dollar geht, verlieren die meisten Leute den Verstand.«

Kent sah zu Buxton hinüber. »Stehen wir bereits mit Zarran in Verbindung?«

»Die Außenstelle in LA ist gerade bei ihm zu Hause und versucht, ihn zur Vernunft zu bringen«, antwortete Buxton und öffnete sein ledernes Portfolio. »Gehen wir mal unsere nächsten Schritte für die Ermittlung durch, bevor ich sie der Gruppe präsentiere.«

Wade ergriff als Erster das Wort. »Ich möchte noch einmal mit Sorrentino sprechen. Wir haben ihn nie hart rangenommen, weil der Fall kurz nach unserem ersten Gespräch mit ihm geschlossen wurde, aber ich habe immer schon gedacht, dass er mehr weiß, als er zugegeben hat.«

»Dann sollten wir ihn an seinem Wohnort aufsuchen«, schlug Kent vor. »Als wir das letzte Mal in seinem Club aufgetaucht sind, ist kurz darauf ein Mädchen gestorben. Ich möchte mich dort nicht sehen lassen. Enigma könnte Wind davon kriegen und sich erneut ausleben.«

Nina hatte einen großen Teil der durchwachten Nacht zuvor damit verbracht, über die Dinge nachzudenken, die sie auf dem Rückflug von Boston erfahren hatte. »Unsere Theorie lautet also, dass Enigma in dem Club war und gesehen hat, wie Sie beide Sorrentino verhört haben, und dass er seine Morde daraufhin einem anderen Kämpfer in die Schuhe geschoben hat?«

»Oder sie haben die Verbrechen gemeinsam begangen«, sagte Breck. »Und er hat seinen Partner für alles verantwortlich gemacht.«

»Nein«, widersprach Wade mit schneidender Stimme. »Gestern Abend bin ich meine Dateien zu dem Fall durchgegangen, und ich bin überzeugter denn je, dass der Beltway Stalker allein operiert hat.«

Mit dieser Analyse setzte Wade alles aufs Spiel, was von seiner angeschlagenen Reputation noch übrig war. Wenn sich herausstellte, dass er erneut falschlag, war das Bureau mit ihm fertig.

»Bleiben wir einfach für alles offen«, meinte Buxton. »Ich stimme Ihnen zu, wir sollten nicht in den Fight Club gehen, um Sorrentino zu verhören. Besuchen Sie ihn zu Hause.« Er deutete mit dem Kopf auf Nina. »Nehmen Sie Agent Guerrera mit.«

Sie ertappte Wade dabei, dass er sie aus den Augenwinkeln musterte. Ihr erstes gemeinsames Verhör. Würde bestimmt interessant werden.

Buxton machte mit Kent weiter. »Überprüfen Sie noch einmal den Abschiedsbrief, der bei der Leiche des Beltway Stalkers gefunden wurde. Machen Sie eine Sprachanalyse und vergleichen Sie sie mit dem, was wir an Kommunikation mit Enigma haben. Ich möchte noch mehr Indizien dafür, dass die beiden ein und dieselbe Person sind.«

»Verstanden«, sagte Kent.

»Ich würde die Akte zu dem Fall auch gerne sehen«, bat Nina.

»Ich sorge dafür, dass Sie einen USB-Stick mit allen Dateien bekommen«, entgegnete Buxton, ehe er sich an Breck wandte. »Setzen Sie sich mit der Video-Forensik in Verbindung und …«

Ein Klopfen an der Tür des Konferenzraums unterbrach ihn.

»Herein.«

»Entschuldigen Sie, Sir.« Eine große, schlanke Frau in einer blassrosafarbenen Bluse streckte den Kopf zur Tür herein. »Public Affairs hat versucht, Sie zu erreichen. Sie sagen, es ist dringend.« Sie verschwand und schloss diskret die Tür hinter sich.

Buxton rieb sich die blutunterlaufenen Augen. »Mein Telefon hat die ganze verdammte Nacht geklingelt. Da stelle ich es zehn Minuten lang für eine Besprechung auf lautlos, und was passiert?« Er holte ein Handy aus der Tasche und atmete tief durch. »Vier verpasste Anrufe.«

Dann legte er es auf den Tisch und tippte auf das Display. »Hier ist Buxton. Sie sind auf Lautsprecher.«

»Overmeyer, Public Affairs«, antwortete eine Baritonstimme. »Es gibt Aktivitäten auf allen beobachteten Internetplattformen des Gesuchten. Wir glauben, dass sie echt sind.«

»Was sagt er?«

»Er kündigt ein Video an, das er online stellen will. Cyber Crimes versucht, seinen Standort zu ermitteln, aber es sieht so aus, als würde er über eine Reihe verschiedener Server umleiten.«

»Was soll das für ein Video sein?«, fragte Buxton.

»Er hat nicht viel dazu gesagt, nur, dass jeder es sehen soll und dass es um Agent Guerrera geht.«

Aller Blicke richteten sich auf Nina. Ihr Mund wurde trocken, ihre Handflächen feucht. Welche Höllenqualen hatte Enigma jetzt für sie geplant?

»Wir versuchen schon länger, Sie zu erreichen«, fuhr Overmeyer fort. »Vermutlich wollen Sie es in Echtzeit sehen, sobald er es ins Netz stellt. Es müsste jeden Moment auf seiner Facebook-Seite erscheinen.«

»Ich danke Ihnen.« Buxton legte auf.

Breck öffnete ihren Laptop. Sie rief Facebook auf und ging auf die Seite des Gesuchten. Eine Grafik mit einem Link zu einem Video erschien. Breck vergrößerte das Bild auf Vollbildmodus. Drei Worte in großen weißen Buchstaben bildeten einen starken Kontrast zu einem schwarzen Hintergrund.

ZU IHRER ERBAUUNG.

Die Buchstaben auf dem Bildschirm verschwanden und wurden wenige Sekunden später durch den Video-Feed ersetzt. Mit klopfendem Herzen beugte Nina sich zum Bildschirm vor. Fluoreszierendes Licht ergoss sich von oben über die nackte Gestalt eines jungen Mädchens. Sie lag mit dem Gesicht nach unten auf einem Stahltisch, Hände und Füße an vier Metallstangen gefesselt, eine an jeder Ecke der rechteckigen Fläche.

Entsetzen und Ekel überwältigten Nina, während sie wie gebannt auf den Bildschirm starrte. Ein Geräusch, das sie mit aller Macht aus ihrer Erinnerung zu löschen versucht hatte, ließ ihren Magen rebellieren. Ein Geräusch, das sie erst am Tag zuvor gehört hatte.

Die Stimme von Enigma.

»Weißt du, wer kommen wird, um dich zu retten?« fragte er das Mädchen, das an den Tisch gefesselt war.

Nina betrachtete ihr sechzehnjähriges Selbst, dessen Körper mit gespreizten Beinen der Kamera preisgegeben war. Nackt, zitternd, verletzlich. Das Mädchen, das sie einmal gewesen war.

Das Monster verschwand kurz aus dem Blickfeld, aber sein Schatten fiel auf ihre Waden, als es sich vorbeugte, um ihr ins Ohr zu flüstern. »Niemand.«

Das Mädchen zerrte an den Fesseln, rieb sich die Handgelenke wund.

Das Monster tauchte wieder auf und sprach lauter weiter. »Weißt du, wen es kümmert, dass du weggelaufen bist?« Er machte eine Pause. »Niemanden.«

Das Mädchen schrie vor ohnmächtiger Wut und zerrte noch heftiger an ihren Fesseln.

»Weißt du, wer an deinem Grab weinen wird?«, setzte er die gnadenlose Folter fort. »Niemand.«

Das Mädchen drehte den Kopf, um ihn anzusehen. Ihr Blick flackerte.

»Und weißt du, warum das so ist?« Diesmal wartete er nicht auf eine Antwort. »Weil du ein Haufen Müll bist.«

Er kicherte, und eine Träne lief dem Mädchen über die Wange.

Nina schluckte die Galle hinunter, die ihr in die Kehle stieg. Sie hatte nicht gewusst, dass Enigma die Qualen, die er ihr zufügte, aufgenommen hatte. In ihrem Blickfeld war ihr keine Kamera aufgefallen. Und nun würden Millionen Menschen zusehen, wie er sie quälte. Das war schlimmer als eine öffentliche Hinrichtung. Es war eine öffentliche Schändung. Ihr ganz persönliches Leid, das sie jahrelang versteckt hatte, würde vor aller Welt zur Schau gestellt werden.

Und mit Sicherheit würden alle zusehen.

Genauso gebannt, wie ihr Team in diesem Moment auf den Bildschirm starrte. Genau wie sie selbst. Niemand konnte den Blick von dem Grauen abwenden, das sich vor ihnen entfaltete.

Das Monster tauchte von links auf dem Bildschirm auf. Im Vergleich zu seiner großen, breitschultrigen Gestalt sah das dünne Mädchen auf dem Tisch aus wie ein Schmetterling, den er auf eine Tafel gespießt hatte.

Er stand mit dem Rücken zur Kamera und trug einen schwarzen Umhang, eine Kapuze verhüllte seinen Kopf.

Als er den Arm hob, tauchte eine große Hand in einem blauen Latexhandschuh aus dem weiten Ärmel auf. Er beugte sich vor und berührte den nackten Rücken des Mädchens.

»Die hier sind wunderschön«, sagte er. »Noch frisch.«

Er fuhr mit dem Finger über mehrere Reihen hochroter Striemen und kaum verheilter Wunden. »Sag mir, wie es sich angefühlt hat, als der Gürtel auf deinen Rücken niedergesaust ist.« Seine Stimme wurde zu einem vorwurfsvollen Flüstern. »Hast du geschrien?«

Das Mädchen antwortete nicht, versuchte nur, sich seiner Berührung zu entziehen.

»Ich wünschte, ich wäre derjenige gewesen, der dir diese Wunden verliehen hat.« Beim Reden strich er ihr langsam mit der Fingerkuppe über das Rückgrat und hielt dann inne, um eine ältere, bereits verblasste Narbe zu liebkosen, die unter den frischen Wunden quer über ihren Rücken verlief. »Aber ich habe meine eigenen Pläne mit dir. Für den Rest deines Lebens – auch wenn es nur ein paar Stunden sind – gehörst du mir.«

Nina wollte den Laptop ausschalten. Den Deckel zuknallen. Aber das wäre, als schlösse sie vor einer auf sie gerichteten Pistole die Augen. Sie würde die Kugel nicht aufhalten, indem sie sich weigerte, zuzusehen, wie sie in ihr Fleisch drang. Sie würde weiterfliegen. Sich in ihr Herz bohren. Sie in Stücke reißen.

»Willst du Gnade?« Seine Stimme war samtweich. »Dann bitte mich darum. Vielleicht habe ich Mitleid mit dir. Tatsächlich bist du ja ziemlich bemitleidenswert.«

Die Erinnerung an diesen Augenblick durchströmte ihren Körper, und in ihren Augenwinkeln standen Tränen. Sie wusste, was als Nächstes kommen würde.

Das Monster trat einen Schritt zurück, und in der Stille war das Klicken eines Feuerzeugs zu hören.

Dann kam seine andere Hand ins Bild, eine brennende Zigarette lässig zwischen die Finger geklemmt.

»B…b…bitte«, stammelte das Mädchen.

»Oh, das wird nicht reichen, du kleiner Haufen Müll. Das ist nicht annähernd genug. Anscheinend begreifst du nicht, in welcher Lage du bist. Du musst dich mehr anstrengen. Vielleicht kann ich es dir hiermit klarmachen.«

Der Mann drückte die glühende Zigarettenspitze mitten auf ihr linkes Schulterblatt. Das Mädchen zappelte und schrie.

Der Bildschirm wurde schwarz.

Worte aus weißen Buchstaben erschienen, erneut in deutlichem Kontrast zu dem dunklen Hintergrund.

WENN SIE WISSEN WOLLEN, WIE ES WEITERGEHT, KLICKEN SIE AUF *LIKE*. BEKOMME ICH 1000 LIKES, ZEIGE ICH DIE NÄCHSTEN 60 SEKUNDEN DIESES VIDEOS.

Alle lösten den Blick vom Bildschirm und richteten ihn auf Nina. Abscheu stand in ihren schockierten Gesichtern geschrieben. Sie hatte diesen Blick bereits gesehen, als Polizeibeamte und Sozialarbeiter ihre Wunden untersucht hatten, und sie wusste, was als Nächstes kommen würde.

Mitleid.

Wellen von Wut und Demütigung rasten im Wechsel durch ihren Körper. Die Wände kamen auf sie zu. Erdrückten sie. Sie musste hier raus. Sie musste fliehen.

Breck streckte eine zitternde Hand nach ihr aus, die Augen voller Tränen. Sie öffnete den Mund, um etwas zu sagen, brachte aber nichts heraus.

Mit erhobener Hand bedeutete Nina ihr zu schweigen. »Lassen Sie mich in Ruhe.« Wütend starrte sie die anderen an und sprang auf. »Sie alle. Bleiben Sie verdammt noch mal alle, wo Sie sind.«

Niemand bewegte sich. Niemand sagte etwas.

Sie riss die Tür auf und stürmte aus dem Raum.

Niemand versuchte, sie aufzuhalten.

Kapitel 27

Zwölf Minuten später verließ Nina fluchtartig den Umkleideraum. Sie musste den beengten Räumen des Gebäudes unbedingt entkommen. Ihre Füße fanden den Weg von selbst und wiesen ihr Ziel und Richtung.

Der berüchtigte Hindernisparcours des FBI, »Yellow Brick Road« genannt, bestand aus knapp zehn Kilometern bewaldetem Terrain in den Gebirgsausläufern bei Quantico. Wer diesen Parcours erfolgreich abschließen wollte, hatte auf der Strecke mehrere physische und mentale Herausforderungen zu bewältigen.

Nina sprang über eine Baumwurzel, die aus dem Boden ragte, und lief weiter. Ihre Schritte trafen unregelmäßig auf den unebenen Boden. Unterwegs sprang sie durch die Nachbildung eines Fensters, überquerte vorsichtig ein Cargonetz und lief durch ein stehendes Gewässer. Dann erreichte sie das Kletterseil und musterte abschätzend die zerklüftete Felswand über sich. Sie schloss die Hände um das dicke geflochtene Seil und zog sich daran hoch, bis sie in dem schroffen Felsen einen festen Halt für ihre Zehen fand. Sie arbeitete sich weiter nach oben, zog sich mit den Armen am Seil hoch und stieß sich mit den Füßen von der blanken Felsoberfläche ab, bis ihre Schultern und ihr Quadriceps brannten. Als sie die überhängende Felskante beinahe erreicht hatte, hörte sie weiter oben etwas rascheln. Sie legte den Kopf in den Nacken und sah eine Silhouette, die auf sie herunterblickte.

Wade ging in die Hocke. »Kommen Sie jetzt rauf oder nicht?«

Sie wollte und brauchte keine Gesellschaft. »Wie haben Sie mich gefunden?«

»An Ihrer Stelle wäre ich auch hierhergekommen«, antwortete er. »Ich habe am anderen Ende der Strecke angefangen und mich zum Start vorgearbeitet. Ich dachte mir schon, dass ich Sie früher oder später treffen würde.«

»Gehen Sie da weg.«

»Kommen Sie rauf und reden Sie mit mir.«

Sie stemmte einen Fuß gegen den Fels, stieß sich ab und benutzte die Arme, um sich hochzuziehen. »Ich weiß nicht, was für einen geistigen Bullshit Sie hier durchziehen wollen, Wade, aber ich bin gerade nicht in Stimmung.« Ächzend zog sie sich weiter hoch. »Ich will weder Ihre Gesellschaft noch Ihre Hilfe.«

Wade rührte sich nicht vom Fleck.

Fluchend stieß sie sich mit den Füßen ab und zog sich mit den Händen hoch, bis jede Muskelfaser in ihren Armen schmerzte. Als die Kante nur noch wenige Zentimeter über ihr war, blickte sie Wade erneut in die Augen. Er hätte mühelos eine Hand ausstrecken und sie zu sich hochziehen können, aber er sah ihr nur zu.

Vielleicht verstand er sie ja doch.

Sie streckte einen Arm aus und hielt sich am Felsvorsprung über sich fest. Sie biss die Zähne zusammen und spannte die müden Muskeln an, bis sie mit dem Oberkörper auf der harten Oberfläche lag. Nach einer kurzen Atempause zog sie die Beine nach.

Wade hockte immer noch dort und blickte mit teilnahmslosem Ausdruck in seinem faltigen Gesicht auf sie herab. »Ich bin nicht hier, um Sie zu tragen, Guerrera.«

»Verschwinden Sie!«, erwiderte sie keuchend. »Hauen Sie verdammt noch mal ab!«

Er deutete auf das Hauptgebäude. »Ich verschwinde, wenn Sie mit mir wieder da reingehen.«

Nina setzte sich auf. »Warum kümmert es Sie, was ich mache?«

»Weil ich der einzige Mensch bin, der diesen Kerl genauso dringend erwischen will wie Sie.«

Sie schnaubte höhnisch. »Also geht es um Sie.« Sie kam auf die Füße und wischte sich den Schmutz von den Händen. »Man wird Sie erneut wegen des Falls Chandra Brown durch den Dreck ziehen, und Sie wollen sichergehen, dass Sie diesmal den richtigen Kerl haben.«

Als er das Gesicht verzog, wusste sie, dass sie mit ihren bissigen Worten ins Schwarze getroffen hatte. In ihrem Schmerz hatte sie sich auf das erstbeste Ziel gestürzt, das sich ihr bot. Sie wusste, dass es nicht richtig, dass es unfair war, aber sie hatte ihn gewarnt.

»Wenn Sie es unbedingt glauben wollen.« Er stand auf und blickte ihr ins Gesicht.

Nina lenkte ein. »Ich brauche ein bisschen Zeit für mich allein. Ich bin mir sicher, dass jemand mit einem Doktor in Psychologie das versteht.«

Wade musterte sie eine Weile, bevor er antwortete. »Ich kann Ihnen die Zeit, die Sie zweifellos brauchen, nicht gewähren. Ich weiß, ich bin ein echtes Arschloch, weil ich das sage, aber wir brauchen Sie im Team. Jetzt. Buxton glaubt, dass Sie geschwächt sind. Es hat noch nie einen Agent gegeben, dessen Folterung gezeigt wird und der dann hingeht und selbst gegen seinen Peiniger ermittelt.« Er fuhr sich mit der Hand durchs Haar, bei ihm das typische Zeichen für Frustration, wie sie inzwischen wusste. »Scheiße, Nina, ich bin länger beim Bureau als Buxton, aber so etwas habe ich noch nie gesehen. Ich kann ihm nicht vorwerfen, dass er Sie auf die Ersatzbank setzt, aber ich glaube, damit liegt er falsch.«

»Was hat er gesagt?«

»Dass Sie nicht mehr in der Lage sind, Zeugen, Verdächtige oder wen auch immer zu verhören.« Wade verschränkte die Arme. »Sie sollen die Ermittlungen von Ihrem Schreibtisch in Washington aus unterstützen. Kein Außendienst mehr.«

Buxton hatte seine Drohung wahr gemacht, jeden auszumustern, der die Ermittlungen eher zu behindern als voranzubringen drohte. Sie standen mitten im Wald und blickten einander in die Augen. Sie erinnerte sich an ihr Gespräch auf dem Rückflug von Boston nach DC. Am Tag zuvor war Wade Buxtons Zielscheibe gewesen, und sie hatte sich dafür ausgesprochen, ihn im Team zu behalten, weil er im Bureau der Einzige war, der den Gesuchten ebenso dringend fassen wollte wie sie.

Nun hatte Wade dasselbe über sie gesagt. Und es stimmte. Er hatte die öffentliche Beschämung und Erniedrigung, die ihr noch bevorstanden, bereits durchgemacht. Der Mörder hatte sie beide unwiderruflich geschädigt.

Wade war nicht der Feind, aber ihr Gefühlsausbruch hatte die schwache Verbindung, die an Bord des Jets zwischen ihnen entstanden war, beschädigt. Sie blickte ihm noch immer ins Gesicht. Er war nicht gegangen, als sie ihn beschimpft hatte. Auch ein verbaler Gegenangriff seinerseits war ausgeblieben. Sie hatte ihr Möglichstes getan, um ihn loszuwerden, und dennoch stand er da und blickte sie aus diesen unergründlichen grauen Augen an.

»Chandra Brown war vor zwei Jahren nicht die einzige Fehleinschätzung«, gab er leise zu. »Ich habe auch bei Ihnen falschgelegen, und Buxton macht jetzt denselben Fehler.«

Sie stellte ihm die Frage, die ihr seit dem Tag auf den Nägeln brannte, an dem Shawna ihr die Wahrheit über ihre Einstellung erzählt hatte: »Warum haben Sie mich in der psychologischen Beurteilung durchfallen lassen?«

Er schloss die Augen und rieb sich den Nacken. »Ich habe so viel Trauma in meiner Karriere gesehen, Nina. Gräueltaten, die vom Schlimmsten begangen wurden, was die Menschheit zu bieten hat. Ich bin tief in die Psyche der verkommensten Gewaltverbrecher eingedrungen. Menschen, die Jagd auf Kinder machen.« Seine Stimme senkte sich zu einem heiseren Flüstern. »Wenn man das lange genug macht, verunreinigt das Finstere in ihnen auch die eigene Seele.«

Da er nun einmal angefangen hatte, schien er alles loswerden zu wollen. Nina unterbrach ihn nicht. Sie nahm seine Worte in sich auf und versuchte, sich selbst aus seiner Perspektive zu sehen.

»Ich habe Ihre Akte als Vorbereitung für Ihre psychologische Beurteilung gelesen«, sagte er. »Der antragstellende Ermittler hatte dem Bericht über Ihre Entführung noch Polizeifotos und Berichte der Notaufnahme hinzugefügt, die den Missbrauch dokumentierten, den Sie noch vor der Entführung im Pflegesystem erlitten hatten.« Er betrachtete sie durchdringend. »Und sie erklärten auch, woher Sie diese Narben auf dem Rücken haben.« Er streckte eine Hand aus, als wollte er ihre Schulter berühren, schien sich aber eines Besseren zu besinnen und ließ die Hand wieder sinken. »Und was Sie dazu gebracht hat, aus der Wohngruppe wegzulaufen.« Wade schüttelte den Kopf. »Ich konnte all das nicht mit der Person in Übereinstimmung bringen, die vor mir im Verhörraum saß. Ich bin hart mit Ihnen umgegangen. Ich wollte tiefer graben, um zu sehen, was unter dem professionellen Äußeren steckt.«

»Sie hielten mich für eine tickende Zeitbombe, die irgendwann unter dem Druck explodieren würde?«

»Es tut mir leid, Nina«, erwiderte er. »Ich weiß jetzt, dass ich da etwas Wichtiges übersehen habe. Einen Wesenszug, mit dem wir Psychologen leider seltener zu tun haben als mit Persönlichkeitsstörungen, Neurosen und Bewältigungsstrategien. Dieser Wesenszug ist bei Ihnen stärker ausgeprägt als bei jedem anderen Menschen, den ich jemals persönlich untersucht habe.« Er blickte sie an, als wäre sie ein besonders seltenes Exemplar der Gattung Mensch. »Resilienz.«

»Resilienz«, sagte sie und ließ sich das Wort auf der Zunge zergehen.

»Menschliche Wesen sind zu unermesslicher Grausamkeit und immenser Stärke fähig. Sie haben nicht nur überlebt – Sie sind gewachsen, Nina.« Seine Stimme klang belegt. »Ich habe Ihre Karriere verfolgt, seit Sie bei uns angefangen haben. Ich gebe zu, ich habe darauf gewartet, dass Sie durchdrehen. Dass etwas Sie aus der Bahn wirft. Ich bin nicht stolz darauf, dass ein kleiner Teil von mir eine Rechtfertigung darin gesehen hätte. Stattdessen haben Sie mir das Gegenteil bewiesen. Sie sind eine Bereicherung für das Bureau.«

Nina senkte den Blick. Solche Lobeshymnen war sie nicht gewöhnt. Aber wie es schien, war Wade noch nicht fertig.

»Und bei dieser Ermittlung sind Sie von unschätzbarem Wert«, fuhr er fort. »Sie waren es, die die erste Nachricht an dem Müllcontainer in der Gasse in DC entdeckt hat. Sie haben vor allen anderen den Hinweis auf Boston enträtselt. Sie hätten Buxton anrufen können, um das Lob einzuheimsen, aber Sie haben zuerst mich angerufen. So sollte sich ein Partner verhalten. Gestern im Flugzeug haben Sie sich für mich eingesetzt, als

Buxton mich von dem Fall abziehen wollte. Jetzt ist es an mir, mich zu revanchieren.«

Sie hob den Kopf und sah ihm in die Augen. Er hatte sie herausgefordert. War sie fähig, dem Monster gegenüberzutreten, während die ganze Welt ihr zusah und in dem Wissen, dass jeder ihre Erniedrigung und ihr Leid gesehen hatte? Wichtiger noch: Würde sie noch in den Spiegel schauen können, wenn sie es nicht tat?

Kapitel 28

Mit Wade dicht auf den Fersen stieß Nina die Tür zum Bereich der Task Force auf und betrat den weitläufigen Raum. Drinnen ging es zu wie in einem Bienenstock. Agents saßen und standen in Gruppen zusammen, beugten sich über Tabellen, blätterten in Aktenordnern und tippten auf Tastaturen herum. Sie blickte nach oben und atmete tief durch. Der überdimensionierte Monitor an der gegenüberliegenden Seite war in vier Quadranten aufgeteilt; in jedem war ein anderes Standbild aus dem Video zu sehen. Eins davon zeigte Enigma. Seine große Gestalt war von dem Umhang verhüllt, mit Ausnahme einer behandschuhten Hand, die eine brennende Zigarette hielt. Ein anderes Bild war eine Nahaufnahme von der linken Hand des Mädchens, die mit einem Nylonseil an den Eckpfosten aus Metall gebunden war.

Nina stand da wie gelähmt. Ein Agent bemerkte sie als Erster und stieß die Person neben sich mit dem Ellbogen an. Dieser Agent stieß wiederum einen anderen an. Wie ein Virus breitete sich allmählich Stille in dem Raum aus, ließ alle Diskussionen verstummen, brachte jede Arbeit zum Erliegen.

Buxton saß in einer Ecke und telefonierte auf dem Handy. Sobald er sie erblickte, murmelte er etwas ins Telefon und legte auf. Er schob das Gerät in eine Hülle an seinem Gürtel und ging auf Nina zu. »In mein Büro.«

Sie folgte ihm den Gang entlang, Wades gleichmäßige Schritte immer hinter sich.

Buxton lief an der Assistentin vorbei, die rasch den Blick auf ihre Tastatur senkte, als Nina an ihr vorbeiging.

An diese Art von Reaktion würde sie sich vermutlich gewöhnen müssen.

»Kommen Sie rein und schließen Sie die Tür«, sagte Buxton und runzelte die Stirn, als er ihr über die Schulter blickte. »Ich möchte mit Agent Guerrera allein sprechen.«

Nina drehte sich um und sah, dass nicht nur Wade, sondern auch Breck und Kent ihr in das vorläufige Büro der Einsatzleitung gefolgt waren.

»Wir bleiben bei ihr«, beharrte Kent.

Breck nickte.

Buxton zog eine Augenbraue hoch und blickte Nina fragend an.

»Ich möchte, dass sie bleiben«, erklärte sie.

»Gut.« Buxton ging zu dem Tisch, an dem sie sich das Video angesehen hatten. Alle nahmen Platz.

An Nina gewandt, sagte er: »Agent Guerrera, wie Sie sich wahrscheinlich denken können, habe ich mir die Akte zu Ihrem Fall durchgelesen, ehe ich Sie vorübergehend zur BAU hinzugezogen habe. Ich muss alles wissen, was in Ihrer Vergangenheit in Bezug auf Enigma vorgefallen ist.« Er holte tief Luft und fuhr fort: »Was ich in dieser Akte gelesen habe, war … Es war verstörend, um es vorsichtig auszudrücken. Was Sie durchgemacht, was Sie erlitten haben, sollte niemandem passieren, und erst recht keinem sechzehnjährigen Mädchen.«

Sie nickte nur. Was sollte sie dazu schon sagen?

»Als Ihr Vorgesetzter bin ich um Ihre Gesundheit und Ihr Wohlergehen besorgt, sowohl in emotionaler als auch in physischer Hinsicht. Nachdem das Video nun an die Öffentlichkeit gelangt ist, wäre es fahrlässig von mir, nicht zu erkennen, welchen Einfluss es auf unsere Ermittlungen haben wird. Wie wollen Sie es bewerkstelligen, Verhöre durchzuführen und an Tatorten mit den Medien umzugehen?«

Sie machte Anstalten, ihm zu widersprechen. »Sir, ich …«

Buxton hob eine Hand. »Während Sie und Agent Wade auf dem Parcours waren, habe ich die letzte Stunde damit verbracht, mich mit den Auswirkungen des viral gegangenen Videos zu beschäftigen.« Angeekelt verzog er die Lippen. »Public Affairs ist mit Medienanfragen bombardiert worden. Ich habe Cyber Crimes angewiesen, alle größeren Social-Media-Plattformen aufzufordern, Enigmas Accounts zu schließen. Über seine diversen Profile ist der Feed nicht mehr zugänglich, aber er ist so oft heruntergeladen und wiederveröffentlicht worden, dass ihn immer noch jeder sehen kann, der ihn sehen will.« Seine Gesichtszüge verhärteten sich. »Wenigstens konnten wir den Scheißkerl aufhalten, bevor er die tausend Likes zusammenhatte, nach denen er die nächsten sechzig Sekunden zeigen wollte.«

Nina verspürte Erleichterung, aber das war nur von kurzer Dauer. Sie war Enigma jetzt zweimal entkommen. Da er natürlich auf Rache aus war, würde er den Rest des Videos sowieso veröffentlichen.

In ernstem Ton fügte Buxton hinzu: »Der Direktor persönlich hat mich angerufen. Er hat mir versichert, dass wir seine volle Unterstützung haben, inklusive uneingeschränktem Zugriff auf alle Ressourcen.«

Nina war gleichzeitig gerührt, weil der Direktor besorgt um sie war, und beschämt, weil auch er das Video gesehen hatte.

»Ich habe ihm versichert, dass Sie in diesem Fall nur in beratender Funktion tätig sein werden«, erklärte Buxton. »Und dass Sie keine Außeneinsätze mehr machen.«

Die Wut, die seit dem Video unter der Oberfläche gebrodelt hatte, entlud sich in einem hitzigen Wortschwall: »Haben Sie aus Sorge um mein Wohlergehen beschlossen, mich auf die Bank zu setzen, oder bin ich Ihnen peinlich?«

Nina erinnerte sich an das Mantra, das ihr seit dem Tag ihres Eintritts ins FBI eingehämmert worden war. *Mach dem Bureau keine Schande.* Über ein paar kleinere Verfehlungen konnte hinweggesehen werden, aber nicht über das, was ihr widerfahren war.

Buxtons Augen weiteten sich. »Agent Guerrera, ich gehe davon aus, dass Sie verständlicherweise erschüttert sind. Anderenfalls müsste ich annehmen, dass Sie sich mir gegenüber respektlos verhalten.«

Es würde nichts nützen, den leitenden Special Agent zu verärgern. Nina holte tief Luft und unterdrückte ihre Frustration. »Sir, im Augenblick würde es mir am meisten helfen, wenn ich weiterhin mit meinem Team zusammenarbeiten könnte, um Enigma zu fassen.« Sie sagte absichtlich nicht *den Mann, der mir das angetan hat,* denn sie hoffte, den Eindruck von Objektivität zu erwecken, wo keine war.

Buxton schien nicht beruhigt zu sein. »Bei jedem Verhör, das Sie führen, werden die Leute dieses Bild vor ihrem inneren Auge haben. Die Öffentlichkeit wird sich stärker auf Sie als auf den Verdächtigen konzentrieren, was nicht gerade hilfreich ist.«

Sie versuchte, ihre Vorbelastung als Bereicherung darzustellen. »Sir, wir haben ein ganzes Team von Leuten, die objektiv sein können. Wir brauchen jemanden, der völlig *subjektiv* ist. Jemanden, der persönliche Erfahrungen mit Enigma hat.«

Wade räusperte sich. »Sir, darf ich?« Auf Buxtons Nicken hin legte er ein gutes Wort für sie ein. »Das Video beweist, dass Agent Guerrera bestimmte Dinge verdrängt hat. Es ist ihr nicht anzulasten, dass es Details gibt, an die sie sich nicht erinnern kann, aber ich bin mir sicher, dass sie ihr wieder einfallen werden, wenn sie direkt an den Ermittlungen beteiligt ist. Ich empfehle, dass sie im Team bleibt.«

Nina wusste nicht, ob ihr diese Art der Verteidigung gefiel. Warum hatte er ihre Gedächtnislücken erwähnt? Wollte er ihr nun beistehen oder nicht? »Was habe ich denn verdrängt?«

»Sie haben nie erwähnt, dass er Sie einen Haufen Müll genannt hat«, antwortete Wade. »Das ist eine wichtige Information.«

Was zuvor eine Aneinanderreihung von verzerrten Erinnerungsbildern gewesen war, sah sie wegen des Videos nun durch Enigmas Augen. Fragmente von Bildern stürzten auf sie ein, eine wahre Flutwelle, die sie überwältigte und dazu zwang, den Blick zu senken.

Sie erinnerte sich an den Polizisten, der sie nach ihrer Flucht nach Einzelheiten gefragt hatte. Als sie die abscheuliche Ereigniskette aufzählte, zitterte sie am ganzen Körper. Aber sie hatte sich zu sehr geschämt, das Wort zu wiederholen.

Ein Haufen Müll.

Mit der Zeit waren die Erinnerungen verblasst, unterstützt von ihren entschlossenen Bemühungen, sie in den dunklen bodenlosen Abgrund zu stoßen, in dem ihre schlimmsten Augenblicke überdauerten.

»Dieser Ausdruck hat eine bestimmte Bedeutung für ihn«, sagte Wade. »Er hat ihn in dem Video mehrmals benutzt. Niemand, der damals in Ihrem Fall ermittelt hat, wusste, dass er Sie so genannt hat. Erkennen Sie die Wichtigkeit dieser Worte?«

Nina blickte ihm ins Gesicht. »Damals am Tatort des ersten Mordes in DC haben Sie vermutet, dass der Gesuchte meine Vorgeschichte kannte, ehe er mich entführt hat«, erwiderte sie. Es klang wie eine Feststellung.

»Sofia Garcia-Figueroa wurde in einem Müllcontainer gefunden«, fuhr Wade fort. »Ich habe die vorliegenden Tatsachen bewertet und bin zu einer logischen Schlussfolgerung gekommen.«

Und Nina hatte dieser Folgerung widersprochen, weil sie sie nicht glauben wollte. Wenn Enigma wusste, dass sie als Säugling in einem Müllcontainer ausgesetzt worden war, dann bedeutete das, dass er eine Menge höchst vertrauliche Informationen über sie hatte, so viele, dass er möglicherweise schon vor der Entführung eine Rolle in ihrem Leben gespielt hatte. Sie suchte nach einer anderen Erklärung. »Vielleicht denkt er, dass Mädchen austauschbar sind. Er benutzt sie und wirft sie dann weg wie Müll.« Sie tippte sich auf die Brust. »Nicht nur ich persönlich, sondern alle Mädchen.«

»Dann ist alles andere an Sofias Mord speziell für Sie arrangiert worden, und nur der Ablageort der Leiche war Zufall?«

Sie musste sich mit dem Gedanken anfreunden, dass Wade die ganze Zeit recht gehabt hatte. Ihr Verstand wechselte in den analytischen Modus. »Woher sollte er etwas über meine Vergangenheit wissen?«

»Genau.« Wade rieb sich das Kinn. »Man hat in die falsche Richtung ermittelt und nach irgendeinem Fremden gesucht, der Sie vor elf Jahren zufällig entführt hat. Und wenn es nun weder ein Fremder noch ein Zufall war? Wenn er Sie kannte? Sie gezielt ausgesucht hat?«

»Ich wusste ja selbst nicht, dass ich abhauen wollte, ehe ich es getan habe«, murmelte sie gedankenverloren. »Woher sollte er es dann wissen?«

»Laut Ihrer damaligen Darstellung hatten Sie schon ein paar Tage auf der Straße verbracht, bevor er sie erwischte«, sagte Wade. »Vielleicht hat er nach Ihnen gesucht. Er war besessen, und das ist er offensichtlich auch heute noch.«

Im Augenblick fühlte sich Nina absolut nicht wie eine Kriegerin. Aus einem Gefühl tiefster Scham heraus hatte sie das Wort zurückgehalten, das die Ermittlungen entscheidend vorangebracht hätte. Mit sechzehn hatte sie nicht gewusst, wie die Polizei einen Fall bearbeitete; sie hatte nicht gewusst, dass scheinbar unwichtige Details für einen cleveren Detective eine Fundgrube brauchbarer Informationen sein konnten. Und wenn dieser eine Hinweis die Ermittlungen elf Jahre zuvor in eine andere Richtung gelenkt hätte? Und die vor vier Tagen? Wären sechsunddreißig unschuldige Mädchen dann vielleicht noch am Leben?

Das Schlimmste aber war, dass sie die Worte der Polizei verschwiegen hatte, weil ein Teil von ihr ihm glaubte. Niemand wollte sie. Das hatte das Leben ihr ein ums andere Mal bewiesen. Sie war Müll, so wertlos wie der Abfall, in den sie geworfen worden war.

Wie würden die anderen sie von jetzt an sehen? Würden sie nur auf die Narben starren, die sie nun nicht mehr verbergen konnte?

Enigma wollte sie wieder an diesen Punkt bringen. Das verängstigte Mädchen im Video. Allein, gedemütigt, hilflos. Er suchte sich Opfer aus, die er für lebensunwert hielt. Er hatte ihr einen Teil ihres Selbst geraubt, sie für immer verändert, aber sie würde nicht zulassen, dass er ihr noch mehr nahm. Oder jemand anderem. Sie würde diejenige sein, die ihn aufhielt.

Langsam reckte sie das Kinn und richtete ihren Blick auf Buxton. »Sir, ich habe die besten Chancen, den Gesuchten zu finden. Und dafür muss ich an den Einsätzen teilnehmen.« Sie spreizte die Finger. »Sie können mich nicht aus dem Spiel nehmen. Enigma wird mich immer wieder in die Sache hineinziehen.«

»Er ist besessen von Agent Guerrera«, meldete sich Kent erstmals zu Wort. »Er wird sie nicht einfach vergessen.«

»Ich werde mich nicht hinter meinem Schreibtisch verstecken und hoffen, dass er mich nicht findet.«

»Sie hat recht«, bestätigte Wade. »Früher oder später wird er kommen, um sie sich zu holen. Und deshalb sollte sie an dem Fall dranbleiben.«

Nina schwieg, damit Buxton seine Meinung in Ruhe überdenken konnte.

»Sie haben mehr durchgemacht als jeder andere Agent, von dem ich gehört habe«, sagte er schließlich. »Ich muss wissen, ob Sie mit den Dingen, die da auf Sie zukommen, tatsächlich umgehen können. Die Sache dürfte nämlich noch um ein Vielfaches hässlicher werden.«

Sie richtete sich auf. »Ich werde mit allem fertig, was er mir vor die Füße wirft.«

»Es ist nicht nur Enigma.« Buxton sah skeptisch aus. »Es geht auch um die anderen Agents und die Öffentlichkeit. Diese Art von Prüfstand hat es beim FBI noch nie gegeben.«

Wade räusperte sich. »Ich hatte selbst genug mit öffentlicher und interner Kontrolle zu tun. Sie ist mein Partner.« Er deutete mit dem Kopf auf Nina. »Ich stehe hinter ihr.«

Nina hatte sich darauf eingestellt, allein mit den Auswirkungen des Videos fertigwerden zu müssen, so, wie es in ihrem Leben meistens gewesen war. Jetzt aber hatte sie Dr. Jeffrey Wade – Psychologe, Special Agent und selbst ernanntes Arschloch – an ihrer Seite.

»Ich auch«, sagte Kent.

»Und ich«, fügte Breck hinzu.

Schweigen erfüllte den Raum.

Nina musste sich zwingen, unter dem Tisch nicht mit dem Fuß zu wippen, während sie auf die Entscheidung ihres Vorgesetzten wartete.

Buxton stieß einen tiefen Seufzer aus. »Ich muss ein paar Anrufe erledigen.« Er warf ihr einen forschenden Blick zu. »Sie können im Team bleiben.« Dann ließ er den Blick über den Tisch schweifen und sagte: »Sie können jetzt gehen.«

Sie erhoben sich. Als sie zur Tür hinausgingen, drehte sich Nina um und sah, wie Buxton nach dem Telefon auf seinem Tisch griff. Für einen flüchtigen Moment erkannte sie die Andeutung eines Lächelns auf seinem faltigen Gesicht.

Kapitel 29

Nina trat das Gaspedal des schwarzen Chevy Tahoe durch und überholte einen langsam fahrenden Pick-up, bevor die Straße einspurig wurde. »Kaum zu glauben, dass Sorrentino so weit außerhalb von DC wohnt. Das Pendeln muss grauenhaft sein.«

»Er ist ein Geschöpf der Nacht«, sagte Wade, der auf dem Beifahrersitz saß. »Arbeitet zu ungewöhnlichen Zeiten. Meist vom späten Nachmittag bis zwei Uhr morgens. Die Rushhour spielt für ihn keine Rolle.«

Sie blickte auf die Uhr im Armaturenbrett. »Wahrscheinlich fährt er kaum vor Mittag los, er müsste also noch zu Hause sein.« Wade knurrte zustimmend, während sie in eine Seitenstraße abbog.

Sie hatten beschlossen, Sorrentino nicht anzurufen, um ein Treffen zu vereinbaren, sondern überraschend aufzutauchen und ihn außerhalb seines Clubs zu erwischen. Ein wohldurchdachter Schachzug.

Nina hatte sich bei Wade dafür bedankt, dass er sie bei Buxton unterstützt hatte, wozu auch die Forderung gehört hatte, den Besitzer des Fight Clubs mit ihr zusammen zu verhören. Vor der Abfahrt hatten sie eine Stunde damit verbracht, sich über einen gewissen Joseph Thomas Sorrentino kundig zu machen, der allem Anschein nach bereit war, seine Großmutter zu verkaufen, wenn er sich einen Vorteil davon versprach.

Nina kannte den Typus. Immer auf der Suche nach dem schnellen Geld, ging er stets den Weg des geringsten Widerstands und war jederzeit bereit, nötigenfalls auch einen Freund zu verraten.

Sie fuhr langsamer und überprüfte die Hausnummern, bis sie vor einem bescheidenen einstöckigen Haus im Kolonialstil hielt, das hinter einer Reihe von ungepflegten Azaleen mitten auf einem fleckigen Rasen stand. Sie fuhr in die Einfahrt aus bröckelndem Zement und zog die Handbremse an.

»Ich überlasse Ihnen die Führung«, sagte sie. »Sie haben ihn ja schon einmal verhört.«

»Ich bin da nicht allzu optimistisch«, gab Wade zurück. »Er weiß viel mehr, als er damals zugegeben hat.«

Sie öffnete den Sicherheitsgurt und die Fahrertür. »Wie viel wollen wir ihm erzählen? Er wird Fragen stellen.«

»So wenig wie möglich.«

Sie stapften über zerbrochene Platten aus Naturstein, die an einer fleckigen Plattform aus Beton endeten, die mit viel gutem Willen als Veranda durchging. Nina klingelte, was im Inneren eine Kakofonie von schrillem Gekläffe auslöste.

Die Tür öffnete sich etwa fünf Zentimeter. Eine Frau in den Sechzigern, bekleidet mit einem pinkfarbenen Morgenmantel aus Chenille und braunen Schlappen, blinzelte sie an. »Ich kaufe nichts.«

Sie machte Anstalten, die Tür wieder zu schließen, aber Nina schob den Fuß dazwischen und zückte ihren Dienstausweis. »Special Agent Nina Guerrera, FBI. Wir müssen mit Joseph Sorrentino sprechen, ist er zu Hause?«

Die tränenden Augen der Frau wurden schmal, als sie den Ausweis überprüfte. Dann grinste sie breit und stieß ein gackerndes Lachen aus, so laut, dass ihre drei winzigen Hunde erstarrten. »Hab ich's doch gewusst!« Sie drehte den Kopf und rief ins Haus: »Hey Joe, beweg deinen Arsch hier runter. Es ist das FBI. Was zur Hölle hast du diesmal wieder angestellt?«

Nina und Wade wechselten einen Blick. Offensichtlich war Joes Frau nicht der Typ, der ihn decken würde.

»Lassen Sie mich erst die Hunde wegsperren«, sagte sie unvermittelt und schlug ihnen die Tür vor der Nase zu.

Nina wandte sich an Wade. »Sie glauben nicht, dass er durch die Hintertür abhaut, oder?«

Er lächelte ironisch. »Seine Frau würde ihn verpfeifen, wenn er das versuchte.«

Hinter der Tür waren jaulende Hunde und das Schlurfen von Füßen zu hören, bis sie sich schließlich erneut öffnete. Sorrentino war korpulent, mit einer Knollennase im fleischigen Gesicht, und er betrachtete sie unter buschigen grauen Augenbrauen hervor von oben bis unten.

»Sie da«, sagte er anstelle einer Begrüßung zu Wade. »Ich habe Ihnen nichts mehr zu sagen.«

Offensichtlich hatte Wade Eindruck hinterlassen, aber vielleicht war Sorrentino auch der Besuch des FBI im Gedächtnis geblieben.

»Können wir hereinkommen, Mr Sorrentino?«, fragte Wade.

Sorrentino sah aus, als würde er ihnen am liebsten die Tür vor der Nase zuschlagen, schien sich aber eines Besseren zu besinnen. Er trat einen Schritt zurück. »Wenn's unbedingt sein muss.«

Sie folgten ihm in eine unordentliche Küche und blieben stehen, während er einen Haufen Papiere und eine verwelkte Topfpflanze zur Seite räumte, um am Küchentisch Platz zu machen. Eine tote Spinne fiel von der Tischkante und landete in einem Wassernapf auf dem Boden.

Sorrentino bedeutete ihnen, sich hinzusetzen, ging aber nicht so weit, ihnen ein Glas Wasser anzubieten. Egal. Sie würde ohnehin nichts trinken, was er ihr servierte.

»Erinnern Sie sich an unser Gespräch in Ihrem Club vor zwei Jahren?«, fragte Wade und setzte sich auf einen heruntergekommenen Küchenstuhl.

Sorrentino verzog das Gesicht. »So gut wie an meine letzte Hämorrhoide.«

»Wir möchten noch einmal über die Ware reden, die Sie verkauft haben.«

»Nicht schon wieder.« Sorrentino beugte sich vor und sein Stuhl knarrte bedenklich unter seinem Gewicht. »Ich habe Ihnen doch gesagt, dass ich nichts mehr davon verkauft habe, seit Sie und die anderen Beamten mich besucht haben, und ich weiß auch sonst nichts darüber.« Er hob die rechte Hand, als wollte er einen Eid ablegen. Die typische Geste eines Lügners, weltweit. »Ich schwöre.«

»Reden wir trotzdem noch einmal darüber.« Wade holte sein Notizbuch heraus und öffnete es. »Beim letzten Mal haben Sie erwähnt, dass Sie Kampfhandschuhe von Ihrem Neffen erworben haben.«

»Das stimmt, der Sohn meines Bruders, Sammy Sorrentino. Er ist vor langer Zeit schon pleitegegangen, darum habe ich ihm einen Gefallen getan und seine Restbestände gekauft.«

Wade holte seine Lesebrille heraus und setzte sie auf, bevor er in seine Notizen blickte. »Sie haben ihm für jeden Artikel fünf Prozent Provision gezahlt und sie später in Ihrem Club weiterverkauft.« Er spähte über den Brillenrand. »Zum vollen Preis.«

Sorrentino räusperte sich. »Nun, es ist doch nichts Falsches daran, ein bisschen Geld zu verdienen, oder?«

»Nicht, solange Sie Steuern zahlen.«

»Hören Sie, das hatten wir doch schon.« Sorrentino zog die Mundwinkel hoch, offenbar sein bester Versuch eines entwaffnenden Lächelns. »Sie haben mir das damals durchgehen lassen. Sind Sie ernsthaft hier, um mir in die Eier zu treten, weil ich ein bisschen Sportausrüstung in meinem eigenen Etablissement verkauft habe? Es war Qualitätsware, die Leute haben es geliebt. Es war ja nicht so, dass ich jemanden über den Tisch gezogen hätte oder so.«

»Außer Ihren Neffen«, sagte Nina. Sie konnte sich nicht zurückhalten. Sorrentino hätte sich seiner Familie gegenüber durchaus hilfsbereiter zeigen können. »Wieso konnten Sie die Handschuhe verkaufen, wenn er es nicht konnte?«

Offenbar überraschte ihn die Frage, denn seine Augen weiteten sich, als hätte er Nina erst jetzt bemerkt. »Hey, sind Sie nicht dieses berühmte FBI-Mädel?« Er schnippte mit den Fingern. »Das Kriegermädchen, genau.« Er musterte sie prüfend. »Möchten Sie mal im Käfig kämpfen? Wir könnten es als Sondervorstellung betiteln. Wäre garantiert ausverkauft – ach verdammt, wir könnten den doppelten Preis dafür nehmen!«

Ninas Augen wurden schmal. »Mr Sorrentino, ich darf Ihnen versichern, dass ich null Interesse an einem Käfigkampf habe.«

»Sicher? Sie sind klein, aber ich habe das Video gesehen, wo Sie diesem Kerl im Park den Arsch aufgerissen haben. Ich glaube, Sie würden mit den meisten Kämpferinnen im Umkreis fertigwerden.«

Ihr war sonnenklar, dass er das von Enigma veröffentlichte Video gesehen hatte. Er wusste, dass er durch die Berichterstattung kostenlose Werbung bekommen und ein Vermögen machen würde. Er war ein Opportunist, wenn auch kein sonderlich schlauer.

»Ich glaube, Sie haben mich nicht verstanden.« Sie empfand das starke Bedürfnis, ihm die Ohren mit dem Lauf ihrer

Glock zu reinigen. »Ich werde nicht in Ihrem Club kämpfen. Und auch in keinem anderen. Niemals.«

Sorrentino zuckte mit den Schultern. »Ihr Pech.« Es schien ihm Schwierigkeiten zu bereiten, den Gesprächsfaden wieder aufzunehmen. »Egal, die Leute kennen mich. Ich bin schon lange im Geschäft; sie vertrauen mir. Kaum hatten ein paar von ihnen die Handschuhe ausprobiert, hat sich die Sache herumgesprochen, und der Rest hat auch nachgefragt. Was hätte ich denn tun sollen, das Geschäft ablehnen?«

»Wie viele haben Sie verkauft?«, fragte Wade.

»Ein paar.«

Wade warf erneut einen Blick in seine Notizen. »Beim letzten Mal haben Sie von mehr als fünfzig Paaren gesprochen.«

»Okay, wenn man die Kampfhandschuhe und die taktischen Handschuhe zusammennimmt, dann stimmt das ungefähr, ja.«

»Taktische Handschuhe?«

»MMA-Kampfhandschuhe sind fingerlos«, erklärte Sorrentino. »Mein Neffe hat dasselbe Material benutzt, um vollständige Handschuhe zu produzieren. Er hatte gehofft, sie als Plan B ans Militär oder an die Polizei zu verkaufen, aber das hat auch nicht funktioniert.«

»Und Sie haben Ihrem Neffen nie von Ihren Verkäufen erzählt?«

»Hey, er hatte seine Verluste schon von der Steuer abgesetzt. Wenn ich mit ihm geteilt hätte, hätte er nur Ärger mit dem Finanzamt bekommen, und das will doch niemand.«

Nina verdrehte die Augen. »Sie sind ein wahrer Menschenfreund.«

»Wir brauchen die Namen der Leute, an die Sie verkauft haben«, forderte Wade ihn auf. »Und erzählen Sie uns bloß nicht, dass Sie die nicht wüssten. Jemand wie Sie führt Buch.«

Sorrentino hob die Hände. »Sehen Sie sich um. Wirke ich etwa besonders organisiert auf Sie?«

Da hatte er nicht ganz unrecht.

Wade ließ nicht locker. »Sie sind Geschäftsmann, und Sie wissen, wie man Geld nachverfolgt. Vielleicht würde ein Durchsuchungsbeschluss zu mehr Informationen aus Ihren Akten und Computern führen.«

»Danke, ich brauche keine Darmspiegelung durch eine Bundesbehörde mehr. Ihr habt damals nichts gefunden, und das wäre heute genauso.«

Wade machte ein finsteres Gesicht. »Weil Sie dafür gesorgt haben, dass alles aus den Büchern verschwindet.«

»Weil es nichts zu finden gibt«, entgegnete Sorrentino mit der rechtschaffenen Empörung der wahrhaft Korrupten. »Sehen Sie, ich führe Buch über mein Unternehmen, aber das damals war nicht *mein* Unternehmen. Es gehörte meinem Neffen. Ich sehe das so: Alles, was ich verkauft habe, war der Ausgleich für meine ursprüngliche Investition.«

Anscheinend akzeptierte Wade die Niederlage an dieser Front und wechselte das Thema. »Haben Sie Kopien der Terminpläne des Clubs? Die aufzeigen, welche Kämpfer wann gegeneinander gekämpft haben?«

»Sicher. Wie weit wollen Sie zurückgehen?«

»Wie weit *können* Sie zurückgehen?«

Sorrentino breitete theatralisch die Arme aus, ein Sinnbild der Aufrichtigkeit. »Bis zu dem Zeitpunkt vor etwa zwölf Jahren, als ich aus dem Boxclub einen MMA-Club gemacht habe. Als ich angefangen habe, den Kämpfern diese Handschuhe zu verkaufen.«

Wade beugte sich erwartungsvoll vor. »Haben Sie die Pläne hier?«

»Ich habe sie auf dem Computer in meinem Club. Ich kann sie Ihnen zumailen.«

»Machen Sie das«, sagte Wade. »Heute noch.«

»Wozu die Eile?« Sorrentinos ganzes Gebaren veränderte sich, als er von defensiv zu berechnend wechselte. »Hey, ihr ermittelt doch gegen diesen Serienmörder, Enigma. Das hier hat etwas damit zu tun, stimmt's?« Die Blicke aus seinen Knopfaugen huschten zwischen Nina und Wade hin und her. »Wenn ich Informationen liefere, sollte ich auch eine Belohnung bekommen, richtig? Ich meine, dieser Hollywood-Typ bietet eine Million. Und was zahlt der Staat?«

»Wir bieten Ihnen die Gelegenheit, weiterhin Ihren Club zu betreiben«, sagte Wade. »Anstatt sich eine Zelle mit einem Kerl zu teilen, der halb so alt ist wie Sie und der Ihnen seine Kampfkünste gern in einem Käfig mit richtigen Gittern demonstrieren würde.«

»Drohungen sind echt nicht nötig.« Sorrentino hob abwehrend die Hände. »Ich frage ja nur.«

»Und jetzt haben Sie Ihre Antworten.« Wade gab ihm eine Visitenkarte. »Ich erwarte in den nächsten zwei Stunden eine E-Mail von Ihnen.« Er stand auf. »Und genau wie beim letzten Mal werden Sie mit niemandem über den Inhalt dieses Gesprächs reden, verstanden?«

»Wem sollte ich denn was erzählen?« Sorrentino kam mühsam auf die Füße. »Ich habe letztes Mal zu niemandem ein Wort gesagt, und das werde ich auch jetzt nicht tun. Wirft nur ein schlechtes Licht auf mich.«

»Dasselbe gilt für Ihre Frau.«

Sorrentino winkte ab. »Der sage ich gar nichts. Die ist nur enttäuscht, weil Sie mich nicht in Handschellen abführen.«

Als sie Sorrentino seinem häuslichen Glück überlassen hatten und auf den SUV zugingen, überdachte Nina noch einmal die Situation. Sie hatten ziemlich wenig vom Besitzer des Fight Clubs erfahren, aber vielleicht würde seine Datenbank ja brauchbare Hinweise liefern. Wenigstens würden sie Kämpfer ausschließen können, die zu den Zeiten, zu denen Enigma nachweislich aktiv gewesen war, im Käfig gestanden hatten.

Das war nicht viel, und es frustrierte sie. Der Gesuchte landete weiterhin solide Treffer, beschädigte ihre Reputation, durchkreuzte die Ermittlungen und demütigte sie dabei. Sie hingegen boxte gegen Schatten.

Trotz tagelanger intensiver Ermittlungen blieb er nach wie vor ein Rätsel.

Kapitel 30

Nach einem langen Tag des Grübelns über alten Akten aus den Ermittlungen zum Beltway Stalker sehnte sich Nina nach einer heißen Dusche. Die Dusche, die sie im Umkleideraum in Quantico nach ihrem Lauf genommen hatte, war gerade mal lauwarm gewesen. Es hatte gereicht, um sich vor dem Verhör von Sorrentino zu säubern, war aber keine angenehme Erfahrung gewesen.

An diesem Abend war sie in ihre Wohnung zurückgekehrt und gleich im Badezimmer verschwunden, wurde aber von der Türklingel gestört. Mit tropfnassem Haar schloss Nina den Seidengürtel ihres kurzen Morgenmantels und griff nach ihrer Pistole. Mit der Waffe in der Hand tappte sie zur Tür und reckte sich auf die Zehenspitzen, um durch den Türspion zu spähen. Der größte Teil der kleinen Öffnung wurde von zerzaustem pechschwarzem Haar mit einer kunstvoll kobaltblau gefärbten Strähne verdeckt.

Seufzend verschwand Nina in der Küche, um ihre Glock in einen der oberen Schränke zu legen. Danach lief sie wieder zur Tür, riss sie auf und winkte Bianca herein. »Musst du keine Hausaufgaben machen oder so?«

Sie ließ ihre Stimme absichtlich forsch und lebhaft klingen, als wäre sie nicht wenige Stunden zuvor der schlimmsten öffentlichen Demütigung ihres Lebens ausgesetzt gewesen.

»Schon fertig«, sagte Bianca, die ihre Rolle spielte, ohne mit der Wimper zu zucken. »Hab dein Auto draußen gesehen und wollte wissen, wie es dir geht.«

»Ich brauche keine Siebzehnjährige, die nachsieht, ob es mir gut geht.«

Bianca folgte ihr in die Küche. »Alle im Haus reden darüber.«

Es hatte keinen Sinn, die Ahnungslose zu spielen. »Das kann ich mir denken.«

»Auf dem Campus auch«, fuhr Bianca fort. »Die Leute sind ausgerastet, als sie das Video auf ihren Handys gesehen haben. Als meinem Psychologieprofessor klar wurde, dass niemand seinem Unterricht folgte, hat er beschlossen, das Video in seinem heutigen Vortrag über Psychopathologie zu behandeln.«

Großartig. Ein Professor der George Washington University hatte sie in seinen Lehrplan integriert. Sie stellte sich einen Hörsaal voller mitschreibender Studenten vor, kam aber zu dem Schluss, dass die Meinung eines Akademikers durchaus interessant sein könnte.

»Und was hat er gesagt?«

»Im Grunde genommen hat er uns eine Stunde wertvoller Lebenszeit gestohlen, die uns keiner zurückgeben kann, um uns zu erklären, dass Enigma vollkommen durchgeknallt ist.« Bianca schüttelte den Kopf. »Darauf wäre ich ja nie gekommen.«

Trotz des Spotts in ihrer Stimme erkannte Nina, dass Bianca besorgt war. Sie legte eine Hand auf die magere Schulter des Mädchens. »Wir werden ihn uns holen, *mi'ja.*«

Bianca gehörte nicht zu der Sorte Mensch, die man mit Plattitüden beruhigen kann. »G-Woman hat gesprochen, howgh! Der Fanclub wäre stolz auf dich.«

Ninas Augen wurden schmal. »Fanclub?«

Bianca ging an ihr vorbei und öffnete den Kühlschrank. »Du weißt schon, eine Gruppe Menschen, die jemanden oder das, was jemand tut, bewundert.«

»Ich weiß, was ein Fanclub ist.« Sie folgte Bianca zum Kühlschrank, legte ihr einen Arm um die Schultern und schlug die Tür zu. »Was verschweigst du mir, Bee?«

Bianca richtete sich auf. »Versuch diesen Verhör-Scheiß erst gar nicht bei mir. Das funktioniert nicht.«

Nina starrte sie immer noch an.

»Und sieh mich nicht so an.« Bianca stemmte eine Hand in die Hüfte. »Ich weiß genau, warum du das machst.«

Nina rührte sich nicht vom Fleck. »Spuck's aus.«

Bianca senkte den Blick auf ihre Schuhe. »Mann, wenn sie dich so sehen könnten, würde die Hälfte dich für den heißen Typen fallen lassen.«

»Moment mal, was für ein heißer Typ?«

Bianca stieß einen Seufzer aus, in dem die geballte Frustration eines genialen Teenagers lag, der gezwungen wurde, etwas zu erklären. Mal wieder. »Gib mir deinen Laptop.«

Nina holte den Computer vom Kaffeetisch neben der Couch im Wohnzimmer und legte ihn Bianca in die ausgestreckten Hände.

»Hier, sieh mal«, sagte Bianca und tippte auf der Tastatur herum. »Jemand hat eine Fanpage erstellt und eine Liste für das Team FBI gemacht.« Sie drehte den Laptop zu Nina. »Die Leute wählen ihre Lieblings-Deppen.«

Entsetzt fuhr Nina mit dem Finger über den Bildschirm. Ungestellte Fotos von Bundesagenten in Einsatzkleidung an verschiedenen Tatorten liefen vor ihr ab. »Was zum Teufel ist das?«

»Die Leute haben Bilder von dir und diesem alten Sack, Agent Wade, wie ihr an den Fällen in DC, San Francisco und

Boston arbeitet. Darum weiß jeder, dass ihr beiden die leitenden Ermittler seid.«

»Alter Sack?«

»Aber in Boston haben wir auf einmal zwei weitere Agents. Ein rothaariges Mädel und ein absolut heißer Typ mit Militär-Haarschnitt und Brille.«

»Und ihr nennt sie Ginger und G-Man Joe?«

»Ich nicht«, antwortete Bianca und klang etwas zu unschuldig. »Von mir sind diese Spitznamen nicht.«

»Ich fasse es einfach nicht«, sagte Nina. »Noch eine Manege in diesem Zirkus.«

Bianca tippte auf den Bildschirm. »Aber niemand weiß, wer dieser große schwarze Typ im dunklen Anzug ist.«

»Das ist Supervisory Special Agent Buxton. Unser Boss.«

»Verstehe.« Bianca gab Nina den Laptop und holte ein Handy aus ihrer Gesäßtasche.

»Moment mal. Das simst du besser niemandem.«

»Ich? Nein.«

Während sie zusah, wie Bianca mit den Daumen etwas in ihr Handy tippte, beschlich Nina ein gewisser Verdacht. »Wer hat diese FBI-Fanpage erstellt?«

»Keine Ahnung.«

Damit verriet sie sich immer. Ein reflexartiges Leugnen ohne jeden Blickkontakt.

»Du warst das.« Nina zeigte mit dem Finger auf sie. »Du und deine Freunde!«

»Sieh mal, der Psychokiller hat eine Fanpage«, sagte Bianca gut gelaunt. »Er hat einen coolen Spitznamen. Alle nennen ihn Enigma. Die Guten sollten auch so etwas haben.«

Nina wusste, dass einige Serienmörder Groupies anzogen, aber von dieser Wendung in den laufenden Ermittlungen hatte sie noch nichts gehört. »Wo ist die Fanpage für Enigma?« Erneut drehte sie den Laptop zu Bianca um. »Zeig.«

Das Mädchen steckte ihr Handy weg und rief eine Website auf, während Nina den Laptop hielt. Bilder von den Hinweisen und Videos ploppten hoch. Sie würde die Seite bei Cyber Crimes melden. Vielleicht hatten die sie schon auf dem Schirm, aber sie musste sichergehen.

Sie schloss den Laptop und blickte Bianca in die Augen. »Manche Leute sind von Gewalttätern fasziniert. Berüchtigte Mörder bekommen von fremden Menschen Liebesbriefe und Heiratsanträge ins Gefängnis geschickt.«

»Mein Psychologieprofessor nennt das *Hybristophilie.*« Bianca verzog den Mund. »Leute mit großen Problemen, die sich in Psychokiller verlieben. Kapier ich nicht.«

»Kannst du mir einen Gefallen tun und deine FBI-Fanpage löschen?«

Bianca blickte wieder auf ihr Handy und wich sowohl Ninas Blick als auch der Frage aus.

Nina verschränkte die Arme vor der Brust. »Könntest du dich wenigstens aus den Ermittlungen raushalten?«

»Falls du es noch nicht bemerkt haben solltest: Jeder Mensch auf diesem Planeten ist in diese Ermittlungen involviert. Ich dachte, du wüsstest es zu schätzen, wenn jemand es aus den richtigen Gründen tut.« Auf einmal brach ihre Stimme. »Ich kann es einfach nicht ertragen … was er dir angetan hat …«

Nina trat einen Schritt auf sie zu. »Bee, es ist schon okay, ich …«

»Es ist nicht okay«, sagte Bianca. »Nichts daran ist okay. Es ist mir egal, was du sagst, auf keinen Fall werde ich einfach rumstehen und zulassen, dass das Arschloch noch mehr Bilder davon postet, wie er dich foltert. Nicht, wenn ich etwas tun kann, um euch zu helfen, den Kerl zu finden.«

Nach längerem Schweigen stellte Nina den Laptop auf den Tisch und setzte sich. Sie überlegte, wie viel sie enthüllen konnte, und bedeutete Bianca, sich auf den Stuhl ihr gegenüber zu setzen. »Unser Team nimmt das Video auseinander. Wir haben schon ein paar Dinge herausgefunden, die wir vorher nicht wussten. Wir werden ihn stoppen.«

»Bevor er sein Versprechen hält und noch mehr von dem Video zeigt?«

Nina musste schlucken, als sie sich vorstellte, wie Bianca sich die nächsten sechzig Sekunden ansah.

»Bitte, Bee, lass es sein. Ich möchte nicht, dass du dir seine Feeds ansiehst, seine Postings liest oder irgendetwas anderes tust, mit dem er sein Gift in deinen Kopf träufelt. Überlass ihn uns. Wir erwischen ihn.«

»Du hast sehr viel mehr Vertrauen in diese Schwachköpfe von Technikern als ich.«

»Sie sind gut in dem, was sie tun, wirklich.«

»Ach ja?« Bianca langte über den Tisch, um den Laptop zu öffnen. »Warum haben sie dann das hier verpasst?« Sie drehte den Bildschirm zu sich, tippte ein paarmal auf die Tastatur und drehte ihn dann zu Nina. »Ich nehme mal an, dass du das hier nicht kennst, weil du es nicht erwähnt hast.«

Nina betrachtete das Bild. »Das muss ein kranker Witz sein.«

»Es ist echt«, bestätigte Bianca und tippte auf ein Icon, um einen kurzen Videoclip abzuspielen. »Hier ist der Beweis.«

Nina stand auf und ging zum Kaffeetisch im Wohnzimmer. Sie griff nach ihrem Handy und drückte die erste Kurzwahltaste.

»Wade.«

Sie verschwendete keine Zeit mit Freundlichkeiten. »Ich schicke Ihnen einen Link.«

»Was ist los?«

»Wissen Sie noch, wie wir uns gefragt haben, warum wir in Boston keinen Hinweis, kein Rätsel des Gesuchten gefunden haben?«

»Ich höre.« Die Skepsis ließ Wades Stimme schärfer klingen.

»Irgendein Idiot hat ein Video aufgenommen, das zeigt, wie er unter einer Mülltonne etwa fünfhundert Meter vom Freedom Trail entfernt einen Umschlag gefunden hat. Er hat ihn auf eBay zur Auktion eingestellt. Anfangsgebot bei fünfundzwanzigtausend. Jetzt liegt es schon bei mehr als sechzig Riesen.«

Kapitel 31

Am nächsten Morgen war der Verkehr ein Albtraum, und Nina hatte es gerade noch geschafft, vor Beginn der angesetzten Einsatzbesprechung durch die Kontrollpunkte sowohl beim Marine Corps als auch beim FBI in Quantico zu kommen. Sie musste zum größten Versammlungsraum der weitläufigen Anlage, zum Lebensnerv der wachsenden Task Force.

Sie ließ sich auf einen Stuhl zwischen Wade und Kent gleiten und warf Breck über den langen rechteckigen Tisch hinweg ein Lächeln zu. Mit voller Absicht richtete sie ihren Blick auf das Kopfende des Tisches und tat so, als hätte sie die verstohlenen Blicke der Agents und Analytiker, die sie nicht kannten, nicht bemerkt. Wie Millionen andere Menschen hatten offensichtlich auch ihre Kollegen das Video gesehen.

»Na gut, Leute«, sagte Buxton und beendete damit abrupt alle Gespräche am Tisch. »Wir haben eine Menge zu tun. Ich möchte das hier so schnell wie möglich erledigen, damit wir alle wieder zu unseren jeweiligen Aufgaben zurückkehren können. Beginnen wir mit dem eBay-Fiasko von gestern Abend.« Er wandte sich an Nina. »Agent Guerrera, können Sie anfangen und uns erzählen, wie Sie von dieser Auktion erfahren haben?«

»Meine Nachbarin hat ein siebzehnjähriges Mädchen als Pflegekind, das gerade seinen Bachelor an der GWU macht.« Nina verzog die Mundwinkel zu einem schiefen Grinsen. »Sie hat einen erschreckend hohen IQ und eine bedenkliche Abhängigkeit von sozialen Medien. Sie hat mir den Link zu dieser eBay-Auktion gezeigt.«

Breck ergriff das Wort. »Unser Team hat es zur selben Zeit entdeckt wie Ihre Nachbarin.« Sie schüttelte verwundert den Kopf. »Das Mädchen sollte für das Bureau arbeiten, wenn es seinen Abschluss hat.«

Nina grinste erneut. »Das würde vermutlich damit enden, dass sie den Laden hier übernimmt.«

Offensichtlich zufrieden mit ihrer Erklärung, deutete Buxton auf einen schlanken Mann in einem leicht zerknitterten Anzug, der einige Reihen von ihm entfernt saß. »Das ist Supervisory Special Agent Jay Yakamura von der Außenstelle Boston. Sein Team ist dem fehlenden Hinweis aus Boston nachgegangen.«

Nina war überrascht, ihn bei dem Meeting zu sehen und nicht bei einer Videokonferenz. Seine persönliche Teilnahme sprach Bände über die Dringlichkeit, die das FBI diesen Ermittlungen beimaß.

Yakamura stellte einen Styroporbecher mit schwarzem Kaffee auf den Tisch und rieb sich die Augen. »Nachdem die Task Force uns über den Umschlag informiert hatte, der zur Versteigerung stand, haben wir sofort Kontakt mit eBay aufgenommen. Dort gibt es strenge Regeln, was den Verkauf illegaler Waren oder irgendwelcher Gegenstände angeht, die jemanden dazu ermutigen könnten, Verbrechen zu begehen. Nachdem wir ihnen erklärt hatten, dass der Umschlag Beweismaterial in einer Mordermittlung ist, haben sie den Eintrag sofort entfernt und uns die Kontaktdaten des Verkäufers gegeben.«

»Wie nett«, sagte Breck.

»Wie sich herausstellte, lebt der Verkäufer in Lynn, nicht allzu weit von Boston entfernt«, fuhr Yakamura fort. »Wir haben ihm gestern Abend einen Besuch abgestattet.«

Kent prostete ihm mit seiner unvermeidlichen US-Navy-Tasse zu. »Ich wette, er hat sich ganz schön in die Hose gemacht, als zwei Bundesagenten vor seiner Tür standen.«

Yakamura versuchte vergeblich, ein Lächeln zu unterdrücken.

»Und was hatte er zu erzählen?«, fragte Kent.

»Er sagte, er habe den Fall schon die ganze Woche in den sozialen Medien verfolgt. Als er sah, dass die Brew Crew die Lösung gepostet hatte, ist er gleich zur nächsten T-Station gefahren.«

Nina erinnerte sich, dass Detective Delaney das Nahverkehrssystem der Massachusetts Bay Transportation Authority als *»the T«* bezeichnet hatte, als er ihr erzählte, dass eine der Haltestellen nur einen kurzen Fußmarsch vom Anfang des Freedom Trails entfernt war.

»Er ist an der Park Street Station ausgestiegen«, berichtete Yakamura weiter. »Dann hat er beschlossen, sich auf dem Weg zum Trail bei einer der örtlichen Bäckereien einen Blaubeer-Muffin zu kaufen. Er isst seinen Muffin und geht zum nächsten Abfalleimer, um die Verpackung wegzuwerfen. Er lässt sie auf den Boden fallen, weil er ein Trottel ist, aber er bückt sich, um sie aufzuheben, weil er ein umweltbewusster Trottel ist. Dabei sieht er den Umschlag, der unten an dem Mülleimer festgeklebt war. Er sagte, dass er herunterbaumelte und ihm die leuchtend blaue Beschriftung gleich ins Auge gefallen ist.«

Nina war so gebannt wie alle anderen im Raum. Diese Geschichte zu hören war ungefähr so, wie bei einem Zugunglück zuzusehen.

»Er denkt sich, dass es einer von Enigmas Hinweisen sein muss«, fügte Yakamura hinzu. »Also hebt er ihn natürlich auf und steckt ihn in die Tasche, wobei er darauf achtet, dass ihn niemand sieht. Dann verfolgt er die Geschichte in den Nachrichten. Sobald er hört, dass Enigma entkommen ist, macht er sich zurück auf den Weg nach Hause in Lynn, anstatt die Polizei zu kontaktieren.«

Um den Tisch herum wurde gestöhnt.

»Er öffnet den Umschlag und verbringt die nächsten vierundzwanzig Stunden mit dem Versuch, seine wenigen funktionierenden Hirnzellen anzuschmeißen. Schließlich wird ihm klar, dass er das Rätsel auf keinen Fall lösen wird, und er geht zu Plan B über.«

Nina warf einen Blick auf Buxton, der noch erschöpfter aussah als Yakamura. Er drückte einen Finger auf sein linkes Augenlid, um ein Zucken zu unterdrücken.

»Unserem Freund wird klar, dass er die eine Million Dollar, die Zarran für die Lösung des Rätsels ausgesetzt hat, nicht gewinnen kann«, sagte Yakamura. »Aber er kann immer noch Kohle machen, indem er es an jemanden verkauft, der glaubt, er könnte es lösen.«

Wade schüttelte angewidert den Kopf. »Also stellt er es bei eBay ein.« Er blickte zu Nina hinüber. »Ich schätze, das Risiko, dass er in der Mensa mit der Pflegetochter Ihrer Nachbarin zusammentrifft, ist gleich null.«

»Wie war sein Verhalten während des Verhörs?«, wollte Buxton wissen.

»Er hat getan, was er am besten kann«, antwortete Yakamura. »Sich dumm stellen. Als das nicht funktionierte, hat er nach Finderlohn gefragt.«

Nina verzog das Gesicht. »Nicht gerade die hellste Kerze auf der Torte, oder?«

Yakamura blickte sie von der Seite an. »Er ist noch nicht mal auf der Torte«, erwiderte er und trank einen Schluck Kaffee. »Nachdem wir ihm die Annehmlichkeiten in

Bundesgefängnissen geschildert haben, beschließt unser Freund, den Umschlag herauszurücken … auch ohne Belohnung.«

»Was befand sich in dem Umschlag?«, fragte Kent.

»Die Nachricht darin stellt eine weitere Abweichung des Gesuchten von seinem bisherigen Verhaltensmuster dar.« Yakamura deutete auf den riesigen Bildschirm an der Wand, der kurz aufflackerte, ehe die Nahaufnahme einer weißen Karteikarte aufploppte. »Diesmal will er, dass die Leute ein Rätsel lösen, um den eigentlichen Hinweis zu finden.«

FINDE DEN HINWEIS.

Darauf folgten vier Zeilen in Großbuchstaben:

SCHWEIGEND WARTET SIE, TAG UND NACHT.

WOHNT BEI IHM, DER DAS LICHT BEWACHT.

SIE SIEHT SIE KOMMEN, SIE SIEHT SIE GEHEN.

WAS SIE BEWEGT, KANN NIEMAND VERSTEHEN.

Die letzten Worte, am unteren Rand der Karte, stellten das Ultimatum dar.

DIE NÄCHSTE STIRBT IN VIER TAGEN.

Ein Schatten senkte sich auf den Raum, als alle sich auf die Nachricht konzentrierten. Nina ballte die Fäuste. Noch ein

Ultimatum. Noch ein Mädchen in unmittelbarer Gefahr. Und sie kamen keinen Schritt weiter in ihrem Bemühen, Enigma aufzuhalten.

Buxtons untypisch schroffer Tonfall zeugte von Verbitterung. »Wir brauchen Antworten, verdammt.«

»Wir arbeiten daran, Sir«, sagte eine Frau, die Nina im Team der Kryptoanalytiker gesehen hatte.

»Irgendwelche Fortschritte?«

Sie wand sich unbehaglich unter seinem strafenden Blick. »Nichts Definitives bis jetzt. Wir glauben, dass *bei ihm, der das Licht bewacht* sich auf einen Leuchtturmwärter bezieht, und er war zuletzt in Boston aktiv, darum überprüfen wir die Küstenstädte in New England, um zu sehen, welche anderen Faktoren in dem Gedicht zu realen Bauwerken passen. Wir werden Sie über die Entwicklung auf dem Laufenden halten.«

Buxton drehte sich um und sah einen anderen Agent an, der weiter unten am Tisch saß. »Und was ist mit den Passagierlisten?«

»Es gab keine übereinstimmenden Namen von Passagieren, die zu den angegebenen Daten zwischen den drei Städten hin und her gereist wären«, sagte er. »Aber wir wissen jetzt, dass er Zugang zu gefälschten Dokumenten und Verkleidungen hat, also konnte er möglicherweise unter verschiedenen Namen und in verschiedenen Aufmachungen reisen, die zu der jeweiligen Identität passen.«

»Oder er ist gar nicht geflogen«, mutmaßte Nina.

»Wir können von den Polizeidienststellen im ganzen Land nicht verlangen, Daten von Zielpersonen oder aus Verkehrskontrollen zu checken, ohne ihnen einen Namen oder wenigstens eine Beschreibung zu geben«, erklärte Kent.

Eine kleine, untersetzte Frau neben Breck hob die Hand. »Dabei kann ich vielleicht helfen.«

Buxton stellte sie den anderen vor. »Für diejenigen, die sie noch nicht kennengelernt haben: Dies ist Emmeline Baker, die Leiterin der Spurenauswertung.«

Die Chefin einer Einheit war eine weitere unerwartete Zutat dieses Meetings und unterstrich noch einmal die Bedeutung der Situation und die ausgesprochen öffentliche und zeitsensible Natur der Ermittlungen.

»Wir haben herausgefunden, wie er seine ethnische Herkunft in Boston vorgetäuscht hat«, sagte Baker. »Bräunungsspray. Extra dunkel.« Sie wies mit dem Kinn auf Nina. »Die Rückstände wurden in den Proben gefunden, die von Agent Guerreras Fingernägeln genommen wurden.«

»Schwarze Perücke, braune Kontaktlinsen, dunkle Haut«, fügte Wade an. »Dazu noch die Arbeitskleidung eines städtischen Angestellten, und schon ist er nicht mehr zu erkennen.«

Baker nickte. »Damit hat er bewiesen, dass er auch an überfüllten Orten agieren kann, an denen nach ihm gesucht wird. Er kann sich also ungestraft überallhin bewegen.« Sie gab den anderen Zeit, die Information zu verarbeiten, bevor sie fortfuhr: »Außerdem habe ich ein Update, was die Übereinstimmung der Fasern angeht. Wie bei unserem letzten Telefonat besprochen, haben wir Proben, die an den Tatorten in DC und San Francisco gefunden wurden, aber auch solche, die aus dem Entführungsfall von Agent Guerrera stammen, erneut geprüft. Diesmal haben wir sie vor allem mit den einzigartigen Fasern verglichen, die bei der Serie des Beltway Stalkers gefunden wurden.«

»Die Handschuhfasern?«, fragte Nina.

»Es ist unser einziges verlässliches Beweismaterial«, antwortete Baker. »Sobald wir wussten, wonach wir suchen mussten, waren wir in der Lage, mikroskopisch kleine Fäden zu finden und ihre Zugehörigkeit zu den drei Tatorten nachzuweisen, die Enigma zugeordnet werden. Der Fall in Boston hat uns den Durchbruch gebracht, den wir brauchten. Dort gab es kaum Kreuzkontamination und nicht annähernd so viele Reinigungsmaßnahmen der Leiche wie bei den beiden vorhergegangenen Morden.«

»Also sind Enigma und der Beltway Stalker definitiv dieselbe Person?«, fragte Nina. Sie wollte, dass Baker sich festlegte. Sie hatten darüber debattiert, ob Enigma der Partner des Beltway Stalkers gewesen und für ein paar Jahre untergetaucht war, ehe er selbst zuschlug. »Sie meinen also, dass wir dem Gesuchten neununddreißig Morde und eine Entführung anlasten können?«

Baker hob eine Hand. »Ich kann nur so viel sagen, dass wir an jedem Tatort identische Fasern gefunden haben, die aus ein und derselben Quelle stammen. So weit können wir es wissenschaftlich belegen. Ich würde aber nicht in den Zeugenstand treten und behaupten, dass derselbe Täter für jedes Verbrechen verantwortlich ist, von dem wir identisches Spurenmaterial haben.«

Egal, was Baker sagte, wie präzise sie auch die Zusammenfassung ihrer Entdeckungen formulierte, sie hatte gerade bestätigt, was Nina bereits als Tatsache akzeptiert hatte. Erstens: Der Mann, der sich jetzt Enigma nannte, war auch der Beltway Stalker. Zweitens: Das FBI hatte fälschlicherweise einen Mann, der zwei Jahre zuvor gestorben war, als den Beltway Stalker identifiziert. Drittens: Derselbe Mann hatte sie vor elf Jahren entführt.

Buxtons Kiefermuskeln arbeiteten. »Nichts davon verlässt diesen Raum, ist das klar?«

Sie hatte volles Verständnis für ihn. Obwohl er den Schritt zuvor nicht gewagt hatte, war Buxton inzwischen offensichtlich zu den gleichen Schlüssen gelangt wie sie. Er war der leitende Special Agent der BAU 3. Der Leiter der Einheit, der Vorgesetzte der Profiler, die im Laufe der Ermittlungen gegen den Beltway Stalker mit den FBI-Außendienstlern und den örtlichen Polizeibehörden zusammengearbeitet hatten. Die Reputation der BAU war durch den Tod von Chandra Brown ziemlich angeschlagen, und bald würde die Öffentlichkeit erfahren, dass ihr Mörder immer noch frei herumlief und sein tödliches Spiel auf eine größere Bühne verlegt hatte. Bei den Reaktionen, die darauf unvermeidlich folgen würden, stand er an vorderster Front.

Sein dunkler Blick wanderte um den Tisch, bis er ihn schließlich auf Wade richtete. »Haben Sie Ihrem 302 noch irgendetwas hinzuzufügen?«

Wade musste nach dem Verhör von Sorrentino ein 302 abgeliefert haben, das offizielle Berichtsformular des FBI für Ermittlungen.

»Nein, nichts«, sagte Wade. »Haben Sie den Anhang mit dem Kampfplan des Clubs bekommen?«

Buxton nickte. »Und gestern Abend an Breck weitergeleitet.«

Alle Blicke richteten sich auf Breck, die anscheinend bereits auf ihren Einsatz gewartet hatte. »Ich habe eine Grafik.« Die Tasten ihres Laptops klickten unter ihren Fingern, und an der Wand ihr gegenüber erschien eine Liste. »Wir haben ein Programm erstellt und die Namen der Kämpfer eingegeben.«

An einer Seite der Liste wanderte ein winziger roter Punkt auf und ab. Hunderte von Namen, zu klein geschrieben, um sie aus der Entfernung lesen zu können. Nina fragte sich, wie lange es wohl gedauert hatte, die Liste zu erstellen.

»Wir haben versucht, die Namen zum Zeitpunkt eines jeden Mordes in Beziehung zu setzen«, sagte Breck. »Die grünen stehen für die Opfer des Beltway Stalkers und die blauen für die von Enigma.« Sie zögerte, bevor sie ergänzte: »Ich werde sie zu einer neuen Liste zusammenfügen.«

Niemand hatte ihr aufgetragen, die Namen getrennt zu halten. Nina blickte auf die Liste. Die Leben junger Mädchen,

Leben, die so viele Versprechungen und so viel Leid in sich getragen hatten, waren zu Daten auf einer Liste reduziert worden. Wut stieg in ihr auf, während sie die Schneise der Vernichtung betrachtete, die ein Monster hinterlassen hatte, das glaubte, es könnte menschliche Wesen benutzen und sie dann wie Abfall wegwerfen.

»Bei einigen der älteren Morde erstreckt sich die Zeitspanne für den möglichen Todeszeitpunkt über mehrere Tage oder Wochen«, erklärte Breck. »Um die Liste einzugrenzen, konnten wir nur diejenigen mit einem präziseren Zeitfenster benutzen.« Sie bewegte den Lichtpunkt zum unteren Ende des Bildschirms. »Anhand dieser Einschränkungen können wir siebzehn Männer definitiv von der Liste ausschließen. Damit verbleiben über zweihundert mögliche Verdächtige. Und zwar nur, wenn wir ausschließlich Kämpfer und keine anderen Mitarbeiter des Clubs berücksichtigen.«

»Er ist ein Kämpfer«, sagte Nina. Sie fragte sich, woher sie das wusste, aber das Gefühl war stark. »Die Art, wie er sich bewegte. Er hatte beträchtliche Erfahrung.«

»Dem stimme ich zu«, warf Wade ein. »Manche Serienmörder sind in ihrem normalen Leben sexuell gehemmte Angsthasen. Sie streben nach Macht über ihre Opfer, weil sie das Gefühl haben, in anderen Bereichen keinerlei Macht zu besitzen.« Er rieb sich das Kinn. »Dieser Kerl hier nicht. Er benutzt keine Schusswaffe, weil er den direkten Kontakt bevorzugt. Sein Persönlichkeitstypus genießt die physische Auseinandersetzung, vor allem, wenn er in der Lage ist, seine Gegner zu dominieren und zu bestrafen. Er nährt sich von der rohen Kraft und Gewalt des Kampfsports. Wahrscheinlich stimulieren ihn auch die Zuschauer. Auf jeden Fall genießt er das Spektakel.«

»Aber das ist ein völlig anderes Verhaltensmuster«, stieg Kent in die Diskussion ein. »Früher ist er quasi unter dem Radar geflogen. Wollte keine Aufmerksamkeit auf sich ziehen, hätte niemals die Polizei und das Bureau verhöhnt.« Nachdenklich zog er die Brauen zusammen. »Urteilen wir hier vorschnell? Können wir sicher sein, dass Enigma auch der Beltway Stalker ist? Dass sie keine Partner waren?«

»Er hat sich geändert!«, sagte Wade mit lebhafter Stimme und beugte sich auf seinem Stuhl nach vorn. »Das gehört zu seinem Profil. Er scheint ungewöhnlich anpassungsfähig zu sein.«

»Aber was war der Auslöser für diese Veränderung?«, fragte Kent. »Es muss ein ziemlich starker Reiz gewesen sein.«

»Ich«, meldete sich Nina, ohne nachzudenken, zu welchen Reaktionen eine solche Aussage führen musste. Als sie sich lauter verblüfften Gesichtern gegenübersah, begann sie, etwas zu erklären, was ihr seit dem Fall in DC im Kopf herumging.

»Wir haben gerade die Bestätigung bekommen, dass es Spurenmaterial aus meiner Entführung gibt, das mit dem der Morde übereinstimmt.« Sie ließ den Blick um den Tisch schweifen, während sie sprach. »Enigma hat angefangen, sich mit uns in Verbindung zu setzen, nachdem das Video von dem Angriff im Park viral gegangen ist. Er muss es gesehen und mich erkannt haben. Wenn er nicht der Beltway Stalker ist, muss ihn irgendetwas an meinem Anblick derart getriggert haben, dass er nach elf Jahren der Zurückhaltung erneut zugeschlagen hat. Wenn er aber der Stalker *ist,* hat ihn das Video dazu gebracht, seinen MO drastisch zu ändern. Wie auch immer, ich bin der gemeinsame Nenner.«

Niemand widersprach. Das Schweigen war ein stilles Eingeständnis, dass Nina der Mittelpunkt von allem war.

»Wie können wir das zu unserem Vorteil nutzen?« Buxton richtete die Frage an Wade. »Es muss eine Möglichkeit geben, ihn von seinem Vorhaben abzubringen oder zumindest sein nächstes Ultimatum zu verlängern.«

Wade betrachtete Nina gedankenverloren, ehe er antwortete. »Seine Besessenheit von Guerrera ist offensichtlich, dennoch hat er sich von wertvollen Erinnerungen an die Zeit mit ihr getrennt.« Er hob zwei Finger, um auf die Gegenstände hinzuweisen. »Die Halskette mit dem Auge Gottes und das Video. Er könnte digitale Aufzeichnungen von jedem seiner Morde besitzen, das wäre nicht ungewöhnlich. Viele Serienmörder sammeln Trophäen – Fotografien oder Videos ihrer Opfer –, um sich später daran zu … ergötzen.«

Deutlicher musste er nicht werden. Nina unterdrückte ein Schaudern bei der Vorstellung, wie Enigma masturbierte, während er sie Höllenqualen leiden sah. Hatte er ihre Halskette getragen, wenn er sich seinen Fantasien hingab? Der bloße Gedanke erfüllte sie mit Ekel. Wade fuhr mit seiner Analyse fort, und ihr Gesicht wurde zu einer Maske nüchternen professionellen Interesses.

»Ich stimme der Annahme von Guerrera zu, dass sie ein Trigger für Enigma ist. Ich bin nach wie vor der Meinung, dass er und der Beltway Stalker ein und dieselbe Person sind und dass er uns einen passenden Sündenbock geliefert hat, als wir ihm vor zwei Jahren im Fight Club zu nahe kamen.«

Kent schien widersprechen zu wollen, aber Buxton brachte ihn mit erhobener Hand zum Schweigen. »Fahren Sie fort, Agent Wade.«

»Er fing an, Nina zu bedrohen mit dem Zettel und dem Hinweis am Tatort in DC. Dann erschien er in den Nachrichten und erhielt extreme Reaktionen aus traditionellen und sozialen Medien, also änderte er seinen MO erneut und wandte sich direkt an die Öffentlichkeit. Mit jedem Mal vergrößert er sein Publikum. Wir haben dafür gesorgt, dass Guerrera ihn über Direct Messaging kontaktiert, aber er hat auf den öffentlichen Plattformen weitergemacht. Inzwischen reden Millionen Menschen auf der ganzen Welt über ihn, schenken ihm Aufmerksamkeit und versuchen, seine geheimnisvollen Rätsel zu lösen. So etwas ist für jeden Menschen eine berauschende

Erfahrung.« Er holte tief Luft. »Ich möchte ihn wieder näher zu uns holen, seine Aufmerksamkeit von diesem öffentlichen Wahnsinn ablenken, der sein Ego füttert.«

»Wie sollen wir das machen?«, fragte Breck. »Obwohl seine Profile gesperrt sind, zieht er in den sozialen Medien nach wie vor extrem viel Aufmerksamkeit auf sich. Die Leute posten immer noch über ihn, und ich bin überzeugt davon, dass er die Kommentare liest.«

Anstatt ihr zu antworten, wandte sich Wade an Buxton. »Wenn wir ihn dazu bringen wollen, all das aufzugeben, müssen wir ihm etwas anbieten, was er noch mehr begehrt.« Er richtete seinen Blick auf Nina. »Ich denke, Guerrera sollte noch einmal versuchen, direkt mit ihm in Verbindung zu treten. Wenn sie einverstanden ist.«

»Das ist eine große Bitte«, gab Buxton zurück. »Und ein großes Risiko.«

»Es ist *mein* Risiko«, erwiderte Nina. »Ich weiß, was er sagen wird, und ich bin bereit, es zu tun. Ich werde tun, was auch immer nötig ist.«

»Dazu müssten wir seine Accounts in den sozialen Medien entsperren lassen«, antwortete Breck leise. »Die Betreiber haben alle kooperiert, indem sie ihn gesperrt haben, aber möglicherweise wollen sie die Konten nicht wieder freigeben, wenn sie wissen, dass er sie nutzen könnte, um noch mehr von dem Video zu zeigen.«

»Wenn wir die Sperren nicht bald aufheben, wird er einen anderen Weg finden, den wir gar nicht mehr kontrollieren können«, gab Wade zu bedenken. »Er heischt nach Aufmerksamkeit. Er wird allmählich süchtig nach seinem eigenen Spiel.«

Buxton blickte auf sein Handy, das auf der glatten Oberfläche des Tisches vibrierte. »Behalten wir diese Option fürs Erste im Hinterkopf. Ich muss dieses Gespräch annehmen. Es ist Dom Fanning von der DNA-Analyse.«

Nina hätte nicht gedacht, dass sie in der Lage war, sich nervlich noch mehr anzuspannen, aber mit einem Anruf vom Leiter der Einheit für DNA-Analyse funktionierte es. Dass er höchstpersönlich anrief, konnte nur bedeuten, dass die Suche in den kommerziellen DNA-Analyselaboren etwas Neues ergeben hatte.

»Ich stelle Sie auf Lautsprecher«, sagte Buxton nach der Begrüßung. »Ich sitze gerade mit den Leitern der Task Force zusammen.«

Fannings Stimme ertönte aus dem Lautsprecher des Handys. »Wir haben ein vorläufiges Resultat von beiden Firmen. Die gute Nachricht ist, dass wir mehrere enge familiäre Übereinstimmungen haben. Einige davon scheinen Halbgeschwister zu sein, und es gibt eine Verwandte ersten Grades. Eine Schwester.«

Alle wechselten aufgeregte Blicke. Alle, mit Ausnahme von Buxton. »Und was ist die schlechte Nachricht?«, fragte er.

»Die beiden Labore haben Einverständniserklärungen dafür, DNA-Daten weiterzugeben, die auch Kontaktinformationen für Forschungszwecke beinhalten. Dies führte uns zu einem unerwarteten Ergebnis.«

Nina war nicht überrascht, dass die Firmen von ihren Kunden derartige Einverständniserklärungen verlangten. Als den Vollzugsbehörden von einer kommerziellen DNA-Datenbank familiäre Übereinstimmungen bestätigt wurden, mit deren Hilfe im Fall des Golden State Killers ein Verdächtiger identifiziert werden konnte, waren zahlreiche Fragen aufgetreten. Die Schlagzeilen hatten dazu geführt, dass einige Firmen ihre Kunden nun Erklärungen abgeben ließen, ob sie damit einverstanden waren, ihre DNA-Profile an die Vollzugsbehörden weiterzugeben, oder nicht.

»Über das ganze Land verteilt gibt es siebenundzwanzig Halbgeschwister«, sagte Fanning. »Nicht eingerechnet die leibliche Schwester, die in Maryland lebt.« Er hielt kurz inne. »Und das sind nur die, die ihre DNA den beiden Firmen überlassen haben. Statistisch gesehen sollte es noch eine Menge mehr geben, die das nicht getan haben.«

Buxton sah verblüfft aus. »Achtundzwanzig Geschwister insgesamt?«

»Bisher habe ich solche Resultate nur gesehen, wenn eine Samenspende im Spiel war. Aber in diesem Fall sind viele von den Halbgeschwistern durch mitochondriale DNA miteinander verbunden, was bedeutet, dass sie eine gemeinsame *Mutter* haben.«

»Eizellenspende?«, fragte Buxton.

»Um zu diesem Ergebnis zu kommen, braucht man sowohl eine Samen- als auch eine Eizellenspende, was …«

»… auf eine Kinderwunschklinik hindeutet«, beendete Buxton den Satz für ihn.

»Das wäre meine Vermutung«, sagte Fanning. »Jetzt sollten Sie immerhin in der Lage sein, anhand der Implantationsregister der Klinik die biologischen Eltern zu finden und die Identität ihrer Sprösslinge festzustellen. Ich empfehle, mit der leiblichen Schwester anzufangen.«

»Wir machen uns sofort an die Arbeit«, erklärte Buxton.

»Ich habe da noch etwas für Ihr Team.« Der Eifer in Fannings Stimme versprach eine weitere heiße Spur.

»Und das wäre?«, gab Buxton zurück und gönnte dem Leiter der DNA-Analyse seinen großen Moment.

»Während wir auf die Resultate warteten, haben wir via DNA-Phänotypisierung ein Bild des Gesuchten erstellt. Ich schicke es Ihnen mit dem Rest unseres Berichtes per E-Mail.«

Es wurde immer besser. Nina wusste, dass die Phänotypisierung kein perfektes Bild der fraglichen Person ergab, aber sie hatte schon mehrmals gesehen, dass sie ihr sehr ähnlich waren. Eine spezielle Software konnte die DNA eines

Menschen dahin gehend analysieren, dass man Charakteristika wie Haarfarbe, Augenfarbe, Gesichtsform, Hautton, Muttermale und die Statur vorhersagen konnte. Endlich würden sie eine ungefähre Vorstellung haben, wie Enigma wirklich aussah.

Buxton bedankte sich und beendete das Gespräch. Zum ersten Mal seit Tagen lächelte er. »Ladies und Gentlemen, wir haben endlich einen Durchbruch in diesem Fall erzielt.«

Kapitel 32

»Brauchen Sie Hilfe bei Ihrer Tasche, Sir?«, fragte der Taxifahrer.

Enigma war immer wieder überrascht, wie zuvorkommend die Leute älteren Menschen gegenüber waren. Eine nützliche menschliche Schwäche. Er stützte sich schwer auf seinen Stock. »Vielen Dank, mein Sohn.«

Der stämmige Mann hievte die Reisetasche in den geräumigen Kofferraum des Taxis. »Wo soll's denn hingehen?«

»Downtown.« Enigma verlangsamte seine Bewegungen und schob sich umständlich auf den Rücksitz der gelben Limousine.

Der Fahrer stand neben der geöffneten Tür, während sich Enigma am Sicherheitsgurt zu schaffen machte. »Welches Hotel, Sir?«

Er überlegte, wie er aus dieser Gelegenheit Kapital schlagen könnte. »Gibt es in der Innenstadt ein Obdachlosenasyl?«

Der Fahrer betrachtete ihn mit unverhohlener Skepsis. »Brauchen Sie eine Unterkunft?«

»Nein, nein. Nicht für mich.« Mit einem lässigen Winken wischte er den Gedanken beiseite. »Ich spende für solche Einrichtungen.«

Der Taxifahrer wirkte erleichtert. Seine Bezahlung war jedenfalls nicht in Gefahr. »Es gibt ein paar Asyle und auch einige Tafeln und Suppenküchen.« Seufzend fuhr er fort: »Scheint so, als gäbe es immer Leute, die Hilfe brauchen.«

»Besonders Frauen und Kinder«, sagte Enigma. »Gibt es auch Asyle für obdachlose Frauen und Mädchen?«

»Klar, da ist eins mitten in der Stadt.«

»Dann bringen Sie mich bitte zu dem Hotel, das dem Asyl am nächsten liegt.«

Der Taxifahrer schloss die Tür, ging um den Wagen herum und zwängte seine untersetzte Gestalt hinter das Lenkrad. Er blickte seinen Passagier durch den Rückspiegel an. »Sind Sie einer von diesen Leuten, die Geld für wohltätige Zwecke geben und so?«

»Ein Philanthrop.« Enigma ließ seine Stimme rauer klingen. »Ja, das bin ich.«

»Das ist wirklich nett. Sie sind ein guter Mensch.«

Enigma lächelte. Die Leute glaubten, was sie glauben wollten, und sahen, was sie sehen wollten.

Während das Taxi das geschäftige Flughafenterminal verließ, saß er auf dem Rücksitz und ging seine Pläne durch. Er brauchte noch eine Information, aber er wusste nicht, ob er es riskieren sollte, den Taxifahrer danach zu fragen, denn der sollte sich möglichst nicht an ihn erinnern. Andererseits war der Mann ein Füllhorn von Informationen. Er beschloss, das Risiko einzugehen. »Wohnen Sie schon lange hier?«

»Hab mein ganzes Leben hier verbracht.«

Perfekt. Er räusperte sich. »Vielleicht entschließe ich mich, eine Weile hierzubleiben«, sagte er. »Gibt es in irgendeinem Stadtteil vielleicht noch unbebaute Flächen?«

»In Innenstadtnähe ist alles dicht bebaut. Wenn Sie Platz wollen, dann sollten Sie im Norden oder im Süden suchen.«

»Danke, mein Sohn.«

Er hatte nicht vor, im Hotel abzusteigen. Sobald der Taxifahrer ihn abgesetzt hatte, würde er in den nächsten

Baumarkt gehen und die nötige Ausrüstung kaufen. Dann würde er ein Wohnmobil mieten, damit in die Außenbezirke der Stadt fahren und es seinen Bedürfnissen entsprechend herrichten. Der alte Mann aus dem Flugzeug würde sich in einen anderen Menschen verwandeln, und dann würde er in die Stadt zurückkehren und mit der Jagd beginnen.

Bei dem Gedanken beschleunigte sich sein Puls. Das ganze Land suchte nach ihm. Er hatte ihnen die perfekte Ablenkung geliefert. Wie so oft bei seinen Kämpfen im Käfig hatte er mit links angetäuscht und mit rechts zugeschlagen.

Und niemand würde seinen nächsten Schlag kommen sehen.

Kapitel 33

Einer der Kryptoanalytiker stieß Nina im Vorbeigehen an, und etwas Kaffee aus ihrem Styroporbecher spritzte Kent auf den Ärmel.

Sie grinste ihn verlegen an und benutzte die kleine Serviette, die sie unter den Becher gedrückt hatte, um ihm den Unterarm abzutupfen. »Die rennen hier alle rum wie verrückt.«

»Macht nichts«, sagte Kent lächelnd. »Ich freue mich, dass wir zur Abwechslung alle mal etwas zu tun haben. Das bisschen Chaos ist ein Preis, den ich gern dafür bezahle.«

In dem Moment, in dem Buxton das Meeting für beendet erklärt hatte, war jedes Team in seinen Bereich des Task-Force-Raums geeilt, um den neuen Spuren unter verschiedenen Aspekten nachzugehen. Der riesige Arbeitsraum war in spezielle Sektionen aufgeteilt worden. Agents und Analytiker drängten sich um Tische, Listen und Computer, während sie ihren jeweiligen Ermittlungsaufgaben nachgingen. Die beträchtlichen Human Resources des FBI wurden beauftragt, sich auf jedes Individuum zu stürzen, das in dem von Fanning geschickten Dokument genannt wurde. Schließlich würden sie alles über jede Vorgeschichte wissen, bis hin zu den Namen ihrer Erzieher im Kindergarten, ihren Abschlussnoten und jedem Ort, an dem sie je gelebt oder gearbeitet hatten.

An einem Platz in einer Ecke des Raums grübelten die Kryptoanalytiker über Enigmas Gedicht, fest entschlossen, seine Bedeutung zu enträtseln, bevor einer der Hobbydetektive sie herausfand und ihnen den Hinweis entriss. Nina hatte den Reim einige Male gelesen, kam aber nicht weiter. Schließlich beschloss sie, Enigma lieber proaktiv zu jagen, anstatt nur seine Spielchen mitzuspielen. Sie ging in die gegenüberliegende Ecke, wo eine Gruppe Agents Brecks Liste mit den Namen von MMA-Kämpfern durchging, die nicht von Sorrentinos Liste gestrichen worden waren. Kent und Wade waren bei ihnen und reduzierten die Liste mithilfe ihrer Profiler-Fähigkeiten auf eine überschaubare Anzahl, die man nachverfolgen konnte.

Wenn sie erst Enigmas Geschwister verhört hatten und den Namen der Kinderwunschklinik kannten, in der sie gezeugt worden waren, wäre all das natürlich überflüssig. Alle nötigen Informationen würden sie in der Datenbank der Klinik finden.

Breck bedeutete Nina, an ihren Tisch zu kommen. »Sehen Sie sich das hier mal an.« Sie deutete auf ihren Monitor. »Ich habe das Bild, das Fanning uns geschickt hat, genommen und es mit den Gesichtsdaten aus den Überwachungsaufnahmen bearbeitet.«

Nina trat näher, begierig, dem Monster aus ihrer Vergangenheit endlich ein Gesicht geben zu können. Breck hatte darauf bestanden, dass Nina wartete, bis sie mit der Bearbeitung fertig war, denn ihr erster Eindruck sollte so akkurat wie möglich sein.

»Bei den Standbildern, die uns zur Verfügung stehen, ist sein Gesicht größtenteils verdeckt«, erklärte Breck. »Aber bei einer Aufnahme habe ich etwas von seiner Kieferlinie erwischt und bei einer anderen ein Stück in Höhe des Wangenknochens. Das Ganze wurde mit den vorhergesagten Charakteristika ergänzt – *et voilà.*« Mit einer schwungvollen Bewegung klickte sie auf ihre Maus, und eine Nahaufnahme vom Gesicht eines Mannes erschien.

Nina beugte sich vor, um sich den Bildschirm genauer anzusehen. Ein muskulöser blonder Mann mit kantigen Zügen und Augen in einem unbestimmten Blauton starrte sie an. Ihr gefror das Blut in den Adern. Hatte sie sich diese ausdruckslose Miene bereits vorgestellt, oder lag es an der computergenerierten Darstellung? Wie auch immer, das Ergebnis war eine akkurate Wiedergabe der seelenlosen Augen, die sie durch die Löcher in der Maske angesehen hatten.

Für einen Augenblick, der eine Ewigkeit zu dauern schien, stürzte sie in den Abgrund dieser mitleidlosen Augen. Der Puls dröhnte ihr in den Ohren. Die sorgfältig errichteten Mauern in ihrem Inneren bekamen Risse, während sie ihre Reaktion zu verbergen versuchte. Wie gebannt starrte sie auf Enigma. Ihr Monster. Den Mann, der sie beinahe zerstört hätte. Die Bestie, die sie auseinandergerissen und ihre Qualen der ganzen Welt präsentiert hatte.

Kent legte ihr eine Hand auf die Schulter. »Alles okay?«

Sie fuhr herum und sah ihn an. »Alles bestens.«

Nina trat einen Schritt zurück, um emotionale und physische Distanz zwischen sich und Kent zu schaffen. Der Blick seiner kobaltblauen Augen durchdrang sie. Kent hatte auf diesem Gebiet eine Menge Erfahrung. Er wusste Körpersprache zu lesen, und sie konnte es sich nicht leisten, dass er ihre Psyche analysierte. Wenn er ahnte, wie sehr sie der Anblick von Enigmas Gesicht verstörte, würde er vielleicht mit Buxton darüber sprechen oder – schlimmer noch – versuchen, sie zu trösten. Ihr

Leben lang hatte sie mit Missbrauch, Vernachlässigung und Ablehnung zu tun gehabt. Damit kam sie zurecht, aber Wärme und Mitgefühl würden sie fertigmachen.

Sie wandte sich rasch von Kent ab und sagte zu Breck: »Ich habe nur wenig von ihm gesehen, aber ich glaube, das hier stimmt.«

Nina spürte Kents prüfenden Blick, aber er gab keinen weiteren Kommentar ab.

Breck beugte sich näher zum Monitor und betrachtete Enigmas Gesicht. »Es ist schwer, das Böse in einem Bild einzufangen, aber dieser Kerl kommt ihm näher als jeder andere, der mir je untergekommen ist. Man muss ihn nur ansehen, um zu wissen, dass er heimtückisch wie eine Schlange ist.«

Nina wollte keinen Moment länger in diese kalten, grausamen Augen blicken. »Ich bin ziemlich unruhig. Er ist irgendwo da draußen und plant seinen nächsten Schritt. Wir müssen ihm zuvorkommen.«

»Ich habe gerade den Bericht über die Schwester gelesen.« Wade war zu ihnen getreten. »Ihr Name ist Anna Grable, und sie ist irgendwie rätselhaft. Hat einen Doktor in Physik und noch einen in Astronomie, beide von der Johns Hopkins University in Baltimore.«

Das kam überraschend. Die Schwester eines Psychokillers hatte ein Faible für den Weltraum. »Wo arbeitet Anna?«

»Das ist ein Teil des Mysteriums. Sie hat seit fünfzehn Jahren keinen Job mehr. Sie war nie verheiratet, hat keine Kinder und lebt allein auf einem Grundstück von vier Hektar, das sie von ihren Eltern geerbt hat, am Stadtrand von Baltimore.«

»Was haben Sie über die Eltern herausgefunden?«

»Nach allem, was wir finden konnten, hat die Mutter niemals Kinder geboren. Es ist möglich, dass die Schwester das Resultat der künstlichen Befruchtung einer Leihmutter ist, aber zum jetzigen Zeitpunkt können wir das nicht mit Sicherheit sagen.«

Nina war überrascht. »Eine legale Adoption?«

»Bislang haben wir keine gefunden. Buxton hat in jeder Stadt, in der ein Subjekt mit familiärer DNA-Übereinstimmung lebt, lokale Agents losgeschickt, um die Leute zu befragen«, antwortete Wade. »Wenn sie Anna verhört haben, wissen wir mit Sicherheit mehr.«

Nina gefiel der Gedanke nicht, dass jemand anders als sie selbst Enigmas einzige leibliche Verwandte verhören sollte. Es würde nicht leicht für sie werden, anstelle eines lokalen Agents zu ihr zu gehen, aber ihr Polizistinneninstinkt sagte ihr, dass dies der schnellste Weg zur Wahrheit über den Mann war, den sie jagte. »Ich will Anna Grable selbst verhören. Wenn ich sie sehe, löst das vielleicht eine Erinnerung aus. Baltimore ist ungefähr zweieinhalb Autostunden von hier entfernt, das wird uns also den Rest des Tages kosten, aber ich glaube, das ist die Sache wert.«

»Ich komme mit«, sagte Breck. »Ich könnte aus verschiedenen Blickwinkeln Bilder von ihrem Kopf machen. Da sie eine leibliche Schwester ist, könnte die Knochenstruktur ihres Gesichts bei der Verfeinerung der Darstellung helfen.«

»Sie ist die beste Spur, die wir haben.« Nina wandte sich mit entschlossenem Blick an Wade. »Ich werde Buxton bitten, uns das Verhör führen zu lassen.« Sie betonte das Wort *uns*. »Ich beantrage einen Fahrer von der FBI-Polizei und einen Transporter aus unserer Flotte, damit wir während der Fahrt weiterarbeiten können. Werden Sie mich dabei unterstützen?«

Die in Quantico stationierte Polizeieinheit des FBI war normalerweise mit der Sicherung des Geländes betraut, konnte aber nötigenfalls für andere Aufgaben eingesetzt werden. Nina bat Wade, ihren Instinkten zu trauen. Sie bat ihn als Partner, nicht als Anhängsel bei seinen Ermittlungen. Seine Antwort würde ihr mehr über die Natur ihrer Arbeitsbeziehung verraten als alles andere, was er bis jetzt gesagt hatte.

Für einen Moment betrachtete er sie, dann drehte er sich zu Buxtons Büro um und rief über die Schulter: »Holen Sie Ihre Aktentasche.«

Kapitel 34

Auf der zweistündigen Fahrt nach Towson, Maryland, schwankte Nina zwischen nervöser Erwartung und absoluter Langeweile. Buxton, der beschlossen hatte, in Quantico die Stellung zu halten, hatte für die Reise des Teams einen Mercedes Benz Sprinter organisiert, der mit so viel technischem Schnickschnack ausgestattet war, dass sogar Breck lächeln musste. Der Fahrer, ein Beamter der FBI-Polizei, den Nina von den Ausweiskontrollen am Eingang zum Gelände in Quantico kannte, saß vorn in der separaten Fahrerkabine. Vor einem einstöckigen Haus aus der Mitte des letzten Jahrhunderts, das von einem beträchtlichen Stück Land umgeben war, brachte er den Transporter zum Stehen. Er blieb im Wagen, während das Team über die Schotterzufahrt auf die Veranda zuging.

Nina hatte gerade die Hand gehoben, um anzuklopfen, da flog die Tür auch schon auf. Eine schlanke Frau mit sehr hellen Augen und strähnigem blonden Haar stand auf der Schwelle. Sie trug eine locker sitzende Strickmütze, ein zu großes Baumwollhemd, das ihr bis zu den Knien reichte, und Birkenstocksandalen an den hell bestrumpften Füßen.

Nina hielt ihren Ausweis hoch. »Special Agent Nina Guerrera, FBI.« Sie deutete auf die hinter ihr stehende Gruppe. »Special Agents Wade, Kent und Breck. Sind Sie Anna Grable?«

Das Team war übereingekommen, diesmal Nina den Kontakt herstellen zu lassen. Der ängstlichen Reaktion der Frau nach zu urteilen war das eine gute Idee gewesen. Hätte sich Kent vor ihr aufgebaut, wäre sie womöglich in Ohnmacht gefallen.

Die Blicke aus ihren großen, furchtsamen Augen huschten von einem zum anderen. »Ich bin Anna, und ich weiß, warum ihr hier seid.« Sie trat zur Seite und winkte sie ins Haus.

Nachdem sie verwunderte Blicke ausgetauscht hatten, gingen sie durch den Flur ins Wohnzimmer. Ein senffarbenes Sofa mit einem gehäkelten Überwurf über der Lehne sowie zwei nicht dazu passende Sessel umgaben einen Kaffeetisch aus Wurzelholz, der einen Höhepunkt guten Geschmacks darstellte. Zumindest musste er das um 1967 herum getan haben.

Nina quetschte sich zwischen Kent und Wade auf das Sofa, während sich Breck in einem der Ohrensessel niederließ.

»Sie sagten, Sie wissen, warum wir hier sind?«, fragte Nina. Wenn eine zu verhörende Person freiwillig Informationen preisgab, würde sie sie bestimmt nicht daran hindern.

Anna setzte sich in den verbliebenen Sessel. »Ihr müsst euch nicht verstellen. Ich habe euch bereits erwartet.« Erneut musterte sie jeden von ihnen eingehend, was diesmal deutlich länger dauerte. »Ich muss zugeben, ihr habt einen guten Job gemacht. Aber die dunklen Anzüge verraten euch trotzdem, wenn ich das sagen darf.«

»Anzüge?«, fragte Wade.

Anna zwinkerte ihm vielsagend zu. »Ihr solltet es mal mit Blue Jeans und Button-Down-Hemden versuchen. Karo- oder Paisleymuster. Damit würdet ihr nicht weiter auffallen.«

Nina hatte das Gefühl, dass sie aneinander vorbeiredeten. »Ms Grable, wer genau sind wir Ihrer Meinung nach?«

»Du kannst mich ruhig Anna nennen. Es ist Unsinn, so zu tun, als wüsstet ihr nicht alles über mich.«

»Anna«, versuchte Nina es noch einmal. »Warum erklären Sie uns nicht einfach alles? Tun Sie so, als wüssten wir wirklich nicht, was Sie meinen.«

Anna stieß einen langen Seufzer aus. »Ich verstehe. Das ist eine Art Test. Ihr wollt wissen, ob ich es verstanden habe.« Sie beugte sich vor und sagte, indem sie jedes Wort einzeln betonte: »Ihr kommt von den Plejaden. Wir haben uns bereits mindestens zwölf Mal getroffen, aber dies ist das erste Mal, dass ihr mich besucht, wenn ich wach bin.« Sie lehnte sich zurück und lächelte sie nacheinander zufrieden an.

Nina warf Wade einen Blick zu. Er und Kent waren die Seelenklempner, nicht sie.

Wade verstand den Fingerzeig und erklärte geduldig: »Anna, wir sind FBI-Agents. Wir kommen nicht von den Plejaden, wir sind von der Erde. Wir müssen Ihnen ein paar wichtige Fragen stellen.«

Anna runzelte die Stirn. »Es gibt nur eine Art sicherzugehen.« Sie stand auf. »Folgt mir in die Küche. Ich werde ein Messer sterilisieren und …«

»Nein«, sagte Wade bestimmt. »Sie werden uns nicht schneiden. Wir brauchen Ihre Kooperation bei einer Ermittlung.«

»Eine Ermittlung«, wunderte sich Anna und setzte sich wieder. »Nennt ihr das heutzutage so?« Sie schnaubte. »Ich glaube euch gar nichts, solange ich nicht ein paar Experimente durchführen kann. Mal sehen, wie es euch gefällt, von mir untersucht zu werden.«

Anna hatte es zwar geschafft, zwei Doktortitel zu erwerben, hatte aber offenbar irgendwann den Verstand verloren.

Nina fragte sich, was mit Enigma los war. Lag der Irrsinn in der Familie?

Wade versuchte es noch einmal. »Anna, wir müssen etwas über Ihre Herkunft wissen. Sind Sie adoptiert worden?«

Anna gackerte höhnisch. »Als ob ihr das nicht wüsstet!«

Kent, der ihr am nächsten saß, beugte sich zu ihr. »Bitte Anna, es ist sehr wichtig. Erzählen Sie uns, was Sie über Ihre Eltern wissen und wo Sie geboren sind.«

Mit einem verschwörerischen Lächeln drehte sie sich zu ihm. »Ihr seid hier, weil ihr zu meiner Blutlinie gehört. Ich stamme von den Nordländern ab, wisst ihr.« Sie faltete die Hände ordentlich im Schoß. »Die Grauen hatten nichts damit zu tun.«

Nina verstand nichts mehr. »Anna, wovon reden Sie?«

Sie deutete auf Kent. »Er kann es dir erklären.«

Wenn Anna glaubte, dass damit alles geklärt war, hatte sie sich schwer geirrt. Nina hatte unbedingt Enigmas einzige bekannte Blutsverwandte verhören wollen, überzeugt, genau die Informationen von ihr zu bekommen, die sie brauchte, um ihn aufzuspüren. Stattdessen hörte sie dem Geplapper einer verrückten Frau zu, während ihr die Zeit davonlief. Sie blickte Kent fragend an.

Es gelang ihm nur mühsam, nicht die Augen zu verdrehen. »Ich habe das schon einmal erlebt, wegen meines … Aussehens.« Er rieb sich den Nasenrücken unter seinem massiven schwarzen Brillengestell. »Es gibt Leute, die glauben an eine Rasse humanoider Außerirdischer aus dem Sternenhaufen der Plejaden, die aussehen wie Skandinavier. Sie werden von UFOlogen als *Nordländer* bezeichnet.« Er schnitt eine Grimasse. »Im Gegensatz zu den *Grauen,* die klein und grauhäutig sind und große, dunkle Augen haben.«

Nina hätte gelacht, wäre die Situation nicht so ernst gewesen. Wie sollten sie aus dieser Frau brauchbare Informationen herausholen? An der Akademie hatte sie gelernt, nicht auf die Wahnvorstellungen der Leute einzugehen, wie es Kent und Wade im Augenblick taten. Sie entschied sich für einen anderen Ansatz.

Mit todernster Miene wandte sie sich an Anna und sagte: »Es könnte etwas in Ihrer DNA sein, das für uns sehr hilfreich wäre. Um an diese Information zu kommen, müssen wir alles über Ihre Herkunft wissen. Alle Unterlagen, die wir hatten, sind verschwunden.«

»Ach, Mensch, warum habt ihr das nicht gleich gesagt?«, fragte Anna. »Meine Eltern – nicht die biologischen natürlich – sind zur Borr-Klinik gegangen, als sie herausgefunden hatten, dass sie keine Kinder bekommen konnten. Adoptieren wollten sie nicht, und sie hatten von Freunden in DC von Dr. Borrs Laboratorium gehört.« Sie blickte an die Decke und versuchte, sich zu erinnern. »Ich weiß ihre Namen nicht mehr, aber ich bin mir ziemlich sicher, dass sie für die Regierung gearbeitet haben.«

Überrascht, dass sie Anna zum Reden gebracht hatte, konzentrierte sich Nina auf die relevanten Details. »Wer ist Dr. Borr?«

»Na, du weißt schon, der berühmte Genforscher. Er hat als Erster zu gentechnisch verändertem Nachwuchs geforscht. Er hat meinen Eltern erzählt, dass ich etwas Besonderes werden würde.« Sie senkte die Stimme zu einem konspirativen Flüstern. »Aber natürlich hat er ihnen nicht gesagt, dass das Baby zur Hälfte außerirdisch sein würde.« Ihr Blick wanderte zu Kent.

»Wissen Sie, wo seine Klinik ist?«, fragte Nina, um sie bei der Stange zu halten.

»Ungefähr eine Autostunde von hier, direkt neben …« Plötzlich zeigte sie mit dem Finger auf Breck. »Hey, was zum Teufel machst du da?«

Hastig steckte Breck ihr Handy weg. »Nichts.«

»Du hast Bilder von mir gemacht. Ich hab's genau gesehen.«

»Na ja, ich wollte nur … ein paar Fotos von Ihrem Kopf, von Ihren Gesichtszügen.«

Nina stöhnte innerlich auf. Breck durfte niemals, unter keinen Umständen undercover arbeiten. Sie war die schlechteste Lügnerin der Welt.

Anna sprang auf und zeigte mit ausgestrecktem Arm auf die Tür. »Raus hier. Alle!«

Obwohl sie ihr wiederholt versicherten, dass sie nichts zu befürchten habe, blieb Anna unnachgiebig. Ihrer Meinung nach hatten sie eine Linie überschritten, weil sie heimlich ihre Körpermaße genommen hatten, ohne sie um Erlaubnis zu fragen. Sie sagte, sie sei schon zu oft entführt worden und leide deshalb an einer posttraumatischen Belastungsstörung, sodass sie keine Untersuchungen, Prüfungen oder sonstige Zeitverschwendung mehr hinnehmen würde.

Ein Schwall von Vorwürfen, gewürzt mit Obszönitäten, verfolgte sie, als sie wieder in den schnittigen schwarzen Transporter stiegen und den Fahrer anwiesen, zurück nach Quantico zu fahren. Nina blickte aus dem getönten Seitenfenster und sah Anna auf der Veranda stehen, beide Mittelfinger in der Luft.

Der Van war gerade wieder auf die Hauptstraße eingebogen, als sie Kent anblickte, der ihr gegenübersaß. »Ich wusste gar nicht, dass Sie Verwandtschaft auf den Plejaden haben.«

Wade lachte leise. »Das erklärt natürlich einiges.«

»Ich muss das an den Heimatplaneten berichten«, sagte Kent todernst. »Und ich fürchte, ich muss auch Ihr Gedächtnis löschen.«

»Von außerirdischen Hybridbabys weiß ich nichts«, gab Breck zu, die auf ihrem Handy herumtippte. »Aber Dr. Borr hatte tatsächlich eine Kinderwunschklinik in Bethesda.«

»Ich denke, ich weiß, wo wir als Nächstes hinfahren«, sagte Wade. »Genau davon hat Fanning geredet. Wir müssten ohne Weiteres einen Durchsuchungsbeschluss für die medizinischen Akten bekommen, falls sie uns keinen Zugang gewähren.«

Breck blickte grimmig auf ihr Display. »Leider ist die Klinik vor dreißig Jahren abgebrannt.«

»Was ist passiert?«, fragte Nina.

»Dieser Nachrichtenmeldung zufolge wurde die Klinik von Dr. Wayland Borr gegründet. Er bot seine Dienste Paaren an, die überlegenen Nachwuchs aufziehen wollten.« Bei den letzten Worten malte Breck Anführungszeichen in die Luft. »Er nannte es das Borr-Projekt.«

Nina lief es kalt den Rücken hinunter. »Überlegenen Nachwuchs?«

Breck schürzte die Lippen. »Er sammelte Sperma und Eizellen ausschließlich von hellhäutigen Spendern, die nach optimaler genetischer Gesundheit und einem IQ im Geniebereich ausgesucht wurden.«

»Unglaublich«, sagte Kent.

»Lokale Medien brachten einen Bericht über die Klinik«, las Breck weiter vor, während der Wagen auf den Freeway fuhr. »Sie bezeichneten das Borr-Projekt als modernes Experiment zur Eugenik. Einen Tag nach Erscheinen der Story hat jemand das komplette Gebäude abgefackelt.«

»Wurde die Klinik wiedereröffnet?«, fragte Nina.

»Nach Aussage dieses Berichtes beging Dr. Borr wenig später Selbstmord. Die Klinik wurde nie wieder eröffnet.«

»Wir brauchen Zugang zu seinen Akten, zu sämtlichen Berichten, die er verfasst hat«, sagte Wade.

»Moment mal.« Breck fuhr mit dem Finger über das Display. »Der Nachruf erwähnt einen überlebenden Sohn. Er müsste inzwischen über vierzig sein. Falls er den Familienbesitz geerbt hat, lebt er ungefähr eine Stunde entfernt in Potomac, Maryland. Das liegt auf unserem Rückweg nach Virginia. Wir könnten vorbeifahren und mit ihm reden, ihn fragen, ob er irgendwelche Papiere seines Vaters hat.«

»Ich rufe Buxton an«, erklärte Wade. »Und sagen Sie dem Fahrer, dass er nach Potomac fahren soll.«

Kapitel 35

Nina saß neben Wade auf der Sitzbank, als der Fahrer den Transporter in eine kreisrunde, gekieste Zufahrt lenkte. Breck klappte ihren Laptop zu, und Kent löste seinen Sicherheitsgurt, als der Wagen hielt. Ein dunkelhaariger Mann im schwarzen Golfhemd und Rangerhose stand auf den Eingangsstufen zu einer weitläufigen Villa, offensichtlich, um sie zu begrüßen.

»Wie es aussieht, bekommt Mr Borr nicht allzu viel Besuch«, meinte Wade. »Und er will auch keinen.«

Ihnen war der Zugang über die Sprechanlage am Haupttor gewährt worden, sodass sie nicht unangemeldet auftauchen konnten, aber dafür wussten sie nun, dass Gavin Borr zu Hause war.

Der Muskelmann, der in Rührt-euch-Stellung unter dem Säulenvorbau stand, war zu jung, um Dr. Borrs fünfundvierzigjähriger Sohn zu sein, also handelte es sich vermutlich um einen Personenschützer.

»Warum glaubt Borr, dass er sein Grundstück von einem Marine bewachen lassen muss?«, fragte Nina. »Das hier ist Potomac. Was soll ihm in einem der reichsten Vororte der Hauptstadt denn bitte schön passieren?«

Kent blickte aus dem Fenster und musterte den Mann aus schmalen Augen. »Das da ist kein Marine, das ist ein Poser.«

Nina nahm an, dass Kents Erfahrungen bei den Special Forces ihn befähigten, den Unterschied zu sehen.

»Trotzdem«, sagte sie und öffnete die Wagentür. »Gavin Borr fühlt sich offensichtlich bedroht.«

Sie stiegen aus und erlaubten dem Muskelmann, ihre Dienstausweise zu überprüfen, ehe sie ihm ins Haus folgten. Der Fahrer wartete wie auch vorher schon im Fahrzeug auf sie. Nachdem der Leibwächter Nina und ihr Team in einen Raum geführt hatte, den sie für ein Arbeitszimmer hielt, schloss er die Glasschiebetür hinter sich.

Ein blasser, schlanker Mann mit dünnem, lichter werdendem weißem Haar begrüßte sie. »Bitte setzen Sie sich. Möchten Sie etwas trinken?«

Sie lehnten ab und blieben in dem geschmackvoll eingerichteten Raum erst einmal stehen. Nina blickte auf die großen Holzregale voller Bücher. Selbst für ihr ungeübtes Auge sahen einige von ihnen sehr alt und sehr teuer aus. Ein Globus von der Größe eines Wasserballs ruhte in einer Ecke des Raumes in einem Holzrahmen. Gab es tatsächlich noch Leute, die einen Globus besaßen? Da auf der Welt ständig irgendwo Krieg herrschte, kam es ihr immer vor, als wären sie schon vor der Fertigstellung überholt, und das galt erst recht, nachdem sie jahrelang in irgendeiner Privatbibliothek gestanden hatten. Borrs krächzende Stimme riss sie aus ihrer Träumerei. »Wem verdanke ich das Vergnügen, dass mich das FBI besucht?«

Er saß in einem Polstersessel und war nicht aufgestanden, um sie zu begrüßen. Seine Worte klangen entspannt, aber er rang die Hände und leckte sich ständig die Lippen und verriet auf diese Weise, dass ihm unbehaglich zumute war. Dass vier Bundesagenten vor seiner Tür aufgetaucht waren, konnte durchaus diese Wirkung haben, aber Nina hatte den Eindruck, dass dieser Mann grundsätzlich nervös war. Sein vorzeitig ergrautes Haar, die rot geränderten Augen und die leicht gebeugten Schultern erinnerten sie an eine Laborratte, die sich in der Ecke des Käfigs versteckt, wenn der Wissenschaftler hereinkommt.

»Wir sind hier, um über Ihren Vater, Dr. Wayland Borr, und seine Arbeit zu sprechen«, setzte Nina an. »Was können Sie uns über seine Klinik erzählen?«

Borrs dünne Lippen verzogen sich in Richtung Fußboden. »Diese verdammte Klinik.« Mit einer Geste bedeutete er ihnen, auf dem Plüschsofa und den Sesseln Platz zu nehmen, die in der Mitte des Raumes um einen kunstvoll verzierten Kaffeetisch herumstanden. »Sie holt mich immer wieder ein, ich kann ihr einfach nicht entkommen.«

Diese Reaktion war unerwartet. Und verblüffend. Angesichts dessen, was Breck auf der Fahrt entdeckt hatte, ging Nina ein Risiko ein: »Haben Sie deshalb Personenschutz?«

Seine kleinen Augen wurden schmal, als er zusah, wie sie sich setzten. »Manche Leute nennen uns immer noch Nazis. Das ist unerhört. Dabei kommen wir nicht einmal aus Deutschland.« Er reckte das Kinn. »Meine Vorfahren stammen aus Holland. Der Name Borr ist auch in der nordischen Mythologie verbreitet. Borr ist der Vater des einäugigen Gottes Odin, der wiederum der Vater von Thor ist.«

Sie musste ihn wieder in die Spur bringen, sonst würde dieses Verhör genauso ergebnislos verlaufen wie das mit Anna Grable. »Mr Borr, können Sie uns erklären, warum Sie wegen der Klinik Ihres Vaters um Ihre Sicherheit fürchten?«

»Alles begann damit, dass mein Vater unfruchtbaren Paaren helfen wollte. Aber er wollte keine beliebigen Spender akzeptieren, sondern nach gesunden Männern und Frauen mit überlegener Intelligenz suchen.« Borr zuckte mit den Schultern. »Was ist daran so schlimm?«

Die Frage versetzte Nina in die Zeit im Kinderheim zurück, als sie zusehen musste, wie potenzielle Eltern an ihr vorbeigingen und um die anderen Kinder herumscharwenzelten. »Offensichtlich störten sich einige Leute daran, dass die Spender ausschließlich Weiße waren.«

»Sie klingen wie dieser Reporter«, sagte Borr. »Derjenige, der die Story geschrieben und den ganzen Skandal ausgelöst hat. Kaum war die Story veröffentlicht, hat irgendein Höhlenmensch die Klinik niedergebrannt, und danach bekam unsere ganze Familie Morddrohungen. Ich war noch auf der Highschool, als das passierte. Mein Vater hat das nicht ausgehalten, deshalb …« Sein Blick wurde hart. »Und nach all diesen Jahren werden wir immer noch belästigt. Ich werde das diesem verdammten Reporter niemals verzeihen. Er hat alles verdreht, was mein Vater zu erreichen versuchte. Er stellte ihn als eine Art rassistischen Eiferer dar. Aber mein Vater war ein Visionär. Ein Mann der Wissenschaft. Er hat versucht, die Menschheit durch genetisch hoch entwickelten Nachwuchs zu verbessern.«

Nina spürte, dass ihr die Kinnlade herunterzufallen drohte. Als Resultat seiner Erziehung glaubte Borr, überaus sinnvolle Dinge zu sehen. In diesem frühen Stadium des Verhörs wollte sie ihn nicht verprellen, darum schluckte sie die Antwort hinunter, die ihr auf der Zunge lag, und lenkte das Gespräch in eine andere Richtung. »Wurden irgendwelche Aufzeichnungen gerettet, nachdem die Klinik niedergebrannt war?«

»Sie sind nicht die Ersten, die danach fragen. Im Lauf der Jahre haben mich erwachsene Kinder seiner Kunden kontaktiert, weil sie nach Informationen über ihre leiblichen Eltern suchten.« Borr winkte ab. »Ich muss sie immer daran erinnern, dass die ganze Sache mehr als dreißig Jahre her ist und dass es damals noch keine digitale Cloud gab. Mein Vater lagerte seine auf Papier verfassten Aufzeichnungen in Ablageboxen. Backups machte er auf Floppy Disks. Unglücklicherweise lagerte er die

Akten und Discs vor Ort.« Er ließ sich tiefer in den Sessel sinken. »Dank dieser Brandstifter ist von seinen Aufzeichnungen nicht das Geringste übrig geblieben.«

Ninas Verstand wehrte sich gegen den Gedanken, erneut in einer Sackgasse gelandet zu sein, nachdem sie so weit gekommen waren. »Haben Sie wirklich gar nichts? Keine Notizbücher, die er mit nach Hause gebracht haben könnte?«

»Nein, nichts.«

»Was ist mit einem Geschäftspartner oder einem Investor der Klinik?«

»Mein Vater war insofern ein untypischer Wissenschaftler, als er über eigene Geldmittel verfügte. Er war unabhängig. Als sich niemand mit ihm zusammentun wollte, hat er die Klinik einfach selbst gegründet.«

»Hatte er Angestellte? Einen Anwalt? Einen Buchhalter?«

»Er hatte all das, aber keiner kann Ihnen verraten, wer die Kunden meines Vaters waren. Glauben Sie mir, ich hab's versucht. Es scheint so, als hätte mein Vater eine Menge Ärger auf sich genommen, um die Anonymität der Spender und der zukünftigen Eltern zu gewährleisten. Damals war alles ganz anders. Es gab viel mehr Spielraum, um solche Arrangements vertraulich zu behandeln.«

Nina versuchte, das Ausmaß des Problems zu erfassen. »Wie lange hat die Klinik gearbeitet? Wissen Sie wenigstens, wie viele Babys geboren wurden?«

»Die Klinik war ungefähr drei Jahre lang geöffnet. Ich weiß nicht, wie viele erfolgreiche Schwangerschaften es gab, aber anhand der Bemerkungen, die er gelegentlich am Mittagstisch machte, denke ich, es müssen zwischen fünfzig und einhundert gewesen sein. Die Paare, die die Kinder aufzogen, hatten keine biologische Verbindung zu ihren Babys. Die Embryos wurden aus Spendersamen und -eizellen geschaffen und dann in den Körper der Mutter implantiert. Manchmal auch bei einer Leihmutter.«

»Können Sie uns sonst noch irgendetwas mitteilen, das uns helfen könnte?«

»Ich glaube, ich war bereits überaus hilfreich, vor allem, wenn man bedenkt, dass Sie mir nicht gesagt haben, worum es eigentlich geht. Jetzt bin ich mit Fragenstellen an der Reihe.«

Nina wappnete sich gegen das Unausweichliche.

Borrs blasse Augen wirkten auf einmal berechnend. »Ich habe Sie alle vier in den Nachrichten gesehen. Sie ermitteln gegen diesen Serienmörder, Enigma.« Er hielt inne, als wartete er auf eine Reaktion. Als sie ausblieb, fuhr er fort: »Ich bin nicht dumm, Agent Guerrera. Angesichts der Person, die Sie verfolgen, und angesichts Ihres dringlichen und unangemeldeten Besuchs bei mir, um nach Aufzeichnungen meines Vaters zu fragen, kann ich nur zu dem Schluss kommen, dass Sie einen Verdächtigen gefunden haben. Jemanden, der im Rahmen des Borr-Projekts gezeugt wurde.«

Wade mischte sich ein, bevor Nina antworten konnte. »Das können wir weder bestätigen noch verneinen, Mr Borr.«

Borr kicherte atemlos. »Was ich natürlich als klare Bestätigung ansehe.« Gleich darauf erstarb ihm das Lächeln auf den Lippen. »Ich habe nur eine Bitte: Halten Sie die Klinik da raus. Wenn das Gerücht die Runde macht, dass die Experimente meines Vaters etwas mit dieser Sache zu tun hatten, wird man unsere ganze Familie wieder wie Parias behandeln.«

»Wir teilen unsere Ermittlungsergebnisse niemandem mit«, versicherte ihm Wade.

»Früher oder später kommt die Wahrheit ans Licht, wie es so schön heißt. Das ist immer so.« Borr zeigte mit einem knochigen Finger auf sie. »Ich möchte, dass Sie etwas verstehen. Das hier wird hart für jeden, der als Resultat der Klinik geboren wurde. Wenn sich herausstellt, dass einer von ihnen ein psychotischer Mörder ist, stehen alle anderen auch unter Verdacht. Ihr Leben wird auseinandergerissen werden. Man wird sie beschuldigen, das Produkt des eugenischen Experiments eines verrückten Wissenschaftlers zu sein. Solche Dinge musste ich mir mein Leben lang anhören.«

Etwas an der Art, wie er redete, ließ Nina aufhorchen. »Warum Sie?«

Er wich zurück. »So war das nicht gemeint«, entgegnete er, aber es kam ein bisschen zu schnell.

»Waren Sie eines der Kinder, die in der Klinik gezeugt wurden?«

Borr starrte sie derart gehässig an, dass sie schon glaubte, er würde sie hinauswerfen, wie Anna Grable es getan hatte. Reglos saß sie da und wartete ab. Endlich schien sein Widerstand sich aufzulösen. »Meine Mutter war unfruchtbar. Das war einer der Gründe, warum mein Vater sich mit künstlicher Befruchtung befasste.«

Dieses Gespräch wurde immer interessanter. »Dr. Borr ist also nicht Ihr leiblicher Vater?«

Borr schüttelte energisch den Kopf. »Er hat sein eigenes Sperma benutzt, aber er fand eine Spenderin, die Wissenschaftlerin bei der NASA war. Sie hatte kein Interesse daran, Mutter zu werden, war aber willens, ihre Eizellen beizusteuern.« Er schluckte. »Ich war der Prototyp. Mein Vater implantierte meiner Mutter den Embryo. Unglücklicherweise starb sie kurz nach meiner Geburt.«

»Das tut mir leid.«

Er wischte das Gefühl beiseite. »Der Punkt ist, dass einige Leute herausgefunden haben, wie ich geboren wurde, und manche waren ausgesprochen unfreundlich. Mein Vater hat immer Großes von mir erwartet. Er dachte, ich würde mal Präsident werden, Krebs heilen oder Städte entwerfen. Stattdessen bekam er einen Sohn, der zwar überdurchschnittlich intelligent, aber ansonsten unscheinbar und bei schlechter Gesundheit war. Ich glaube, ich war eine Enttäuschung für ihn.«

Nina spürte, wie ihr ein Prickeln über den Rücken lief. Ihre Sinne gingen in Alarmbereitschaft, was bedeutete, dass sie auf dem besten Weg war, etwas Wichtiges herauszufinden. »Hat er Sie schlecht behandelt?«

Sie erinnerte sich an Wades früheres Profil, in dem er vermutet hatte, dass Enigma von einer Vaterfigur missbraucht worden war. Sie wusste, dass Borr kein Verdächtiger war, aber sie fragte sich, ob die beiden nicht mehr gemeinsam hatten als nur die Art, wie sie auf die Welt gekommen waren.

»Meistens hat er mich nicht beachtet«, sagte Borr. »Ich erzähle Ihnen das nur, weil mich eine Art Verwandtschaft mit den anderen Leuten verbindet, die aus der Klinik stammen. Sie sind jetzt alle erwachsen und sollten ein normales Leben führen können, frei von Erwartungen an ihre Größe oder – falls sich herausstellt, dass Enigma einer von ihnen ist – ohne den Verdacht, sie könnten böse oder geisteskrank sein.«

»Da stimme ich Ihnen zu, Mr Borr. Biologie ist kein Schicksal«, sagte Wade. »Vielleicht hätte Ihr Vater das bei der Suche nach möglichen Spendern bedenken sollen.«

Borr erstarrte. »Ich glaube, es ist jetzt Zeit für Sie zu gehen.« Seine Stimme klang eisig. »Sie haben meine Gastfreundschaft lange genug in Anspruch genommen.«

»Wir wissen Ihre Ga…«

»Gregory wird Sie hinausbegleiten. Und kommen Sie nicht wieder, solange Sie keinen Durchsuchungsbeschluss haben.«

Sie folgten Gregory zur Haustür. In seinen schwarzen Rangerklamotten brachte er sie wortlos und stocksteif bis zum Transporter.

Als sie alle eingestiegen und angeschnallt waren, fiel Nina auf, dass sie beide Wohnstätten enttäuscht und mit leeren Händen verlassen hatten. Kein guter Tag für das FBI.

Der Fahrer lenkte den Wagen durch das verzierte Tor des Grundstücks und zurück in den Verkehr.

»Das ist nicht gut gelaufen«, sagte Nina mehr zu sich selbst als zu den anderen.

»Wir haben rausgeholt, was möglich war«, meinte Wade. »Ich habe ihn genau beobachtet. Er hat uns nicht hingehalten.«

»Ich habe ihn auch beobachtet«, sagte Kent. »Und ich bin überzeugt, dass er mit den Vorurteilen seines Vaters völlig konform geht. Er kann sich vormachen, was er will, aber es sind nichts anderes als Vorurteile, wenn man für so ein Programm nur Kandidaten der eigenen Rasse auswählt.« Er schnaubte verächtlich. »Genetisch hoch entwickelter Nachwuchs, dass ich nicht lache.«

Nina warf Kent ein verstohlenes Lächeln zu. Er war exakt der Typ, den Dr. Borr ausgewählt hätte, aber er hätte weder mit dem Mann noch mit seinem sogenannten Projekt etwas zu tun haben wollen.

Kent grinste zurück, als ihm klar wurde, dass sie einer Meinung waren. Ihr fiel auf, das Wade diese wortlose Kommunikation mit einem Ausdruck aufrichtigen Wohlwollens beobachtete.

»Ich habe Buxton eine Nachricht geschickt«, sagte Breck, die nichts von dem bemerkte, was um sie herum geschah. »Er ruft gerade an.«

Sie hielt ihr Handy hoch, sodass alle ihn hören konnten.

»Können Sie frei sprechen?«, fragte Buxton.

»Wir sind abhörsicher«, beteuerte Wade. »Legen Sie los.«

»Was haben Sie?« Wie üblich verschwendete Buxton keine Zeit mit Nettigkeiten.

Als leitender Agent ihres Teams fasste Wade zusammen, was sie von Dr. Borrs Sohn erfahren hatten. Buxton war wütend, dass alle Aufzeichnungen der Klinik bei dem Brand zerstört worden waren, denn damit war die einzige vielversprechende Spur zu Enigmas Identität zerstört worden.

Diesmal war er ihnen durchs Netz geschlüpft, ohne etwas dafür zu tun.

»Sind noch andere Leute von Fannings Liste verhört worden?«, wollte Breck wissen. »Und wie waren die?«

Das Geräusch von raschelndem Papier ging Buxtons Antwort voraus. »Lokale Agents haben alle persönlich kontaktiert. Einige wussten vom Borr-Projekt, andere nicht. Die Eltern, bei denen die Kinder aufgewachsen sind, haben offensichtlich selbst entschieden, wie viel sie ihnen erzählen.«

Nina verzog das Gesicht. »Bei denen, die nichts wussten, hat das garantiert im Anschluss für peinliche Familiendiskussionen gesorgt.«

»Zweifellos«, sagte Buxton. »Nach Ihrem Anruf haben wir Nachforschungen über Dr. Borr und seine Klinik angestellt. Laut Dr. Borr sollten diese Kinder die Menschheit einen großen Schritt voranbringen, aber unsere Verhöre und Recherchen haben nichts Ungewöhnliches über die Abkömmlinge des Programms ergeben. Einige waren sehr intelligent und fähig, aber andere lebten ein normales Leben und schienen einfach … durchschnittlich zu sein.«

Nina war fasziniert von den Ergebnissen. »Dann konnte Dr. Borr also nicht für den Erfolg seines Projekts garantieren. Tatsächlich hat sein eigener Sohn zugegeben, dass er die Erwartungen seines Vaters nicht erfüllt hat.«

»Nach dem Gesetz des Durchschnitts fällt immer ein bestimmter Prozentsatz der Bevölkerung über oder unter den IQ-Mittelwert von einhundert«, erklärte Buxton. »Unter den Verhörten befanden sich ein Künstler, ein Zahnarzt, einige Vollzeitmütter, ein paar Professoren, ein waschechter Raketenwissenschaftler und ein Hausmeister.«

Nina lehnte sich an die Kopfstütze und verarbeitete die Informationen, während der Transporter durch den dichter werdenden Verkehr fuhr. »Wir haben also jetzt einen Mörder, möglicherweise mit hohem IQ, der glaubt, dass er allen anderen überlegen ist?«

»Wenn seine Eltern ihm von der Klinik erzählt haben, dann ja«, antwortete Wade.

»Was ihn noch gefährlicher macht.« Buxton sprach damit aus, was Nina durch den Kopf ging. »Wir treffen uns gleich morgen früh im Besprechungsraum.«

»Wie kommen die anderen Teams voran, Sir?«, fragte Nina in der Hoffnung, dass die Task Force während ihrer Abwesenheit vielleicht Fortschritte an anderen Fronten gemacht hatte.

»Krypto arbeitet immer noch an dem Gedicht«, antwortete Buxton. »Keine Durchbrüche bis jetzt. Es ist eben keine mathematische Gleichung, kein Anagramm oder Code, das heißt, es ist im Grunde nicht ihre Baustelle. Aber Sie sollten auf der Rückfahrt die Köpfe zusammenstecken. Vielleicht fällt Ihnen ja etwas ein.«

Sie nahm sich vor, diesen dämlichen Reim zu verstehen, ehe sie die Kontrollstelle in Quantico erreichten.

»Konnten Sie Fotos von Anna Grable machen, Agent Breck?«, fragte Buxton.

»Sechs Stück, ehe sie mich erwischt hat«, antwortete Breck. »Ich werde sie in das vorhandene Computerbild einarbeiten und Prognose-Algorithmen benutzen, um es zu verbessern. Bis wir wieder da sind, werden wir ein besseres Bild haben. Eins, mit dem wir arbeiten können.«

»Ob wir es Sorrentino zeigen sollten?«, fragte Nina. Sie wollte unbedingt Fortschritte erzielen.

»Keine gute Idee«, entgegnete Wade sofort. »Ich traue ihm nicht. Durchaus möglich, dass er jemanden auf dem Bild erkennt und ihn erpresst. Oder er lässt sich dafür bezahlen, dass er uns in die falsche Richtung schickt. Ich würde Ihnen auch nicht empfehlen, es im Fight Club herumzuzeigen. Wir wissen alle, was beim letzten Mal passiert ist, als wir angefangen haben, dort herumzuschnüffeln.«

Er musste den Namen Chandra Brown nicht erwähnen, sie wussten auch so, was er meinte.

Breck nickte zum Zeichen ihres Verstehens. »Das Bild sollte so gut sein, dass das Team, das sich um die Spuren im Fight Club kümmert, einige davon ausschließen kann. Ich schicke es Ihnen, sobald ich damit fertig bin. Ich denke, etwas Besseres haben wir im Moment nicht.«

Nina fühlte sich schuldig. Sie war fest entschlossen gewesen, diesen Spuren nachzugehen, und jetzt hatten sie einen ganzen Tag verloren. Sie musste es wiedergutmachen. »Sir, ich möchte wieder mit ihm chatten.«

Innerlich krümmte sie sich bei dem Gedanken an das, was er zu ihr sagen würde. Seine letzten Nachrichten waren vulgär und provokativ gewesen. Und nachdem er nun die erste Minute des Videos gezeigt hatte, würde er sie gnadenlos quälen. Aber sie war entschlossen, alles auszuhalten, was er von sich gab, solange es sie ihrem Ziel, ihn für den Rest seines elenden Lebens hinter Gitter zu bringen, auch nur einen Schritt näher brachte.

Zu ihrer Überraschung stimmte Buxton bereitwillig zu. »Ich sorge dafür, dass Cyber ihn wieder online bringt«, sagte er. »Seit dem Video herrscht von seiner Seite aus Funkstille, was beunruhigend ist, weil es bedeutet, dass er sich mit anderen Dingen beschäftigt. Vielleicht hat er auch neue Profile erstellt, die wir noch nicht kennen.«

»Unwahrscheinlich«, meinte Breck. »Wenn er ein neues Profil erstellt, verliert er sein Publikum. Seine Follower können ihn nicht finden, es sei denn, er stellt klar, dass er umgezogen ist – und in dem Fall würden wir ihn auch finden.«

»Ich glaube, er war offline aktiv«, meldete sich Kent zu Wort. »Und das ist nicht gut für uns. Ich würde sagen, Guerrera soll es versuchen, aber Sie sollten ihn noch heute Abend reaktivieren. Vielleicht tut er etwas, was uns weiterhilft.«

»Hoffen wir, dass es einen Durchbruch gibt«, sagte Buxton. »Seine Deadline rast wie ein Güterzug auf uns zu. Wir müssen etwas finden, um ihn aus der Spur zu werfen, sonst überfährt er uns mit voller Wucht.«

Kapitel 36

Dankbar für Buxtons Großzügigkeit, lehnte sich Nina im gepolsterten Sitz des Wagens zurück. Dass ihnen ein Fahrer und einer der besten Transporter aus der Flotte des FBI zur Verfügung standen, gewährte ihnen genug Platz und Privatsphäre, um auch unterwegs mit der Ermittlung voranzukommen.

»Lassen Sie uns das Profil ausarbeiten«, sagte Kent zu Wade. »Dann können wir dem Team, das an den MMA-Kämpfern dran ist, etwas mehr geben.«

»Wir können sein Alter jetzt genauer bestimmen«, erklärte Wade. »Wir wissen, wann die Klinik in Betrieb war, demnach muss er zwischen zweiunddreißig und vierunddreißig Jahre alt sein.«

Was bedeutete, dass Enigma bei dem Angriff auf sie vor elf Jahren zwischen einundzwanzig und zweiundzwanzig gewesen war. War sie wirklich sein erstes Opfer gewesen? Sie behielt ihre Gedanken für sich und hörte zu, wie die beiden Profiler sich austauschten.

Kent warf einen Blick auf Breck, die neben ihm saß. »Das anhand seines DNA-Profils generierte Bild sagt uns ebenso wie

Guerreras Erinnerung, dass er ein männlicher Weißer ist, etwa eins fünfundachtzig groß mit heller Haut und blauen Augen. Das würde auch zur Haut- und Augenfarbe seiner Schwester passen.«

»Wie können wir Sorrentinos Liste am schnellsten eingrenzen?«, fragte Nina, um das Gespräch von theoretischen Erwägungen auf verwertbare Informationen zu lenken. »Irgendetwas Knackiges, an dem die Task Force was zu knabbern hat?«

Wade antwortete rasch. »Sobald sie alle ausgeschlossen haben, die vom Alter oder der physischen Beschreibung her nicht passen oder die zur Zeit der Angriffe gekämpft haben, sollten sie nach einem Mann ohne feste Beziehung suchen, nach einem Einzelgänger mit hohem IQ und einem Job, der deutlich unter seinen Fähigkeiten liegt.«

Kent nickte. »Sein Temperament würde jede Karriere zunichtemachen.«

»Er ist anderen im Club gegenüber aggressiv«, fuhr Wade fort. »Selbst in der Umkleidekabine. Er ist arrogant und lässt jeden wissen, dass er ihm überlegen ist. Er fährt total auf die Reaktionen des Publikums ab. Sie sollten sich die Favoriten der Fans genauer ansehen.«

»Als er der Beltway Stalker war, musste er sich bedeckt halten«, sagte Kent. »Also wurde sein Geltungsbedürfnis vermutlich durch die Zuschauerreaktionen bei den Kämpfen befriedigt. Aber jetzt hat er seinen MO geändert und muss sich nicht mehr verstecken. Das Bedürfnis nach Anerkennung gehörte allerdings immer schon zu seinem Charakter.«

»Er braucht Anerkennung?«, fragte Nina verwundert. Auf sie hatte er immer ausgesprochen selbstbewusst gewirkt.

»Trotz seiner Arroganz und des Gefühls von Überlegenheit ist er ausgesprochen unsicher«, antwortete Wade. »Was ihn dazu bringt, jeden in seinem Umfeld dominieren zu wollen. Die Gewalt bei den Kämpfen im Käfig ist für ihn eine Möglichkeit, Kontrolle über andere Männer auszuüben, aber es gibt für ihn keine sozial akzeptierte Möglichkeit, Frauen physisch zu dominieren.« Er zog die Augenbrauen hoch. »Und er empfindet eine Menge Wut auf Frauen.«

»Warum?« Nina fragte sich, was ihn so in Rage hatte bringen können.

»Möglicherweise ist er schon in jungen Jahren von Mädchen zurückgewiesen worden oder er hat beobachtet, wie sein Vater seine Mutter missbrauchte. Das brachte ihn zu der Annahme, dass Frauen so behandelt werden sollten. Vielleicht hat ihn aber auch seine Mutter missbraucht«, mutmaßte Kent schulterzuckend. »Wie auch immer die Familiendynamik aussah, wir können mit ziemlicher Sicherheit annehmen, dass er eine dysfunktionale Beziehung zu einem oder beiden Adoptiveltern hatte.«

Nina war weder in der Lage noch willens, tief genug zu graben, um Mitgefühl für einen sadistischen Mörder zu entwickeln, deshalb überließ sie es den beiden Profilern, sich den Kopf zu zerbrechen. Sie wechselte auf den Platz neben Breck, die das überarbeitete computergenerierte Bild bereits an die Task Force geschickt hatte und geräuschvoll den Inhalt einer Tüte gemischter Nüsse mampfte.

Ihr fiel ein, dass sie sich vorgenommen hatte, noch vor Ende der Fahrt das Rätsel des Gedichts zu lösen. »Können Sie das Gedicht aufrufen? Vielleicht kann etwas von dem, was wir heute aufgedeckt haben, mehr Klarheit schaffen.«

»Sicher.« Breck schien am glücklichsten zu sein, wenn ihr Laptop in Betrieb war. Sie klappte ihn auf, sodass Nina den Desktop sehen konnte, und klickte auf ein Icon.

Nina las die Verse noch einmal.

SCHWEIGEND WARTET SIE, TAG UND NACHT.

WOHNT BEI IHM, DER DAS LICHT BEWACHT.

SIE SIEHT SIE KOMMEN, SIE SIEHT SIE GEHEN.

WAS IN IHREM HERZEN, KANN NIEMAND SEHEN.

»Nicht gerade ein Jambus«, stellte Breck fest.

»Das Krypto-Team glaubt, dass die zweite Zeile sich auf einen Leuchtturmwärter bezieht«, sagte Nina in Erinnerung an das vorangegangene Meeting. »Warum googeln Sie nicht mal nach berühmten Leuchttürmen in den Vereinigten Staaten?«

Beide betrachteten eine lange Liste von Bauwerken, von Puget Sound in Washington bis zu Key West in Florida. Die Anzahl der Optionen war beängstigend.

»Fangen wir mit der Ostküste an«, schlug Nina vor.

Ein paar Klicks mehr ergaben immer noch Unmengen von Leuchttürmen, die in Betracht kamen.

Breck schüttelte den Kopf. »Ich komme mir vor wie ein Bluthund mit Schnupfen, der versucht, einer Fährte zu folgen.«

Nina empfand insgeheim genauso, entschied sich aber, dranzubleiben. »Können Sie mir ein paar Nüsse geben? Ich bin am Verhungern.«

Breck reichte ihr die Tüte. »Die Pekannüsse habe ich schon aufgegessen. Meiner Meinung nach sind sie die einzigen in der Tüte, die was taugen.«

»Ich bin da nicht so wählerisch. Als Kind habe ich gelernt, alles zu essen, was mir vorgesetzt wird.« Die Odyssee von Heim zu Heim, bei der es oftmals nicht genug zu essen gab, hatte sie in Sachen Ernährung äußerst genügsam werden lassen.

»Ich nicht. Da hungere ich lieber.«

So etwas kann nur jemand sagen, der noch nie wirklich Hunger gehabt hat, dachte Nina.

»Nehmen wir zum Beispiel die hier.« Breck hielt eine Erdnuss hoch. »Die Leute glauben, ich müsste Erdnüsse lieben, weil ich aus Georgia bin. Ein Erdnussfarmer wird zum Präsidenten gewählt, und plötzlich muss jeder aus unserem Staat verrückt nach den verdammten Dingern sein.« Sie schnaubte verächtlich. »Wahre Südstaatler wissen, dass eine Erdnuss nur dann gut ist, wenn sie in der Schale in Salzwasser gekocht wird. Ansonsten gilt: Immer erst die Pekannüsse essen.«

»Ich habe einmal Pecan Pie probiert«, sagte Nina. »Ich kann nicht behaupten, dass ich es toll fand.«

»Du liebe Güte«, erwiderte Breck. »Da sind Sie wohl an etwas aus der Tiefkühlabteilung im Lebensmittelladen geraten.« Sie schauderte. »Wenn er nicht frisch aus dem Ofen kam und kein Bourbon drin war, kann es kein richtiger Pecan Pie gewesen sein.«

»Bourbon?«

»So macht man ihn in Savannah, wo ich herkomme. Wenn Sie den besten Bourbon Pecan Pie überhaupt probieren wollen, müssen Sie ins Restaurant direkt am Savannah River gehen, da …« Breck verstummte. Ihre Augen waren geweitet, ihr Mund stand offen. »Oh. Mein. Gott.«

Nina fasste sie am Arm. »Was ist?«

»Einen Moment.« Sie tippte hektisch etwas in den Laptop. Als sie den Computer näher zu Nina schob, breitete sich ein Lächeln auf ihren rosigen Wangen aus.

Eine Statue füllte den Bildschirm aus. Nina betrachtete die in Bronze gegossene junge Frau mit Hund. Das Mädchen hatte die Arme über den Kopf ausgestreckt und hielt etwas, was aussah wie eine Fahne im Wind.

»Das muss es sein«, flüsterte Breck. »Verdammt. Meine Mutter hätte mir nie verziehen, wenn ich darauf nicht gekommen wäre.«

»Worauf denn?«, fragte Wade. Er und Kent hatten offenbar die Erregung in ihrer Stimme gehört und waren neugierig zu erfahren, worum es ging.

Breck sah die beiden aus leuchtend grünen Augen an. »Das ist die Statue von Florence Martus, *The Waving Girl.*«

Kent verschränkte die Arme. »Tun Sie einfach so, als hätten wir noch nie von Florence Martus gehört, und weihen Sie uns ein.«

Breck deutete auf die erste Zeile des Gedichts und erklärte: »Mehr als vierzig Jahre lang begrüßte Florence jedes Schiff, das in den Hafen von Savannah einlief. Am Tag winkte sie zur Begrüßung mit einem Tuch, nachts benutzte sie eine Laterne.«

Nina las den Anfang noch einmal.

SCHWEIGEND WARTET SIE, TAG UND NACHT.

Brecks Finger bewegte sich zur zweiten Zeile. »Sie hat nie geheiratet und lebte bei ihrem Bruder, der der Leuchtturmwärter von Elba Island war.«

WOHNT BEI IHM, DER DAS LICHT BEWACHT.

Nina war von Brecks Enthusiasmus bereits angesteckt, als sie zum nächsten Teil überging.

SIE SIEHT SIE KOMMEN, SIE SIEHT SIE GEHEN.

»Florence winkte den Schiffen zu, wenn sie in den Hafen einliefen oder in See stachen«, fuhr Breck fort.

»Und die letzte Zeile?«, fragte Nina und las:

WAS IN IHREM HERZEN, KANN NIEMAND SEHEN.

Brecks Lächeln wurde noch breiter. »Der Legende nach hat Florence nie geheiratet, weil sie sich in einen Matrosen verliebte, der ihr versprach, eines Tages zu ihr zurückzukehren, was er aber nie getan hat. Allerdings weiß niemand, ob an dieser Geschichte etwas Wahres ist.«

»Was in ihrem Herzen, kann niemand sehen. Es passt alles«, bestätigte Nina.

»Kontaktieren wir die Task Force«, sagte Wade. »Jemand von der Außenstelle Savannah muss raus zu der Statue, und zwar zügig.« Er holte sein Handy aus der Tasche und reichte es Breck, weil sie es war, der die Anerkennung zustand.

»Ich rufe sofort in Savannah an«, war Buxton über den Lautsprecher des Telefons zu hören, nachdem sie im Eiltempo ihre Erklärung abgegeben hatte. »Wir werden in Kürze eine Antwort haben. Ich rufe dann sofort zurück.«

Beim Warten tauschten sie Gedanken aus und versuchten zu ergründen, wie Enigma so schnell von Boston nach Savannah gekommen war. Sie kamen zu dem Schluss, dass er geflogen sein musste. Als sie gerade darüber sprachen, wie man am besten die infrage kommenden Flüge und Flughäfen herausfinden konnte, summte das Handy.

»Wade hier.«

Buxtons Stimme verriet seine Erregung. »Bingo.«

Dieses eine Wort gab Nina mehr Hoffnung, als sie seit Tagen empfunden hatte. »Was haben sie gefunden?«

»Ich habe Agent Breck per E-Mail ein JPEG der Nachricht geschickt«, sagte Buxton. »Sie lag auf Standardbriefpapier ausgedruckt in einem versiegelten Umschlag, der unter die Plattform der Statue geklebt war. Die lokale Spurensicherung untersucht den Ausdruck im Moment auf forensisches Beweismaterial. In der Zwischenzeit haben sie eine Kopie für uns gemacht, die wir untersuchen können.«

Breck öffnete den nicht öffentlichen Server des FBI und klickte dann auf die Datei in der E-Mail. »Ich hab's«, sagte sie und vergrößerte das Bild.

Nina betrachtete es. Ein Rechteck, das aus einem Mosaik aus gezackten Linien und spitzen Winkeln bestand, füllte den oberen Teil der Karte aus. In jeder der unterteilten Flächen standen Zahlen.

»Die Kryptoanalytiker denken, dass es ein verstecktes Bild enthält«, erklärte Buxton. »Sie arbeiten gerade daran, aber Sie dürfen natürlich während der restlichen Fahrt auch Ihr Glück versuchen.«

»Im Gegensatz zu dem Gedicht hat es ja wieder mit Mathematik zu tun, also werden sie es wahrscheinlich etwas schneller lösen«, gab Breck zurück. Die Enttäuschung in ihrer Stimme war deutlich zu hören. »In jeder Fläche innerhalb der Linien stehen Zahlen.«

»Und es sind Hunderte«, sagte Buxton.

»Wir arbeiten, bis wir ankommen, was in ungefähr einer Stunde sein wird«, informierte Nina ihn.

»Wie Agent Breck schon ausgeführt hat, sieht das hier nach einem typischen Problem für die Kryptoanalytiker aus.« Buxtons Ton duldete keinen Widerspruch. »Sie alle haben für heute genug getan. Wir sehen uns morgen früh zur Besprechung. Ich möchte Sie alle ausgeruht und gut in Form sehen.« Er zögerte. »Und noch etwas: Packen Sie eine Reisetasche, ehe Sie zum Dienst kommen. Sobald wir den Code geknackt haben, sind Sie entweder sofort auf der Straße oder in der Luft.«

Kapitel 37

Nina hatte kaum den letzten Treppenabsatz hinter sich gebracht, da sah sie bereits, dass Bianca auf sie wartete. Mal wieder. Das Mädchen hatte offenbar eine Kamera installiert, die ihren Stellplatz überwachte. Wenn es um Bianca ging, überraschte sie gar nichts mehr.

Wie immer schloss sie erst die Tür auf und schaltete dann die Alarmanlage aus, ehe sie ihren Aktenkoffer in dem winzigen Flur an die Wand lehnte. Bianca folgte ihr in die Wohnung.

»Sämtliche Social-Media-Seiten von Enigma sind wieder entsperrt«, kam Bianca ohne Umschweife zur Sache. »Nicht sehr schlau, wenn du mich fragst.«

Nina zog eine Augenbraue hoch. »Ich weiß, dass dir das nicht gefällt, Bee, aber wir brauchen Enigma online. Cyber Crimes kann ihn jederzeit wieder abschalten, wenn es sein muss.«

Sie hatte seine Seiten auf dem Weg in ihre Wohnung gecheckt. Keiner seiner Follower hatte bis jetzt die *Waving-Girl*-Statue in Savannah erwähnt. Was würde passieren, wenn jemand das Rätsel löste und nach einem Hinweis suchte, der nicht mehr da war?

»Meine Schuld ist das nicht.« Bianca schob den geöffneten Laptop über Ninas Küchentisch, damit sie hineinsehen konnte. »Seine Bestenliste auf Facebook hat mehr Besucher denn je.«

»Moment mal.« Nina beugte sich vor, weil sie etwas entdeckt hatte, was ihr vorher noch nicht aufgefallen war. »Warum steht das FBI auf der Liste?«

Sie erinnerte sich, wie Breck ihr erstmals die vom Gesuchten erstellte Liste der fünf besten Leute oder Gruppen, die an seinem »Spiel« teilnahmen, gezeigt hatte. Julian Zarran war immer noch an der Spitze, gefolgt vom Team FBI auf dem zweiten und der Brew Crew auf dem dritten Platz. Pink Wave war durch das Team ersetzt worden, das vorher auf dem letzten Platz gewesen war.

»Ich schätze, er wollte die Schwachköpfe dabeihaben, darum hat er euch einen Namen gegeben und euch eingetragen«, mutmaßte Bianca.

»Und wer ist das auf dem vierten Platz? Eine Gruppe College-Studenten von der GWU. Sie nennen sich The Dork Side.«

Bianca wich ihrem Blick aus. »Keine Ahnung.«

»Das klingt wie ein Name, den du und deine Freunde sich ausgedacht haben könnten.« Ninas Augen wurden schmal. »Und wenn ich mich recht erinnere, gehst du auf die George Washington University.«

»Okay, gut.« Bianca hob die Hände. »Das sind wir.«

»Und wie kommt ihr auf die Bestenliste?«

»Die Brew Crew hat es geschafft, weil sie einen Hinweis gelöst hat, und Zarran, weil er eine Belohnung ausgesetzt hat«, antwortete Bianca. »Alle anderen auf der Liste haben eigentlich nur etwas in seinen Threads gepostet oder mit Kommentaren retweetet, wie sie ihm den Arsch aufreißen würden.«

Bianca mochte einen IQ haben, der dem von Einstein nahekam, aber für einen Psychopathen war sie keine ebenbürtige Gegnerin. »Lasst ihn in Ruhe«, sagte Nina. »Er ist …«

Ein Klopfen an der Tür unterbrach sie, ehe sie eine regelrechte Schimpfkanonade loslassen konnte. Fluchend stand sie auf und öffnete die Tür.

Mrs Gomez hielt eine mit Empanadas gefüllte gläserne Auflaufform hoch. »Für dich.« Sie marschierte an Nina vorbei.

»Mrs G, das sollten Sie wirklich nicht tun. So hungrig bin ich nun auch wieder nicht.« Sie betrachtete die Auflaufform, die Mrs Gomez mitten auf den Tisch gestellt hatte. Der Geruch von mariniertem Fleisch in Adobosoße war berauschend. »Und selbst wenn – das da ist genug für eine zehnköpfige Familie.«

»Sie kocht immer, wenn sie sich aufregt«, warf Bianca ein. »Seit das Video gezeigt wurde, ist sie nicht mehr aus der Küche herausgekommen.«

Mrs Gomez warf Bianca einen finsteren Blick zu und schwieg.

»Du kannst es ruhig annehmen«, meinte Bianca. »Sie hat für jeden im Haus etwas gemacht.«

»Du musst essen«, sagte Mrs Gomez. »Damit du bei Kräften bleibst.«

Als Mrs Gomez auf die dampfende, mit halbmondförmigen Pasteten gefüllte Schüssel zeigte, bemerkte Nina ihre geschwollenen, rot geränderten Augen und die dunklen Ringe darunter.

Nina streckte eine Hand aus und berührte sie am Arm. »Machen Sie sich um mich keine Sorgen, Mrs G.«

»Ay, mi'ja«, sagte Mrs Gomez mit zitternder Stimme. »Ich kann nicht ertragen, was dieser *cabrón* dir angetan hat.«

»Setzen Sie sich doch zu uns«, bat Nina.

Mrs G holte ein Taschentuch aus ihrer Schürzentasche und putzte sich die Nase. »Ich habe Essen auf dem Herd.« Sie eilte zur Tür. Dort hielt sie inne und wandte sich erneut Nina zu. »Wenn es dir nach den Empanadas nicht besser geht …« Sie holte eine Flasche Tequila aus der anderen Schürzentasche und stellte sie neben die Schüssel auf den Tisch. »… versuch das hier.« Dann brach sie in Tränen aus und verschwand.

Nina drehte sich zu Bianca um. »Was war das denn?«

»Das, womit ich mich herumschlagen muss, seit das Video herausgekommen ist.« Bianca lächelte schief. »Sie denkt, dass du auch ihre Pflegetochter bist, weißt du?«

Nina unterdrückte rasch das warme Gefühl, das sich in ihr ausbreitete, und schaltete in den Verhörmodus um, der ihr vertrauter war als mütterliche Sorge.

Sie musterte Bianca betont ernst und sachlich. »Wir sprachen gerade darüber, dass du und dein Team euch aus dieser Ermittlung heraushalten werdet.«

»Äh … nein«, entgegnete Bianca. »Wir sprachen darüber, wie sehr ich euch schon geholfen habe. Mal im Ernst: Eigentlich sollte ich auf der Lohnliste des FBI stehen. Wer sollte euch sonst das Neueste aus Enigmadom erzählen?«

Nina verdrehte die Augen. Großartig, wieder ein neues Wort fürs Internetlexikon. »Was jetzt?«

»Du hast von dem Deppen in Boston gehört, der versucht hat, den Umschlag, der an einer Mülltonne klebte, bei eBay zu verkaufen?«

Sie nickte. »Du hast mir die Anzeige ja gezeigt.«

»Enigma hat den Hinweis gerade in seiner Chronik gepostet«, sagte Bianca. »Mit dem Kommentar, dass es dem FBI nicht erlaubt sein sollte, so etwas geheim zu halten. Er findet das unfair.«

Nina stöhnte. All die Anstrengungen, den eBay-Verkäufer ausfindig zu machen und den Umschlag sicherzustellen, hatten ihnen nur einen Vorsprung von vierundzwanzig Stunden gebracht. Sie hatten diese Zeit genutzt, um das Bilderrätsel zu lokalisieren, das Enigma in Savannah abgelegt hatte, aber wie lange würde es dauern, bis er auch diesen Hinweis online stellte?

Kapitel 38

Nina saß in der Ecke des überfüllten Task-Force-Raums an einem Monitor neben dem Cyberteam. Neben ihr stand die erste Tasse Kaffee des Tages auf dem Tisch, gleich neben dem Mauspad. Sie blickte finster auf den Bildschirm und las den Text.

> **ENIGMA:** HAST DU GEGLAUBT, DU KÖNNTEST BETRÜGEN UND ES VOR MEINEN FANS VERSTECKEN? ICH ENTSCHEIDE, WAS VERÖFFENTLICHT WIRD UND WANN ES VERÖFFENTLICHT WIRD. NICHT DU, KRIEGERMÄDCHEN.

Vier Stunden früher hatte ein Team von Hobbydetektiven herausgefunden, dass sich Enigmas Gedicht auf die *Waving-Girl*-Statue bezog, und war prompt mit der Beschwerde online gegangen, dort habe gar kein weiterer Hinweis gelegen. Nach wenigen Minuten hatte Enigma geantwortet, indem er das Bilderrätsel auf Facebook, Instagram, Twitter und Pinterest postete.

»Immer, wenn wir vorankommen, zieht der Hurensohn wieder gleich«, sagte Kent.

»Weil er Chaos will«, erklärte Wade. »Er braucht Deckung für das, was er tut, und diese Deckung ist die Öffentlichkeit. Wenn es nicht bald jemand aus der Zuschauerschaft herausbekommt, wird er die Lösung kurz vor oder nach dem nächsten Mord posten, um für größtmögliche Verwirrung zu sorgen.«

»Was bedeutet, dass wir das verdammte Ding zuerst lösen müssen, damit wir ihn erwischen können«, sagte Kent.

»Krypto ist die ganze Nacht dran gewesen.« Nina blickte zur gegenüberliegenden Ecke. »Ich hoffe, sie kommen weiter.«

Kent folgte ihrem Blick. »In der Zwischenzeit müssen wir ihn beschäftigt halten.«

Nina begann zu tippen. »Wie wäre es hiermit?«

FBI: WIR HABEN EINE GANZE TASK FORCE AUF IHRER SPUR. WIR WERDEN SIE ERWISCHEN.

ENIGMA: NICHT, WENN ICH DICH VORHER ERWISCHE, KRIEGERMÄDCHEN.

»Er versucht, Sie aus dem Konzept zu bringen«, sagte Kent. »Bleiben Sie dran.«

FBI: SIE KÖNNEN SICH ZUSAMMEN MIT IHREM ANWALT STELLEN. ES WIRD IHNEN NICHTS PASSIEREN.

ENIGMA: GLAUBST DU, ICH HABE ANGST VOR EUCH? VOR DEM FBI? DR. JEFFREY WADE HAT NICHTS AUS SEINEN FEHLERN GELERNT.

Mit gerunzelter Stirn trat Wade näher. »Schreiben Sie exakt, was ich Ihnen sage.«

Nina gehorchte.

FBI: HIER IST DR. WADE. WELCHEN FEHLER MEINEN SIE?

ENIGMA: ZWEI WORTE: CHANDRA BROWN.

Wade fluchte. »Jetzt verhöhnt er mich.«

Kent klopfte Nina auf die Schulter. »Machen Sie weiter, und fragen Sie nach Chandra.«

Sie blickte die beiden Profiler lange an, dann formulierte sie eine knappe Nachricht.

FBI: HABEN SIE SIE UMGEBRACHT?

ENIGMA: ICH HABE DINGE ZU ERLEDIGEN. KEINE ZEIT MEHR ZUM PLAUDERN.

Auf weitere Texte würde er nicht mehr antworten.

Nina schob die Tastatur weg. »Er spielt mit uns und verschwendet unsere Zeit. Er hat gesagt, dass die Nächste in vier Tagen stirbt. Drei davon sind schon vorbei.«

»Was mich wundert«, sagte Kent. »Warum diese neuerliche Änderung des Musters? In der Vergangenheit haben seine Hinweise immer direkt zu einer Leiche geführt.«

»Er wollte uns ablenken«, erklärte Wade. »Er brauchte zusätzliche Zeit, um das nächste Opfer vorzubereiten.«

Nina stellte sich vor, wie Enigma in den Straßen einer Stadt auf die Jagd ging. Er sorgte dafür, dass sie sich im Kreis drehten, während er ein weiteres Mädchen verfolgte. Die Frustration nagte an ihr.

»Jeder Hinweis ist schwieriger als der vorhergehende«, sagte Wade. »Der erste war ein rudimentärer Platzhalter-Code. Der nächste funktionierte nach demselben Prinzip, erforderte aber anspruchsvollere Rechenoperationen und drehte einen Teil des Codes um. Danach bekommen wir ein paar gereimte Verse, für ihn etwas völlig Neues. Und jetzt gibt er uns einen Hinweis, der anscheinend Kunst und Mathematik kombiniert.«

»Er gibt an«, meinte Kent.

»Das sehe ich auch so«, bestätigte Buxton, der hinter ihnen aufgetaucht war. »Ich habe den Chat verfolgt. Er führt uns an der Nase herum, während er seinen nächsten Mord vorbereitet. Personal haben wir genug, was uns fehlt, ist Zeit. Ich würde gern erörtern, wie wir mit den Ermittlungen fortfahren, da wir inzwischen etwas mehr über den Mann wissen, mit dem wir es zu tun haben.« Er deutete auf den riesigen Raum und die vielen Mitarbeiter, die an ihren Arbeitsplätzen saßen. »Wir haben genug Ressourcen, also sollten wir sie auch benutzen.«

»Könnten wir nicht noch einmal nach Enigmas leiblichen Eltern suchen?«, schlug Nina vor. »Gab es beim Borr-Projekt Spender aus der ganzen Welt, aus den USA oder nur aus Maryland?«

»Wir wissen es nicht«, sagte Kent. »Es gibt keine Möglichkeit, die Suche fortzusetzen.«

»Vielleicht finden wir neue Spuren, wenn wir die Öffentlichkeit über den Zusammenhang mit dem Borr-Projekt informieren«, schloss sich Breck der Diskussion an. »Aber wie viel geben wir der Öffentlichkeit in diesem Stadium der Ermittlung preis, wenn überhaupt?«

Buxton sah aus, als bräuchte er eine Magentablette. »Ich möchte keine Informationen über das Borr-Projekt veröffentlichen, solange es nicht unbedingt notwendig ist.« Er blickte an die Decke. »Stellen Sie sich vor, wie all die Blogger, Tweeter und Verschwörungstheoretiker reagieren würden. Die Gerüchte über Superschwerverbrecher, die junge Mädchen jagen, würden sich überschlagen.« Er schüttelte den Kopf. »Und den anderen Kindern aus dem Projekt, die inzwischen ganz normale

Erwachsene sind, könnten eine Menge Unannehmlichkeiten widerfahren, die sie nicht verdient haben.«

Genau das hatte auch Dr. Borrs Sohn gesagt, und sie war derselben Meinung, aber insgeheim dachte Nina, dass es nur noch eine Frage der Zeit war, bis die Informationen durchsickerten, vor allem jetzt, nachdem Agents überall im Land Kinder aus dem Borr-Projekt verhört hatten.

Sie machte sich gerade bereit, mit den anderen darüber zu diskutieren, als der leitende Kryptoanalytiker, Otto Goldstein, auf sie zugeeilt kam und vor innerer Anspannung regelrecht zu vibrieren schien.

»Bitte, bringen Sie uns gute Nachrichten bezüglich des Bilderrätsels«, sagte Buxton mit einem Hauch von Verzweiflung in der Stimme.

Goldstein strahlte, und sein Brillengestell mit Gläsern, so dick wie Glasbausteine, glitzerte im Neonlicht. »Wir haben es gelöst.«

Kapitel 39

FBI Gulfstream Jet
Irgendwo über dem Mittleren Westen

Nina saß neben Wade an dem kleinen Tisch, Kent und Buxton gegenüber. Breck saß auf der anderen Seite des Ganges, ihr Laptop stand auf einem Tablett, das aus ihrer Armlehne herausgeklappt war.

Buxton drückte auf der Fernbedienung für das Bordfernsehen herum. »Nationale Nachrichten«, murmelte er und zappte durch die Kanäle, bis er den gefunden hatte, den er suchte.

Nina erkannte Amy Chen, die Chefsprecherin. Auf dem Newsticker, der unter ihr über den Bildschirm lief, war zu lesen:

– Eilmeldung – Wissenschaftler beansprucht Belohnung in Millionenhöhe.

»Als Nächstes erfahren wir etwas über den Wissenschaftler, der den Code geknackt hat«, sagte Chen in die Kamera. »Bei mir im Studio befindet sich die ehemalige stellvertretende Direktorin des FBI, Shawna Jackson, die uns bezüglich der Fortschritte in dieser hochbrisanten Ermittlung die Einschätzung eines Insiders geben wird. Über all das und noch mehr berichten wir gleich nach der Werbepause.«

»Shawna hat alles mit mir abgeklärt, bevor sie zugestimmt hat, ins Studio zu gehen«, sagte Buxton über den Lärm eines Werbespots für Spülmaschinenreiniger hinweg. »Nach allem, was sie für uns getan hat, konnte ich sie kaum bitten, den Mund zu halten.«

Der Sender hatte Shawna eine Stunde zuvor wegen eines Kommentars kontaktiert, weil ein Wissenschaftler aus Kalifornien zugestimmt hatte, seine Lösung für das Savannah-Rätsel in einem exklusiven Live-Interview zu enthüllen. Shawna hatte einen Deal ausgehandelt. Sie würde über Details der Ermittlung sprechen, wenn der Sender im Gegenzug die Ausstrahlung der Lösung um eine Stunde verzögerte, damit Buxton und das Team aus Quantico auf dem Weg zu ihrem nächsten Bestimmungsort einen Vorsprung hatten. Buxton hatte Shawna gebeten, eine Verzögerung von vierundzwanzig Stunden auszuhandeln, aber der Sender hatte sich geweigert.

Chen war zurück auf dem Bildschirm, Shawna saß neben ihr.

»Bevor wir mit der ehemaligen stellvertretenden Direktorin sprechen«, hob Chen an, »reden wir mit Dr. Charles Farnsworth, der in seinem Labor in Kalifornien zum Thema Spektroskopie forscht.« Der Bildschirm teilte sich und zeigte einen korpulenten Mann mit Stirnglatze und buschigem Schnurrbart. »Erzählen Sie uns bitte, Dr. Farnsworth, wie haben Sie die Bedeutung des Hinweises herausgefunden, und wie lautet die Antwort?«

Farnsworths Wangen röteten sich leicht, während er starr in die Kamera blickte.

»Dr. Farnsworth?«

Nina bemerkte die Anzeichen von Lampenfieber. Der Mann hatte offensichtlich gerade erkannt, dass ihm seine fünfzehn Minuten Ruhm bevorstanden, und er war absolut nicht darauf vorbereitet.

Chen warf ihm eine Rettungsleine zu. »Vielleicht möchten Sie uns zuerst etwas über Ihre Arbeit erzählen?«

Die Moderatorin hätte es in ihrem Beruf nicht so weit gebracht, wenn sie nicht gelernt hätte, wie man einen nervösen Interviewpartner beruhigt.

Farnsworth wirkte erleichtert. »Ich erforsche die Interaktion zwischen Materie und elektromagnetischer Radiation«, sagte er.

Chen sah aus, als versuchte sie angestrengt, nicht die Augen zu verdrehen. »Könnten Sie das auf eine für Laien verständliche Art ausdrücken, Doktor?«

»Ich erforsche das Lichtspektrum.«

»Okay, und inwieweit hat Ihnen das bei dem Hinweis geholfen?«

Farnsworth, einmal in Fahrt gebracht, dozierte begeistert über sein Fachgebiet. »Die dreistelligen Zahlen innerhalb der Linien stellen, in Terahertz ausgedrückt, die elektromagnetischen Wellen der Frequenzintervalle von Farben dar, die das menschliche Auge erkennen kann.«

Chen blinzelte und sagte betont langsam: »Herr Doktor, die meisten unserer Zuschauer erforschen nicht das Licht. Könnten Sie es etwas direkter ausdrücken?«

Farnsworth dachte einen Augenblick nach. »Jede Zahl repräsentiert eine Farbschattierung.«

»Vielen Dank, Herr Doktor.« Chen lächelte. Offensichtlich war sie mit dem Technogeplapper des Wissenschaftlers fertig und nun bereit, die Bombe vor dem wartenden Publikum platzen zu lassen. »Wir haben Dr. Farnsworths Entdeckung genutzt, um die Flächen in dem Diagramm auszufüllen.« Sie sah wieder in die Kamera, woraufhin der geteilte Bildschirm für einen Augenblick schwarz wurde. »Und das ist dabei herausgekommen.«

Nina und der Rest des Teams beugten sich vor, als das stilisierte Bild eines leuchtend orangeroten Vogels vor einem blaugrünen Hintergrund den Bildschirm ausfüllte. Gelbe Flammen schlugen aus seinen Flügeln und Schwanzfedern.

»Das sieht für mich wie ein Phönix aus«, sagte Chen und wandte sich an Shawna. »Die stellvertretende Direktorin Jackson steht Nina Guerrera nahe und war auch in Kontakt mit dem Team aus Quantico. Was denkt man dort über das Bild?«

»Sie operieren unter der Annahme, dass es ein Phönix ist«, antwortete Shawna.

»Was werden sie jetzt tun?«

»Zuerst müssen sie sich entscheiden, auf welchen Ort sich das Bild bezieht. Städte namens Phoenix gibt es in Arizona, Illinois, Louisiana, Maryland, Michigan, New York und Oregon. Und das sind nur die Vereinigten Staaten.«

»Bestimmt bezieht er sich auf Arizona«, mutmaßte Chen stirnrunzelnd. »Das ist die einzige Großstadt in dieser Aufzählung.«

»Vermutlich ist es so«, sagte Shawna. »Aber wir müssen alles in Betracht ziehen.«

Nina löste widerwillig den Blick vom Monitor und sah Wade an. Auf seine Empfehlung hin hatte sich das Team auf den Weg nach Arizona gemacht. Er hatte Enigmas bisherige Verhaltensmuster untersucht und war zu demselben Schluss gekommen wie Chen. Enigma schien große Städte zu bevorzugen, in denen er nicht auffiel. Sie glaubte ein wehmütiges Lächeln auf Wades Gesicht gesehen zu haben, als er sich auf Shawna konzentrierte.

»Dieser Hinweis sagt aber nichts Genaues darüber aus, wo der Mörder als Nächstes zuschlagen wird«, bemerkte Chen.

»In der Vergangenheit hat er immer die genaue Stelle benannt, an der die Leiche dann gefunden wurde«, erklärte Shawna. »Diesmal ist es eine ganze Stadt, und falls sich herausstellt, dass es Phoenix in Arizona ist … bedeutet das mehr als achthundert Quadratkilometer Terrain in der Stadt und der Wüste drum herum.«

»Inzwischen scheint er die Ermittler bewusst in die Irre zu führen. Ein Gebiet in dieser Größe lässt sich nicht abdecken.« Chen gestikulierte in Richtung Kamera. »Was kann die Öffentlichkeit tun, um dem FBI zu helfen?«

»Melden Sie jedes verdächtige Verhalten«, bat Shawna. »Wir haben eine kostenlose Hotline eingerichtet.«

»Und los geht's«, sagte Kent. »Zwanzigtausend Anrufe von Sonderlingen, Verschwörungstheoretikern und Hellsehern, die mit dem Geist des toten Mädchens kommunizieren … und vielleicht – aber nur vielleicht – *eine* brauchbare Spur.«

Chen fasste sich ans Ohr, und ihre Augen weiteten sich. »Unser Team für soziale Medien berichtet gerade von einem neuen Post auf der Facebook-Seite des Täters.« Sie nickte und drehte sich dann wieder zur Kamera. »Wir werden die Nachricht jetzt ausstrahlen. Auf manche Menschen könnte dieses Bild verstörend wirken. Bitte entscheiden Sie nach eigenem Ermessen.«

Nina betrachtete das Bild, das unvermittelt den Monitor ausfüllte. Ein nacktes junges Mädchen war vom Hals an abwärts fotografiert worden. Ihre primären Geschlechtsteile waren vom Sender verpixelt worden. Sie hielt ein handelsübliches Blatt Klopierpapier in Händen, auf dem in Blockbuchstaben eine Nachricht geschrieben stand.

KOMM UND HOL MICH, KRIEGERMÄDCHEN.

ICH HABE NOCH SECHS STUNDEN ZU LEBEN.

Nina spürte, dass alle, die sich im begrenzten Raum des Flugzeugs aufhielten, sie anstarrten. Wie Wade und Kent gesagt hatten, war Enigmas Antrieb tatsächlich seine Besessenheit von ihr. Mit ihr hatte er angefangen, und er würde weitermachen, bis er mit ihr endete. Er wollte sie nicht einfach umbringen – er wollte sie besitzen, kontrollieren und letztlich komplett vernichten.

Sie. Nina Guerrera. Das Kriegermädchen.

Sie hob den Kopf und sah, wie Kent sie aus schmalen Augen musterte. Zweifellos las er in ihrer Miene und interpretierte sie korrekt als Entschlossenheit. Er formte mit den Lippen das Wort *Nein* und schüttelte langsam den Kopf.

Aber ihre Entscheidung war bereits gefallen. In DC, San Francisco und Boston waren Mädchen ermordet worden. Diesmal gab es ein lebendes Opfer. Jemanden, der gerettet werden konnte. Was auch immer es kosten würde, Phoenix würde nicht seine nächste Hinrichtungsstätte werden.

Kapitel 40

Sechs Stunden später
Emergency Operations Center, Phoenix, Arizona

Nina sah sich im EOC von Phoenix um. Das noch recht neue Gebäude, in dem auch die Trainingsakademie der Feuerwehr untergebracht war, verfügte über modernste Technologie. FBI-Agents von der Außenstelle in Phoenix mischten sich unter Detectives, Einsatzleiter und Streifenpolizisten der Polizei von Phoenix. Techniker und Hilfspersonal in Zivil verteilten sich über die weitläufigen Räumlichkeiten – das typische Szenario einer Einsatzzentrale, das ihr inzwischen nur allzu vertraut war.

Wie bereits in Boston war ihr ein örtlicher Polizeibeamter zugeteilt worden, diesmal von der Mordkommission des PPD. Ihr neuer Partner, Javier Perez, hatte einen athletischen Körperbau, der in einer grauen Stoffhose und einem marineblauen Poloshirt hervorragend zur Geltung kam. Sein dichtes schwarzes Haar und die karamellfarbene Haut passten zu ihrer eigenen Erscheinung. Er war das genaue Gegenteil von Delaney, dem vierschrötigen irischen Cop aus Boston.

Dank des speziellen Hinweistelefons waren noch während der Nachrichtensendung Hunderte von Anrufen in der Zentrale eingegangen. Unzählige Detectives, Agents und Streifenpolizisten waren eingeteilt worden, um möglicherweise vielversprechenden Hinweisen nachzugehen, die das Callcenter an die Einsatzzentrale weiterleitete.

Wie allen anderen Teams hatte man auch Nina und Perez einen Stapel Hinweise ausgehändigt. Buxton winkte sie zu sich, ehe sie hinausgehen konnte. Rasch überflog sie das Blatt, das er ihr reichte. Die Anruferin hatte sich als sechzehnjähriges Mädchen ausgewiesen, das in einem Asyl lebte, womit sie bereits zwei Kriterien des Beuteschemas erfüllte. Dann hatte sie ausgesagt, dass ihre Freundin vermisst wurde, seit sie zu einem Fremden in ein Wohnmobil gestiegen war. Und schließlich sagte sie, sie glaube, ein Tribal-Tattoo am Knöchel des Mädchens mit dem Schild erkannt zu haben. Ihre vermisste Freundin trug den gleichen Körperschmuck. Nina sträubten sich die Nackenhaare, als sie das las.

»Mein Wagen steht auf dem Parkplatz«, sagte Perez. »Brauchen Sie noch etwas, bevor es losgeht?«

Sie nahm eine Dokumentenmappe aus Leder vom Tisch. »Ich bin so weit.«

Als sie Perez zur Tür folgte, verstellte ihr Kent den Weg. »Tun Sie das nicht«, sagte er leise.

»Was denn?«

»Woran auch immer Sie im Flugzeug gedacht haben. Ich habe Ihren Gesichtsausdruck gesehen.«

»Ich weiß nicht, wovon Sie reden.«

»Der Täter will, dass Sie leichtsinnig werden. Einen Fehler machen.«

»Perez und ich machen uns auf den Weg, um unseren Hinweisen nachzugehen. Genau wie Sie und Ihr Partner.«

Er warf einen Blick in Richtung Perez. »Mir gefällt sein Aussehen nicht.«

»Dann ist es ja gut, dass Sie ihm nicht zugeteilt wurden.«

Perez kam zu ihnen. »Gibt es ein Problem?«

Die beiden Männer blickten sich abschätzend an.

Nina verdrehte die Augen. »Wenn ihr beiden euch genug auf die Brust geschlagen habt: Ich warte auf dem Parkplatz.«

Perez schloss im Korridor zu ihr auf. Sie bemerkte, dass er sie nachdenklich ansah, aber er schwieg, bis er neben einem schwarzen Tahoe in der ersten Reihe von Parkplätzen stehen blieb.

»Das Asyl ist ganz in der Nähe«, sagte er, während er zur Fahrertür ging.

Nachdem sie sich angeschnallt hatte, öffnete sie ihre Mappe, um das Anruferformular herauszuholen, das Buxton ihr gegeben hatte. »Die zu verhörende Person ist Emma Fisher, eine Sechzehnjährige, die momentan im Asyl für Frauen und Mädchen in der Innenstadt lebt.«

Perez bog in die Straße ein. »Weiß Emmas Mutter, dass sie angerufen hat?«

Nina blickte auf das Blatt. »Ich glaube nicht. Emma soll die Story in den Nachrichten gesehen und darum gebeten haben, das Telefon am Empfang benutzen zu dürfen.« Sie sah zu Perez hinüber. »Ich wette, ihre Mutter soll nicht erfahren, dass sie gestern Nacht draußen war.«

Perez nickte. »Wie wollen Sie das Verhör angehen?«

»Ich werde das Gespräch führen. Wahrscheinlich fühlt sie sich wohler, wenn sie mit einer Frau spricht.«

»Alles klar«, sagte er grinsend. »Ich bin dann der starke, schweigsame Typ.«

Nach knapp zehn Minuten erreichten sie ein einstöckiges Gebäude im Missionsstil, das in einer der kleineren Seitenstraßen lag. Nachdem sie den Wagen auf einem für Gesetzeshüter reservierten Parkplatz abgestellt hatten, gingen sie durch die Glastüren des Windfangs und zum Empfangstresen.

»Sind Sie von der Polizei?«, fragte eine ältere Frau mit grauem Bob und vogelartigem Gesicht.

Nina zeigte ihren Dienstausweis. »Ich bin Special Agent Guerrera, und das ist Detective Perez.«

Die Frau machte hinter ihrer rechteckigen Brille große Augen. »Guerrera … Dann sind Sie … Nina Guerrera?« Ihre schmale Hand legte sich auf ihre Brust. »Oje.«

Nina spürte, wie ein heißer Blitz sie durchfuhr. Wie so viele andere hatte auch diese Frau die Geschichte verfolgt. Und das bedeutete, dass sie wahrscheinlich das Video gesehen hatte. Sie warf Perez einen Blick zu, und die Hitze wurde intensiver, als sie begriff, dass er es ebenfalls gesehen hatte. Das war also ihre neue Realität.

Nina straffte die Schultern. »Wo können wir in Ruhe mit Emma Fisher sprechen?«

Die Frau fing sich wieder. »Jemand vom Personal wird Emma zu einem Gesprächszimmer begleiten. Wir haben mehrere.« Sie nahm ein mobiles Funkgerät vom Tisch.

Nina wartete schweigend und vermied es, Perez in die Augen zu sehen.

»Gehen Sie in Zimmer drei.« Die Frau zeigte nach links. »Emma wird gleich da sein.«

Sie gingen einen breiten Korridor entlang, bis sie eine Reihe von Türen an der inneren Wand erblickten. Raum drei war unverschlossen, und Perez führte sie hinein. Der Raum war spartanisch eingerichtet, mit einem abgenutzten Zweisitzer auf der einen und zwei dünn gepolsterten Sesseln auf der anderen Seite.

»Hallo?« Eine schüchterne weibliche Stimme erklang von der offenen Tür her.

Nina drehte sich um und sah ein Mädchen, dessen schwarz umrandete Augen ihr ansonsten jugendliches Gesicht hart aussehen ließen. »Emma?«

Das Mädchen nickte, und Nina deutete auf den Zweisitzer. »Ich bin …«

»Ich weiß, wer Sie sind«, erwiderte Emma.

Erneut unterdrückte Nina die in ihr aufsteigende Hitze und deutete zur Seite. »Das ist Detective Perez. Wir würden Ihnen gern ein paar Fragen zu Ihrem Anruf stellen. Ist Ihre Mutter in der Nähe?«

Emma setzte sich. »Mom liegt besinnungslos im Bett.«

»Okay«, sagte Nina. »Haben Sie etwas dagegen, wenn wir das Gespräch aufzeichnen?«

Emma zuckte mit den Schultern.

»Ich brauche eine hörbare Antwort von Ihnen«, bat Nina, während Perez einen Digitalrecorder auf den zerschrammten Kaffeetisch zwischen ihnen stellte. »Für die Akten.«

»Ja, Sie können das hier aufnehmen.«

»Erzählen Sie mir für den Anfang doch bitte, was gestern Abend passiert ist.«

»Trina hatte diesen Riesenstreit mit ihrer Mutter.«

»Wer ist Trina?«

»Trina Davidson. Ich habe sie erst vor einer Woche kennengelernt, und wir haben öfter zusammen abgehangen, weil wir hier irgendwie die einzigen Mädels sind, die keine Windeln mehr tragen.«

Nina nickte. »Um wie viel Uhr war der Streit gestern Abend?«

»Gegen neun oder so. Als es vorbei war, haben Trina und ich beschlossen, rauszugehen, um … ääh … abzuhängen.«

Nina warf einen Blick auf Emmas von Nikotin gelbe Fingernägel. »Ihr wolltet rauchen gehen.«

»Kann schon sein.« Emma winkte ab. »Jedenfalls … Wir gehen um die Ecke, aber Trina hat nur noch eine Kippe, also gehe ich zum Circle K auf der anderen Straßenseite, um noch eine Schachtel zu holen. Als ich in der Reihe vor dem Tresen stehe, gucke ich aus dem Fenster und sehe diesen Typen auf Trina zugehen.«

»Wie sah er aus?«

»Wie'n Biker.« Emma strich sich mit den Händen über die Arme. »Komplett tätowiert, von den Schultern bis zu den Handgelenken. Sein Kopf war rasiert, und er hatte einen schwarzen Ziegenbart.«

Nina blickte zu Perez hinüber. Das hier hatte nichts mit den früheren Beschreibungen zu tun, aber andererseits …

»Wie groß war er?«, fragte Nina.

»Groß und ziemlich muskulös.« Emma wies mit dem Kinn auf Perez. »Wie er.«

»Was hat er gemacht, als er bei Trina war?«

»Hat ihr was zum Rauchen gegeben. Mit ihr gesprochen. Sie hat viel gelächelt. Ich glaube, sie stand irgendwie auf ihn.«

»Was ist dann passiert?«

»Die blöde Frau am Tresen hat ewig für meine Zigaretten gebraucht. Konnte meine Marke nicht finden, da habe ich dann was anderes genommen.«

Nina unterdrückte ein Stöhnen. »Mit Trina meine ich.«

»Ach ja, richtig. Sie ist dann mit ihm zu diesem großen Ding gegangen, das wie ein Mobilheim aussah. Er hatte es auf dem Parkplatz nebenan geparkt.«

»Sie sagen Mobilheim«, hakte Nina nach. »Meinen Sie ein Wohnmobil?«

»Ja, so was, wo die Leute drin wohnen, wenn sie durchs Land fahren. Es war ganz schwarz, sogar die Fenster. Ich fand's gruselig, keine Ahnung warum.«

Weil dein Überlebensinstinkt eingesetzt hat, dachte Nina.

»Was ist als Nächstes passiert?«, fragte sie.

»Trina ging mit ihm in das Wohnmobil, und ich bin zurück ins Asyl.« Ihre Augen wurden feucht. »Das war das letzte Mal, dass ich sie gesehen hab.«

»Haben Sie gestern Nacht jemandem davon erzählt?«

»Nein. Ich dachte, Trina mag diesen Kerl vielleicht. Keine Ahnung.«

»Und wann haben Sie beschlossen, doch etwas zu sagen?«

»Heute Morgen.« Zwei schwarze Eyelinerspuren liefen Emma über die Wangen, als sie zu weinen begann. »Ich habe im Speisesaal ferngesehen, als dieser Wissenschaftstyp darüber redete, dass der Hinweis ein Phönix ist. Da wusste ich, dass es um diese Stadt hier ging. Ich wusste es einfach.« Sie unterdrückte ein Schluchzen. »Dann hab ich das Bild von dem Mädchen mit dem Schild gesehen und hab ihr Tattoo erkannt. Ich meine, eine Menge Leute haben Tribal-Tattoos am Knöchel, aber das von Trina ist genau wie das im Fernsehen. Um sicherzugehen, hab ich nach ihr gesucht, und als sie nicht beim Frühstück war, hab ich ihre Mom gefragt.«

»Und was hat ihre Mutter gesagt?«

»Trina ist letzte Nacht nicht nach Hause gekommen. Ihre Mom dachte, sie wäre mal wieder abgehauen. Ich habe nichts gesagt. Ich bin einfach zum Empfang gegangen und hab gefragt, ob ich mal telefonieren kann. Sie wollten wissen, warum, und ich habe gesagt, ich hätte einen Hinweis für das Hinweistelefon.«

»Haben Sie das Wohnmobil gestern Nacht wegfahren sehen?«, fragte Nina.

»Nein. Aber ich habe heute Morgen auf dem Parkplatz nachgesehen. Es ist weg.«

Nina holte ein Papiertaschentuch aus der Box am Ende des Tisches und reichte es ihr. »Es werden bald ein paar Detectives vorbeikommen, um Sie weiter zu befragen. Ich bin sehr froh, dass Sie angerufen haben, Emma. Sie haben das Richtige getan.«

»Nein, hab ich nicht.« Emma griff nach dem Taschentuch. »Hätte ich das Richtige getan, dann hätte ich früher jemandem Bescheid gesagt. Zum Beispiel gestern Nacht. Jetzt ist sie wahrscheinlich tot. Und ich bin schuld.«

»Machen Sie sich keine Vorwürfe. Sie haben angerufen, nur das ist jetzt wichtig.« Ihr fiel noch etwas ein. »Da wir gerade vom Anrufen sprechen: Hat Trina ein Handy?«

Mit etwas Glück könnten sie ihr Signal verfolgen und das Gerät orten.

»Niemand hier kann sich ein Handy leisten. Deshalb musste ich ja auch das Telefon am Empfang benutzen, um euch anzurufen.«

»Können Sie uns noch irgendetwas über den Biker sagen? Wären Sie in der Lage, seine Tattoos zu zeichnen oder sie detailliert zu beschreiben? Gab es da spezielle Worte oder Bilder, an die Sie sich erinnern?«

»Es war dunkel, und ich war ziemlich weit weg. Ich konnte nichts Besonderes erkennen.«

»Was ist mit dem Nummernschild oder irgendwelchen Verzierungen an dem Wohnmobil?«

»Wie ich schon sagte, es war dunkel.« Emma schürzte die Lippen. »Hören Sie, ich habe Ihnen alles erzählt, was ich weiß. Vielleicht sollten Sie jetzt besser da draußen nach ihr suchen.«

Nina stand auf. »Ich weiß, dass Sie sich Sorgen um Trina machen, und wir tun das auch. Wir müssen Ihre Angaben überprüfen. Die anderen Detectives werden mit Ihnen reden wollen, mit Ihrer Mom und auch mit der von Trina.«

»Trinas Mom bringt mich um.« Emma verschränkte die Arme. »Sie ist gemein.«

»Niemand wird Sie umbringen. Ich bin sicher, dass sie Sie verstehen wird.«

Emma schien das zu bezweifeln. »Sagen Sie mir Bescheid, wenn Sie Trina gefunden haben?«

»Wir werden es Sie wissen lassen.«

Nach mehrfachen Beteuerungen, dass die zuständige Polizei Trinas Mutter daran hindern würde, sie zu erwürgen, gingen sie zusammen hinaus. Nina wartete, während Perez das EOC anrief, um Bericht zu erstatten und ein weiterführendes Verhör und Betreuung für Emma und Trinas Mutter anzufordern.

Nina hörte ihn auch nach einer Kontaktüberprüfung für ein schwarzes Wohnmobil fragen. »Gute Idee. Wenn wir Glück haben, parkt jemand, der ein Wohnmobil illegal auf einem städtischen Parkplatz abstellt, auch woanders an einer Stelle, an der er nicht parken sollte.«

»Vielleicht hat er ja einen Strafzettel bekommen«, sagte Perez. »Einen Versuch ist es wert.«

Nina nickte anerkennend. »Enigma hat keinen Grund zu vermuten, dass wir nach einem Wohnmobil suchen. Er weiß nicht, dass Emma gesehen hat, wie Trina mit ihm geredet hat und zu ihm ins Wohnmobil gestiegen ist.«

»*Wenn* das unser Mann in Verkleidung ist«, meinte Perez. »Aber es kann auch irgendein anderer dreckiger Perverser sein.«

Wie Perez war sie der Meinung, dass jeder Erwachsene, der sich an eine Jugendliche heranmachte, ekelhaft und widerwärtig war, und sie wusste auch, dass es eine Menge Mädchen mit Knöcheltattoos gab, aber sie spürte, dass der Mann Enigma war. Sie fühlte es in ihren Knochen. »Gibt es irgendwo in der Nähe einen Campingplatz für Wohnmobile?«

»Nicht in der Nähe der Innenstadt.«

»Wo würden Sie hingehen, wenn Sie ein Wohnmobil hätten und darin jemanden gegen seinen Willen festhalten wollten? Wo gibt es hier offenes Gelände und Schutz vor neugierigen Blicken?«

»Die Wohnmobilplätze in den angrenzenden Städten sind überfüllt. Die Fahrzeuge stehen dort dicht an dicht.«

»Was ist mit Parks?«

»Sind nachts verboten«, sagte er. »Die Parks schließen bei Einbruch der Dunkelheit.«

»Wenn er wirklich der ist, den wir suchen, hat er sich längst etwas ausgedacht. Er hat den Hinweis in Savannah deponiert, um dafür zu sorgen, dass wir uns auf die andere Seite des Landes konzentrieren, während er hier seine Zelte aufschlägt.«

Perez holte ein summendes Handy aus der Tasche. »Das EOC.« Sein Fuß spielte auf dem losen, sandigen Boden mit einem Kieselstein herum, während er zuhörte. »Sofort. Agent Guerrera und ich werden das überprüfen.« Er legte auf und grinste. »Wir haben einen Treffer.«

Während sie die Innenstadt verließen, setzte Perez sie ins Bild.

»Eine Streife im Maryvale-Estrella-Bezirk hat gestern Nacht eine Anzeige wegen eines illegal geparkten Wohnmobils erhalten«, berichtete Perez, während er sich seinen Weg durch den Verkehr bahnte. »Maryvale hat es während der Rezession schwer erwischt. Viele Bauunternehmer haben Bauruinen hinterlassen, als sie zugemacht haben.«

»Was hat die Streife gesehen?«

»Ist vorbeigefahren und hat das Fahrzeug innerhalb eines umzäunten Gebietes gefunden. Der Officer hat mit dem Nachtwächter gesprochen, der ihm sagte, der Besitzer des Grundstücks hätte dem Wohnmobilfahrer gestattet, dort für zwei Tage zu parken. Also hat sich der Officer den Namen des Wachmanns aufgeschrieben und ist wieder gefahren.«

»Überprüfen Sie die Geschichte?«

»Den Namen der Sicherheitsfirma hat der Officer nicht notiert, weshalb jetzt jemand vom EOC den Besitzer des

Grundstücks ausfindig zu machen versucht. Nicht so einfach. In der Zwischenzeit könnten wir mal einen Blick riskieren.«

Nina hielt sich am Türgriff fest, als Perez etwas zu schnell um eine Kurve fuhr. »Glauben Sie, dass der Gesuchte von der Streife verscheucht wurde und woanders hingefahren ist?«

»Im Gegenteil«, antwortete Perez. »Wahrscheinlich glaubt er, dass die Cops ihn nicht mehr belästigen werden, weil sie annehmen, dass er eine Genehmigung hat. Es handelt sich um Privatbesitz, darum hat er eher etwas vom Bauamt zu befürchten als von der Polizei.« Er zuckte mit den Schultern. »Und bis die da sind, ist er längst wieder weg, das ist vermutlich sein Plan. Auf diese Weise hat er sich Zeit verschafft und muss nicht Hals über Kopf verschwinden.«

Nina hoffte, dass Perez recht hatte. Während der Fahrt nach Maryvale erzählte er ihr von Phoenix und der skurrilen Geschichte der Stadt. Sie war zum ersten Mal im Valley of the Sun, und ihr gefiel die südwestliche, von Mexiko beeinflusste Atmosphäre der Stadt.

Perez brachte den Tahoe vor einem Maschendrahtzaun in einer Sackgasse am Ende einer verlassenen Straße zum Stehen. Beim Thema Rezession hatte er nicht übertrieben. Das Gebiet sah aus, als wären die Bauarbeiter mit ihren Baggern und Zementmischern einfach mitten im Bauprozess davongefahren. Im Lauf mehrerer Jahre hatten sich Mesquitebäume und hartes Gestrüpp die staubigen Grundstücke zurückerobert.

Ein riesiges schwarzes Wohnmobil stand vor dem Hintergrund einer braunen Wüstenlandschaft, etwa sechs Meter vom Zaun entfernt.

Nina blickte sich um. »Sehen Sie hier irgendwo einen Wachmann?«

»Nee. Vielleicht arbeitet er nur nachts.«

»Das Wohnmobil passt auf Emmas Beschreibung«, stellte Nina fest. »Was meinen Sie?«

Perez stützte eine Hand in die Hüfte. »Entweder finden wir eine sechzehnjährige Ausreißerin oder noch ein Opfer des Mörders.«

Sie erinnerte sich an ihren Schwur, alles zu tun, was notwendig war. Mit zusammengebissenen Zähnen eilte sie zum Zaun und fuhr mit der Hand über das Metall. »Sehen Sie irgendwo eine Öffnung?«

»Da ist ein Tor, aber mit Vorhängeschloss.«

Sie rüttelte an dem Zaun. »Ziemlich robust.« Sie schob einen Fuß in eine Masche und begann, sich hochzuziehen.

»Das FBI stört sich wohl nicht an solchen Kleinigkeiten wie Durchsuchungsbeschlüssen«, meinte Perez.

»Ich sehe nur mal nach«, sagte sie über die Schulter. »Ich werde das Fahrzeug nicht betreten.«

Er kletterte hinter ihr her. Beim Abstoßen wirbelten seine polierten Schuhe eine Staubwolke neben ihr auf.

Nina schlich näher an das Fahrzeug heran. »Die Fenster sind alle verhängt, wie Emma gesagt hat. Nicht nur zugezogene Vorhänge, es sieht eher aus, als wären sie von innen verdunkelt.« Sie schüttelte den Kopf. »Das gefällt mir nicht.« Sie ging auf die Tür des Wohnmobils zu.

»Was zum Teufel machen Sie da?«

»Ich glaube, ich habe etwas gehört.« Sie hob die Stimme. »Trina?«

Ein erstickter Schrei kam aus dem Fahrzeug, gefolgt von einem rhythmischen Pochen.

»Das muss sie sein«, sagte Nina. »Ich glaube, sie tritt nach etwas.«

Perez griff nach seinem Handy. »Ich rufe Verstärkung.«

Nina zog ihre Waffe aus dem Holster. »Vergessen Sie's.« Sie hatte noch etwas gehört, eine Art schrillen, aber gedämpften Schrei. Exakt das Geräusch, das ein Mädchen mit Knebel im

Mund von sich geben würde. Sie wollte nicht auf Verstärkung warten.

Perez zögerte. »Agent Guerrera?«

»Es ist Gefahr im Verzug. Ich gehe rein.«

»Wenn er mit ihr da drin ist, haben wir gleich eine Geiselnahme. Wir brauchen taktische …«

»Übernehmen Sie das Heckfenster!«, rief sie über die Schulter und setzte bereits einen Fuß auf die kleine Treppe vor der Tür des Wohnmobils. Als sie die Hand nach dem Griff austreckte, kam ihr in den Sinn, dass dies genau die Art von leichtsinnigem Handeln war, vor der Kent sie gewarnt hatte.

Kapitel 41

Als Nina an dem abgewetzten Türgriff zog, hörte sie Perez hinter sich fluchen. Abgeschlossen. »FBI. Öffnen Sie die Tür!«

»Mmmm!«

Auf dieses Geräusch folgte wildes Klopfen.

Nina trat gegen die Metalltür. Sie hinterließ eine Delle, aber die Tür hielt. »Trina, ist er bei Ihnen da drin?« Sie überlegte, wie sie sich mit ihr verständigen konnte. »Treten Sie zweimal, wenn Sie allein sind.«

Zwei Tritte kurz nacheinander.

Sie drehte sich zu Perez um. »Sie sollten doch das Heckfenster bewachen.«

»Ich lasse nicht zu, dass Sie allein da reingehen. Die Verstärkung ist auf dem Weg.«

»Ich warte aber nicht.« Erneut trat sie gegen die Tür. Und noch einmal.

»Warum überlassen Sie das nicht mir?«

Sie ignorierte seine Worte und trat noch einmal zu. Die Tür gab nach. Nina riss sie auf und eilte die beiden inneren Stufen hoch in die Hauptkabine. Aus dem Schlafbereich im Heck drang ein klagendes Wimmern.

»Ducken«, flüsterte Perez.

Aus dem Augenwinkel sah sie den Lauf seiner Glock knapp über ihrem Kopf. Sie ging in die Hocke und schob sich ein Stück nach vorn, damit er in der höheren Position bleiben und ein Kreuzfeuer vermeiden konnte.

Die Trennwand zum hinteren Bereich war offen, und Nina erblickte nackte Beine, die weit gespreizt an das große, den engen Raum fast vollständig einnehmende Bett gefesselt waren. Die Fußfesseln waren mit massiven stählernen Ösen an der Wand befestigt. Nina bewegte sich weiter auf das Bett zu und spähte in alle Richtungen, ehe sie dem Mädchen ins Gesicht sah.

Tränen strömten unter dem schwarzen Tuch hervor, das ihre Augen bedeckte und hinter dem Kopf zusammengebunden war. Aus ihrer geröteten Nase lief Schleim über zwei Streifen silbernes Klebeband, die ihren Mund bedeckten. Ihre Handgelenke waren ebenfalls an Ösen gefesselt. Nina sah, dass eine der Handfesseln so nah an dem eingebauten Nachttisch war, dass das Mädchen dagegenschlagen konnte.

Sie schüttelte heftig den Kopf. »Mmmm!«

»Halten Sie mir den Rücken frei!«, befahl Nina über die Schulter und steckte die Waffe weg. Sie nahm dem Mädchen das Tuch ab, griff nach dem Klebeband und riss es mit einem lauten Geräusch ab.

Die Augen des Mädchens waren vor Angst weit aufgerissen. »Hilfe!«

Nina konzentrierte sich auf die wichtigste Frage: »Wo ist er?«

»Er hat gesagt, er kommt gleich wieder«, sagte das Mädchen. »Sie müssen mich hier wegbringen, schnell!«

Polizeisirenen ertönten.

»Sagen Sie ihnen, Sie sollen die Sirenen ausmachen«, forderte Nina Perez auf. »Ich will sie hier rausholen und ihn erwischen, wenn er zurückkommt.«

»Das ist sinnlos«, entgegnete Perez. »Jedes verfügbare Fahrzeug ist hierher unterwegs. Und weiter unten habe ich Leute aus der Nachbarschaft auf der Straße in unsere Richtung gehen sehen. Keine zwanzig Minuten, und die haben hier einen Hot- Dog-Stand aufgebaut.«

Enigma würde die Menge sehen und unerkannt verschwinden. Sie schloss die Augen und fluchte. An das Mädchen gewandt, fragte sie: »Wo ist der Schlüssel für die Fesseln?«

»Hat er mitgenommen.«

Nina hörte Metall klirren, als die anrückenden Polizeibeamten über den Maschendrahtzaun kletterten.

»Fragen Sie sie, ob jemand einen Bolzenschneider hat«, forderte sie Perez auf.

Als er weg war, streichelte Nina dem Mädchen die Wange. Sie passte zu der Beschreibung Emmas, aber Nina musste sichergehen. »Sind Sie Trina Davidson?«

Sie nickte. »Wo ist meine Mom?«

»Sie ist im Wohnheim. Die Polizei wird sie zu uns bringen, wenn wir von hier verschwinden.«

»Wo bringen Sie mich hin?«

»Ins Krankenhaus. Sie müssen untersucht werden.«

Trina begann zu zittern. »Können Sie mich mit irgendetwas zudecken?«

»Natürlich.« Nina zog ihre Einsatzjacke aus. Sie breitete sie gerade über Trina, als Perez den Kopf zur Tür hereinsteckte.

»Der Krankenwagen ist da. Sie haben einen Bolzenschneider.«

Er verschwand wieder, und zwei Rettungssanitäter kamen die Stufen heraufgestapft, deren Ausrüstung innerhalb kurzer Zeit den gesamten begrenzten Raum einnahm.

»Entschuldigung.« Einer von ihnen drängte sich mit einer überdimensionierten Schere in der Hand an ihr vorbei. Als er sich über Trinas Fuß beugte, fing sie an zu schreien.

Nina hielt den Rettungssanitäter am Arm zurück. »Warten Sie.«

Sie schob sich an ihm vorbei und kniete sich neben Trina auf die Matratze. »Sieh mich an, Süße.«

Trina sah ihr in die Augen.

»Sie sind gekommen, um dir zu helfen. Wir können die Fesseln nicht aufschließen, deshalb müssen wir das Metallteil, mit dem sie an der Wand befestigt sind, aufschneiden.«

Trinas Blick wanderte wieder zu dem Rettungssanitäter, und sie wimmerte.

»Was ist los, Trina?«

»Können Sie bei mir bleiben?«, flüsterte sie.

»Ich bin hier. Konzentrier dich einfach auf mich. Kümmer dich nicht um sie. Ich weiß, es ist nicht gerade der beste Zeitpunkt dafür, aber ich möchte dir ein paar Fragen stellen. Ist das okay?«

Damit würde sie Trina ablenken und gleichzeitig möglichst schnell möglichst viele Informationen sammeln, um die Fahndung nach Enigma herausgeben zu können.

Trina nickte, und Nina fragte mit sanfter Stimme: »Wie sah er aus?«

»Wie einer von diesen Bikertypen. Er war riesig. Wirklich stark. Seine Arme waren von oben bis unten tätowiert, sein Kopf war rasiert, und er hatte ein schwarzes Ziegenbärtchen.«

Ein metallisches Klicken ließ Trina zusammenfahren. Die Öse war in der Mitte durchgebrochen. Einer ihrer Füße war frei.

Während der Sanitäter sich dem anderen Knöchel zuwandte, fragte Nina nach weiteren Details: »Was ist mit seinen Augen?«

»Konnte ich nicht sehen«, antwortete Trina. »Er trug eine Sonnenbrille.«

Erneut erklang das Geräusch von splitterndem Metall, und Trina konnte die Beine schließen. Der Rettungssanitäter begab sich zu ihrem Handgelenk.

»Wie hat er gesprochen?«, fragte Nina. »Was hat er gesagt?«

Trina schüttelte heftig den Kopf. »Ich will das nicht wiederholen, was er zu mir gesagt hat.«

Mit einem lauten Krachen brach die dritte Öse auseinander, und Trina umklammerte mit der nun freien Hand Ninas Windjacke.

»Tut mir leid«, sagte der Sanitäter. »Aber ich muss jetzt an ihre andere Hand.«

Er beugte sich über Trina, die sich unter der Jacke zusammenrollte. Nina reichte ihr die Hand, und Trina drückte sie fest.

»Verdammt!«, sagte der Sanitäter keuchend. »Das ist ein blöder Winkel. Tut mir leid, aber anders komme ich nicht dran.« Er stieg auf Trina hinauf und nahm sie zwischen seine Knie, um sich abzustützen.

Trina zappelte hysterisch.

Nina packte den Sanitäter am Arm und zog ihn von dem Mädchen herunter. »Was machen Sie denn da?«

Er seufzte genervt. »Ich versuche, sie loszuschneiden.«

Noch immer hielt sie ihn fest. »Dann müssen Sie eine andere Position finden.«

Ein Erinnerungsfetzen schoss Nina durch den Kopf. Der Druck schwerer, männlicher Beine, die sie gefangen hielten. Elf Jahre zuvor hatte das Monster so auf ihr gesessen. Es hatte sie gelähmt und sie gezwungen, sich ihm zu unterwerfen. Wahrscheinlich hatte er dasselbe gemacht, als er Trina fesselte.

»Mir gefällt das genauso wenig wie Ihnen«, gab der Sanitäter zurück. »Aber ich sehe keine andere Möglichkeit, das Ding aufzuschneiden.« Er reichte ihr den Bolzenschneider. »Vielleicht klappt es bei Ihnen ja besser.«

Nina griff nach dem Werkzeug und blickte auf Trina hinunter. Die Augen des Mädchens waren weit aufgerissen, sie wirkte panisch, nahezu durchgedreht. Sie würde sich genau wie der Sanitäter über Trina knien müssen, um an die letzte

Öse zu kommen. Sie kämpfte gegen ein verzerrtes Déjà-vu an, weil sie ihren eigenen Angriff gleichzeitig aus Trinas und aus der Perspektive des Täters erneut durchlebte, als sie sich darauf vorbereitete, ihre Position über dem Mädchen einzunehmen.

»Hör zu, ich möchte dich befreien, aber das kann ich nicht, solange du nicht mitmachst. Wirst du mir helfen und ruhig liegen bleiben?«

Trina starrte sie schweigend an, war nicht willens oder nicht in der Lage zu sprechen.

Nina umfasste die Griffe, beugte sich über das Mädchen und positionierte die scharfen Klingen am Rand des Metallstücks. Nach erheblichem Kraftaufwand wurde sie mit einem lauten Knall belohnt. Trina fuhr hoch, stieß Nina weg und versuchte, aus dem Bett zu kommen. Der Sani hielt sie fest, was ihre Hysterie noch verschlimmerte, sodass sie um sich zu schlagen und ihn zu kratzen begann.

»Hör auf!« Er hielt das Mädchen an den Handgelenken fest. »Wir versuchen dir doch nur zu helfen!«

Tief in Ninas Innerem knallte etwas durch. Sie holte aus und stieß dem Sanitäter den Ellbogen in die Schulter. Heftig.

Er ließ das Mädchen los und drehte sich zu Nina. »Verdammt noch mal, was soll das?«

Sie hatte überreagiert, aber das spielte keine Rolle. Es war eine Reflexreaktion, als sie gesehen hatte, wie er Trinas Handgelenke festhielt. Das Mädchen war traumatisiert, und was er da tat, war nicht hilfreich. Es machte alles nur viel schlimmer.

Trina schlang Nina die Arme um den Hals und schluchzte. Vorerst wird sie wohl keine Fragen mehr beantworten, dachte Nina.

»Können Sie sie im Rettungswagen behandeln?«, fragte Nina den Sanitäter über Trinas Schulter hinweg. Seinen empörten Gesichtsausdruck beachtete sie nicht, sie wollte, dass er bei der Sache blieb. »Sie muss ins Krankenhaus, damit sie sich von dem Schock erholen kann.«

Nina gab den Männern ein Zeichen, aus dem Weg zu gehen, damit sie Trina auf die Füße bringen konnte. Sie legte ihr einen Arm um die Hüfte, nahm eine Decke, die ihr der zweite Sanitäter anbot, und legte sie ihr vorsichtig wie ein Hoodie über den Kopf, sodass nur ein kleiner Teil ihres Gesichts zu sehen war.

»Niemand kann dich erkennen«, beruhigte sie Trina, die nickte.

Sie gingen hinaus. Hinter dem gelben Absperrband stand ein Meer von neugierigen Zuschauern, die alle ihre Handys in die Luft hielten.

Nina hörte, wie sie ihren Namen riefen, als sie in Sicht kam. Sie bugsierte Trina in den wartenden Rettungswagen und teilte Perez mit, dass sie mit ihr ins Krankenhaus fahren würde. Der Detective stimmte zu, Trinas Mutter abzuholen und sie zu ihnen in die Notfallaufnahme zu bringen.

Nachdem die Türen geschlossen waren, setzte sich der zweite Sanitäter neben Nina. Er lächelte Trina an und versuchte, sie zu beruhigen, während er sie untersuchte.

Zufrieden mit seiner Fürsorglichkeit, überdachte Nina die Situation. Sie würden Enigma an diesem Tag wohl nicht mehr verhaften, aber immerhin hatte er kein weiteres Opfer ermorden können. Was sie auf einen neuen Gedanken brachte, während der Rettungswagen über die Straßen rumpelte: Er würde sich für Trinas Entkommen mit Sicherheit rächen.

Und wenn er Bilder davon sah, wie Nina das Mädchen aus dem Wohnmobil begleitete, würde er genau wissen, in welche Richtung er seine Wut lenken musste.

Kapitel 42

Der würzige Geruch von gebratenem Fleisch, gedünsteten Zwiebeln und Jalapeños wehte durch die Einsatzzentrale. Nina erwiderte Perez' Grinsen, während sie in den saftigen Burrito biss. Er hatte ihnen etwas von einem Restaurant namens Casa Cruz Cocina liefern lassen, einem Lokal in South Phoenix, in dem es nach seiner Aussage das beste mexikanische Essen der Stadt gab.

»Noch etwas rote Soße?«, fragte Kent und lenkte ihre Aufmerksamkeit von dem gut aussehenden Detective der Mordkommission ab.

»Nein, danke.«

Am gegenüberliegenden Ende des Raums war Buxton in ein Gespräch mit Steven Tobias, dem Polizeipräsidenten von Phoenix, vertieft. In der Mitte des rechteckigen Konferenztisches standen Transportbehälter mit mexikanischem Essen. Jeder nahm sich, was er wollte, und legte es auf einen Pappteller.

Buxton wandte sich der Gruppe zu und hob die Stimme, um den Gesprächslärm zu übertönen. »Also, fassen wir mal zusammen, was wir bis jetzt haben. Ich würde gern mit der Aussage des Opfers anfangen.« Er deutete auf Nina. »Special Agent Guerrera hat das Verhör im Krankenhaus übernommen.«

Nachdem die Sanitäter Trinas Transportliege in die Notaufnahme geschoben und sie in ein Krankenhausbett verlegt hatten, waren die Krankenschwestern hereingeschneit. Nina war während der eingehenden Untersuchung bei ihr geblieben und hatte sich Trinas Antworten auf Fragen zu diversen Verletzungen an ihrem Körper notiert. Sie tat ihr Bestes, um das Mädchen zu beruhigen, während eine speziell ausgebildete Krankenschwester die Untersuchungsroutine für Vergewaltigungsopfer durchführte. Als größte Herausforderung erwies sich jedoch Trinas Mutter, die wie eine Furie in das Krankenhaus gestürmt war und jeden in Hörweite anschrie, wenn sie nicht gerade hysterisch schluchzend am Bett ihrer Tochter saß. Glücklicherweise hatte Nina ein paar Minuten mit dem Mädchen allein verbringen und ihr noch einige Fragen stellen können, ehe sie die Ermittlungsarbeit einem Detective aus Phoenix überlassen musste.

In dem Bewusstsein, dass alle auf ihren Bericht warteten, schluckte Nina rasch den letzten Bissen hinunter und wischte sich den Mund mit einer Papierserviette ab. »Das Opfer ist Trina Davidson, siebzehn Jahre alt, vorübergehend wohnhaft im Wohnheim für Frauen in der Innenstadt, zusammen mit ihrer Mutter. Sie hat den Täter vor dem gestrigen Abend noch nie gesehen und hatte auch keinerlei vorherigen Kontakt in den sozialen Medien mit ihm.«

»Konnte sie sagen, warum der Täter sie in dem Wohnmobil allein gelassen hat?«, fragte Buxton.

»Sie hat mir erzählt, dass sie zu fliehen versuchte, als er sie ans Bett fesselte. Sie schlug nach ihm, aber er wehrte den Schlag ab, und ihre Faust flog nach hinten gegen eine Webcam, die an einem Regalbrett über dem Bett angebracht war. Er ist ausgerastet, als sie kaputtgegangen ist. Sie glaubt, dass er ihre Ermordung live übertragen wollte.«

Nina bemerkte, dass Wade sich auf seinem Tablet Notizen machte.

»Danach fuhr er fort, sie ans Bett zu fesseln, und als er fertig war, ging er weg, um eine Ersatzkamera zu besorgen, wie Trina vermutet. Genau weiß sie das allerdings nicht. Sie hörte, wie ein Motorrad wegfuhr, hatte ihn aber vorher nie auf einem Motorrad gesehen.«

Buxton blickte am Tisch in die Runde. »Haben wir irgendwelche Informationen über das Motorrad?«

Alle schüttelten den Kopf.

Nina fuhr fort: »Das Wohnmobil hat eine eingebaute Minigarage. Sie ist groß genug für ein Motorrad oder einen Motorroller, aber nicht für ein Auto. Sie war leer, aber auf dem Boden haben die Forensiker Ölspuren gefunden.«

»Muss eine Harley gewesen sein«, murmelte einer der Polizisten aus Phoenix. Der Detective neben ihm lachte leise.

»Er muss ungefähr eine halbe Stunde weg gewesen sein, als Detective Perez und ich erschienen. Was bedeutet, dass er wahrscheinlich Blaulicht gesehen und heulende Sirenen gehört hat, als er zurückkam. Ich nehme an, er hat das Motorrad genommen und ist so schnell wie möglich verschwunden, bevor er auch nur in die Nähe des Tatortes kam.«

Buxton nickte. »Was hat Ihnen das Opfer sonst noch über den Verdächtigen erzählt?«

»Sie sagte, er habe die ganze Zeit schwarze Lederhandschuhe getragen. Es ist Oktober, aber hier in Phoenix haben wir draußen ungefähr dreißig Grad. Er hatte sie also nicht an, weil es kalt ist.«

»Er muss doch wissen, dass wir seine DNA haben«, sagte Breck, die sich das erste Mal zu Wort meldete. »Warum sollte er also Handschuhe tragen?«

»Um keine Fingerabdrücke zu hinterlassen?«, schlug Perez vor.

Nina überlegte. »Vielleicht finden wir die ja in irgendeiner polizeilichen Datenbank.«

»Es gibt auch eine Menge Berufe, für die Fingerabdrücke verlangt werden«, sagte Wade.

»Als ich bei der Navy war, wurden unsere Fingerabdrücke genommen«, warf Kent ein. »Vielleicht ist er ja beim Militär.«

»Er hat medizinisches Klebeband benutzt«, berichtete Nina, die sich an ein anderes Detail erinnerte. »Damit hat er eine Fleischwunde am Schenkel des Mädchens versorgt. Ich nehme an, er wollte nicht, dass sie verblutete, bevor er zurück war. Könnte er Sanitäter einer Kampfeinheit oder Militärarzt sein?«

»Wir werden uns mit unseren Kontaktpersonen beim Militär in Verbindung setzen; vielleicht können sie uns dahin gehend helfen«, erklärte Buxton. »Allerdings habe ich da nicht viel Hoffnung. Gehen wir also zum Profil des Gesuchten. Können wir ihm etwas hinzufügen?«

Die Frage war an Wade gerichtet.

»Ich glaube nicht, dass dieses Opfer im Voraus geplant war wie die anderen«, sagte Wade. »Er ist in seiner Bikerverkleidung bei dem Wohnmobilverleih aufgetaucht. Fuhr mit einem Motorrad auf den Hof … möglicherweise eine Harley.« Er bedachte den Cop, der vorher den Witz über das Motorrad gemacht hatte, mit einem süffisanten Lächeln. »Wollte sichergehen, dass es in die Minigarage passte. Wir haben das Motorrad noch nicht gefunden, deshalb wissen wir nicht, woher es stammt, aber ich vermute, dass es ebenfalls gemietet ist. Er ist zu schlau, um sich auf einem gestohlenen Motorrad anhalten zu lassen, und ich bezweifle, dass er damit aus DC oder Savannah hierhergefahren ist.«

»Warum glauben Sie, dass er Trina nicht gezielt ausgesucht hat?«, fragte Buxton.

»Ich nehme stark an, dass er ursprünglich nur das Wohnheim ausspähen wollte, und dabei ist ihm Trina sozusagen in den Schoß gefallen«, antwortete Wade. »Sie ist in dem Alter, das er bevorzugt, gehört der passenden Bevölkerungsschicht an und läuft ihm direkt vor die Füße. Als das andere Mädchen sie schließlich allein gelassen hat, um Zigaretten zu holen, konnte er sich die Gelegenheit nicht entgehen lassen.«

»Ein Narzisst würde wahrscheinlich denken, dass ihm das zusteht«, meinte Kent. »Er ist so überlegen, dass er nicht erwischt werden wird. Er ist cleverer als wir Normalsterblichen.«

An Kent gewandt, fragte Nina: »Was glauben Sie, woher kommt diese Einstellung?«

»Wahrscheinlich wurde ihm seit frühester Kindheit beigebracht, dass er etwas Besonderes ist«, mutmaßte Kent. »Dass er besser ist. Er fängt an, besondere Rechte für sich zu beanspruchen. Wenn sich die Dinge anders entwickeln, als er es sich vorstellt, sucht er sich einen Sündenbock. Es ist undenkbar, dass er einfach nicht gut genug war. Irgendjemand muss schuld sein. Und dieser Jemand muss bestraft werden.«

»Was ist mit der Kamera?«, fragte Buxton vom anderen Ende des Tisches.

Wades buschige graue Augenbrauen zogen sich zusammen. »Er glaubt, dass sein Publikum immer noch wächst und dass er eine noch größere Show liefern muss. Die tausend Likes, die er für die nächsten sechzig Sekunden des Videos verlangt hat, hat er nicht bekommen, also dreht er ein Neues, das er trotzdem zeigt. Nur, dass es diesmal nicht funktioniert hat.«

Nina wusste es zu schätzen, dass Wade sich auf das Video bezog, ohne ihren Namen zu nennen. Zweifellos hatte jeder in diesem Raum es gesehen, aber sie wollte trotzdem nicht, dass in Gegenwart aller darüber gesprochen wurde. Sie trank rasch einen Schluck kalten Kaffee aus dem Pappbecher, um die Röte zu verbergen, die ihr in die Wangen gestiegen war.

»Und sie stimmen Agent Kent zu, dass er jemandem die Schuld geben muss?«, fragte Buxton Wade.

»Nicht nur das, er muss denjenigen auch bestrafen«, sagte Wade. »Ein immer wiederkehrendes Thema bei ihm. Ich glaube, dass er als Kind hart bestraft worden ist, wahrscheinlich von einer Vaterfigur. Er lässt seine Frustration an jungen Mädchen aus, daher dürfte während seiner Pubertät etwas Ausschlaggebendes passiert sein. Vielleicht mit einem gleichaltrigen Mädchen oder mit dem Elternteil, der ihn bestraft hat. Er ist in dieser Phase der Entwicklung stecken geblieben und in verschiedener Hinsicht darauf fixiert.«

Buxton wollte gerade eine weitere Frage stellen, als ein Agent, der neben ihm saß, das Wort ergriff: »Sir, es gibt Aktivitäten auf der Facebook-Seite des Gesuchten.«

»Legen Sie es auf den Bildschirm«, rief Polizeipräsident Tobias einem seiner Computertechniker zu.

Die Finger des Technikers flogen über die Tastatur, und auf einem Monitor an der Wand erschien Enigmas Seite.

»Drehen Sie die Lautstärke hoch«, bat Tobias.

Der Live-Feed eines Videos setzte ein, und vor einer glatten weißen Wand erschien die Silhouette einer in einen Mantel gehüllten männlichen Gestalt.

»Sie nennt sich Kriegermädchen«, sagte er.

Eiskaltes Grauen durchfuhr Nina beim Klang seiner Stimme.

»Man sagt, sie ist eine Heldin. Aber ich kenne die Wahrheit.«

Im Raum war es mucksmäuschenstill. Alle Blicke waren auf den Bildschirm gerichtet.

»Und es ist an der Zeit, dass die Welt die Wahrheit erfährt.«

Ninas Herz hämmerte. Wovon redete er nur?

»Niemand wollte sie. Nicht einmal ihre Eltern. Sie warfen sie in einen Müllcontainer. Entsorgten sie mit dem Abfall.« Er beugte sich vor. »Weil Nina Guerrera ein Haufen Müll ist. Und sie wussten es.«

Sein irres Kichern zerfetzte ihr die Nerven.

»Was denken Sie jetzt über Ihre Heldin? Warten Sie ab, bis Sie sie mit meinen Augen sehen. Nichts sagt mehr über den Charakter aus als die Reaktion auf Schmerzen, und wie Sie gleich sehen werden, zeigt sie nur Schwäche.«

Schweiß trat Nina auf die Stirn, als sie versuchte, eine möglichst gleichmütige Miene aufzusetzen. Ihr war bewusst, dass etliche Augenpaare im Raum verstohlen in ihre Richtung blickten, darum straffte sie den Rücken und blickte stur geradeaus.

»Ich werde Ihnen den Rest des Videos zeigen«, sagte die gesichtslose dunkle Gestalt in die Kamera. »Und dann werden Sie erkennen, wer das angebliche Vorbild für Ihre Töchter wirklich ist. Sie werden sehen, wie sie um Gnade bettelt und wie eine Hündin um ihr elendes Leben winselt. Sie ist keine Heldin. Sie ist ein ängstliches kleines Mädchen.« Er senkte die Stimme zu einem Flüstern. »Ein wertloser Haufen Müll.«

Das Video endete und ging in ein Standbild von Nina als sechzehnjährigem Mädchen über. Der neue Feed fing exakt an der Stelle an, wo der vorherige geendet hatte. Das Monster nahm die Zigarette von der nackten Haut des Mädchens und ließ sie keuchend und schluchzend auf dem Stahltisch liegen.

Ninas Magen rebellierte. Der Raum um sie herum verschwand, und sie sah nichts anderes mehr als das abscheuliche Schauspiel, das vor ihren Augen ablief. Ihr Atem ging schneller, glich sich dem ihres jüngeren Selbst an, getrennt und doch vereint im Schmerz.

»Das war erst der Anfang«, sagte er zu dem Mädchen. »Ich habe noch viel mehr für dich geplant.« Er beugte sich vor und drückte die Zigarettenspitze auf ihr anderes Schulterblatt. Mit unendlicher Geduld wartete er ab, während sie vor Schmerz brüllte und verzweifelt an ihren Fesseln zerrte. Dann versengte er ihr die Haut ein drittes Mal, am unteren Ende des Rückgrats, sodass die verbrannten Kreise in ihrem Fleisch ein Dreieck bildeten. Er warf die Zigarette auf den Boden, trat einen Schritt zurück und betrachtete sein Werk mit kalter Objektivität, während sie ihn anflehte aufzuhören. Ungeachtet ihrer Bitten kam er wieder näher und legte dem Mädchen seine behandschuhten Hände um die Kehle. Er begann zuzudrücken, während er gleichzeitig in die Kamera blickte und sein Tun kommentierte.

»Atmen. Ein Urinstinkt.« Er sprach so sachlich wie ein Anatomieprofessor, der einen Vortrag über Körperfunktionen hält. »Darum ist Waterboarding so effektiv. Dem Körper wird Sauerstoff entzogen, und er versucht, mehr davon zu bekommen. Aber er bekommt keine Luft mehr, und nach einer Weile wirst du ohnmächtig.«

Er lockerte den Griff, und ihr Körper krümmte sich, während sie mit heftigen Atemzügen ihre Lunge zu füllen versuchte.

»Aber dann kriegst du ein bisschen Luft«, sagte er. »Gerade genug, um bei Bewusstsein zu bleiben … und das nächste Mal uneingeschränkt mitzuerleben.« Erneut drückte er zu. »Wenn ich weitermache, wirst du anfangen, unkontrolliert zu zucken. Und am Ende wirst du sterben.« Er ließ los und trat zurück, um zuzusehen, wie sie zappelte. »Aber das will ich nicht. Noch nicht.«

Ohne es zu merken, umfasste Nina die Kante des Konferenztisches, um sich abzustützen. Sie fühlte, wie sich die großen Hände des Monsters um ihre Kehle legten, hörte seine Stimme in ihrem Kopf widerhallen und spürte seine bösartige Ausstrahlung geradezu körperlich.

Sie erstickte.

Nina stieß sich vom Tisch ab und taumelte zurück. Sie nahm eine Bewegung wahr, sah, dass Kent Anstalten machte aufzustehen. Wade griff nach seinem Arm und zog ihn zurück auf den Stuhl.

»Lassen Sie sie gehen«, sagte er zu Kent. »Geben Sie ihr einen Moment Zeit.«

Auf dem Bildschirm lief noch immer das Video. Sie wandte sich ab. Ihre bleischweren Füße begannen, sich schneller zu bewegen, und trugen sie weg von dieser grauenhaften Show.

Sie drängte sich zur Tür hinaus und in den Korridor. Dort lehnte sie sich an die Wand und rutschte daran hinunter, bis sie auf dem gekachelten Boden saß. Sie stützte den Kopf in die Hände, und die Tränen sammelten sich in ihren Augen wie Wolken am Himmel vor einem Regenguss.

Sie hatte sich geschworen, dass er sie nie wieder zum Weinen bringen würde. Elf Jahre zuvor war sie ihm entkommen, und dennoch hatte er es geschafft, sie zu quälen, als läge sie wieder nackt vor ihm. Die Hilflosigkeit war zurückgekommen und mit ihr das quälende Bewusstsein, dass sie von einem Monster kontrolliert wurde. Er entschied, ob sie den nächsten Atemzug nehmen würde oder nicht.

Sie begann zu zittern. Nach einiger Zeit begriff sie, dass sie nicht mehr vor Angst zitterte, sondern vor Wut. Sie würde ihm nicht die Macht über sich überlassen. Nie wieder. Er schlug um sich, versuchte, sich zurückzuholen, was er verloren hatte. Er gab Nina die Schuld für seinen Verlust und ließ ihr die Strafe zuteilwerden.

Sie spürte, dass sie am Scheideweg stand. Wenn ihre Annahmen bezüglich des Materials aus dem Fight Club korrekt waren, war Enigma ein Kämpfer. Er würde weiterhin auf sie einschlagen, sie von allen Seiten angreifen. Wie die Mixed-Martial-Arts-Kämpfer, die sie im Fernsehen gesehen hatte, würde er ständig seine Taktik ändern und verschiedene Techniken benutzen, um sie aus der Balance zu bringen.

Sie selbst hatte beim Judotraining gelernt, den Schwung des Gegners gegen ihn einzusetzen. Auf diese Weise würde sie arbeiten müssen, um überhaupt auf einen Sieg über Enigma hoffen zu können. Und das bedeutete, dass sie sich öffnen, sich freiwillig verletzlich machen musste, um seine schwachen Punkte zu finden. Zum zweiten Mal an diesem Tag erinnerte sie sich an ihren Schwur.

Was auch immer dazu nötig war.

So sei es. Sie würde ihn besiegen. Oder bei dem Versuch sterben.

Kapitel 43

Enigma stand auf, zog den Regenmantel mit Kapuze aus und ließ ihn auf den Teppichboden fallen. Die Nina-Guerrera-Show war vorbei, und er war erregt. Er blickte auf die altmodische Kaminuhr und zwang seinen Verstand, sich auf die anstehenden Aufgaben zu konzentrieren. Keine Zeit, sich selbst zu verwöhnen. Er ging auf die Treppe zu, die zur oberen Etage führte, und stieg dabei über die Leiche des alten Mannes, die am Esszimmertisch lag.

Eine halbe Stunde zuvor hatte ihm der alte Knacker auf sein Klopfen hin die Tür geöffnet. Der alte Mann konnte besser sehen, als er gedacht hatte, denn er versuchte nach einem kurzen Blick auf den Mann, der auf der Schwelle stand, die Tür wieder zuzudrücken. Im Wohnzimmer lief der Fernseher, und auf dem Bildschirm war eine relativ genaue Zeichnung von Enigma als tätowierter Biker zu sehen gewesen. Ein paar heftige Schläge gegen den Kopf hatten den Sorgen des alten Mannes jedoch ein Ende gesetzt. Für immer.

Er war zufrieden mit seiner Wahl. Nachdem er mehrere Häuser in der Gegend beobachtet hatte, entdeckte er das Haus des älteren Mannes. Er war darauf vorbereitet, mit einem Paar konfrontiert zu sein, aber der Mann war offenbar Witwer.

Umso besser. Niemand würde nach Hause kommen, während er noch hier war.

Er stieg die Treppe hinauf zum Schlafzimmer, ging ins Badezimmer und stellte die Dusche an. Während das Wasser warm wurde, streifte er die schwarzen Lederhandschuhe ab, unter denen er das blaue Paar aus Nitril trug. Mit geübter Effizienz zog er sich aus und trat unter die Dusche. Das warme Wasser lief über seinen vernarbten Rücken. Er machte einen Waschlappen nass, wrang ihn aus und schrubbte seine Arme. Seine Haut wurde rau, als sämtliche Spuren der abwaschbaren Tattoos als farbiger Strudel in dem Abfluss zu seinen Füßen verschwanden.

Warum benutzten alte Menschen eigentlich lieber Waschlappen als Schwämme? Vielleicht, weil sich der Stoff auf ihrer kreppartigen Haut angenehmer anfühlte, aber vielleicht lag es auch nur an der Unfähigkeit, sich umzustellen. Sie waren mit Waschlappen aufgewachsen und würden sie verdammt noch mal auch weiterhin benutzen.

Er rieb mit einem grün-weißen Stück Seife der Marke Irischer Frühling über den Waschlappen und setzte seine Arbeit fort. Das warme Wasser beruhigte ihn nicht. Nur eines konnte ihn jetzt besänftigen.

Rache.

Er fasste sich ans Kinn und entfernte die Überreste des angeklebten Ziegenbärtchens. Zufrieden stellte er das Wasser ab und trat aus der Dusche, um das Resultat seiner Bemühungen in dem großen Badezimmerspiegel zu betrachten. Er spannte die Muskeln an, bewunderte das Ergebnis, das Jahre harten Trainierens und Kämpfens hervorgebracht hatten. Auf seiner blassen Haut glitzerten Wassertröpfchen, die in schmalen Rinnsalen über seine gut definierten Muskeln liefen. Kraftvoll, aber ohne unnötige Masse. Sein Körper, derzeit von Kopf bis

Fuß glatt rasiert, war eine leere Leinwand, auf die er jede beliebige Person malen konnte.

Er trocknete sich ab und ging zum Schlafzimmerschrank. Der alte Mann war gebeugt gewesen, aber groß. Die braune Cordhose ließ Enigmas Knöchel allerdings unbedeckt, weil er noch größer war. Umso besser, denn so konnte er die Kompressionsstrümpfe zeigen, die er sich über die kräftigen Waden gezogen hatte. Die orthopädischen Schuhe waren eine Nummer zu klein, sorgten aber dafür, dass er daran dachte, leicht zu hinken. Sie waren deutlich bequemer als der Stein, den er sich in DC in den Schuh gelegt hatte.

Gedanken an Washington machten ihn nervös. In dem Augenblick, in dem er sie in diesem Internetvideo gesehen hatte, hatte er begonnen, das ganze Vorhaben zu planen. Er hatte die kleine Latina-Ausreißerin gewählt, um Nina in dieses Spiel hineinzuziehen, in dem er die Regeln machte und dessen Ausgang er bestimmte. Jahrelang hatte er an das Mädchen gedacht, das er als Nina Esperanza kannte – die Einzige, die ihm entkommen war.

Und dank Nina waren es jetzt zwei. Sie hatte sich ihm zweimal widersetzt, deshalb würde sie auch zweimal bezahlen müssen. Zuerst würde er jemanden nehmen, der ihr nahestand. Und dann sie selbst.

Sie hatte gesehen, was er mit den anderen Mädchen gemacht hatte, aber das waren Fremde. Niemand, der ihr etwas bedeutete. Das würde sich ändern. Aber wer kam infrage? Sie hatte keine Familie, war nicht verheiratet.

Der Gedanke ließ ihn innehalten. War sie nach ihm nie wieder mit einem Mann zusammen gewesen? Seinetwegen? Hatte er sie so sehr verändert, dass sie die Berührung eines Mannes nicht mehr ertragen konnte? Er hatte ihr die Frage während ihres ersten Chats gestellt, aber sie hatte sich geweigert zu antworten. Er war überzeugt, dass er der einzige Mann war, der sie jemals intim berührt hatte. Dieser Gedanke drohte sein Begehren erneut zu entfachen, und er verdrängte ihn.

Er knöpfte sich das Hemd zu und griff nach der Schiebermütze, die auf der Kommode lag. Warum hatte eigentlich jeder alte Knacker so eine Mütze? Kamen die mit der Post, zusammen mit dem Rentenbescheid? Er setzte sie auf seinen kahlen Schädel und fand es durchaus angenehm, seine Kopfhaut bedecken zu können, bis sein dichtes blondes Haar nachgewachsen war.

Als Nächstes setzte er sich die riesige Blaulicht-Filter-Brille des Mannes auf die Nase, was den Farbton seiner Augen veränderte. Falls das Sicherheitspersonal am Flughafen von ihm verlangte, sie abzunehmen, würde er über sein Glaukom zetern und mit einer Klage drohen. Er liebte es, ein grimmiger alter Mann zu sein.

Seine vorherige Verkleidung lag auf dem Badezimmerboden wie die abgestreifte Haut einer Schlange. Die Biker-Identität konnte er nicht mehr benutzen, und er konnte auch nicht mit dem Ausweis nach DC fliegen, den er benutzt hatte, um von Atlanta nach Phoenix zu kommen, und den er im Wohnmobil zurückgelassen hatte. Die aktuelle Verkleidung würde ein oder zwei Tage halten, aber der Flug zum Dulles Airport dauerte nur fünf Stunden, und danach würde er verschwinden.

Die Brieftasche des alten Mannes fand er zusammen mit dem Autoschlüssel auf der Kommode. Perfekt. Wenn er störrisch genug war, würde er es als Mr William Winchell, ein sechsundachtzigjähriger Griesgram, der sich von Grünschnäbeln nichts sagen ließ, durch die Sicherheitskontrolle schaffen. Vielleicht würde er ihnen sogar mit der Faust drohen.

Er steckte Brieftasche und Autoschlüssel in die Tasche und ging ins Erdgeschoss, um sein Handy und die Webcam zu holen. Der Fernseher lief immer noch, und er beschloss, sich ein schnelles Update zu holen, ehe er mit Mr Winchells Buick zum Flughafen fuhr.

Die Frau vom FBI war wieder da. Die Frau, die gesagt hatte, sie stünde Nina Guerrera nahe. Sie war recht attraktiv, aber offensichtlich viel älter als Nina. Unten auf dem Bildschirm las er ihren Namen: *Shawna Jackson, ehemalige stellvertretende Direktorin des FBI.* Eine ziemlich hochrangige Agentin aus dem Bureau. Vielleicht blickte Nina zu ihr auf. Bewunderte sie. Wollte so sein wie sie. Eine Idee begann, Gestalt anzunehmen. Er benutzte sein Handy, um die Frau zu googeln, fand ihr Instagramprofil und klickte darauf. Shawna lebte in den Außenbezirken von DC. Wie Nina. Interessant. Er scrollte durch ihre Posts.

In weniger als sechzig Sekunden lenkte er seine Pläne in eine neue Richtung. Shawna war zusammen mit Nina auf einem Bild von einer Feierstunde zu sehen, bei der die Gemeinde Nina als Mentorin eines Risiko-Pflegekindes namens Bianca Babbage eine Auszeichnung verlieh. Der zierliche Teenager war ebenfalls auf dem Bild, ihr jugendliches Gesicht war von langem dunklem Haar mit einer blauen Strähne eingerahmt.

Er tippte Biancas Namen so schnell ein, dass er beinahe das Handy fallen gelassen hätte. Als Erstes fand er ihren Instagram-Account. Er scrollte einen Monat zurück und entdeckte sie zu Beginn des Herbstsemesters an der GWU. Nina stand breit lächelnd neben ihr vor einem Mietshaus. Dieses Mädchen war Nina offensichtlich sehr wichtig. Jemand, den sie gernhatte. Er schob das Handy zurück in die Hosentasche, während seine Raubtierinstinkte erwachten. Er hatte Witterung aufgenommen.

Ziel erfasst.

Kapitel 44

Anstelle ihres gewohnten Sitzplatzes an dem kleinen Tisch zusammen mit Wade, Kent und Buxton hatte Nina den Platz neben Breck eingenommen, während die Gulfstream auf Reiseflughöhe stieg. Instinktiv hatte sie in Brecks Person eine tröstliche, weibliche Präsenz gesucht, einen Zufluchtsort vor der testosterongeladenen Umgebung in der Kabine. Phoenix lag hinter ihnen, aber die Nachwirkungen dessen, was Enigma getan hatte, waberten durch das Flugzeug wie eine giftige Wolke.

Nina war sich vollkommen bewusst, dass Millionen das Video gesehen hatten. Sie hatten gesehen, wie das Monster sie gebrochen, ihren Geist zerschmettert und ihre Seele zerstört hatte, als es langsam, methodisch und mit Bedacht jedes Gramm Würde, das sie besaß, vernichtete. Da sie nun wieder so etwas wie Privatsphäre hatte, gab Nina sich einen Ruck und fragte Breck, was sie an dem Video vor allem beschäftigte.

»Wurde es bis zum Ende gezeigt?«

Glücklicherweise verstand Breck die Frage ohne weitere Erklärungen. »Nach elf Minuten hat Buxton Anweisung gegeben, das Video abzuschalten, und das haben wir auch getan. Danach haben wir Enigmas Social-Media-Accounts allesamt wieder offline genommen.«

Bei nächster Gelegenheit würde sie Breck einen Mint Julep, oder was man in Georgia sonst so trank, ausgeben. Sie räusperte sich, bereit, das Schlimmste zu hören. »Ging es bis zur Vergewaltigung?«

Brecks blasse Haut wurde erst rosa, dann rot. »Ja.«

Ihr war bewusst, dass es Breck schwerfiel, Einzelheiten zu beschreiben, aber sie musste trotzdem genau wissen, was die Welt gesehen hatte. Und was noch kommen würde, denn sie war sich verdammt sicher, dass Enigma mit seiner Show noch nicht fertig war.

»Erzählen Sie.«

Breck beugte sich so weit zu ihr, dass ihre Köpfe sich beinahe berührten. »Nachdem Sie weg waren, ging das Video eine Zeit lang damit weiter, dass er Sie fast zu Tode würgte und Sie dann ohrfeigte, bis sie wieder ganz wach waren. Und dann …« Breck schlug die Hand vor den Mund. »O Nina, wollen Sie das wirklich hören?«

»Ja, sagen Sie es mir.« Ihr Herz hämmerte, aber sie zwang sich zuzuhören.

Breck sah aus, als wäre sie lieber woanders. Nach einer langen Pause setzte sie sich aufrecht hin und sah Nina direkt ins Gesicht.

»Er fing an, Sie zu schlagen«, sagte sie mit gepresster Stimme. »Richtig hart. Überall. Und er brachte Sie zum Reden. Dazu, ihn um Gnade anzuflehen.« Brecks Augen füllten sich mit Tränen. »Dann hat er sich mit dem Rücken zur Kamera gestellt und seinen Umhang geöffnet. Sein Körper war komplett von dem dunklen Stoff bedeckt, und auch die Kapuze hatte er noch auf dem Kopf. Außer seinen Händen und Füßen konnte ich nichts von ihm sehen. Dann ist er auf den Tisch geklettert, hat sich auf Ihren Rücken gelegt und … und er hat Sie immer noch von hinten gewürgt und Ihnen irgendwas ins Ohr gesagt, während er Sie vergewaltigt hat.« Ihre letzten Worte waren ein atemloses Flüstern. »Und dann haben wir den Hurensohn abgeschaltet.«

Ninas Haaransatz und ihre Handflächen waren schweißnass. Sie unterdrückte ihren Ekel vor den Bildern, die erneut in ihr aufstiegen, und versuchte, sich auf ein Detail zu konzentrieren, das Breck erwähnt hatte. Enigma hatte mit ihr gesprochen. Das hatte sie völlig vergessen. »Konnten Sie verstehen, was er zu mir gesagt hat?«

Breck schüttelte den Kopf. »Es war zu leise, das Mikrofon konnte es nicht aufnehmen. Erinnern Sie sich, was er gesagt hat? Ist es wichtig?«

»Ich weiß es nicht. Könnte die Videoforensik den Ton verbessern?«

»Selbstverständlich.« Breck schien erleichtert, dass sie etwas Konstruktives tun konnte. Sie holte ihren Laptop heraus und öffnete ihn auf dem Tischchen, das in ihre Armlehne integriert war. Während das Gerät hochfuhr, drehte Breck sich zu Nina und legte ihr sanft eine Hand auf den Arm. »Wollen Sie nicht nach hinten gehen und ein bisschen die Augen zumachen? Es ist ein langer Flug bis Dulles.«

Breck bot ihr eine Auszeit an. Eine perfekte Entschuldigung, um sich zurückzuziehen. Niemand würde ihr einen Vorwurf daraus machen, dass sie nach all den Überlandflügen einen Jetlag bekam und nach der Ausstrahlung des Videos zudem emotional ausgelaugt war. Sie konnte einfach sagen, dass sie Ruhe brauchte, sich in die Privatkabine im Heck des Flugzeugs zurückziehen und dort, verborgen vor den Augen der Welt, für ein paar Stunden ihre Wunden lecken.

Das war zwar genau, was sie tun *wollte,* aber es war das Gegenteil von dem, was sie tun *musste.* Da draußen gab es noch mehr Mädchen wie Trina, und wenn sie sie retten wollte, sollte sie besser einen Zahn zulegen.

Sie legte ihre Hand auf die von Breck, drückte sie kurz und ließ dann wieder los. »Eigentlich würde ich mich lieber an die Arbeit machen.«

Nina stand auf und ging zu dem anderen Tisch hinüber, wobei sie die Männer der Reihe nach betrachtete. Kent war ihr nachgeeilt, um sie zu suchen, nachdem sie den Konferenzraum in Phoenix verlassen hatte, und seitdem war er ihr nicht mehr von der Seite gewichen. Wenn sie zur Toilette ging, stand er vor der Tür Wache. Wo immer sie hinging, war er ihr auf den Fersen, ein überfürsorglicher Schatten. Jetzt musterte er sie schweigend von seinem Sitz aus.

Wade hatte sich ihr als Gesprächspartner angeboten, sie aber nicht weiter bedrängt, als sie ablehnte. Er hatte weder überrascht noch gekränkt gewirkt, als sie sich an Breck hielt, die keinerlei psychologische Ausbildung hatte.

Buxton war ungewöhnlich still und behielt seine Meinung für sich. Nina hatte keinerlei Zweifel, dass der Boss mit seinen Vorgesetzten über die neue Entwicklung gesprochen hatte. Die Begeisterung über Trinas Rettung war verflogen, und Enigmas Rache hatte das Team unverhofft und niederschmetternd getroffen – und das gesamte Bureau auch.

Als Nina aufgestanden war und näher kam, verstummten die Gespräche. »Ich bin bereit«, sagte sie ohne jede Einleitung.

Wade blickte sie an. »Wozu?«

Sie hatte Jahre damit verbracht, ihre inneren Mauern aufzubauen. Der Wechsel ihres Nachnamens spiegelte die Tatsache wider, dass sie an Hoffnung – *esperanza* – nicht mehr glaubte. Während ihrer Kindheit hatte niemand für sie gekämpft. Nach dem kompletten Versagen des Pflegesystems hatte sie beschlossen, für sich selbst zu kämpfen. Als Erwachsene kämpfte sie für andere. Sie hatte gelernt, nur sich selbst zu vertrauen. Nun war es an der Zeit, etwas anderes zu versuchen.

»Ich bin bereit zu tun, was nötig ist, um diesen Scheißkerl zu fassen«, sagte sie. »Es ist offensichtlich, dass Enigma eine Menge über mich wusste, bevor er mich entführt hat. Es ist auch offensichtlich, dass es Details gibt, an die ich mich nicht erinnern kann, Details, die uns in die richtige Richtung führen könnten.« Sie deutete auf Wade und Kent, war bereit, etwas zu tun, was sie noch nie getan hatte. »Ich bitte Sie um Ihre Hilfe. Ich muss mich erinnern.«

Die beiden Profiler wechselten einen Blick.

»Wo möchten Sie anfangen?«, fragte Wade.

Sie überlegte einen Moment, erleichtert, dass niemand sie gefragt hatte, ob sie sich sicher war oder nicht doch lieber noch warten wollte. Vielleicht spürten auch sie, dass die Zeit drängte. »Ich weiß es nicht. Irgendwann vor der Entführung.«

»Er war von den Narben auf Ihrem Rücken fasziniert«, sagte Kent. »Warum fangen wir nicht da an?«

Sie setzte sich neben Wade; Kent und Buxton, der still geblieben war, saßen ihr gegenüber. »Wollen Sie wissen, wo ich sie herhabe?«, fragte Nina, an Kent gewandt.

Wade rutschte unbehaglich auf dem Sitz herum, er kannte die Einzelheiten bereits aus ihrer Akte. Sie war überzeugt, dass dies einer von vielen Gründen war, warum er an ihrer Eignung für das Bureau gezweifelt hatte. Es war eine hässliche Geschichte, die sie noch dazu nicht im besten Licht erscheinen ließ.

Kent nickte. »Angesichts der Bemerkungen, die Enigma darüber gemacht hat, denke ich, ist es vermutlich die beste Stelle, um anzufangen.«

Nina hatte keine besseren Vorschläge. Im Geist scrollte sie zurück, brachte lange begrabene Schmerzen wieder zum Vorschein und bereitete sich darauf vor, von einem der schlimmsten Vorfälle ihres Lebens zu erzählen. »Ich war sechzehn«, setzte sie an. »Das Jugendamt hatte mich bei einem kinderlosen Paar in Pflege gegeben. Sie waren etwas älter, Ende vierzig, darum gab ihnen die Behörde ein Highschool-Kind zur Pflege. Die beiden kamen mir damals uralt vor.«

»Was ist an dem Tag passiert, an dem Ihnen die Verletzungen zugefügt wurden?«, fragte Kent, damit sie nicht vom Thema abkam.

»Als ich von der Schule nach Hause kam, war ein fremder Mann im Haus. Ich hatte ihn noch nie gesehen. Er roch, als hätte er eine Woche lang nicht geduscht, hatte lange, fettige Haare und war so groß und behaart wie ein Grizzlybär. Er schrie Denny an, meinen Pflegevater. Offenbar hatte er Denny ein paar Fausthiebe versetzt. Meine Pflegemutter war nicht zu Hause. Keine Ahnung, wo sie war.«

Beim Erzählen wurden die Erinnerungen lebendiger.

»Der Grizzly warf einen Blick auf mich und sagte, er wüsste, wie Denny seine Schulden bezahlen könnte.«

Kents Augen wirkten so hart wie blaue Eiswürfel.

»Denny befahl mir, mit dem Grizzly ins Schlafzimmer zu gehen. Ich weigerte mich. Ich versuchte wegzurennen, aber sie haben mich erwischt. Der Grizzly sagte, er würde mir schon beibringen, wo mein Platz ist. Er befahl Denny, mich festzuhalten. Dann holte er ein Messer heraus und zerschnitt mir das T-Shirt und den BH.«

Sie bemerkte, dass Buxton die Fäuste ballte, ehe er sie unter dem Tisch verschwinden ließ.

»Denny hielt mich fest. Ich stand mit dem nackten Rücken zu dem Grizzly, der seinen Gürtel abnahm. Es war eins von diesen Dingern aus geflochtenem Leder. Er drohte mir, mich zu verprügeln, bis ich freiwillig mit ihm ginge oder ohnmächtig würde, aber im Schlafzimmer würde ich auf jeden Fall landen. Er fing an mich zu schlagen, aber ich gab nicht nach, deshalb drehte er den Gürtel um und schlug mit der Schnalle zu. Daher kommen die Schnittwunden.«

Kent sah aus, als wollte er auf irgendetwas einschlagen, unterbrach sie aber nicht.

»Schließlich habe ich gesagt, dass ich alles tun würde, was er wollte«, fuhr sie fort und war überrascht, wie ruhig ihre Stimme war. »Bevor der Typ mich wegzerren konnte, schob ich eine Hand in Dennys Tasche, weil ich wusste, dass er dort ein Taschenmesser hatte. Ich hatte vor, dem Arschloch die Kehle durchzuschneiden, sobald wir allein waren. Möglicherweise war es die falsche Tasche, jedenfalls bekam ich statt des Messers Dennys Feuerzeug zu packen. Der Grizzly zerrte mich am Handgelenk über den Flur ins Schlafzimmer. Ich behauptete, ich hätte meine Periode. War ihm egal. Ich sagte, ich müsste pinkeln. War ihm auch egal. Erst als ich zu würgen anfing und sagte, ich müsste mich übergeben, ließ er mich zur Toilette gehen.«

Schon als junges Mädchen hatte sie gelernt, schnell zu reagieren, denn sie hatte sich gegen eine Menge Leute wehren müssen, die deutlich größer waren als sie.

»Ich ging ins Badezimmer und sah mich nach einer Waffe um. Keine Schere. Nichts Scharfes. Dann entdeckte ich eine Dose Haarspray von meiner Pflegemutter. Ich brachte mich in Stellung und richtete die Düse auf die Tür. Ich schnippte das Feuerzeug an und hielt die Flamme unter die Öffnung der Dose. Als der Grizzly die Tür öffnete, drückte ich auf den Sprühknopf und pustete ihm das brennende Spray direkt in sein widerliches, behaartes Gesicht. Sein Bart fing Feuer. Er rannte im Kreis herum, schlug sich ins Gesicht, um die Flammen zu löschen, und ich machte, dass ich wegkam.«

Bei der Erinnerung musste sie beinahe lächeln.

»Ich rannte an Denny vorbei, der im Flur auf mich zukam, um nachzusehen, was los war. Ich rannte, bis ich den Zebrastreifen am Ende der Straße erreichte. Die Grundschule war aus, kurz nachdem ich zu Hause angekommen war, und ich wusste, dass die Schülerlotsin noch dort sein würde.«

»Was hat sie gemacht?«, fragte Kent.

»Sie hat mir ihre Weste umgelegt und die Polizei gerufen. Ich hatte immer noch kein Shirt an. Fünf Minuten später waren die Cops da. Und ein Rettungswagen. Offenbar hatte sie der Notrufleitstelle gesagt, dass ich stark blutete.«

»Was hat die Polizei gemacht?«

»Die Cops haben mir eine Menge Fragen gestellt. Während ich ihnen erzählte, was passiert war, hat ein Sanitäter mir etwas auf den Rücken aufgetragen, das höllisch brannte. Wahrscheinlich ein Antiseptikum. Ich habe nicht nachgedacht, ich habe einfach nur reagiert. Ich habe mich umgedreht und auf den Kerl eingeschlagen, so fest ich nur konnte. Er war ziemlich groß, und es schien ihm nicht besonders wehzutun, aber er hat mich beim Handgelenk gepackt. Er wollte mich mit Sicherheit nur davon abhalten, ihn noch einmal zu schlagen, aber als ich seine große Hand um mein Handgelenk spürte, bin ich durchgedreht. Ich habe nach ihm getreten und mit der freien Hand nach ihm geschlagen.«

»Wie hat er reagiert?«

»Er war verdammt stark. Gute Reflexe hatte er auch. Hat mich an beiden Unterarmen gepackt und an sich gezogen, damit ich ihm nicht in die Eier treten konnte, was ich eigentlich vorhatte. Der andere Sanitäter und die beiden Cops mischten sich ein. Es brauchte vier Männer, um mich festzuhalten. Schließlich lockerten sie den Griff ein bisschen, und der Kerl, der mir das Antiseptikum auf den Rücken geschmiert hatte, sagte, ich solle mich beruhigen. Da bin ich noch mal ausgerastet. Er hat meinen Arm so festgehalten, dass ich blaue Flecken bekam, und dann hat er mir von Nahem ins Gesicht gesehen und mir befohlen …«

Nina fuhr zusammen. Sie drehte sich zu Wade; ihr Mund formte Worte, die nicht herauskommen wollten.

Er zog die Brauen zusammen. »Was ist los?«

»Trina«, brachte sie mühsam heraus.

»Was ist mit Trina?« Kent sah völlig perplex aus.

Eine Welle von Erinnerungen überrollte sie, wusch den Nebel weg und brachte ihr volle Klarheit.

»Der Rettungssanitäter, der zum Tatort in Phoenix kam. Er musste Trinas Fesseln durchschneiden, um sie zu befreien. Sie ist völlig ausgeflippt, und auch er hat sie an den Handgelenken gepackt.« Nina blickte zur Seite, beschämt von ihrer Überreaktion. »Da wäre ich beinahe ausgerastet.«

Sie erwähnte nicht, dass sie den Sanitäter mit dem Ellbogen gestoßen hatte. Buxton würde es früh genug in ihrem 302 lesen, und dann würde sie sich der Strafe stellen, die das Bureau verhängte.

»Was war mit dem Rettungssanitäter?«, fragte Kent.

»Es war etwas, was er gesagt hat.« Sie sammelte Bruchstücke aus den Ecken ihres Gedächtnisses auf und setzte sie zusammen. »Er hat Trina angeschrien, meinte, wir versuchten ihr doch nur zu helfen.«

»Ich verstehe das noch nicht«, sagte Kent.

»Darum habe ich so auf ihn reagiert.« Nina vibrierte förmlich vor Aufregung. »Als der Sanitäter in Fairfax mir damals so nahe kam, hat er auch gesagt, dass sie mir nur helfen wollten. Er meinte, ich sollte lernen, mich zu bemeistern.«

»Sich zu bemeistern?« Kent ging als Erster darauf ein. »Merkwürdige Wortwahl.«

Nina war erleichtert, weil sie es endlich verstanden. »Genau.«

Wade runzelte verwirrt die Stirn. »Aber was ist an der Wortwahl so wichtig?«

Alles war wieder da. Das Gewicht seines Körpers auf ihrem Rücken, das sie auf den Tisch niederdrückte. Der moschusartige Geruch seines Schweißes. Sein heißer Atem an ihrem Ohr, während er sprach.

»Das ist es, was Enigma mir ins Ohr geflüstert hat.«

Kapitel 45

Nina eilte über den geräumigen Gang der Gulfstream. Breck, die offensichtlich bereits in ihren Computer vertieft war, blickte überrascht auf.

Unfähig, ihre Aufregung zu unterdrücken, ließ sie sich auf den Sitz neben ihr fallen. »Wir haben eine Spur.« Als Breck sie lediglich anstarrte, schlug sie mit der flachen Hand auf den Tisch. »Verdammt, eine richtige, echte Spur!«

Sie spürte Wade hinter sich auftauchen.

»Der Sanitäter, der vor elf Jahren ihre Wunden behandelt hat«, sagte er zur Erklärung.

Die nächsten zehn Minuten verbrachten Wade und Nina damit, Breck von ihrer Erleuchtung zu erzählen und die Fragen des ganzen Teams zu beantworten. Eigentlich hätte sie mental erschöpft sein müssen, aber sie fühlte sich unglaublich energiegeladen, und ihre Aufregung erwies sich als ansteckend. Die Dumpfheit, die das Team noch vor einer halben Stunde umgeben hatte, war durch Leidenschaft ersetzt worden.

Buxton holte sein ledernes Portfolio heraus und griff nach dem Satellitentelefon. »Ich rufe die Task Force an.«

Ihr Vorgesetzter war in seinem Element. Buxton teilte verschiedenen Teams von Außendienstlern und Analytikern ihre

Aufgaben zu. Es war, als hätte die größte Strafverfolgungsbehörde der Vereinigten Staaten kollektiv die Luft angehalten und auf diesen Moment gewartet. Dies war das zweite Mal, dass sie eine brauchbare Spur verfolgen konnten, und wie bereits zuvor verschwendete Buxton keine Zeit und setzte alle verfügbaren Ressourcen ein.

»Auf einmal passt alles zusammen«, sagte Kent. »Zum Beispiel die Rückstände von medizinischem Klebeband und die variablen Arbeitszeiten mit viel Zeit zwischen den Schichten.«

»Ich lasse die Arbeitszeiten mit den Daten der Entführungen und Morde abgleichen«, erklärte Buxton mit der Hand auf der Sprechmuschel, bevor er sein Telefonat fortsetzte.

Breck beugte sich erneut über ihren Laptop. »Ein Sanitäter kennt sich am Tatort aus und weiß, wie er seine Spuren vor der Spurensicherung verbergen kann.« Ihre Finger vollführten einen stakkatohaften Rhythmus auf der Tastatur. »Er könnte sich auch Zugang zu Computern der Stadtverwaltung verschafft haben, um potenzielle Zielpersonen zu finden.«

Wade ließ sich auf einem Platz auf der anderen Seite des Gangs nieder. »Ich weiß nach wie vor nicht, wie er sich seine Opfer aussucht, aber das wird im weiteren Verlauf noch klarer werden. Möglicherweise variiert er seine Methoden. Angesichts der Beliebigkeit, mit der er bei anderen Aspekten seiner Verbrechen vorgeht, erscheint mir das sinnvoll.«

Eine knappe Viertelstunde später unterbrach Buxton ihr Gespräch mit einem Update. »Das Team, das die Berichte durchforstet hat, hat herausgefunden, dass die Polizei die Namen der Sanitäter in ihren Berichten nicht erwähnt hat. Allerdings hat die Feuerwehr von Fairfax County ihren Bericht archiviert, weil es bei dem Einsatz um die Verletzung einer Jugendlichen ging, die unter Aufsicht des Staates stand.«

»Haben wir einen Namen?«, fragte Nina.

»Die zwei Rettungssanitäter, die auf den Notruf reagiert haben, hießen Halberd Falk und Brian Dagget, beide heute noch im Dienst. Falk ist zu einer Wache in Franconia gewechselt, aber Dagget arbeitet immer noch bei der Feuerwache in Springfield.«

Zwei mögliche Namen. Team FBI war jetzt sehr viel näher dran als noch am Morgen.

Buxton nickte Breck zu. »Sie haben Bilder der beiden Rettungssanitäter an die Datenbank der Task Force geschickt. Öffnen Sie die Datei doch einmal, damit wir einen Blick darauf werfen können.«

Breck öffnete einen Link zum Sicherheitsserver des FBI und fuhr mit der Maus über eins der Ordner-Icons, die die Task Force erstellt hatte. Während sie darauf wartete, dass das erste Bild lud, schlug Ninas Herz so heftig, dass sie glaubte, es würde explodieren.

Als das Gesicht des Mannes erschien, atmete sie aus. Sie hatte nicht gemerkt, dass sie die Luft angehalten hatte.

Dagget war weiß, hatte blonde Haare und blaue Augen. Das Bild passte zu der Abbildung, die das auf der DNA basierende Programm hervorgebracht hatte. War er es? Sie konnte es nicht mit Sicherheit sagen.

Breck berührte den Touchscreen und rief das nächste Foto auf. Dies war der Moment der Wahrheit. Wenn Falk überhaupt nicht auf die DNA-gestützte Beschreibung passte, wussten sie, dass es Dagget war.

Das Bild eines Mannes tauchte auf dem Bildschirm auf, und Nina unterdrückte ein Keuchen, weil sie auf einen weiteren Weißen mit blondem Haar und blauen Augen blickte. Falk hätte Daggets Cousin sein können. Sie ging näher heran, bis ihre Nase fast den Bildschirm berührte, und konzentrierte sich vor allem auf den Bereich um die Augen herum. Den einzigen Teil von Enigma, den sie unverhüllt gesehen hatte.

»Und?«, fragte Kent in die Stille hinein. Alle warteten gespannt auf ihre Antwort.

Sie hatte mit der gleichen instinktiven Reaktion gerechnet wie beim Blick auf das per DNA generierte Bild. Aber sie kam nicht. Ähnelten sich die Männer zu sehr?

»Verdammt, ich weiß es nicht.« Auf einmal kam ihr eine Idee. Sie richtete den Blick auf Breck. »Haben Sie Zugang zu der Namensliste, die Sorrentino uns gegeben hat?«

Breck verzog den Mund zu einem Grinsen. »Moment.«

Alle sahen erwartungsvoll zu, wie Breck mit der Maus über den Desktop fuhr und mehrere Ordner öffnete.

»Ich hab's.« Sie drehte den Bildschirm leicht, damit Nina etwas sehen konnte. »Ich habe die Namen in eine Excel-Liste übertragen, ich muss also nur alphabetisch suchen.«

Wade spähte Nina über die Schulter. »Ich schwör's Ihnen, wenn diese Typen beide in dem Club kämpfen, verhaften wir sie einfach beide und sehen dann weiter.«

»Zu diesem Zeitpunkt würde ich das nicht mehr ausschließen«, sagte Buxton.

Einige Klicks später kam die Liste in Bewegung und veränderte ihre Zeilen. Es gab nur eine Übereinstimmung. Nur einen Verdächtigen. Nina atmete tief durch.

Halberd Falk war ihr Mann.

Buxton, der erneut eine Hand über das Satellitentelefon gelegt hatte, hielt es sich wieder ans Ohr und fuhr fort, Anweisungen zu geben.

Eine große warme Hand legte sich auf Ninas Schulter. Als sie aufblickte, sah sie Kent, der sie aufmerksam musterte.

»Alles in Ordnung?«

Zu ihrer Überraschung hatte sie nicht das Bedürfnis, sich der Berührung zu entziehen. »Alles gut, danke.«

Und so war es auch. Sie hatte sich ihren Dämonen gestellt, um das fehlende Teil zu finden, das sie brauchten. Sie drehte sich zu Wade und sagte: »Ihnen auch vielen Dank.«

Sie fühlte sich nun tatsächlich als Partner. Dem Mann ebenbürtig, den sie für herzlos gehalten hatte. Dem Mann, der versucht hatte, ihren Eintritt ins Bureau zu verhindern. Dem Mann, den sie jetzt als Verbündeten und als Freund ansah.

»Sie haben die ganze Schwerarbeit gemacht.« Wade errötete leicht. »Danke, dass Sie mir vertrauen – nach allem, was ich Ihnen angetan habe.«

Kent blickte von Wade zu Nina und versuchte, die Botschaft zu verstehen. »Was haben Sie ihr denn angetan, Wade?«

Nina antwortete an seiner Stelle. »Was er für unumgänglich hielt … damals.« Sie warf Kent einen Blick zu, der ihm sagen sollte, dass die Sache für sie erledigt war.

Breck stieß einen aufgeregten Schrei aus. »Ihr werdet es nicht glauben!« Sie blickte zu ihnen hoch. »Ratet mal, wie sein Kämpfername lautet!«

Wade stöhnte. »Sagen Sie nicht, er nennt sich Enigma …«

»Odin«, sagte Breck. »Wie der Gott aus der nordischen Mythologie.«

Blitzartig erkannte Nina den Zusammenhang. »Dr. Borrs Sohn hat Odin erwähnt.«

»Borr war der Vater von Odin«, sagte Wade. »Es passt perfekt zusammen. Falk wird Dr. Borr als seinen eigentlichen Vater angesehen haben, als den Mann, der ihn erschaffen hat. Verdammt, nach allem, was wir wissen, könnte er sogar sein biologischer Vater sein, falls er beschlossen hat, noch einmal seine eigene DNA zu benutzen.«

In Ninas Kopf überstürzten sich die Gedanken. »Möglicherweise glaubt Falk an Dr. Borrs Eugenik-Philosophie. Selbst wenn Borr gestorben ist, bevor Falk alt genug war, um ihm zu begegnen, könnte er immerhin über ihn gelesen haben.«

»Hat Borrs Sohn nicht gesagt, dass Odin ein einäugiger Gott war?«, fragte Kent in den Raum hinein.

»Ja, das war er«, antwortete Wade, der sich offensichtlich in nordischer Mythologie auskannte. »Es heißt, dass er ein Auge opferte, um alles zu sehen und allwissend zu sein.«

Nina überlief ein kalter Schauer. »Meine Halskette mit dem Auge Gottes«, flüsterte sie und fasste sich reflexartig an den Hals. »Und als wir gechattet haben, war da diese Bemerkung … dass er immer alles sieht.«

»Ich könnte eine Doktorarbeit über diesen Kerl schreiben«, murmelte Wade.

Für die folgenden zwanzig Minuten steckten sie die Köpfe zusammen, um die bisherigen Informationen aus einem neuen Blickwinkel zu betrachten.

»Derzeit werden die Berichte verfasst«, unterbrach Buxton ihr Gespräch. »Im Augenblick ist alles nur vorläufig. Wenn sie fertig sind, kennen wir mit Sicherheit auch den Mädchennamen der Kindergärtnerin dieses Kerls.«

Es war geradezu beängstigend, wie viele Informationen das Bureau mit dieser Art von Ressourcen innerhalb einer Stunde zusammentragen konnte.

»Seine Testergebnisse bei der Zulassung zur Ausbildung als Rettungssanitäter waren herausragend«, sagte Buxton. »Und nach allem, was wir gehört haben, ist er auch ein guter Kämpfer.« Er fuhr mit dem Finger über die Seite. »Er ist ein Einzelgänger. Lebt in einem Einfamilienhaus im Westen von Fairfax County. Wir besorgen gerade einen Durchsuchungsbeschluss für das Grundstück. Das sollten wir heute Abend noch durchziehen können.«

»Hat er heute Dienst?«, fragte Kent.

»Momentan ist er beurlaubt«, erwiderte Buxton. »Er hat seinem Vorgesetzten erzählt, dass er sich um eine kränkliche Tante in Boise kümmern muss.«

»Lassen Sie mich raten.« Nina verdrehte die Augen. »Keine Tante?«

»Bingo.«

»Wie sieht sein Schichtplan aus?«, hakte Breck nach.

»Sein Team arbeitet zwei Tage, zwei Tage nicht, wieder zwei Tage, dann vier Tage nicht.« Buxton erlaubte sich ein Grinsen. »Die Daten wurden abgeglichen. Alle Entführungen fanden am Beginn einer zwei- oder viertägigen Pause statt.«

»Wie weit sind Sie zurückgegangen?«, fragte Wade. »Wissen wir etwas über den Zeitraum um Guerreras Entführung herum?«

»Er hatte den Dienst nach einer Disziplinarmaßnahme gerade wieder aufgenommen«, sagte Buxton. »Er war im Umkleideraum der Feuerwache in eine Schlägerei mit einem Feuerwehrmann geraten. Hat dem Kerl die Nase gebrochen.«

Wade nickte. »Das könnte als auslösender Stressfaktor zählen. Seine Karriere war gefährdet, und das hat ihn unter Druck gesetzt.«

»Ich wette, damals hat er mit den Käfigkämpfen angefangen«, meinte Kent. »Ob bewusst oder nicht, er hat versucht, ein Ventil für seine Aggressionen zu finden.«

Nina verspürte einen Adrenalinstoß, als ein weiteres Puzzleteilchen an seinen Platz fiel. »Das könnte die Beweismittel erklären, die bei meinem Fall gefunden wurden. Wenn er während seiner Suspendierung in dem Club angefangen hat, brauchte er MMA-Handschuhe. Ich wette, Sorrentino hat ihm welche verkauft.«

Sie hatte das Gefühl, dass die Dinge in Bewegung gerieten. Endlich nahm der Fall Form an.

»Haben wir noch mehr über sein Privatleben?«, fragte Wade.

Buxton sah in seine Notizen. »Nie verheiratet, keine Kinder, von denen wir wüssten. Beide Eltern verstorben. Seine Mutter starb an einem Aneurysma, als er fünf Jahre alt war, und sein

Vater fiel die Treppe hinunter, als Falk einundzwanzig war.« Buxton zog eine Braue hoch. »Zu dem Zeitpunkt waren nur die beiden zu Hause. Es wurde als Unfall eingestuft.«

»Ich bin fest davon überzeugt, dass sein alter Herr ihn misshandelt hat. Falk hat ihn die Treppe hinuntergestoßen«, sagte Wade ohne jede Spur von Zweifel in der Stimme.

Nina hob einen Finger. »Moment mal.« Irgendetwas an dieser Zeitachse hatte sie auf eine Idee gebracht. »Wenn Falk jetzt zweiunddreißig ist, war er vor elf Jahren einundzwanzig.«

»Kommt auf das Datum an«, erwiderte Buxton. »Was wollen Sie uns sagen, Agent Guerrera?«

»Wann genau ist sein Vater gestorben?«

Buxton sah nach. »Am achtundzwanzigsten September.«

»Sechs Tage später hat Falk meine Schlagspuren behandelt«, sagte sie mit klopfendem Herzen. »Wahrscheinlich sein erster Arbeitstag nach dem Begräbnis.« Sie blickte zu Wade hinüber. »Und nach der Suspendierung, wegen der er wahrscheinlich zu Hause bei seinem Vater war. Damals ist alles passiert.«

»Noch ein auslösender Stressfaktor«, merkte Wade an. Seine Stimme wurde höher, als er lebhafter fortfuhr: »Wenn sein Vater sein erster Mord war, muss Falk nervös gewesen sein. Er fragte sich, ob vielleicht jemand herausfinden würde, was er getan hatte.«

»Und wenn ein Gewaltverbrecher seine Fantasien erst einmal ausgelebt hat, ändert sich alles.« Kent machte dort weiter, wo Wade aufgehört hatte. »Er hat sich an der Stelle gekratzt, wo es juckte, aber das Jucken kommt immer wieder. Ich denke, er hatte bereits jahrelang darüber fantasiert, seinen Vater umzubringen, bis er es schließlich getan hat.«

Wades Blick ruhte auf Ninas Gesicht. »Er steht in seinem Job und privat unter extremem Druck, als er Ihnen begegnet. Er sieht, dass Sie misshandelt wurden, und ordnet Sie als Opfer ein. Sie wehren sich gegen ihn, als er Ihre Wunden behandeln will, und da brennt etwas in ihm durch. Er kann keine Respektlosigkeit von jemandem tolerieren, den er für unterlegen hält.«

Nina versuchte, die Sache aus Falks Perspektive zu sehen. »Und dann entkomme ich ihm, und auch das kann er nicht hinnehmen. Er ist in jeder Hinsicht überlegen, ich hätte nicht in der Lage sein dürfen, mich ihm zu widersetzen.«

Wade nickte. »Eine Herausforderung seiner gesamten Weltanschauung. Um das in Ordnung zu bringen, muss er Sie wieder auf Ihren Platz verweisen, jeden Aspekt Ihres Lebens kontrollieren, einschließlich Ihres Todes.«

Ihr Verstand kam zu einer verstörenden Schlussfolgerung. »Also waren all die anderen Mädchen …«

»… Stellvertreter«, beendete Wade den Satz für sie. »Bis er Sie wiedergefunden hat.«

Sie wollte schreien, gegen die Ungerechtigkeit rebellieren. Sie hatte nicht wissen können, was sie an jenem Tag in Bewegung gesetzt hatte, an dem sie einer Hölle entkommen war, nur um gleich darauf eine weitere zu betreten, aber es lastete auf ihrer Seele. So viele Leben zerstört. So viel Schmerz und Leid.

»Wir müssen diesen Scheißkerl finden«, sagte sie. »Wir müssen ihn aufhalten.« Sie machte sich Sorgen wegen der Menge an Informationen, die in so kurzer Zeit zusammengetragen worden waren. »Wir haben so viele Fühler ausgestreckt, dass er möglicherweise davon erfährt. Ich will ihn nicht aufschrecken.«

»Die Befragungen waren zurückhaltend«, sagte Buxton. »Es gibt keinen Grund zu der Annahme, dass er weiß, wie nah wir an ihm dran sind.«

»Reicht es, um ihn sofort zu verhaften?«, fragte Breck.

Buxton schüttelte den Kopf. »Der Oberstaatsanwalt will einen DNA-Test.«

»Was bedeutet, dass wir eine richterliche Anordnung für einen Wangenabstrich brauchen«, ergänzte Nina.

»Agents der Task Force verfassen bereits eine eidesstattliche Erklärung«, sagte Buxton. »Selbst wenn sie sich beeilen, wird es einige Stunden dauern, bis sie die Papiere zusammenhaben. Und dann brauchen sie einen Bundesrichter, der die Anordnung unterschreibt. Realistisch gesehen, wird es drei oder vier Stunden dauern, bis wir sie erhalten.«

»Wenn wir Glück haben.« Nina stöhnte. »Sonst müssen wir bis morgen früh warten.«

»Das werde ich nicht zulassen«, kündete Buxton an. »Und in der Zwischenzeit habe ich das Geiselrettungsteam kontaktiert. Sie stellen ein Team ab, das den Job erledigt.«

Nina war beeindruckt. Das SWAT-Team, das zusammen mit ihnen in Quantico stationiert war, führte neben vielen anderen taktischen Pflichten und Aufgaben auch Hochrisiko-Verhaftungen und Überwachungsoperationen durch. Die Tatsache, dass sie zu diesem kritischen Zeitpunkt hinzugezogen wurden, bewies, dass Buxton Enigma unbedingt fassen wollte. Natürlich, Buxton ging kein Risiko ein. Zum ersten Mal erkannte sie den Einfluss, den dieser Fall auf seine Karriere hatte. Jeder vom Direktor abwärts würde ihn beobachten. Kein Wunder, dass seine Züge Zeichen von Anspannung und Müdigkeit zeigten.

»Wir hoffen, dass wir ihn zu Hause erwischen«, fuhr Buxton fort. »Dann können wir ihn zum Verhör abführen und den Wangenabstrich nehmen.«

»Informieren wir die Öffentlichkeit?«, fragte Wade. »Wir können nicht zulassen, dass er noch ein Mädchen entführt.«

»Sobald wir seinen Aufenthaltsort kennen, wird das SWAT-Team ihn unter ständiger Beobachtung halten, bis wir so weit sind«, sagte Buxton schulterzuckend. »Das gefällt mir zwar nicht, aber es ist das Beste, was wir tun können, bis wir die Anordnung haben.«

»Und wir haben keine Ahnung, wo er sich aufhält?«, fragte Kent nach.

Buxton schüttelte den Kopf. »Er muss erst in zwei Tagen wieder arbeiten. Im Fight Club ist er nicht. Eine Tante in Boise gibt es auch nicht.« Er setzte seine Lesebrille ab und rieb sich den Nasenrücken. »Der Typ ist ein Gespenst.«

Nina kochte innerlich. Endlich hatte sie ihrem Erzfeind einen Namen geben können, bekam ihn aber nicht zu fassen. Wo war er? Und, wichtiger noch, was tat er?

»Wir landen in weniger als einer Stunde«, sagte Buxton und riss sie aus ihren Gedanken. »Ich möchte, dass jeder von Ihnen nach Hause geht und Einsatzkleidung anzieht. Sobald die Anordnung rechtskräftig ist, schicke ich ein Rundschreiben mit dem Standort der Kommandozentrale, bei der Sie sich zu einer Einsatzvorbesprechung mit dem SWAT-Team melden werden. Jetzt wird richtig Druck gemacht, Leute. Heute Abend kriegen wir den Bastard.«

Trotz dieser Erklärung des Supervisory Special Agents beschlich Nina ein ungutes Gefühl. Falk war irgendwo da draußen, getrieben von Wut und den Dämonen, die ihn beherrschten. Und er war zweifelsohne auf der Jagd. Würden sie ihn fassen, bevor er sein nächstes Opfer fand?

Kapitel 46

Kaum in ihrer Wohnung angekommen, war Nina ins Schlafzimmer gegangen und hatte ihre Ausrüstung herausgeholt, bevor sie sich kurz duschte. Mit routinierten Griffen hatte sie ein schwarzes taktisches Hemd, die dazu passende Hose, Stiefel und ihre FBI-Einsatzjacke neben ihre Glock samt zwei Ersatzmagazinen auf das Bett gelegt. Derart vorbereitet konnte sie binnen zwei Minuten aus der Tür sein, sobald Buxton sich gemeldet hatte.

Sie saß mit dem Laptop vor sich an ihrem Küchentisch, während ihre Haare trockneten, und trank gerade einen Kaffee, als Biancas typisches Klopfen sie unterbrach. Sie zog den Gürtel ihres kurzen Satin-Morgenmantels enger und ging zur Tür, vor der ihre junge Nachbarin stand. Sie verschränkte die Arme vor der Brust. »Wieso hast du so lange gebraucht?«

Bianca verschränkte ebenfalls die Arme und erhöhte den Einsatz um eine herausgestreckte Hüfte. »Ich brauche ein Update bezüglich der Ermittlungen.«

»Die Ermittlungen sind mein Problem«, entgegnete Nina. »Nicht deins.«

»Sie gehen uns alle an.« Bianca ging an ihr vorbei, griff nach einem Küchenstuhl und nahm darauf Platz. »Niemand ist sicher, solange dieser Verrückte frei herumläuft, und wenn ich mich nicht irre, seid ihr seiner Festnahme in der letzten Woche kein Stück näher gekommen.« Sie fuhr mit dem Finger über das FBI-Siegel auf dem massiven Keramikbecher, aus dem Nina getrunken hatte. »Hast du noch mehr Kaffee?«

»Bee, es ist gerade kein guter Zeitpunkt. Ich erwarte eine Nachricht von meinem Boss. Und wenn ich sie habe, muss ich sofort los.«

»Kein Problem. Ich gehe, wenn du gehst. In der Zwischenzeit kannst du mir eine Tasse eingießen.«

Nina gab nach. »Aber du musst ihn schwarz trinken, ich habe keine Milch mehr.«

»Egal.« Bianca winkte ab. »Ich brauche einfach nur Koffein.«

Nina ging zum Küchentresen und holte die Kaffeekanne aus der Maschine. Dann öffnete sie einen Schrank und suchte nach einer Tasse.

»Seit wann siehst du dir MMA-Käfig-Kämpfe an?«, wollte Bianca wissen.

Nina fuhr herum und sah, wie Bianca auf ihren Bildschirm spähte. Sie lief zum Tisch und klappte den Deckel zu.

Bianca zog eine gepiercte Braue hoch. »Wer ist Halberd Falk?«

Ninas Augen wurden schmal. Dieses Mädchen war neugierig und viel schlauer, als gut für sie war. »Niemand, Bee. Vergiss einfach, dass du ihn je gesehen hast.«

Die Wahrheit würde sowieso herauskommen, und Bianca würde noch früh genug erfahren, wer er war. Aber nicht von ihr.

Bianca starrte zurück. »Er hat etwas mit diesem Fall zu tun, stimmt's?«

Biancas Hochleistungsgehirn wälzte die Fakten herum wie einen Rubik's Cube, und wie immer würden alle Teile bald an dem ihnen zukommenden Platz sein.

»Halt dich da raus, Bee.«

Mit leuchtenden Augen richtete sich Bianca auf dem Stuhl auf. »O mein Gott. Halberd Falk ist Enigma.« Sie schlug beide Hände vor den Mund. »Und ihr wollt los, um ihn zu verhaften, stimmt's? Darum musst du weg. Das ist die Nachricht von deinem Boss, auf die du wartest.«

Nina stöhnte. »Das kann ich weder bestätigen noch verneinen …«

»Ja, schon gut.« Bianca machte eine wegwerfende Handbewegung. »Geh dich anziehen. Ich will mir sowieso das Video ansehen.« Sie öffnete den Laptop wieder. »Ich verspreche, dass ich niemandem etwas verrate.« Sie schlug ein Kreuz über ihrem Herzen.

Nina hätte ihren Laptop schnappen und ihn ins Schlafzimmer bringen können, aber Bianca würde Falk einfach googeln und sich das Video auf ihrem Handy ansehen. Sie stieß einen Seufzer aus, ging ins Badezimmer und fing an, sich die Haare abzutrocknen.

»Du meine Güte, Nina«, rief Bianca aus der Küche. »Das musst du dir ansehen.«

Nina hängte das Handtuch an einen Haken und ging barfuß zurück ins Wohnzimmer, wo Bianca mit großen Augen vor dem Computer saß.

»Was ist denn?«

»Wie viel von diesem Kampf hast du schon gesehen?«

»Nur die ersten zwei Sekunden. Du hast geklopft, bevor ich mir mehr ansehen konnte.«

Bianca blieb vor Erstaunen der Mund offen stehen. »Schau dir seinen Rücken an.«

Nina setzte sich auf den anderen Stuhl und bedeutete Bianca, ihr den Laptop zu geben. »Lass mal sehen.«

Die Aufzeichnung stammte offensichtlich von jemandem im Publikum, der seitlich vom Käfig gesessen hatte. Bianca hatte das Video angehalten, nachdem die beiden Gegner, die zuvor in die Menge geblickt hatten, sich umgedreht hatten. Die Kamera hielt jetzt genau auf Falks breiten Rücken.

Sein kräftiger Oberkörper wies ein einzigartiges Tattoo auf. Das Design zeigte ein kunstvoll ausgeführtes geometrisches Muster, das sich über seinen ganzen Rücken bis hinunter zur Taille zog.

»Drei ineinander verschlungene Dreiecke«, stellte Nina fest.

»Das ist noch nicht alles«, sagte Bianca mit zitternder Stimme. »Pass mal auf.« Mit Daumen und Zeigefinger vergrößerte sie das Bild auf dem Touchscreen und zoomte auf seine tätowierten Schulterblätter.

Nina blinzelte, als das Bild leicht unscharf wurde.

Bianca drückte ein paar Tasten. »Und jetzt guck noch mal.«

Als das Bild scharf war, blieb Nina der Mund offen stehen. Zwischen den verschachtelten Linien des Designs entdeckte sie runde Narben.

»Brandwunden von Zigaretten«, flüsterte sie, ohne wirklich zu begreifen, was sie da sah. »Drei Stück.« Sie versuchte, den Anblick in das mentale Bild einzufügen, das sie von dem Monster hatte. Er hatte sich das nicht selbst angetan. Die Tätowierung bedeckte längst verheilte Folterspuren.

»Sie bilden auf seinem Rücken ein Dreieck«, sagte Bianca. »Aber das Tattoo verdeckt sie.«

»Was bedeutet dieses Symbol?«, murmelte Nina.

»Bin schon dran.« Biancas Daumen tanzten auf der kleinen Tastatur ihres Handys. »Das ist das Zeichen von Odin. Das ist ein nordischer Gott.«

»Natürlich.« Ninas Verstand raste. »Darum hat er das Dreieck auf meinen Rücken gebrannt. Weil er sich als Odin sieht, als Sohn des Borr.«

»Weil er durchgeknallt ist.« Bianca zoomte das Bild zurück auf normale Größe. »Pass auf, was er als Nächstes macht.« Sie ließ das Video weiter ablaufen.

Falks Gegner startete eine brutale Angriffskombination, die ihn zu Boden warf. Falk kam wieder auf die Beine, richtete sich auf und machte sich für den nächsten Angriff bereit.

»Er versucht nicht mal, den Schlägen auszuweichen«, stellte Nina stirnrunzelnd fest. »Er *will* geschlagen werden.«

»Als wollte er den anderen Kerl ködern«, sagte Bianca. »Er steht einfach da und lässt sich von ihm umhauen. Er zuckt nicht mal zusammen oder versucht auszuweichen. Er … er nimmt es einfach hin.«

»Wie eine Strafe«, bemerkte Nina, in deren Geist eine Theorie Gestalt annahm. »Wann fand dieser Kampf statt?«

»Vor vier Tagen.«

»Direkt nach dem Mord in Boston«, sagte Nina. »Er hat sich selbst bestraft, weil ich ihm zuvorgekommen bin. Weil er Schwäche gezeigt hat.«

Bianca verfolgte noch immer den Kampf. »Und jetzt steht er auf und macht den anderen Kerl in ungefähr zwanzig Sekunden fertig.« Sie schüttelte den Kopf. »Der Typ ist vollkommen durchgeknallt, aber er ist ein eiskalter Schläger.«

Falk hatte einem weniger erfahrenen Gegner erlaubt, ihn zu verletzen, ehe er brutal zurückschlug. Was verriet ihr das über Enigma? Wade hatte vermutet, dass er von einer Autoritätsfigur – wahrscheinlich einer Vaterfigur – als junger Mann schwer bestraft worden war. Irgendjemand hatte ihn Jahre zuvor offensichtlich gefoltert. Die Verbrennungen waren der Beweis, ebenso wie sein Bedürfnis, sich mit Dr. Borr zu identifizieren, einem Mann, den er zum Idol erheben und als Ersatzvater annehmen konnte.

Sie hatte das Gefühl, einen Einblick in seine Psyche bekommen zu haben, aber an echtes Verstehen war nicht zu denken. Was die Profiler wohl damit anfangen würden?

»Ich muss mich anziehen.« Auf einmal wollte sie unbedingt noch vor der Einsatzbesprechung in Quantico sein. »Du kannst hierbleiben, bis ich aufbreche, wenn du willst.«

»Verdammt, ja. Ich sehe mir noch ein paar von seinen Kämpfen an. Der Kerl ist mehr als gruselig.«

»Du hast ja keine Ahnung«, murmelte Nina.

Sie ging zurück ins Badezimmer und schaltete den Föhn ein. Ihre kurzen Locken brauchten nur wenig Styling, um den zerzausten Look zu erreichen, den sie bevorzugte. Sie schaltete den Föhn aus, legte die Bürste beiseite und betrachtete das Resultat im Spiegel.

Aus der Küche waren Stimmen zu hören und ließen sie aufhorchen. Sie erkannte Biancas sanfte Stimme, konnte aber den männlichen Bariton, der mit ihr redete, nicht einordnen. Er klang nicht wie Jaime.

»Wer ist da bei dir, Bee?«, rief sie.

»Agent Taylor«, antwortete Bianca. »Er sagt, dass dein Boss ihn geschickt hat.«

Nina ging ins Wohnzimmer und zog den dünnen Morgenmantel enger zusammen. Ein großer, in Hoover-Blau gekleideter Mann stand in der Küche. Mit seinem ordentlich geschnittenen dunklen Haar, dem glatt rasierten Gesicht und dem schwarzen Brillengestell war er der klassische G-Man. Seine ganze Erscheinung schrie förmlich Staatseigentum, bis hin zu seinem gestärkten weißen Kragen.

»Wer hat Sie geschickt?«, fragte Nina.

»SSA Buxton«, erklärte er, holte seinen Dienstausweis heraus und klappte ihn auf. Er hatte einen Akzent, den sie nicht recht einordnen konnte.

Sie kam näher und sah sich den Ausweis an. Der Mann gehörte zur Außenstelle Washington, aber sie kannte ihn nicht. Was eigentlich nicht überraschend war, da ungefähr tausendsiebenhundert Bundesangestellte dort arbeiteten.

Trotzdem, irgendetwas gefiel ihr nicht. »Warum hat Buxton mir nicht einfach gesimst?«, fragte sie.

»Er hat versucht, Sie zu erreichen«, sagte Taylor. »Irgendetwas scheint mit Ihrem Handy nicht zu stimmen. Ich wurde angewiesen, vorbeizukommen und Sie abzuholen. Es gibt eine neue Entwicklung im Enigma-Fall.« Er blickte hinüber zu Bianca, die ihren wissbegierigen Blick nicht schnell genug senken konnte, und fügte hinzu: »Ich bringe Sie während der Fahrt auf den neuesten Stand.«

»Bee, wir sehen uns später«, sagte sie. Dann drehte sie sich um und streckte eine Hand aus. »Kann ich Ihr Handy haben? Ich möchte mit Buxton reden.«

»Habe ich im Auto gelassen«, erwiderte Taylor. »Sie können ihn während der Fahrt anrufen.«

Das dumpfe Unbehagen wollte nicht verschwinden. Sie versuchte, die Fakten zu ordnen. Wenn Buxton sie nicht via Textnachricht oder telefonisch erreichen konnte und sie für eine wichtige Operation brauchte, was würde er dann tun? Sie besaß keine Festnetznummer, die er anrufen konnte, also könnte er durchaus einen Agent von der nächstgelegenen FBI-Außenstelle bei ihr vorbeischicken, um ihr die Nachricht zu überbringen. Aber warum sollte er den Agent anweisen, sie zum Treffpunkt zu bringen? Irgendetwas stimmte hier nicht. Sie musste eine Möglichkeit finden, Taylor unauffällig zu testen.

»Dann mache ich mich lieber mal fertig«, sagte sie ruhig. »Den SSA sollte man nicht warten lassen. Wie heißt es doch so schön? Verärgere niemals …« Sie verstummte absichtlich und musterte Taylor auffordernd.

»… den Boss«, beendete er den Satz nach kurzem Zögern.

»Genau.« Sie lächelte ihn strahlend an, um die Angst zu verbergen, die ihr tief in die Knochen gefahren war. Jeder FBI-Agent wusste, dass es »Verärgere niemals das Bureau« hieß.

Taylor war ein Betrüger.

Ihre Sorge galt Bianca, die immer noch nicht gegangen war. Taylor durfte nicht merken, dass sie ihn enttarnt hatte, deshalb schauspielerte sie ein bisschen, um Zeit zu gewinnen.

»Entschuldigen Sie mich einen Augenblick, ich muss mich anziehen.«

Oberstes Ziel war es, Bianca aus der Wohnung zu bugsieren. Danach musste sie an ihre Waffe in ihrem Schlafzimmer kommen. Sie wandte sich an Bianca und sagte: »Geh zurück in eure Wohnung, Bee.«

»Aber ich …«

»Nein«, sagte Nina etwas strenger als beabsichtigt.

Sollte sie versuchen, Bianca auf die drohende Gefahr aufmerksam zu machen? Das Mädchen war ein Genie, und sie liebte Codes. Würde sie den Wink verstehen und Hilfe rufen, wenn sie wieder in ihrer Wohnung war?

Nina verwarf die Idee, sobald sie in ihren Gedanken Gestalt angenommen hatte. Wenn der Mann, der vor ihr stand, derjenige war, für den sie ihn hielt, bestand Biancas einzige Chance darin, sofort zu verschwinden. Wenn er annahm, dass das Mädchen Bescheid wusste, würde er sie nicht gehen lassen. Als Bianca sie flehend ansah, deutete Nina nachdrücklich auf die Tür.

Schmollend ging das Mädchen hinaus und zog die Tür etwas fester hinter sich zu, als nötig gewesen wäre.

»Was ist denn das hier?«, fragte Taylor aus der Küche.

Er stand vor dem Laptop auf dem Küchentisch und starrte auf den Bildschirm.

»Nichts.« Eilig ging sie aus dem Flur zu ihm zurück.

Sein ganzer Körper spannte sich an, als er sich aufrichtete. »Sie stehen auf MMA?«

»Eigentlich nicht.« Sie klappte den Computer zu. »Ich recherchiere nur.«

Er nahm die schwarz gerahmte Brille ab und blickte aus kalten blauen Augen auf sie herab. Als er diesmal sprach, verfälschte kein aufgesetzter Akzent die Stimme, die sie so sehr fürchtete. »Lügnerin.«

Kapitel 47

Die Kampfeslust hatte Falks Reflexe geschärft. Seine Hand schnellte vor, ehe die Schlampe reagieren konnte, und umklammerte ihren schmalen Hals. Sein Körper vibrierte in Erwartung des Kampfes. Sie trat mit dem nackten Fuß zu, zielte auf den äußeren Rand seines Oberschenkelmuskels. Er hatte die Aktion bereits vorhergesehen und veränderte seine Position, ehe der Tritt ihn treffen konnte.

»Schluss damit.« Er drückte zu und blickte ihr in die schönen braunen Augen, die sich panisch weiteten. Er erkannte das Entsetzen in jeder Drehung und Zuckung ihres sich windenden Körpers.

Sie war ihm nicht gewachsen, weder physisch noch mental. Sie würde sich mit aller Kraft gegen ihn wehren, aber ihr gemeinsamer Tanz hatte nur ein mögliches Ende. Und das wussten sie beide.

Zehn Minuten zuvor war er gekommen, um sich Bianca zu holen, aber das Schicksal hatte sich eingemischt und seine Pläne geändert. Wie damals hatte er über ein Hintertürchen Zugriff auf den städtischen Server von Fairfax County erhalten, hatte eine Schwachstelle ausgenutzt, die ihm den Zugriff über das System der Feuerwehr ermöglichte. Biancas Adresse zu finden, hatte ihn von seinem Homecomputer aus weniger als vier Minuten gekostet.

Biancas Posts war deutlich zu entnehmen, dass sie Nina Guerrera vergötterte. Einem weiteren FBI-Agent würde das Mädchen schnell vertrauen. Sie würde ihn bereitwillig begleiten, vor allem, wenn er ihr erzählte, dass Nina ihn geschickt habe, um sie abzuholen. Er hatte vorgehabt, auch Shawna Jackson zu erwähnen, um ihr die Geschichte besser verkaufen zu können. Wie schwer konnte es schon sein, ein siebzehnjähriges Mädchen zu belügen? Das hatte er zuvor schon unzählige Male getan.

Als er in seiner Verkleidung als Special Agent an Biancas Tür klopfte, hatte ihn Mrs Gomez informiert, dass Bianca nebenan in der Wohnung von niemand anderem als Nina Guerrera war.

Schicksal. Vorsehung. Wie auch immer man es nennen wollte. Dieser Augenblick hatte alles verändert. Das FBI war sehr darauf bedacht, die Privatadressen seiner Agents geheim zu halten, aber Ninas war ihm in den Schoß gefallen.

Er hatte vorgehabt, mitten in der Nacht wiederzukommen und sie sich heimlich zu schnappen, aber Bianca durfte nicht von Mrs Gomez erfahren, dass ein Agent nach ihr gesucht hatte. Möglicherweise würde sie Nina deswegen befragen, und das ganze Spiel würde auffliegen. Er musste jetzt handeln oder die Gelegenheit ungenutzt verstreichen lassen.

Sein neuer Plan war gewesen, beide mitzunehmen. Er hätte mit Leichtigkeit zwei Frauen überwältigen können, die zusammen weniger wogen als er. Und er hatte gelernt, das Kriegermädchen nicht in die Nähe seiner Eier kommen zu lassen. Er würde sie mit einem überraschenden Angriff außer Gefecht setzen, und danach wäre die kleine Bianca leichte Beute.

Aber das Schicksal hatte ihm erneut einen anderen Weg gewiesen. Als er in der Küche war, hatte er diesen verdammten

Computer gesehen. Es konnte nur einen Grund geben, warum sich Nina Guerrera ein Video von seinem Kampf ansah.

Das FBI hatte herausgefunden, wer er war.

Die Nachricht war noch nicht an die Öffentlichkeit gegangen – dessen war er sich sicher. Was bedeutete, dass er einen seiner Alternativpläne durchführen musste, ehe die landesweite Menschenjagd begann. Keine Rätsel und Hinweise mehr. Jetzt war es Zeit für das Endspiel. Und das bedeutete Nina Guerrera.

Bianca war nicht mehr wichtig. Wenn das FBI erst gemerkt hatte, dass sein berühmtester Agent verschwunden war, konnte sie die Geschichte von Agent Taylor, der sie abholen wollte, ruhig erzählen, das würde nichts mehr ändern. Zu diesem Zeitpunkt würde Falk längst verschwunden sein. Und er würde seinen Preis ganz für sich allein haben.

Aber zuerst musste er diesen Kampf beenden. Sosehr er es genoss, mit ihr zu spielen, er verschwendete wertvolle Zeit.

Nina erschlaffte unter seinem Würgegriff. Er lockerte den Griff ein wenig, damit Luft ihr sauerstoffhungriges Gehirn erreichte. Es würde ihn nicht befriedigen, sie jetzt schon zu töten. Er beugte sich tiefer über sie, in der Hoffnung, ihren Atem an seinem Ohr zu hören und zu spüren.

Ohne jede Vorwarnung führte sie einen Handkantenschlag gegen seinen Adamsapfel. Seine Reflexe setzten ein, und er lehnte sich zurück, um dem vernichtenden Schlag die Wucht zu nehmen.

Sie nutzte seine kurzfristige Ablenkung aus und rammte ihm die andere Hand gegen das Brustbein. Er ließ sie los; sie wich aus und entzog sich seinem Zugriff.

Er stürzte hinter ihr her, aber sie schaffte es bis zum Küchentresen, wo sie ein Fleischermesser aus dem Messerblock nahm, stehen blieb und herumwirbelte, wobei sie mit der Klinge einen weiten Bogen beschrieb.

»Das wird dir nicht helfen, Kleine«, sagte er. »Du verzögerst nur das Unausweichliche.«

»Fick dich.«

»Wie überaus wortgewandt. Genau das, was ich von einem Haufen Müll erwarten würde.«

Ihre Augen wurden schmal, und er wusste, dass seine Beleidigungen den gewünschten Effekt hatten. Sie sollte vor Wut rasen. Die Kämpfe im Käfig hatten ihn gelehrt, dass Gegner, die von animalischer Wut getrieben waren, nicht mehr zu anspruchsvolleren Denkvorgängen wie Strategie, Gegenangriff und sauberer Technik in der Lage waren.

»Erinnerst du dich noch an unsere gemeinsame Zeit, Kriegermädchen?«, fragte er und wich einem brutalen Hieb der Klinge aus. »Ich denke jede Nacht daran. Manchmal sehe ich mir auch das Video an.« Er lächelte. »Und wenn ich dich um Gnade winseln höre, kommt es mir, ohne dass ich mich auch nur berühre.«

Das genügte. Sie stürzte sich auf ihn, Metall blitzte auf, als sie ausholte und mit dem Messer auf seinen Kopf zielte. Er wartete bis zum letzten Moment, packte dann mit der rechten Hand ihren Unterarm, während er mit der linken ein Stück des Morgenmantels zu fassen bekam.

Er verdrehte ihr Handgelenk, und das Messer fiel auf den Boden. Sie entriss ihren Arm seinem Griff, ihr schlanker Körper wirbelte in engem Radius herum, und sie ließ ihn mit dem leeren Morgenmantel in der Hand stehen, während sie nackt auf das Schlafzimmer zurannte.

Zweifellos wollte sie zu ihrer Waffe, die aller Wahrscheinlichkeit nach auf ihrem Nachttisch lag.

Adrenalin raste durch seine Adern, als er hinter ihr herjagte. Sie warf die Schlafzimmertür hinter sich zu, und er brach sie auf, ohne aus dem Tritt zu kommen. Sie hatte den Nachttisch beinahe erreicht, als er sich auf sie stürzte.

Der Schwung ließ sie beide zu Boden gehen, und er drückte sie mit all seinem Gewicht auf den Teppichboden. Sie hatte einen taktischen Fehler gemacht. Seine überlegene Größe verschaffte ihm bei allen Arten von Bodenkampf einen enormen Vorteil.

Obwohl ihre Niederlage unmittelbar bevorstand, kämpfte sie wie besessen. Sie wusste genau, was sie erwartete, wenn sie versagte, und sie weigerte sich, den Kampf aufzugeben.

Er legte sich auf sie, sodass sie sich nicht mehr rühren konnte. Ihre Gesichter waren nur Zentimeter voneinander entfernt, und sie atmeten beide heftig.

»Das ist das beste Vorspiel, das ich jemals hatte«, flüsterte er. »Danke, Kriegermädchen.«

Zum ersten Mal seit Beginn des Kampfes sah er echte, ursprüngliche Angst in ihren Augen. Nicht mehr vollständig darauf konzentriert, gegen ihn zu kämpfen, öffnete sie den Mund, um nach Hilfe zu rufen. Das konnte er nicht zulassen.

Er holte aus und schlug ihr mit aller Kraft ins Gesicht. Ihr Kopf flog zur Seite, und sie lag reglos da.

Er griff in die Brusttasche seines Anzugs und holte eine Spritze mit der Mischung heraus, die eigentlich für Bianca vorgesehen war. Glücklicherweise waren beide Frauen zierlich. Es wäre fatal gewesen, hätte er Nina die Dosis für eine normal große Frau injiziert.

Erneut machte sie Anstalten, sich zu wehren. Ihre unkoordinierten Bewegungen verrieten ihm, dass sie noch mit den Nachwirkungen des Schlags gegen ihren Kopf zu kämpfen hatte. Wenn er jetzt schnell handelte, musste er nicht das Risiko eingehen, ihr mit einem weiteren Schlag zusätzlich eine Gehirnerschütterung zu verpassen. Der Ketamincocktail machte eine intramuskuläre Injektion erforderlich. Er stieß ihr die Nadel in den Schenkel und drückte den Kolben hinunter.

Für den Bruchteil einer Sekunde öffnete sie die Augen, dann hörte sie auf, sich zu winden, und die Lider fielen ihr zu. Ein tiefer Seufzer entrang sich ihrer Brust, als sie unter ihm still wurde.

Er legte seinen Mund auf ihren und schmeckte Blut. Sie musste sich auf die Innenseite der Wange gebissen haben, als er zugeschlagen hatte. Er vertiefte den Kuss und stöhnte, so berauschend war der Mix aus Lust und Vorfreude. Sie war noch köstlicher, als er sie in Erinnerung hatte.

Er zwang sich aufzuhören und stand langsam auf. Er musterte sie, wie sie auf dem Rücken zu seinen Füßen lag, die karamellfarbene Haut glitzernd vor Schweiß. Er wollte sie genau hier, genau jetzt, aber er würde sich gedulden. Zuerst musste er sie fortschaffen. Sobald sie sicher im Versteck waren, würde er alle Zeit der Welt haben, um sie zu genießen.

Und die Welt würde sich eine neue Show ansehen können.

Kapitel 48

Wade sah sich in der dunklen Fahrgastzelle des SUVs um. »Konnte jemand von Ihnen Guerrera kontaktieren?«

Er bekam dieselbe negative Antwort wie zuvor.

»Ich bin froh, dass sie das hier auslässt«, sagte Buxton und gab Gas, um zu der Gruppe von FBI-Fahrzeugen aufzuschließen, die auf dem Weg zu Falks Wohnsitz waren. »Andernfalls hätte ich sie wahrscheinlich sowieso von diesem Einsatz abgezogen.«

Guerrera hatte Buxton fünfundvierzig Minuten zuvor gesimst, dass sie eine Lebensmittelvergiftung habe und bis auf Weiteres nicht zum Dienst erscheinen könne. Seitdem hatte niemand etwas von ihr gehört.

Wade gefiel das nicht. Nina Guerrera war der einzige Mensch im Bureau, der Falks Kopf noch mehr wollte als er selbst. Und wenn er eine Lebensmittelvergiftung hätte, wäre er notfalls mit einer Kotztüte zu diesem Einsatz erschienen. Er war überzeugt, dass Guerrera genauso dachte.

»Können wir nicht jemanden abstellen, der in ihrer Wohnung nach ihr sieht?«

Buxton schüttelte den Kopf. »Bei diesem Einsatz heißt es alle Mann an Deck. Wir können auf niemanden verzichten.«

Kent saß neben Wade auf dem Rücksitz. »Was ist mit der örtlichen Polizei?«, fragte er. »Bitten Sie doch um eine Gesundheitsüberprüfung durch einen Streifenwagen in der Nähe. Bis vor zwei Jahren war sie noch bei der Fairfax County Police. Ich bin mir sicher, dass das kein Problem für ihre ehemaligen Kollegen wäre.«

Buxtons dunkle Augen blickten ihn im Rückspiegel an. »Wir werden die Polizei nicht bitten, nach einem Agent mit Magenverstimmung zu sehen.«

»Haben Sie beide schon mal daran gedacht, dass sie vielleicht einfach nicht mitkommen will?«, fragte Breck vom Beifahrersitz aus. »Vielleicht ist die *Lebensmittelvergiftung*« – sie malte Anführungszeichen in die Luft – »nur ihre Ausrede.«

»Ihre Ausrede wofür?«, wollte Wade wissen.

»Haben Sie das Video nicht gesehen?«, fragte Breck zurück. »Wahrscheinlich will sie nie wieder in demselben Raum wie dieser Scheißkerl sein.« Sie schauderte. »Und das kann ich ihr nicht verdenken.«

»Sie glauben also, das ist ihre Art, Falk aus dem Weg zu gehen und dabei das Gesicht zu wahren?«, fragte Kent. »Glaube ich nicht.«

»Wir sind jetzt fast bei Falks Haus«, sagte Buxton. »Wenn wir nichts mehr von ihr hören, bis wir hier fertig sind, bitte ich die Polizei, bei ihr vorbeizuschauen.« Er warf Wade und Kent einen strengen Blick über die Schulter zu. »Zufrieden?«

Buxton berührte seinen Ohrhörer. »Wann?«, fragte er. »Ich gebe dem Team Bescheid.« Er überholte in einer Kurve des Freeways ein langsameres Auto. »Nein, wir brechen nicht ab.«

Er drückte erneut auf den Ohrhörer, beendete das Gespräch und wandte sich an Breck: »Fahren Sie Ihr iPad hoch. Falk hat jetzt eine Website. Er bereitet sich auf einen Livestream vor.«

Breck öffnete das Tablet. »Wie lautet die URL?«

»Es gibt einen Link in seinem Twitter-Account«, sagte Buxton. »Der läuft wieder.«

»Ist er zu Hause?«, fragte Wade. »Können wir den Standort anpingen?«

»Sie arbeiten dran«, antwortete Buxton.

Breck hielt das iPad vor sich hoch und tippte auf das Icon für den Fullscreen-Modus. »Könnt ihr was sehen?«

Die Frage war an Wade und Kent gerichtet. Buxton heftete den Blick weiterhin auf die Straße. Diese Einsatztruppe würde für nichts und niemanden anhalten.

Wade nickte zur Antwort, als er eine männliche Gestalt, die in einen schwarzen Umhang gehüllt war, vor die Kamera treten sah.

»Ich bin derjenige, den ihr Enigma nennt«, verkündete er. »Willkommen im Allerheiligsten.«

»Ich hoffe wirklich, dass er zu Hause ist«, sagte Kent. »Ich würde mich wahnsinnig freuen, wenn er ein Meet-and-Greet mit dem SWAT-Team hätte.« Sein wehmütiger Blick verriet, dass er bei dieser Mission gern der Türklopfer des Teams wäre.

Wade war damit beschäftigt, Falk zu beobachten. Die ruhige, selbstsichere Art des Mannes war beunruhigend. Immer, wenn ein Soziopath entspannt und zufrieden war, musste jemand anders leiden. Er war überzeugt, dass Falk sich nicht die Mühe gemacht hätte, eine Website aufzuziehen, wenn er der Welt nicht etwas Dramatisches zu zeigen hätte. Wade hielt die Luft an.

»Erlauben Sie mir, Sie herumzuführen.« Falk löste die Kamera von dem Standpunkt, an dem sie befestigt war. Er selbst war nicht mehr im Bild, aber sein muskulöser Arm ragte aus dem weit geschnittenen Ärmel hervor und deutete auf die gegenüberliegende Wand. »Ich habe dieses Gebäude selbst errichtet. Es verfügt über alles, was ich brauche.«

Die Wand war mit blassgrünem, strukturiertem Schaumstoff bedeckt. »Schalldicht«, sagte Falk und brachte die Kamera näher heran, damit mehr Details zu erkennen waren. »Und hinter der Trockenwand befindet sich noch mehr Isolationsmaterial. Keine Unterbrechungen heute Nacht.«

Neonlicht von oben tauchte das Szenario in einen merkwürdigen Schimmer. Wade entdeckte eine lange, rechteckige Lichtquelle im Industriestil. Das Ganze wirkte wie ein Fertigbau und schien ungefähr die Größe einer Doppelgarage zu haben.

Die Realityshow ging weiter. Falk drehte sich im Kreis und zeigte ihnen alle vier kahlen Wände. »Und jetzt zur Hauptattraktion.« Er befestigte die Kamera wieder an ihrem Halter und drehte die Linse zum ersten Mal nach unten.

»Nein!«

Wade hörte Kents gutturalen Schrei, bevor sein Verstand verarbeiten konnte, was er sah.

Nina Guerrera lag breitbeinig auf einem hölzernen Tisch in der Mitte des Raumes. Anders als in dem früheren Video lag sie diesmal auf dem Rücken. Außerdem war sie entweder bewusstlos oder tot.

»Was ist los?«, fragte Buxton, der den SUV um einen Sattelschlepper herummanövrierte.

»Falk hat Guerrera.« Wades Kehle war so zugeschnürt, dass er die Worte kaum herausbrachte. Während sein Boss fluchte, ballte Wade die Fäuste, bis er spürte, wie sich seine Fingernägel in die Handflächen gruben.

Falk sprach weiterhin zu seinem unsichtbaren Publikum und ging zu Guerrera hinüber. »Heute Abend habe ich einen ganz besonderen Gast«, sagte er mit heiserer Stimme. »Und wenn sie aufwacht, wird die ganze Welt sehen, was mit dem Kriegermädchen passiert.«

»Geben Sie Gas«, forderte Wade Buxton auf. »Wir müssen dort sein, bevor er sich an ihr vergeht.«

»Doch zuerst die große Enthüllung.« Falk zog sich die Kapuze seines Umhangs vom Kopf und enthüllte blonde Haarstoppeln, die nur wenige Tage alt sein konnten. Aus harten kristallblauen Augen in seinem kantigen Gesicht musterte er die Zuschauer. »Keine Verkleidungen mehr.« Er ließ den Umhang auf den Boden fallen. »Mein Name ist Halberd Falk.« Ein raubtierhaftes Lächeln erschien auf seinem Gesicht. »Ich bin die Zukunft der menschlichen Rasse.«

Sein Oberkörper war nackt, und er trug Jeans. Auf seinem ausgesprochen muskulösen Torso waren frische Kampfspuren zu sehen. Guerrera hatte sich gewehrt.

»Keine Probleme mehr mit der DNA.« Falk trat näher an Nina heran. Er beugte sich über sie und leckte ihr aufreizend langsam über die Wange.

Wade war froh, dass sie noch bewusstlos war. Er beugte sich vor und betrachtete die ineinander verschlungenen Dreiecke, die sich über Falks definierte Rückenmuskeln erstreckten. Bei der Einsatzbesprechung waren Bilder von Falk bei seinen MMA-Kämpfen verteilt worden. Wade hatte nachgelesen, was das Motiv zu bedeuten hatte, und war zu dem Schluss gekommen, dass sie bezüglich des Gottkomplexes von Falk recht gehabt hatten. Seine Tätowierung kennzeichnete ihn als kraftvolles, göttliches Lebewesen, das weit über dem belanglosen Recht der Sterblichen stand.

»Auch keine Nitril-Handschuhe mehr«, fuhr Falk fort. »Diesmal ist es Haut an Haut.« Er begab sich auf die andere Seite des Tisches, damit sein massiger Körper die Sicht nicht blockierte, streckte eine Hand aus und berührte Guerreras Halsansatz. Mit einer Fingerkuppe bahnte er sich langsam den Weg zur Mitte ihres reglosen Körpers. An der schmalen Taille hielt er inne, spreizte die Finger und bedeckte auf diese Weise ihren Bauch von Hüfte zu Hüfte. »So klein«, flüsterte er, ehe seine riesige Hand unerbittlich dem Verbindungspunkt ihrer gespreizten Beine zustrebte.

»Nimm deine dreckigen Hände da weg.« Kents Worte waren eine eisige Drohung. Er riss sich von dem Anblick los und sah Wade ins Gesicht. »Ich werde dieses Arschloch jagen, bis ich es finde«, zischte er leise, damit nur Wade es hören konnte. »Und dann bringe ich ihn um. Langsam.«

Wade wusste genau, wie Kent sich fühlte. Erinnerungen an den Chandra-Brown-Fall fluteten sein Gehirn. So mussten ihre letzten Stunden ausgesehen haben. Hätte er nur zugehört, hätte er ihren Tod verhindern können. Nun stand Guerrera dasselbe Schicksal bevor, weil er nicht fähig gewesen war, die Situation richtig einzuschätzen. Schon wieder. Er war ein erfahrener Profiler. Er hatte geglaubt, sie hätten mehr Zeit, hätten ihn endlich erwischt. Er hätte voraussehen müssen, dass Falk sich in dieser Nacht auf Guerrera stürzen würde. Er hätte darauf bestehen müssen, dass sie nach ihr sahen. Das hier würde er sich niemals verzeihen.

»Ich helfe Ihnen, die Leiche loszuwerden«, flüsterte er Kent zu.

Kapitel 49

Nina blinzelte. Sie konnte sich die Starre in ihren bleiernen Gliedmaßen und das wattige Gefühl im Mund nicht erklären.

»Wacht das Kriegermädchen endlich auf?«

Diese Stimme. Eine Flut von Bildern stieg vor ihr auf und brachte unendlichen Schrecken mit sich. Der Kampf in ihrer Wohnung. Die Sterne, die nach einem heftigen Schlag ins Gesicht in ihrem Kopf explodiert waren. Eine Nadel, die in ihren Schenkel gestochen wurde.

Das Monster hatte sie erwischt.

Als das Adrenalin durch ihre Blutbahn zu strömen begann, schlug sie die Augen auf und war auf einmal völlig klar im Kopf. Sie versuchte, sich aufzusetzen. Der logisch denkende Teil ihres Gehirns fuhr langsam hoch. Teile ihres Körpers meldeten sich. Sie registrierte Schmerzen an Hand- und Fußgelenken. Sie hob den Kopf und erkannte schwarze Kabelbinder, die sie an Stahlösen fesselten, die in die hölzerne Oberfläche einer primitiven Werkbank geschraubt waren. Sie versuchte, den Arm zu beugen, aber er hatte sie so straff fixiert, dass sie sich kaum rühren konnte.

»Diesmal entkommst du mir nicht«, sagte Falk, der ihrem Blick gefolgt war. »Deine Kollegen vom FBI treten mir gerade die Haustür ein, aber da sind wir nicht. Niemand weiß, wo wir sind.« Er verschränkte die Arme vor der Brust und blickte aus kalten, ausdruckslosen Augen auf sie hinab. »Niemand wird kommen, um dich zu retten.«

Er beugte sich über sie, wobei er das Neonlicht, das von oben kam, verdeckte. »Du hast dich zweimal widersetzt, du kleiner Haufen Müll. Du wirst doppelt so lange leiden wie die anderen.« Er legte ihr eine Hand auf die linke Brust. »Dein Herz hämmert.« Er stöhnte und schloss die Augen, als wollte er das Gefühl auskosten. »Du hast Todesangst.« Er beugte sich über sie, berührte ihre Lippen mit den seinen. »Und das sollst du auch.«

Diese Berührung fühlte sich schlimmer an als jeder Schlag, den sie je eingesteckt hatte. Sein Atem war heiß auf ihrer Haut und roch leicht nach Minze. Ein Duft nach frischer Seife ging von ihm aus. Offensichtlich hatte er geduscht, um alle Überreste seiner Verkleidung als FBI-Agent abzuwaschen, einschließlich der unechten schwarzen Haare.

Falk richtete sich auf und löste die Hand von ihrer Herzgegend. »Ich habe so lange darauf gewartet, dich wieder zu besitzen.« Er zog eine Braue hoch. »Hast du mir nichts zu sagen?«

Sie starrte ihn nur böse an. Sie würde sein Spiel nicht mitspielen.

»Was ist mit deinen Fans?« Er deutete nach rechts. »Hast du *ihnen* nichts zu sagen?«

Nina drehte den Kopf und erblickte eine kleine Kamera, die in einer Ecke des Raums auf einem Stativ befestigt war. Die Linse war auf den Tisch gerichtet, das rote Lämpchen leuchtete. Sie schnappte nach Luft. Das Monster nahm jede Sekunde der kranken Fantasie auf, die es ausleben wollte.

»Ein Livestream«, sagte er. »Die Welt wird zusehen, wie du mich um Gnade anflehst. Und ich werde sie dir nicht gewähren.

Nach einer Weile wirst du um den Tod betteln. Aber auch der wird nicht kommen, ehe ich zufrieden bin.«

Angst überflutete sie, raubte ihr den letzten Rest Hoffnung. Buxton und die anderen von der Task Force dürften in Falks Haus sein, aber er war zu schlau gewesen, um sie dorthin zu bringen. Sie war völlig allein. Und in den Händen eines Verrückten.

»Ich habe hier die Kontrolle, verstehst du mich?« Er schlug sich mit der Faust auf die nackte Brust. »Ich entscheide, wann du stirbst. Ich entscheide, wie du stirbst. Ich bin dein Gott.«

Sie starrte ihn an. Er war groß, mächtig und entschlossen, sie zu vernichten. Er war biologisch modifiziert worden, um überlegen zu sein.

Sie hingegen hatte keine besonderen Eigenschaften geerbt. Sie besaß keinen Stammbaum. Reine Willenskraft und die Bereitschaft, die Vorschriften zu umgehen, hatten sie durchgebracht. Als sie ihre Lage akzeptierte, durchströmte sie ein Gefühl von Entschlossenheit. Sie würde diese Nacht nicht überleben. Vielleicht nicht einmal die nächste Stunde. Die einzige Wahl, die ihr noch blieb, war die, zu ihren Bedingungen zu sterben.

Enigma wollte, dass sie um Gnade winselte. Wollte sie auf jede mögliche Art erniedrigen. Und diese Genugtuung würde sie ihm nicht geben. Wenn er mit ihr fertig war, würde er ihr alles genommen haben, einschließlich ihres Lebens. Aber er würde ihr nicht ihre Würde nehmen.

Sobald sie sich dieses Versprechen gegeben hatte, wurde es leichter. Ihr Ziel war klar. Sie würde alles tun, was in ihrer Macht stand, um zu entkommen. Sie würde die Augen offen halten, damit ihr auch nicht die geringste Gelegenheit entging. Und wenn sie versagte, würde sie kämpfend untergehen – nicht bettelnd.

Falk bückte sich, um eine schwarze Werkzeugkiste vom Boden aufzuheben. Er stellte sie neben sie auf den Tisch.

Sie konnte nur den Kopf drehen, um seine Bewegungen zu beobachten.

Er öffnete die beiden Verschlüsse. »Ich werde dir zeigen, was ich für die nächsten Stunden für dich vorbereitet habe.« Er öffnete den Deckel und durchwühlte die Kiste. Er holte einen Gegenstand nach dem anderen heraus und reihte alle ordentlich neben ihr auf. Eine Zange, eine Ahle, Krokodilklemmen, einen Meißel und einen Schraubstock.

Jedes Werkzeug, das er auf den Tisch legte, erzeugte immer entsetzlichere Bilder in ihr, bis ihr Magen schließlich rebellierte. Was immer er ihr injiziert hatte, in Verbindung mit dem äußersten Grauen, das sie empfand, ließ es ihr die Galle hochkommen.

Ihre Sicht verschwamm, wurde dann aber wieder scharf. »Mir wird schlecht.«

Sie spürte, wie es ihr hochkam, und drehte den Kopf zur Seite. Er hatte sie so fest auf den Tisch gefesselt, dass sie sich nicht einmal ansatzweise aufrichten konnte. Verdammte Scheiße! Sie würde an ihrem eigenen Erbrochenen ersticken.

Wenigstens würde sie nicht durch seine Hand sterben. Das Schicksal hatte sich eingemischt, um ihr einen Ausweg zu bieten. Als die erste Welle der Übelkeit sie überkam, kämpfte sie nicht dagegen an.

Falk ließ die Zange fallen. »Wag es nicht, dich zu übergeben.«

Sie würgte, und ihr Mund füllte sich mit bitterer Flüssigkeit.

Seine Augen wurden schmal. »Hör auf.«

Ihr Körper zuckte zusammen, als noch mehr Magensaft kam.

Fluchend durchwühlte er die Werkzeugkiste und holte eine Blechschere heraus. Er beugte sich über sie und schnitt die Fessel an ihrem rechten Handgelenk durch. Dann legte er ihr eine Hand unter den Kopf, hob ihn an und versuchte, sie auf die Seite zu drehen.

Da ihr linker Arm noch immer gefesselt war, konnte sie ihren Körper nur um wenige Zentimeter anheben. Etwas Flüssigkeit tropfte auf die hölzerne Oberfläche neben ihr, aber das meiste blieb in ihrem Mund.

»Hör auf, oder du erstickst.«

Ihre Antwort bestand in erneutem krampfartigem Würgen.

»Scheiße.« Er griff über sie hinweg und schnitt die andere Fessel auf. Als ihre Arme frei waren, zerrte er sie in eine sitzende Position hoch und schlug ihr mit seiner großen Hand auf den Rücken.

Unter Husten und Spucken verließ der verbliebene Mageninhalt ihren Körper. Ihr Verstand war klar genug, um zu erkennen, dass Falks Ausbildung zum Rettungssanitäter ihn automatisch reagieren ließ. Sie ließ zu, dass er sich um ihren Körper kümmerte, und versuchte, den Augenblick zu nutzen, um den Kopf freizubekommen und ihre Lage einzuschätzen. Beide Hände waren frei, woraus sich neue Möglichkeiten ergaben.

Ihr blieben nur Sekunden, um einen Plan zu schmieden, und sie würde nur eine Chance zum Handeln bekommen. Um Zeit zu schinden, zwang sie sich, erneut zu husten, während sie die unmittelbare Umgebung absuchte. Sie würde sich nicht auf diesen Tisch legen und dem Monster erlauben, all die abscheulichen Dinge zu tun, die es sich für sie ausgedacht hatte.

Sie täuschte ein heftiges trockenes Würgen vor, krümmte sich und hielt sich den Bauch. Er hatte ihr eine Hand auf den Schenkel und die andere auf den Rücken gelegt. Erneut gab sie vor zu ersticken, und wie erwartet klopfte er ihr fest auf den Rücken. Sie beugte sich der Kraft des Schlages, sodass ihr Oberkörper nach vorn gedrückt wurde, streckte den Arm aus, als wollte sie sich abstützen, und griff nach der Ahle. Ehe er wusste, wie ihm geschah, hatte sie ihm die scharfe Spitze in den Bauch gestochen.

Er stolperte zurück und fluchte, als er die blutende Stichwunde sah. Mit übernatürlicher Geschwindigkeit schoss seine Hand vor und packte sie am Handgelenk.

Sie versuchte, sich ihm zu entziehen, hatte seiner Kraft aber nichts entgegenzusetzen.

»Verfluchte Schlampe«, zischte er. Er spannte seinen kräftigen Unterarm an, verdrehte ihre Hand und zwang sie, das Werkzeug fallen zu lassen.

Sie musste ihn ablenken, sonst würde er sie erneut auf den Tisch hebeln und fesseln. Sie erinnerte sich an Wades Worte, nachdem er Enigmas Profil erstellt hatte, zu einem Zeitpunkt, als sie seine Identität noch nicht kannte. Sie vermischte sie mit dem, was sie im Video des Kampfes gesehen hatte.

»Wie oft hat dein Vater dich geschlagen, Falk?«

Er hielt inne, hielt ihr Handgelenk weiterhin umklammert, antwortete aber nicht.

»Quälst du deshalb kleine Mädchen? Hat Daddy dich so fertiggemacht, dass du ihn sonst nicht hoch…«

»Halt's Maul.« Mit der einen Hand hielt er sie fest, die andere ballte er zur Faust und holte aus, um sie ins Gesicht zu schlagen.

Sie schob das abgeschnittene Ende des Kabelbinders zwischen den Fingern hindurch, bis das gezackte Ende herausstand wie bei einem Teppichmesser. Und bevor seine Fingerknöchel ihre Nase treffen konnten, stieß sie ihm das scharfe Ende in eines seiner eisblauen Augen, die auf sie herabstarrten.

Er heulte auf und ließ sie los, bedeckte das verletzte Auge mit beiden Händen. Nina griff nach der Blechschere und beugte sich rasch vor, um ihre Füße zu befreien. Als sie auf der anderen Seite des Tisches hinunterrutschte, stolperte er durch den Raum und brüllte wie ein verwundeter Stier.

Sie hielt das scharfe Stück Plastik in der einen, die Schere in der anderen Hand, und zwischen ihnen stand der Tisch. Er streckte einen Arm aus, um sie zu packen, aber sie wich nach hinten aus.

»Ich werde den Rest der Nacht damit verbringen, dir bei lebendigem Leib die Haut abzuziehen«, sagte er. »Und dann werde ich dich ficken, während du stirbst.«

Suchend sah sie sich in dem Raum um und entdeckte die Tür hinter ihm. Es gab weder Fenster noch andere Fluchtwege. Er war größer, stärker und gerissener als sie. Aber sie würde ihre unterdurchschnittlichen Gene verdammt noch mal nutzen, um ihn mit aller Kraft zu bekämpfen.

Sie bewegte sich nach links, lockte ihn in ihre Richtung. Ließ ihn näher kommen. Zwischen den Fingern der Hand, die er auf sein Auge drückte, tropfte Blut hervor. Er war so gefährlich wie ein verletztes Tier.

Nina wartete, bis er fast in Schlagdistanz war, und flitzte dann nach rechts, da stürzte er sich auf sie. Verdammt, war er schnell. Die MMA-Kämpfe hatten seine Reflexe extrem trainiert. Sie hatte ihn unterschätzt. Wäre seine räumliche Wahrnehmung nicht durch das verletzte Auge eingeschränkt gewesen, hätte er ihren Arm erwischt. Stattdessen griff seine Hand an der Stelle in die Luft, wo sie vorher noch gestanden hatte.

Er brüllte vor Frustration und überhäufte sie mit neuen Schimpfworten. Sie achtete nicht darauf, konzentrierte sich auf seinen Körper. Jedes Zucken seiner angespannten Muskeln kündigte seine nächste Bewegung an und schenkte ihr den Sekundenbruchteil, der den Unterschied zwischen Leben und Tod ausmachte. Sie hielt sich an einer Seite des Tisches auf und flitzte zur anderen, wenn er nach ihr griff.

Endlich hatte sie die Tür im Rücken.

»Abgeschlossen«, sagte er. »Versuch's erst gar nicht.«

Ihr sank der Mut. Sie hatte so hart gearbeitet, um in diese Position zu kommen. Alles umsonst. Wie lange würde sie diesen Tanz noch durchhalten? Sie warf einen Blick auf den Tisch. Sie war nah genug dran, um nach weiteren Werkzeugen greifen zu können. Sie beäugte den Gegenstand, der ihr vermutlich am meisten nutzen würde.

»Das Kunstwerk da kann die Zigarettenspuren auf deinem Rücken nicht verbergen, Falk. Hast du die von Daddy? War sein gentechnisch veränderter Sohn eine Enttäuschung?«

Mit einem johlenden Kampfschrei warf sich Falk über den Tisch. Sie griff nach dem Meißel und hielt ihn aufrecht über sich. Der Schwung drückte seinen Körper nach unten, als die scharfe Spitze des Meißels in seine Brust eindrang und ihn aufspießte.

Sie fielen auf den Boden, und ein dumpfes Geräusch war zu hören, als er mit seinem ganzen Gewicht auf ihr landete. Ein gutturales Stöhnen entrang sich seinen Lippen, während die Luft aus seinem Körper wich. Der Plastikgriff des Meißels, den sie umklammert hielt, drückte ihr gegen die Brust. Der Rest des Werkzeugs war knapp unterhalb des Rippenbogens in seinen Oberkörper eingedrungen. Unter Falks beachtlichem Gewicht konnte sie kaum atmen.

Nina ließ den Griff los und versuchte, Falk wegzudrücken. Er rührte sich keinen Zentimeter vom Fleck. Verdammt, da hatte sie es geschafft zu überleben, und jetzt drohte sie noch nach seinem Tod unter ihm zu ersticken.

Auf. Keinen. Fall.

Erneut versuchte sie, ihn wegzuschieben. Nichts. Das Blut, das aus seiner Brust austrat, sammelte sich zu einem glitschigen Fleck zwischen ihren Körpern. Vielleicht konnte sie unter ihm wegrutschen. Sie wand sich unter ihm, um das Blut zu verteilen, und versuchte, sich seitlich unter ihm herauszuschieben. Sie kam einige Zentimeter weit, dann setzte sie ihre Beine als Hebel ein und drückte ihn weg. Langsam glitt ihr Körper unter seinem hervor.

Nach Luft schnappend, lag sie auf dem Boden.

Ohne Vorwarnung krachte sein muskelbepackter Arm auf ihre Brust. Er zog sie zu sich.

»Du … gehörst … mir.« Die Worte waren ein kehliges Krächzen.

Sie zog die Beine an und stemmte die Fußsohlen gegen seine Hüfte. »Niemals.« Sie stieß sich ab.

Falk rollte sich auf den Bauch und kroch auf sie zu. Sie krabbelte rückwärts. Ihre Hände und Füße rutschten auf dem blutigen Boden aus. Er streckte einen Arm aus und griff nach ihr. Sie zog ein Bein an, zielte sorgfältig und richtete ihre Ferse genau auf seine Nase. Mit aller noch verbliebenen Kraft trat sie zu. Ein lautes Knirschen war zu hören, als sie ihm den Knochen seiner Nasenscheidewand ins Gehirn trieb.

Falks Kopf flog nach hinten, dann sackte er auf dem Boden zusammen. Er zuckte noch einmal, dann lag er still da.

Nina ließ sich keuchend auf den Rücken fallen.

Die Tür flog auf, und ein Trupp schwarz gekleideter SWAT-Einsatzkräfte stürmte Befehle brüllend herein. Die Kakofonie donnernder Stiefel und dröhnender Stimmen zerstörte die Ruhe, die Sekunden zuvor noch geherrscht hatte. Das Team schwärmte aus und hatte den Raum innerhalb von Sekunden gesichert.

Einer der Männer zielte mit einem Gewehr auf Falks Kopf, während ein anderer sich neben ihn kniete, um ihn auf Lebenszeichen zu überprüfen. Nina wusste, dass er nichts finden würde. Wenn noch Leben in Falk gewesen wäre, hätte er sie getötet und wäre erst dann zusammengebrochen.

Einer der Einsatzkräfte ging neben ihr in die Hocke. »Wo sind Sie verletzt, Agent Guerrera?«

Ihr wurde klar, wie es für ihn aussehen musste. »Das Blut stammt von Falk.«

Während sie sprach, ging ein zweiter Mann neben ihr in die Knie. »Nina«, brachte er mit erstickter Stimme heraus.

Sie drehte sich um und sah, dass Kent sie anblickte. Ein Gesichtsausdruck, den sie nicht einordnen konnte, hatte seine harten Züge geglättet.

»Es geht mir gut, wirklich.« Das war eine Lüge, aber sie schwelgte nahezu in ihrem Schmerz.

Er bedeutete, dass sie am Leben war.

Kapitel 50

Zwei Tage später
J. Edgar Hoover Building, Washington, DC

Nina saß an dem glänzenden runden Tisch in der hinteren Ecke des geräumigen Büros des FBI-Direktors. Sie hatte die Hände im Schoß gefaltet, um sie still zu halten. Sie war Director Thomas Franklin erst einmal begegnet, und zwar, als sie ihr Studium an der Akademie in Quantico abgeschlossen hatte.

Seine Miene war ernst. Andererseits war er nicht dafür bekannt, dass er gern lachte. Gerüchteweise hieß es im Bureau, der Mann sei stocksteif, sogar seine Schlafanzüge seien gestärkt.

Er lehnte sich in seinem schwarzen Ledersessel zurück. Dunkle Schatten unter den Augen ließen ihn ein wenig erschöpft wirken. »Das war die längste Pressekonferenz, die ich je gegeben habe.« Er schüttelte den ergrauten Kopf. »Da waren Reporter aus der ganzen Welt. Offenbar hat der ganze Planet diese Geschichte verfolgt.«

Nina wusste nicht, was sie dazu sagen sollte, also schwieg sie. Offensichtlich hatte sie ihn viel Schlaf und eine Menge Ressourcen gekostet.

»Zunächst muss ich Ihnen sagen, dass ich von Ihren Leistungen bei dieser Ermittlung tief beeindruckt bin. Sie hatten mit Dingen zu tun, mit denen sich kein Mensch auseinandersetzen sollte, und Sie haben es dennoch getan – während die Welt in Echtzeit zuschaute.«

Bei dem Gedanken wand sie sich innerlich vor Unbehagen. Sie hatte sich noch immer nicht daran gewöhnt, dass die Leute sie anstarrten, wenn sie sich unbeobachtet fühlten, und dass sämtliche Gespräche verstummten, sobald sie einen Raum betrat.

»Sie haben beispielhaften Mut bewiesen, als Sie Halberd Falk entgegengetreten sind, vor allem, wenn man bedenkt, was er Ihnen in der Vergangenheit angetan hat«, fuhr Franklin fort.

»Vielen Dank, Sir.«

»Ihr Mut verdient besondere Anerkennung«, sagte Franklin. »Und darum werde ich Ihnen nächste Woche in einer offiziellen Feierstunde die Tapferkeitsmedaille verleihen.«

Nina war fassungslos. Director Franklin hatte sie für eine der höchsten Auszeichnungen des FBI vorgeschlagen. Die Tapferkeitsmedaille wurde für heldenhaftes Handeln im Dienst verliehen, zum Beispiel bei einer Task Force, einem Undercover-Einsatz, in einer besonders ernsten Lage oder dem Krisenmanagement im Zusammenhang mit den wichtigsten Fällen des Bureaus. Dieser Fall passte wahrscheinlich zu jedem Teil der Beschreibung.

Trotzdem glaubte sie, die Auszeichnung nicht verdient zu haben. »Sir, ich habe getan, was nötig war, um zu überleben. Jeder andere Agent hätte dasselbe getan.«

»Sie haben mehr als nur überlebt«, erwiderte er. »Sie haben in einer extremen Zwangslage ein persönliches Trauma überwunden und Ihre Ausbildung und Ihren Verstand benutzt, um einen Mörder aufzuhalten, der anderenfalls noch mehr Menschen das Leben genommen hätte.« Er runzelte die Stirn, dann fuhr er fort: »Nein, Agent Guerrera, kein anderer Agent hätte den Fall lösen können. Das konnten nur Sie.«

Hitze kroch ihr ins Gesicht, während sie die Bügelfalten ihrer Hose glättete, um seinem durchdringenden Blick ausweichen zu können.

»Es gibt noch einen weiteren Grund, warum ich mit Ihnen sprechen wollte«, sagte er und wechselte zum Glück das Thema. »Supervisory Special Agent Buxton hat eine Verlängerung Ihres vorübergehenden Einsatzes bei der Behavioural Analysis Unit beantragt.«

Nina blickte auf. »Inwiefern sollte ich für die BAU hilfreich sein, Sir?«

»In der Metropolregion DC hat es im Verlauf mehrerer Monate eine Serie von Entführungen gegeben. Die Außenstelle Washington leitet die Ermittlungen. Ich nehme an, die Einzelheiten sind Ihnen vertraut?«

Sie waren ihr äußerst vertraut. »Mein Team arbeitet bei diesen Ermittlungen an vorderster Front.«

»Es hat kaum Fortschritte gegeben«, fügte Franklin hinzu. »SSA Buxton glaubt, dass Sie und die anderen drei Agents die Sache unvoreingenommen betrachten würden. Und Sie könnten einige der Techniken aus dem Falk-Fall anwenden.«

»Ich und die anderen drei?«

»Sie, Kent, Wade und Breck.« Er legte die Fingerspitzen aneinander. »Wenn es gut läuft, könnten Sie als Team dauerhaft zusammenbleiben.«

Der Gedanke war reizvoll. Supervisory Special Agent Conner, ihr derzeitiger Chef in der Außenstelle Washington, war kein Fan ihrer unorthodoxen Ermittlungsmethoden. Buxton hingegen schien ihre bisherigen Erfahrungen im

Polizeidienst und im Leben wertzuschätzen, anstatt nur das jüngste Teammitglied in ihr zu sehen.

Franklin unterbrach ihre Überlegungen. »Ich wollte dies nicht in Gegenwart eines Mitglieds Ihrer Befehlskette ansprechen, weil Sie in letzter Zeit so viel durchgemacht haben. Angesichts der Ereignisse könnte ich Sie auch an einen weniger … stressigen Posten versetzen. Einen, bei dem Sie nicht im Licht der Öffentlichkeit stehen.«

»Sie sind also der Meinung, dass ich keinen Außendienst mehr machen sollte?«

»Überhaupt nicht. Ich lasse Ihnen die Wahl.«

Sie konnte also entweder in Quantico bei den Entführungs-Ermittlungen helfen, zu ihrem früheren Aufgabengebiet in Washington zurückkehren oder die Versetzung zum Innendienst beantragen. Alles klar.

Sie straffte die Schultern. »Bitte teilen Sie SSA Buxton mit, dass ich mich morgen früh in Quantico zum Dienst melden werde.«

Franklin musterte sie eine Weile, dann nickte er, und seine Mundwinkel verzogen sich nach oben.

Vielleicht stimmten die Gerüchte ja doch nicht. Das hier sah wie ein richtiges Lächeln aus.

»Ich habe noch einen Punkt auf der Tagesordnung«, sagte er und wurde wieder ernst. »Die Task Force hat Unmengen an Daten über Ihren Background zusammengetragen. Sobald wir wussten, dass Falk die Umstände Ihrer Geburt bekannt waren, hat Buxton Teams in jede mögliche Richtung ermitteln lassen. Mitglieder der Task Force gelangten an Aussagen des Müllwerkers, der Sie als Säugling gefunden hat. Dasselbe gilt für die Sozialarbeiterin, die Ihnen Ihren Namen gegeben hat, für alle noch lebenden Mitglieder Ihrer Pflegefamilien, für die meisten Ihrer Lehrer und für jeden Arzt in der Notaufnahme, der sie behandelt hat, wenn Sie als Kind ins Krankenhaus eingeliefert wurden.«

Wie gebannt saß sie da und stellte sich vor, wie ihre Kollegen überall in Fairfax County ausschwärmten und jeden aufspürten, der Einfluss auf ihr Leben genommen hatte. »Hört sich so an, als hätten sie gründliche Arbeit geleistet.«

»Einige dieser Informationen waren nicht Bestandteil offizieller Berichte«, fuhr Franklin fort. »Ich vermute, vieles davon ist Ihnen völlig unbekannt.« Er hielt inne, als wollte er seine nächsten Worte sorgfältig wählen. »Ich glaube, es ist Ihr Recht, zu erfahren, was wir zusammengetragen haben. Schließlich ist es Ihre Lebensgeschichte bis zum Zeitpunkt Ihrer vorzeitigen Mündigkeit mit siebzehn.«

Die Geschichte ihres Lebens. Nicht unbedingt eine von der Art, die man Kindern als Gutenachtgeschichte vorliest.

»Hier ist eine Kopie der gesamten Akte.« Franklin schob den dicken Aktenordner, der auf dem Tisch lag, zu ihr hinüber. »Sie können sie behalten.«

»Vielen Dank, Sir.« Sie nahm den Ordner und drückte ihn an ihre Brust.

»Viel Glück, Agent Guerrera.«

Sie nahm an, dass sie nun gehen durfte, stand auf und ging zur Tür. Die Verwaltungsangestellte nickte ihr zu, als sie den äußeren Wartebereich durchquerte.

Nina lief den breiten Korridor entlang. Auf dem gekachelten Boden hallten ihre Schritte wider. Der Bereich wirkte ungewohnt verlassen, was ihr Gelegenheit gab, über die Worte des Direktors bezüglich ihrer Akte nachzudenken. Der Ordner war sehr schwer, sein Inhalt lastete ebenso auf ihrem Geist wie auf ihren Armen.

Die Details ihrer Kindheit befanden sich darin. Jeder Schmerz, jede Demütigung und jeder Missbrauch waren sorgfältig und in sachlichen Worten dokumentiert. Die Berichte darin zeichneten ihre Entwicklung von dem Haufen Müll, den man in einem Container gefunden hatte, bis zur Kriegerin nach. Sie war auf einem finsteren Pfad gegangen, um ans Licht zu gelangen. Nun konnte sie diesen Pfad aus ihrer Sicht als Erwachsene verfolgen und Neues über die Menschen erfahren, die früher ihr Leben kontrolliert hatten. Was waren ihre Motive, ihre verborgenen Pläne, ihre Geheimnisse? Warum hatten sie sie gequält? Dieser Dokumentenschatz enthielt die Antworten, nach denen sie sich als Kind gesehnt hatte.

Nina ging am Kopierraum vorbei und hielt inne. Sie machte kehrt, betrat den Raum und fand das, wonach sie suchte, neben einem Kopierer. Niemand war in der Nähe.

Sie zögerte. Lange. Dann traf sie eine Entscheidung. Sie durchquerte den Raum, wandte dem Kopierer den Rücken zu und legte den Ordner auf den kleinen Tisch zu ihrer Linken. Sie öffnete ihn, nahm die ersten Blätter heraus und strich sie glatt. Das hier würde eine Weile dauern.

Sie holte tief Luft und begann, die Blätter in den Reißwolf zu stecken. Endlich brachte sie ihre Vergangenheit an den Ort, an den sie gehörte.

Kapitel 51

FBI Akademie, Quantico
The Yellow Brick Road/Der gelbe Ziegelsteinweg

Am nächsten Morgen trommelten Ninas Füße über den unebenen Erdboden des gewundenen Pfads. Die frühmorgendliche Sonne strahlte zwischen den hohen Bäumen hindurch und zeichnete Lichtflecken auf den Boden. Sie hätte noch warten sollen. Sie hätte ihrem Körper eine Chance geben sollen, sich von dem Trauma zu erholen, das Falk ihr zugefügt hatte. Aber diese Reise hatte sie nicht für ihren Körper unternommen, sondern für ihre Seele. Diesmal würde sie ihre Reise auf der Yellow Brick Road zu Ende bringen.

Sie war früh hierhergekommen, um sicher zu sein, dass sie genug Zeit hatte, den Parcours zu beenden und in der Umkleide zu duschen, ehe sie sich bei Buxton zur ersten Einsatzbesprechung meldete. Doch bereits nach wenigen Kilometern begann sie ihre Meinung zu ändern. Ihr mit Prellungen übersäter Körper schmerzte bei jedem Schritt.

Sie erreichte das nächste Hindernis und blieb stehen. Der Graben war etwa acht Meter lang und zwei Meter breit. Damit die Sache interessant blieb, sorgten die Ausbilder dafür, dass er immer mit schlammigem Wasser gefüllt war. Eine Reihe aneinandergelegter Balken bildete eine niedrige Barriere über dem Wasser und zwang die Läufer, darunter hindurchzukriechen. Um vorwärtszukommen, musste sie bereit sein, durch den Schlamm zu robben.

»Ladys first.«

Sie blickte auf und sah Wade, der aus der Gegenrichtung auf sie zulief.

»Was machen Sie denn hier?«

»Ich habe von einem der Ausbilder gehört, dass Sie hier draußen sind. Da ist mir eingefallen, dass wir den Parcours neulich nicht beenden konnten, darum habe ich beschlossen, Sie zu begleiten.«

Wie beim ersten Mal war er an der Ziellinie gestartet und hatte die Hindernisse ausgelassen, um sich mit ihr zu treffen.

»Das beantwortet meine Frage nicht.«

»Wir sind Partner«, sagte er. »Und Partner halten sich gegenseitig den Rücken frei.«

»Sie müssen das nicht machen.«

»Doch, muss ich.«

Nina schüttelte nur den Kopf und stieg dann in den Graben. Das kalte Wasser war ein Schock für ihren Kreislauf. Ihre Füße schienen auf dem schlammigen Boden bei jedem Schritt festzukleben. Sie ging noch einen Schritt, dann ließ sie sich auf alle viere nieder und kroch weiter, wobei ihr Körper halb von der Brühe bedeckt war.

Wade platschte neben ihr in das schmutzige Wasser, das ihm ins Gesicht spritzte und in den Mund lief. Er spuckte es aus und kämpfte sich voran.

Ninas Körper zitterte vor Müdigkeit und Kälte, als sie es auf die andere Seite geschafft hatten und herauskletterten. Wade blickte grinsend auf sie herab, und in seinem verschlammten Gesicht blitzten die Zähne förmlich auf.

Sie war dem Dreck entkommen, wenn auch nicht unverletzt. Sie war besudelt und befleckt, aber nicht allein. Wade hatte den Schlamm zusammen mit ihr durchquert.

Sie raffte sich auf und zwang ihre Beine zum Laufen, fest entschlossen, weiterzumachen. Nach der Qual würde die Dusche ihre Belohnung sein. Sie würde ihren Körper von Kopf bis Fuß abschrubben. Und sich vielleicht endlich wieder sauber fühlen.

Und dann sah sie die Mauer vor sich, die ihr den Weg versperrte.

Die Mauer war für sie die größte Herausforderung auf dem Parcours. Nina war klein, knapp eins zweiundfünfzig. Sowohl während ihrer Polizei- als auch bei der FBI-Ausbildung war sie die Kleinste in ihrer Klasse gewesen. Ihre Größe war ein Problem gewesen, bis sie gelernt hatte, auf andere Art zu kämpfen und die fehlenden Zentimeter zu kompensieren.

Und trotz all des Trainings, trotz all ihrer Fähigkeiten wäre es Falk beinahe gelungen, sie abzuschlachten. Sie hätte ihn nicht niederringen können. Nur ihr schneller Verstand hatte sie gerettet.

Sie betrachtete das Hindernis vor sich.

»Wollen Sie den ganzen Morgen hier stehen bleiben und das Ding anstarren?«

Sie wirbelte herum und entdeckte Kent, der einige Meter hinter ihr war und sie in vollem Lauf einholte. Aufgrund seiner Zeit bei den Special Forces würde er den Parcours in der Zeit, die sie dafür brauchte, vermutlich zweimal umrunden.

Sie drehte sich zu Wade um. »Haben Sie die ganze verdammte Einheit eingeladen?«

Er wirkte nicht im Geringsten schuldbewusst. »Kann schon sein, dass ich ein paar Textnachrichten geschickt habe.«

Sie verdrehte die Augen und richtete ihre Aufmerksamkeit auf die Mauer, ohne Kents Frage zu beantworten. Sie verbannte die beiden Männer aus ihren Gedanken und sprang. Ihre Finger umklammerten den oberen Rand der Barriere … und rutschten ab. Sie stürzte und landete geradewegs mit dem Hintern im Dreck.

»Sie schaffen das schon.« Kent lächelte auf sie herab. »Beim nächsten Mal nehmen Sie Anlauf, stoßen sich mit dem Fuß von der Mauer ab und ziehen sich hoch. Ich zeige es Ihnen.« Er lief auf die Wand zu, stemmte einen Fuß dagegen und stieß sich ab, um seinen Körper nach oben zu bringen. Seine Hände ergriffen den Rand, er spannte seine kräftigen Arme an und zog seinen Oberkörper auf die Mauer. Die Beine folgten, und mit einer geschmeidigen Bewegung verschwand Kent auf der anderen Seite.

Er kam zurück und deutete auf die hoch aufragende Barriere. »Alles nur Technik.«

»Wenn man eins fünfundneunzig groß ist, hat man gut reden«, konterte sie.

»Na los, Guerrera«, sagte Kent. »Zeigen Sie mir, was Sie draufhaben.«

Das hier würde hässlich werden. Sie rannte auf die Wand zu, stieß sich mit einem Fuß ab und bekam den oberen Mauerrand sicher zu fassen. Sie hievte sich hoch, schwang einen Arm hinüber und hielt sich mit aller Kraft fest, um kein weiteres Mal herunterzufallen.

Auf einmal wackelte die Barriere. Kent hing neben ihr und vollführte einen Klimmzug, um ihr aus nächster Nähe zu assistieren. »Benutzen Sie Ihre Füße.«

Sie trat gegen die Wand, bis die Gummikappen ihrer Sneakers genug Halt fanden, um sich nach oben abzustoßen. Mit brennenden Muskeln zog sie sich so weit hoch, dass sie ihren Oberkörper über den Rand wuchten konnte. Den Rest erledigte die Schwerkraft.

Mit einem heftigen Aufprall landete sie auf der anderen Seite. Eine Sekunde später stand Kent nach einem sauberen Sprung neben ihr, Wade kam als Nächster.

Es waren nur noch wenige Hindernisse übrig, und sie setzten ihren Weg über den Parcours fort. Wade und Kent unterhielten sich, aber Nina sparte sich ihren Atem für die nächste Herausforderung.

Brecks hellrotes Haar leuchtete, als sie auf sie zukam. Offensichtlich war sie wie Wade vom anderen Ende des Parcours aus gestartet.

Nina blickte zu ihrem neuen Partner auf. »Ernsthaft jetzt, Wade?«

»Wie nett von Ihnen, dass Sie für die letzten drei Kilometer doch noch auftauchen«, rief Wade Breck spöttisch entgegen.

Die ignorierte die Anspielung, fasste neben Nina Tritt und lief neben ihr her. »Wie geht es meinem Mädchen?«

Offenbar sah sie so elend aus, wie sie sich in diesem Stadium des Laufs fühlte. Jeder Muskel in ihrem Körper flehte um Gnade. Sie war angeschlagen, wund und erschöpft. »Mir geht's hervorragend.«

Breck warf ihr einen zweifelnden Blick zu. »Schätzchen, Sie sehen nach fünfzehn Kilometern schlechter Straße aus.«

Wade leierte herunter, was er beobachtet hatte. »Sie belasten das linke Bein stärker als das rechte, Sie zucken jedes Mal zusammen, wenn Sie den rechten Arm benutzen, und Sie sind außer Atem.«

»Egal«, keuchte sie. »Ich bringe es zu Ende.«

»Und wir sind bis zum Schluss dabei«, versprach Kent.

Nina wurde klar, dass sie ihre Hilfe akzeptieren musste. Wenn sie Teil dieser spontan gebildeten Einheit sein wollte, würde sie ihre Art, Dinge zu erledigen, ändern müssen. Im Lauf der Jahre hatte sie gelernt, sich auf niemanden zu verlassen außer auf sich selbst. Viel zu oft war sie von anderen enttäuscht worden. Jetzt musste sie herausfinden, wie man Teil eines Teams wurde.

Sie dachte über diese drei Menschen nach, die an ihrer Seite liefen, während sie dem Ende des Parcours immer näher kamen. Ein unbekanntes Gefühl, das sie nicht benennen konnte, durchflutete sie und gab ihr neue Kraft. Zusammen würden sie es schaffen. Als sie die Ziellinie überquerten, wurde ihr klar, was für ein Gefühl das war.

Vertrauen.

Sie dachte an die Worte des Richters bei ihrer Anhörung zur vorzeitigen Mündigkeit, die nun viele Jahre zurücklag. Diese Anhörung hatte nicht nur ihren Namen geändert, sondern auch die Ausrichtung ihres Lebens.

»*Aufgrund Ihrer Lebensverhältnisse mussten Sie sehr früh sehr unabhängig werden, Miss Esperanza. Dennoch müssen Sie sich von anderen Menschen helfen lassen, wenn es nötig ist. Denken Sie daran.*«

Sie hatte die Worte nie vergessen, aber erst in diesem Augenblick begriff sie vollständig, was der Richter ihr damit hatte sagen wollen. Es war dieselbe Lektion, die sie soeben auf der Yellow Brick Road gelernt hatte.

Sie war zu einer Kriegerin geworden, die ihre Schlachten nicht mehr allein schlagen musste.

Dank

Ich danke Mike, meinem Mann, der mich bei all meinen Unternehmungen rückhaltlos unterstützt. Er ist der beste Partner und Freund, den man sich wünschen kann, mein Fels.

Ich danke meinem Sohn Max, der mich die Welt jeden Tag durch die Augen eines Kindes sehen lässt. Du bist ein Segen für mich.

Ich danke meiner Familie, ob blutsverwandt oder durch Freundschaft verbunden: Ich bin euch ewig dankbar für eure Geduld und euer Verständnis in all den Jahren.

Dank geht an meine Agentin Liza Fleissig, die meine Träume mit mir teilt und Wunder geschehen lässt. Ihr Rat, ihre Unterstützung und ihr herausragendes Können haben mir geholfen, viele unerwartete Klippen in meinem Leben zu umschiffen. Und das waren einige …

Ebenfalls danke ich meiner Agentin Ginger Harris-Dontzin, deren scharfe Augen und deren ebenso scharfer Verstand unglaublich hilfreich waren, wenn schemenhafte Ideen zögerten, Gestalt anzunehmen.

Vielen Dank den Männern und Frauen des FBI, die sich dem Motto »Fidelity, Bravery, Integrity« verschrieben haben. Ein besonderer Dank geht an Jana Monroe, Assistant Director im Ruhestand, an John Ianarelli, Special Agent im Ruhestand, und an Jerri Williams, ebenfalls Special Agent im Ruhestand.

Ich danke Megha Parekh, meiner Redakteurin bei Thomas & Mercer, für ihre Hilfe während des gesamten Entstehungsprozesses. Ich fühle mich geehrt und gesegnet, weil sie mich unterstützt hat und bereit war, einer neuen Stimme eine Chance zu geben.

Dank gebührt meiner Entwicklungslektorin Charlotte Herscher, die ihr beachtliches Talent eingesetzt hat, um diese Geschichte besser zu machen. Ihre präzisen Beobachtungen und ihr scharfes Auge für Details sind unbezahlbar.

Und schließlich danke ich dem unglaublichen Team im Marketing, der Redaktion und der künstlerischen Gestaltung bei Thomas & Mercer. Ich habe großes Glück, solch talentierte Fachleute an meiner Seite zu haben.

Printed by Amazon Italia Logistica S.r.l.
Torrazza Piemonte (TO), Italy

20550003R00246